# 百年寂寞花

汪蓬蓬 ◎ 著

中国出版集团

现代出版社

**图书在版编目（CIP）数据**

百年寂寞花/汪蓬蓬著. --北京：现代出版社，2016.4
ISBN 978-7-5143-4827-9

Ⅰ．①百… Ⅱ．①汪… Ⅲ．①长篇小说－中国－当代
Ⅳ．①I247.5

中国版本图书馆CIP数据核字（2016）第070066号

# 百年寂寞花

| | | |
|---|---|---|
| **作　　者** | 汪蓬蓬 | |
| **责任编辑** | 李　鹏　陈世忠 | |
| **出版发行** | 现代出版社 | |
| **地　　址** | 北京市安定门外安华里504号 | |
| **邮政编码** | 100011 | |
| **电　　话** | 010-64267325 010-64245264（兼传真） | |
| **网　　址** | www.1980xd.com | |
| **电子邮箱** | xiandai@vip.sina.com | |
| **印　　刷** | 成都新千年印制有限公司 | |
| **开　　本** | 880×1230　1/32 | |
| **印　　张** | 12 | |
| **版　　次** | 2016年6月第1版　2020年6月第2次印刷 | |
| **书　　号** | ISBN 978-7-5143-4827-9 | |
| **定　　价** | 42.00元 | |

# 序言

　　初次见到汪蓬蓬，见是个肤白个矮的小女人。典型的江南女子形象。拿了些小散文与我看，小女人情调的，文笔优美，感觉稚嫩。某一日，作协里一位老友告诉我，他看了汪蓬蓬QQ空间里的小说，写得不错。我闻言进去一看，小说写得颇老道。正当作家天地杂志社来约稿，通知了汪蓬蓬。汪蓬蓬的中篇《麻布帐子》问世了，发表后，反响很好。

　　接下来，汪蓬蓬又接连写了几个中长篇。她告诉我她两个中篇交错着写。与此同时，她还不时写些散文与诗歌。我奉劝她把精力集中在小说创作上。她竟不以为然地说，灵感之花一闪，散文、诗歌信手写来，便不耽误我多少时间。令我惊讶。这个小女人井喷哪！她何以有如此的蕴藏与能量？与之聊天。得知她是中学教师，教过语文、政治、历史、地理、美术。问她喜欢读些什么书，答：历史。她现在在看心理学书，正准备参加心理咨询师考试。不久，考试结果出来了，别人难以及格的两门考试科目，她考了80多分！她的成绩遥遥领先，是马鞍山市参考者中最高的。令我对其刮目。

　　后来在县运动会上，又看到她矫健扣杀的身影。得知小小个头的她曾是学校篮球队队员，短跑、跳远冠军。能文亦武啊！我从她身上看到了两种气质——女人的温婉细致，男人的坚毅洒脱。

　　文如其人。她的小说亦如此。

　　整体建构上气势宏大，细节描写上细腻传神。

　　作者向我谈了她的构思。第一章侧重写民俗；第二章侧重写历史；第三章侧重婚恋家庭；第四章侧重写环境，家庭环境、社会环境对人的影响。她做到了。

　　《百年寂寞花》写了四代女人，百年沧桑，向我们展示了一幅波澜起伏的历史民俗画卷。四代女人，既有共性，又各具个性，没有雷同之感。小说中还塑造了多个个性鲜明的人物，如能说会道精明能干自私贪财的胡能人，郁郁不得志的老好人汪兴汉，泼辣能干的小辣椒兴萍，无能孱弱的大烟鬼汪兴年，忠于主人狐假虎威得势后耀武扬威心狠手辣的二杆子，养尊处优胆小懦弱的丁咸基，等等。作者在叙事描写上注重了对人物个性的刻画。如这一段中众人劝说朱胡氏过继儿子的人物语言描写：老大亲自上门了，说："弟妹，一鑫怕是不在了，你没有儿子，你看哪个侄子好，过继一个做儿子吧。"二嫂子跑来说："弟妹呀，一鑫怕是不得回来了。你还是过继个儿子吧。"老四也跑来说："弟妹，一鑫死外面了。你没有儿子，你老了谁给你养老送终啊。你看我家哪个儿子顺眼，我就把他领来送给你。"可见作者驾驭语言的功底。

　　小说语言凝练，修辞贴切传神。例如，她们不知，是当时的国家，是清政府这顶不能防御外来蚊虫入侵的麻布帐子，让有志的青年走出家园上下求索奔走。用"麻布帐子"喻落后无能的清政府，新颖贴切，令人拍案叫绝。小说中涉及的史实详尽确实，让我们形象地了解了中国近现代史的进程。这与她博览群书，深厚的历史阅读是分不开的。

　　小说主题鲜明，这也是她小说创作的一大特色。是什么左右了女人的命运？引发我们的深思。

　　这是一部值得所有人阅读的小说。

　　作者走的是一条现实主义的创作道路。我相信，经过磨砺，假以时日，经过同人们的扶持提携，作者会越走越远，更上一层，再创佳篇，迎来属于她的辉煌。

陶立群

2016 年元月 9 日

CONTENTS 目录

# 引子

　　父亲中风了。曾经行走如风的他，整日与轮椅、床榻为伴。他日日盼着我去探望他。推着轮椅行走在夕照中，父亲哀叹眼下自己的不中用，絮叨着往事。他跟我说祖先的事，说他年轻时的事。中风后，父亲的记忆差了，中饭吃了什么，他不记得了，可往事却像刀刻般刻在他的脑海中。我常有意无意地说要把父亲讲的事写成书。父亲时而赞成时而反对。他知道我做着作家梦，他想他的女儿夙愿成真。可他又怕，怕我引火烧身。在他曾经经历过的那个时代，祸从口出，罪由笔生的事他见得多了。我告诉他：他的担忧是多余的——现在是盛世，国泰民安，政治清明，言论自由。

　　那一日，晚霞满天，刚进门，父亲眉开眼笑向我招手，这是他中风后，没有过的喜悦神情。我以为他日日期盼的奇迹出现了——他恢复如初了，能站起来了？父亲兴奋地叫我把黄历和算命书拿给他。原来他的二女儿，我的妹妹给他生了个小外孙女。一小时前在上海陪护的母亲打电话向他报告了这个喜讯。父亲手指颤抖着查看了黄历和算命的书后，心情激动，感叹连连。说什么男不属鸡，女不属羊，属羊的男人气昂昂，属羊的女人泪汪汪。我说："你这是迷信。属羊的女人都命苦吗？"他说："也不尽然，看各人的命了。"

　　"什么命不命的。"我不以为然，"命运掌握在自己的手中。"

　　"孩子，到了我这个年纪，就信命了。年轻时的我，何曾信命？

还不是和你们一样，热血沸腾，想大有作为，认为命运掌控在自己手里，认为知识能改变命运。命是什么？命是天赋，天赋的身体素质，天赋的智商，天赋的禀性才情。性格决定命运啊。还有出生的家庭。当然还有生活的时代，一朝天子一朝臣。人是社会性的动物，人的命运与时代息息相关。人要成为时代的弄潮儿，不要做时代的弃儿。有时人的命运却在你的一念之差，或主宰你的人的一念之差中。孩子，这是我的经验之谈啊，你慢慢会懂的。"

"真是树老根多，人老话多。"我咽下了这句话。父亲老了，病了，除了说说话，他还能干什么呢？我说："家有老，是个宝，你一套一套的。"父亲张开他青筋暴突的手轻握住我的手喜滋滋说："癸未年我们家又添一只羊，盛世的羊啊，这只羊是只喜羊羊呢。"

"是吗？"

父亲大幅度点头。"盛世的羊与国共辉煌。我们家族中属羊的女人真不少呢。你姑妈，你表姐，你奶奶都属羊呢。还有你不知道的我的外祖母……唉，属羊的女人啊……"他闭上眼睛，背靠轮椅，胸腔起伏，"我就跟你说说我们家属羊女人的故事吧。"

父亲打开了话匣子，我日日的探望变得更加积极而主动。我的日子充盈起来，我把父亲的讲述添油加醋顺理成章书写下来。

第一章
# 麻布帐子

一

　　我的外祖母属羊。我推算了一下，她应该是1883年生人。那时是清光绪年间。外祖母的故事是我从我的母亲、姨妈等长辈口中听来的。当然少不了我的想象。

　　外祖母姓胡，名字不详。那时的女人，很少有大名。女人不上族谱。在娘家做姑娘时，按在姐妹中的排行，被唤作大小姐、二小姐、三小姐或大姑娘、二姑娘、三姑娘……出嫁从夫，就按丈夫的排行被下人们唤作大奶奶、二奶奶、三奶奶……婆母死后升级为大太太、二太太、三太太……丈夫唤她孩子他娘。家里的平辈按自己孩子对她的称呼称呼她他婶子、他大娘、他姑妈、他舅母……公婆唤作大媳妇、二媳妇、三媳妇……那时，男主外，女主内。女人不能抛头露面，女人局限在家里。所以大多数女人都没有名字。有名字的也很少被人呼名，女人名字都被淡化了。我外祖母嫁的是朱家老小——五少爷，所以她被人唤作五奶奶、五媳妇。她一生生了七个女儿。大女儿叫朱昌和，二女儿就是我母亲朱昌惠，所以她又被唤作昌和她娘或昌惠她娘。我的外祖母，皮肤白皙，身材苗条，三寸金莲，走路摇摆，是个典型的东方美女。她的七个女儿都遗传了她的白皮肤。

她是个小家碧玉。她娘家是做小本生意的，在华亭街上。她的父亲读过几年私塾，是个秀才，未中举。他迷信道教，拜一道士为师，自诩为道士，与他的师父游走江湖。口中念些人半懂不懂的咒语，拿着拂尘、宝剑，为人驱魔，驱鬼，祈福。一般家里有了病人就病急乱投医请他们去作法。死了人的人家也请他们去念经超度亡魂。他成亲当家后，就离开师父单干了。因常与病人、死人家打交道，就深谙此道，觉得这里面有利可图，走上了为病人服务的道，做上了死人生意。原来他家卖酱菜、糖果的，他改行卖起了香烛、纸钱、花圈、冥房……果然生意很好。有人家死了人，就请他去念经超度亡魂，当主持，顺道在他家买祭品。而且买的时候征询他的意见，由他说了算。办丧事是大事，体现孝道，讲排场，一般人家不吝惜钱财，因此他的生意自然红火。他很有口才，很有组织才能，把人家的丧事料理得有条不紊，井然有序，丝丝入扣。死了上人，下辈往往有财产纠纷，也请他主持公道。他善解人意，巧舌如簧，见人说人话，见鬼说鬼话，见什么人说什么话，总能说到人心里。最后兄弟言和，化干戈为玉帛。人送外号"胡能人"。后来，他在当地就出名了。一旦人家有了白丧事，就自然想到他，说：去请胡能人来主持丧事吧。所以胡家虽不是大家，生意做得挺红火。家里还请了两个长工做冥器，日子过得挺滋润。不过，胡能人虽精明能干世故，性格上却也有缺陷。有道是人无完人，金无足赤。他自私贪杯好赌。他在人家主持丧事，有酒喝。渐渐地就喝上瘾了。在家中饭、晚餐也是两顿酒缺不得，还要大鱼大肉佐餐下酒。一支烟枪不离手。主持丧事主家要熬夜守灵。怎样熬过漫漫长夜？家里的亲友闲人就支起赌桌，胡能人不甘示弱，免不了要赌几把，渐渐地又养成了赌瘾。所以生意虽红火，日子过得滋润，可家里却也没什么积蓄。他自己不能苦自己，却要老婆孩子刻苦。过年了，老婆向他要钱给孩子做件新衣，却遭他怒骂："败家的娘们儿！"坚决不许。老婆晚上纳鞋点油灯，点两个灯草芯，就又被骂："败家的娘们儿！"非掐灭一根不可。老婆劝他少喝些酒，那是太岁头上动土。轻则捶桌大骂："臭娘们儿，敢管老子喝酒！"重则用烟枪敲老婆的头。老婆头上顿时起个大包。那时男人在家是天，是爷。女人哪有说话的份儿？

　　这就是我外祖母的父亲——"胡能人"。我外祖母做姑娘时就生活在这样一个家庭。胡能人对女儿说不上好，也说不上不好。他按照习俗，让女儿住在阁楼上，裹了足，做女红。一般的日子胡家女儿是大门不出、二门不迈，待在自己的闺房。所以我外祖母在娘家做姑娘时也被唤作小姐。我外祖母心灵手巧，什么东西经她眼一学就会。绣花，做鞋，剪纸，做冥器，样样拿手。活儿做得精细。遇到有人家祭祀订的冥器多，两个长工忙不过来。胡能人就让女儿帮忙做。冥器是用芦苇编扎用纸糊的烧给死人的东西。比如冥房，就是用芦苇编架用纸糊的小房子。死人哪里会住这种房子？只不过表示活人对死人的悼念之情罢了。我外祖母制作的冥房花样翻新，从阁楼上拿出来给长工们看了，都啧啧称奇。所以胡小姐虽足不出户，名声却传了出去。方圆几十里都知道胡能人，知道胡家还有个聪慧的女儿，都道："胡能人家的女儿比他老子还能喔。"

## 二

　　我外祖母和朱家五少爷的婚事很富有戏剧性。当时男女婚姻遵循的是父母之命媒妁之言。胡小姐与朱少爷却是属于自由恋爱呢。在那个时代不多见。

　　简单介绍一下朱家，朱家当时是大户。马桥一带的田大部分是朱家的。田产多，是大地主。朱家开油坊榨油。大官圩人家吃的香油都是朱家油坊用菜籽木榨的。朱家还做粮食生意。朱家生意做得大，家大业大。朱家的未成年的子弟都送到南京读书。五少爷也在南京读书。放寒假回到老家过春节。

　　这年五少爷十九岁，胡小姐十七岁。胡家有人来提过亲，胡能人眼高世故没看上。胡能人觉得女儿漂亮聪慧，身价不错，定要嫁个好人家，自己也跟着沾光享福。五少爷排行老小，父母宠爱小儿子，娇惯他些。还把他当作嫩宝宝，由着他在外读书玩耍。

五少爷与胡小姐相识于正月十五元宵节。正月十五闹花灯，我们这个江南小镇家家户户挂红灯。有钱的人家挂七八九十个，没钱的人家挂个一两个。书香门第灯笼上粘贴谜语让人猜，猜中了主家还有赏品。这一天，大家闺秀、小家碧玉、村妇野姑都可走出家门，赏花灯，猜谜语。

这年的正月十五，胡家制作了四盏灯笼。全是胡小姐待在她的闺房里制作的。半年前胡小姐就动手制作了。闺中的生活孤独无聊，制灯让胡小姐死水般的闺中生活搅动起来，有了精神寄托。这四盏灯凝聚了胡小姐的心血智慧。第一盏是荷花灯，状如盛开的荷花，花芯处点一蜡烛。第二盏灯是折扇灯，四面制成折扇状，中间点一蜡烛。第三盏是青蛙灯，栩栩如生的一只青蛙，爪子上抓一桂枝。意为"蟾宫折桂"。青蛙背上点一蜡烛。第四盏灯是一帆风顺灯，是一只小船上升着一面帆，帆上写着四个大字"一帆风顺"。船舱里点一蜡烛。

胡能人好显摆自己是个文人。他出了灯谜，自己写了。"一帆风顺"四字也是他写的。他给人家主持丧事，也常给人家写挽联，字写得还不错。四盏灯四个谜语。粘贴在花灯上。他把谜底告诉了女儿，奖品也交给了女儿，是一把折扇和三支毛笔，是他在人家主持丧事时顺手牵羊带回家的。两个儿子都分家另过了。灯是女儿做的，他叫女儿在家管灯，他则游玩赌钱去了。

五少爷年少活泼好玩。这天他等不及吃晚饭，拿了两块糕点，跟他母亲说了声："我去看灯了。"一溜烟跑了。他吃着糕点来到华亭街上，天还未黑，有的人家还在吃晚饭。有的人家吃过了，正在往房檐下挂灯笼。五少爷就走过去帮人挂灯笼。挂好了就继续往前走。

他走到胡家时，胡小姐正在挂她做的灯笼。五少爷走过去帮忙，说："小姐，我来帮你挂。"胡家的四盏灯点亮了五少爷的眼睛。他由衷地赞道："好漂亮的灯！青蛙灯惟妙惟肖，折扇灯、一帆风顺灯别具匠心啊。"

"请问，你家的灯是谁做的？"

"小女不才，是我做的。承蒙公子夸奖。"

"是吗？小姐手真巧啊！"

"小姐，贵姓？"

"免贵，姓胡。"

"公子贵姓？"

"我是朱大贵家的老五。"

"噢。"

朱大贵油坊在当地家喻户晓。

灯光下的胡小姐更有别样风韵。胡小姐秀外慧中，她的窈窕身姿映入了五少爷的眼眸，走进了五少爷的心田。

五少爷一下把灯上的谜语全揭了下来。他怕被别人看到揭了去。揭了谜语等于猜中了谜语，要说谜底。胡小姐款款地说："请公子说出谜底吧。"

五少爷还没仔细看呢。这时慌忙展开看。第一张谜语写道：池中有个小姑娘，从小坐在水中央。粉红笑脸迎风摆，只只绿船不划桨。（打一物）

这个谜语很简单，五少爷一看就猜出来了。心想：还好，这么简单啊。他不想直说，想卖弄一下，笑着对胡小姐说："这个东西，叶儿圆，花儿美，根儿胖，泥里藏。小姐，对不对？"

胡小姐笑着点点头，奖给他一支毛笔。五少爷就着灯看第二张谜语。上面写道：花开半个月亮，花闭袖里可藏。来时荷花开放，去时菊花清香。（打一物）

五少爷略一思忖，猜出来了。他指着折扇灯说："就是它啊。"

胡小姐又含笑着点点头。奖给他一把折扇。

第三张写的是：轻舟远去猿声起，空高月下传箫音。（打一节日）

五少爷一时未猜出。他掩饰地说："这个我等下告诉小姐。"

他又看最后一张。上写：四四方方一扇窗，旁边坐个巧姑娘。栽花不用土，养鱼不用缸。（打一事）

五少爷一下又猜出来了，兴奋地说："是小姐你在绣花啊。"

胡小姐也喜悦地说："公子聪明。又猜中了。"拿出一方绣了花的手绢递给五少爷。这可不是她爹胡能人给的奖品。这是她临时起意的奖品，是她刚绣好的手绢。

五少爷继续思索第三张谜语。想一年有哪些节日啊。想到今天是元宵节，豁然开朗。拍着脑瓜激动地说："是元宵节。是我跟小姐相识的日子。天意，天意啊。"没等胡小姐拿奖品。五少爷解下自己身上佩戴的玉佩，递给胡小姐，说："今天一睹小姐制作的灯笼，一睹小姐芳容，不胜荣幸。望小姐收下我的这点心意。"

是个奔马造型的玉佩。"这……"胡小姐犹豫着。

"小姐嫌弃我吗？"

胡小姐摇摇头："怎么会呢？公子一表人才，人又聪慧。"说完双目含情。

"那，小姐，我这就回家禀告父母。请小姐等我的好消息。"胡小姐极聪明的女子，一听这话就明白了五少爷的意思。她快速地从五少爷手中拿过玉佩，娇羞地转身就走。走到门边，回头一看，五少爷还呆呆地看着她呢，她娇羞一笑。五少爷的魂已经被这回眸一笑勾走了。

<h2 style="text-align:center">三</h2>

五少爷一路欢歌回到家。回到家后就向他母亲禀明。说他在灯节上看上了胡家姑娘。请母亲大人成全。他母亲第二日就告诉了她

男人朱大贵。朱大贵听说是胡能人的女儿，就摇了摇头说："不靠谱。"朱大贵说不靠谱，就是不同意的意思。朱夫人问："为什么？"朱大贵不悦地说："我可不想跟跑江湖的人家结亲！"

朱夫人回头到儿子房里告诉儿子说："老爷不同意。"五少爷一听炸了，脚一跺问："为什么？"

朱夫人答："你父亲嫌弃胡家是个走江湖的。与我们家门不当，户不对。你看，你哥哥们娶的都是大户人家的女儿。"

五少爷一听就瘫倒在地。朱夫人拉他，他不动。后来她叫来厨娘，两人架起五少爷。才把五少爷连拖带拉，架到床上躺下。五少爷两眼呆看着天花板。朱夫人抚着五少爷的手说："我们找个好人家的女儿。"五少爷摇摇头。朱夫人摸着五少爷的头说："好姑娘多得很，娘一定给你找个比胡姑娘更好的姑娘。"五少爷还是摇摇头。朱夫人知道儿子陷进去了，叹口气。又去求丈夫朱大贵，说："儿子心意已决。怕是得了相思病。相思病没药医啊。"

朱大贵听了，瞪着朱夫人说："就是你惯的。慈母多败儿。小孩子家懂什么？婚姻大事岂能依着他？"

午饭时，叫五少爷吃饭。他说："不想吃。"晚饭时，朱夫人亲自去请儿子。五少爷说："没胃口。"第二天一日三餐，朱夫人亲自把饭菜端到儿子床头。五少爷吃两口就放下了。朱夫人心疼得不行。她听人说相思病要人命啊。她急得不行。

五少爷已经五餐没吃了。朱夫人是个精明的女人。他想护着儿子，可又不能得罪丈夫。她知道朱大贵是孝子，对他母亲的话言听计从。所以只能走婆母这条上层曲线救儿的路了。这是聪明的女人惯行的手段。女人要贤惠。什么是贤惠？这就是贤惠。贤惠的女人不是嫉妒婆婆，与婆婆为敌，与婆婆斗。而是哄婆婆。哄得婆婆为己所用。贤惠的女人温婉智慧，能忍让会来事。朱夫人走到婆母房里向婆母问安，然后帮婆母捶背，捶了一会儿深深叹了口气。婆母问："你干吗叹气？"

朱夫人说:"一鑫在灯节上看上了一位姑娘,可大贵他不同意。一鑫得了相思病了,躺在床上已经五餐没有吃了。"

"有这事?看上了谁家姑娘?"

"胡能人家的姑娘。听说胡姑娘人长得好,手又巧。"

"真的吗?"

"娘若不信,可派人打听打听。"

"胡家是小户人家呀。好姑娘多得很呢。"

"可我怕一鑫有个什么闪失。我听说相思病没药医呢。又怕此事弄不好传扬出去,外面议论我们朱家。我知道娘你最疼一鑫了。一鑫如果不好,我怎么对得起朱家,怎么对娘您交代啊。娘……"

"我知道了。小户也没什么。我们朱家也不缺他们家嫁妆。难得的是人才好。"

"请娘做主成全老五吧。"

"你放心吧。这事我还要打听打听。你回吧。"

"那媳妇告退了。"

朱夫人走后,老太太吩咐她的陪嫁丫头桂花,现在是老妈子了,叫她去打听打听胡家姑娘。

老妈子来到胡家装作买冥器的样子,与胡家的长工闲聊。话题终于绕到胡姑娘身上。长工们都一致夸胡小姐。

老妈子打听清楚了,回到家禀明了老太太。说胡家姑娘人长得标致,手又特别巧。老太太点了点头说:"不怪小五害了相思病呢。"

晚上,胡大贵从油坊回到家。老太太吩咐老妈子把朱大贵唤来。她对儿子朱大贵说:"我听说一鑫在灯节上看上了胡家姑娘。我派人打听了,胡家姑娘是个人才。人才难得。你就依了我,依了一鑫吧。平安是福。不要弄出事来。"

朱大贵听他老娘这样说,只得恭顺地说:"儿子听娘的就是。"

"那你请个媒人去提亲吧。"

"好。"

"你回吧。"

第二天朱大贵就去请了媒人。好烟好酒招待了一番。然后让他去胡家提亲。

媒人都是极精明圆滑，能说会道，能把死人说活的人。

媒人到了胡家，胡能人这几天手气不佳。输了钱。正在家里抽闷烟呢。正在心疼他输的钱，正在想怎样把输的钱搞回来。媒人笑着说："胡掌柜，您福气到了。"

"我哪来的福气？"

"我给您说一门好亲啊。"

"给谁说亲？"

"给您闺女啊。"

"噢。谁家啊？"

"大名鼎鼎的朱家啊。朱大贵家啊。朱家可是大户。家大业大，日进斗金。您与朱家结上亲，那您还不跟着享福啊。您女儿可真是有福气的人啊。被朱家相中了。"

胡能人听说是朱家心里很是乐意。可他还要拉拉敲。扬着眉毛说："不是我夸，我女儿可是百里挑一的好女子。人长得标致手又巧。好几家来说亲我都没同意呢。是他朱家来提亲，可不是我想高攀他们哦。"

"那是那是。"

"你同意这门亲吗？"

"我还要考虑考虑。不知朱家少爷人长得咋样？"

"是朱家五少爷呢，在南京读书呢。知书达理，一表人才……"媒人把五少爷夸成一朵花。

"我女儿可是人尖子哦。是我的心尖子哦。我还真舍不得。"

"男大当婚，女大当嫁啊。你还能把女儿一直留在身边？"

"那倒是。你猜前面那些说亲的愿意出多少聘礼？"

"多少？"

"说出来吓你一跳。"胡能人伸出来几根指头。媒人多聪明啊。知道胡能人说这话的意思是想多要聘礼。

"胡掌柜，聘礼您放心，朱家大户聘礼少不了您的。您若同意结这门亲，我这就去回复朱家。"胡能人还拉着架子说："我还要考虑考虑。我还要访问访问五少爷。三天后你再来我家，给你答复。"

媒人到朱家原原本本把与胡能人的谈话汇报给了朱大贵。并指出胡能人的意思就是想多要聘礼。朱大贵听后很不悦，很不屑。用鼻子哼了一声说："小户就是小户。"

三天后又请了媒人来，又好烟好酒好菜招待了一番媒人。让媒人再去提亲，并让媒人给胡能人带了两罐好酒。

这次胡能人已经在他家客厅候着了。八仙桌上已经摆好了四样茶点，泡好了一壶茶。一见媒人到，胡能人笑容可掬地请媒人就座。看媒人提了两罐酒来，还谦恭地说："还带什么礼呀？"

媒人一看这架势，知道这桩亲事成了。"看样子，胡掌柜同意这门亲。我有喜酒喝了。"

"有你喝的。现在请喝茶吧。"

"那就请掌柜请出小姐的八字吧。"胡能人把写着胡小姐生辰八字的纸递给媒人。媒人说："若少爷与小姐的八字相合。不日我们就来下聘礼。"

"有劳您了。我在家恭候。"

媒人拿了胡小姐的八字，到朱家把八字交给朱大贵。朱大贵答谢媒人又送给媒人两罐好酒。

再说五少爷，自从母亲告诉他，老爷同意他与胡小姐的婚事后。就又能吃又能跑了。他坐在房里想着胡小姐的样子，就窃笑起来。他急切地等着媒人的好消息。上次媒人说再等三天，他又急得嘴上起了火泡，食不甘味了。这次媒人说胡能人同意了，他喜上眉梢，心中一颗石头终于落了地。他感觉饿了，去母亲房里找点糕点吃。朱大贵也走到夫人房里，要朱夫人拿出老五的生辰八字，说去找算命的瞎子看看合不合。五少爷一听又急了——八字若不合岂不又糟了。五少爷急奔到朱大贵跟前，拉住父亲的胳膊急切地说："不要去找算命的吧。反正不管合不合，我非她不娶。"

"什么话？小孩子家懂什么！真是不懂规矩。不要瞎胡闹！松开你的手！"

"那我陪你去。"

"行。到了那不许多话。"

恋爱是幸福的事也是折磨人的事呀。五少爷心里自打灯节后何曾消停过。一时喜悦，一时绝望，一时急切，一时紧张……真够折磨人的。恋爱是两个人的事，婚姻是两个家族的事。恋爱容易，成婚难啊。

## 四

五少爷陪着父亲朱大贵同去看"八字"。父子同行。一路上五少爷心里忐忑不安。心里默祷："菩萨保佑。瞎子不要瞎说。"

瞎子家距朱家两里路路程。父子无话。不一会儿到了。瞎子正在门口晒太阳呢。朱大贵上前恭敬地说："先生，有事烦劳你了。"

瞎子说："请进屋。"

三人进了屋。瞎子虽瞎对自己屋里情景很熟悉。他麻利地坐到他一贯算命的椅子上，问："你们想请我算什么？"

朱大贵答："是两个小孩子的八字，想请您老算算合不合？"

瞎子睁着无光的眼睛说："请报上两人的生辰八字。"

朱大贵从荷包里拿出写有生辰八字的纸条。照上面所写读了出来。瞎子听了伸出指头掐算着。一会儿露出笑容道："恭喜当家的。我能多得两喜钱了。小姐属羊，公子属马。羊与马合婚最好，红马白羊在福中，家中富裕人口广，百年长寿永无凶。恭喜恭喜啊。两人的八字很合。乃天作之合啊。但要谨防小人捣乱啊。"

"多谢，多谢。"朱大贵从荷包里拿出双倍的算命钱，递到瞎子手里。瞎子掂了掂说："谢当家的。当家的好走。"

五少爷听瞎子这么说，真是喜出望外啊，真是心花怒放啊。他激动地腿一弓，膝盖撞到桌子腿上，腿撞麻了。五少爷顾不得腿麻了，他想把这个好消息快点与人分享。他快速走到屋外，回头对他父亲说："爹，你还要去油坊吧？我先回家了。"

朱大贵理解儿子的心情，破天荒地对儿子笑了一下，道："你小子，越来越没规矩了。你悠着点乐。"五少爷说："爹教训的是。"

说完如脱缰的野马撒腿跑了起来。初春的天气，气温很低，可跑起来却出汗了。五少爷脱下对襟棉袄，拿住衣领一路走一路甩着。走到一片坟地，觉得坟今天是那么可爱。他把它们当小山了。他信步跨上坟头，坐在坟头上，心里乐开了花。坟边的树还光着枝丫，没暴青。树下的野菜却精神抖擞地青着。田里的油菜、小麦也都青着，好像长了不少。微风吹拂着河水，波纹一圈圈溢荡着向前活动着，好可爱！阳光洒在河面上波光粼粼。河水泛绿了，不是腊月里瓦灰的颜色了。水底的水草也长了吧？噢，春天了，春天来了！有几只鸭子在水里游着，有两只拍打着翅膀欢快地嘎嘎叫着。五少爷受感染吧，也学着鸭子的样子"嘎嘎"地叫了两声。自言自语道：都说江南美，以前怎么没觉得？水乡确实美呢。不知胡小姐现在在干什么。我能去她家吗？我若把这个好消息告诉她，不知她会是什么表情。为什么只有元宵节小姐们才能出来呀？为什么一年只有一个灯节呀？我若是皇帝就好了，一年设五个灯节，不，十个，十二个，每月一次，那该多好啊。我还是赶快回家把这好消息告诉母亲吧。

五少爷一蹦三跳回到村里，就往他母亲房里跑。朱夫人见儿子满面春风的样子，知道好事成了。五少爷欢快地叫："娘……"

朱夫人慈祥地说："八字合吧？看你高兴的样子。"

五少爷使劲地点着头，说："娘，我告诉你……"他把瞎子说的话，又说了一遍。母子两人都很高兴。五少爷又说："娘，我想到胡家去，告诉胡小姐去。"

"这可不行。小姐在阁楼上呢。你个外姓男子怎么能见着？你还是安心读你的书吧。马上又要开学了。你把行李整理整理好。等婚事定下来，到了婚期你再回来成亲。"

"娘，我不要成亲。只要天天能见着胡小姐就行。"

"你说什么傻话呢。不成亲怎么能见着胡小姐呢？真是读书读傻了。"

朱大贵今天听了瞎子美言，心里高兴。去油坊转了一圈儿就回家了。油坊就在朱家村子的西边。他先到他母亲房里汇报。跟老太太商量下聘礼的事。问何时下聘礼。老太太说："你查下黄历，找个黄道吉日，下了吧。夜长梦多，宜早不宜迟。"老太太也是个非常精明的女人。她说："聘礼多下点吧。小户人家怎舍得自己掏腰包陪嫁？你多下点，让胡家买嫁妆。朱家的规矩是各人房里的东西男方不置备，男方只负责打张床，置备一套床上用品，其他东西都靠女方陪嫁。你下少了，我怕一鑫房里没有东西，一鑫面子上不好看。"

"还是娘想得周到。"

"下多少，不要让其他房里的媳妇们知道。找两个稳妥的人送去。"

"儿子知道。"

朱大贵从母亲房里出来，走到自己房里。跟朱夫人说了八字相合的事。夫人早从儿子嘴里知道了。说了老太太的意思。朱夫人自然高兴赞同。夸老太太好，心疼孙子。朱夫人拿出黄历，朱大贵查看黄道吉日，看到正月二十八和二月二都是黄道吉日，与夫人商议哪个日子好。最后决定二月二。二月二龙抬头，好听些。"也不急在这几日。"朱大贵说。

第二天，朱大贵又亲自去告知媒人下聘礼的日子。媒人又去胡家告诉了胡能人。胡能人这才告诉了他老婆。他老婆告诉了胡小姐。

　　自从灯节后，胡小姐的一颗心被朱少爷牵走了。花也绣不好，时常走神。有时窃笑，有时忧虑，有时觉得灯节上发生的事好像是场梦。她时时拿出朱少爷的玉佩来看看，摸摸。以证实那不是梦。又担心朱少爷是否真心，担心朱家父母是否同意。今天得到确切消息，一颗心终于定下来，又能坐在窗前飞针走线了。胡小姐满心欢喜，只等着朱家来下聘礼，商议婚期了。

## 五

　　二月二到了。朱家要给胡家下聘礼了。昨天朱家已经准备好了。朱大贵请了自己的小叔和一个堂兄去下聘礼。这两人都是极稳重的人。

　　早上请了媒人来。给媒人看了礼单和礼品。让媒人又清点了一遍箱子中的银子。

　　下聘礼是有讲究的。朱家下聘礼的一行人是四个人。媒人提着一对糕，走在前面。糕用红纸裹着。"糕"谐音"高"，意为"步步高升"，是对受礼人家的祝福与尊重。小叔走在第二位。堂兄走在第三位，肩上用挑篮挑着"六色水礼"。挑篮是一种专门用来行礼的篮子，不同于普通的菜篮。也是竹子编的，不过底是圆形的，高度很浅，把子却很长，通体刷了红漆。"六色水礼"是什么呢？是一包红枣、一包红糖、一包花生、一包柿饼、一包茶叶、一罐子酒。这六样都用红纸包着。走在最后面的是朱家的佣人，用挑篮挑着两只箱子。箱子里装的是白花花的银子。箱子盖上贴着红纸。

　　路上人一看就知道这行人是下聘礼的。给下聘礼的让道是积福的事。

　　胡家人早就在门外望着了。看下聘礼的到了。赶紧放鞭炮迎接。胡能人与小叔彼此抱拳客套："亲家一路辛苦。"

　　"亲家吉祥。"

"亲家请。"朱家四人进屋。

媒人把糕放在香案上。堂兄把六色水礼从篮里拿出也放在香案上。佣人把担子放下。胡能人招呼："各位请坐。"四人在八仙桌四方坐下。"请用茶。"四人喝茶。小叔从袖子里拿出大红的礼单。胡能人双手接过，看了一眼，放在桌子上。坐在二席上与堂兄坐一起，开始拉家常。小叔问："亲家生意兴隆？"

胡能人答："马马虎虎。朱家生意好吧？"

"还行。"

"五少爷在南京读书吗？"

"是呀。前两天已经去了南京。"

"五少爷兄弟姐妹几个？"

"四个哥哥，一个姐。姐姐已经出嫁。"

"噢。他爷爷奶奶可安好？"

"爷爷已经过世。奶奶还健在。"

"五少爷侄儿、侄女不少吧？"

"嗯，大哥家三个，二哥家两个，三哥家两个。小哥家一个。共八个呢。"

"噢。人不少。四个哥哥，加八个侄子。一个奶奶，再加朱大贵夫妇，共十五人呢。一人两双鞋，要做三十双呢。做三十双鞋要费些时日呢。"（陪嫁要给男方家人做鞋，一般一人两双鞋）

"是呀。亲家，要不我们就把婚期定在明年正月里。你看可好？"

"我女儿的针线活那可是在华亭街上数一数二的。我看男大当婚，女大当嫁，就定在今年腊月吧。"

"那感情好。你想大致定在腊月多少呢？"

"腊月二十六吧。"

"二十六？要过年了。迟了点吧。能不能早点？"

"就二十六。我看了黄历，二十六是好日子。"

胡能人才没看日子呢。他心里打着他的小九九。按风俗，起亲时，男方还要给女方家酒席礼。所谓的酒席礼就是给女方家猪肉、鱼、羊糕、喜酒、喜糖。给多少，由男、女方协商。胡能人想到时多要点，过年不需买肉买鱼买酒了，省了过年的开销。所以他要腊月嫁女。定在腊月二十六。早了怕菜放时间长了会坏。瞧他多会算计！最好再迟两日，可怕讲不过去。

　　想到起亲时还要多要酒席礼，不知朱家人是否好讲话，他不能亲自去要，狮子大开口怕讨价还价的，面子上不好看。他眉头一皱，计上心头。他说："我忘了告诉你们，我也请了一个媒人呢。我去把他请来。你们认识认识。以后有什么事，你们找他协商。"小叔说："好好好。"

　　胡能人走到他家后院。两长工在削篾做冥器呢。胡能人对其中一个说："老邹，你做我家的媒人吧。"

　　"我做媒人哪行？"

　　"算我求你，你给我个面子行吗？现成的媒人，不要你多说话。以后该怎么说话，我教你。我教你说什么，你就说什么。你把手揩下。今天跟我去见一下他们家行礼的人就行。"

　　长工听他这么说，无法，怕得罪主家。放下手中的活计，用毛巾把手揩净，解下围裙。跟胡能人到了客厅。

　　胡能人指着身后的长工说："这就是我家的媒人老邹。"又对着朱家的媒人说："以后有什么事你俩通气跑腿。有劳你们两位了。"

　　"应当应当。不用客气。"

　　"我想等下让老邹跟你们回府，取下贵府各位的鞋样子。我们照鞋样子做鞋，鞋也合脚些，你们看好不好？"

　　"那太好了，那还有什么话说。亲家真是考虑得仔细。"

　　又喝了几口茶，朱家人起身告辞。胡能人起身拿起香案上的糕，把它递到朱家媒人跟前。这叫"高来高去"。媒人接过。这糕还要带回朱家，这是规矩。胡能人送到门外说："亲家慢走。恕不远送。"

　　"老邹送吧。一来送人，二来去取鞋样。"

"呵呵，好好好。"

"再会。"

"再会。"

胡能人回到屋里，迫不及待打开箱子，看见白花花的银子，心里乐了：人都说生儿子好，我倒认为生女儿好呢。胡能人不由哼起小曲来。把香案上的六个纸包也都全打开来。拿个酒杯倒杯酒，就着花生就喝了起来。一口酒两粒花生，喝得有滋有味。

# 六

长工老邹到了朱家被安排在客厅喝茶。朱夫人取了祖孙四代的鞋样交给了老邹，赏赐了两包点心给他。老邹乐滋滋回到胡家，把鞋样交给胡能人。胡能人把鞋样交给他老婆。老婆把鞋样拿到阁楼上，交给胡小姐。母女俩商量着做鞋的事。胡小姐让母亲帮忙纳鞋底，她自己做鞋帮，小孩儿和女鞋鞋帮上绣花。她做好鞋帮后让母亲帮忙把鞋帮和鞋底上在一起。每人一双单鞋，一双棉鞋，先把朱家人三十双鞋做好。然后做枕头，做帐帘，绣枕头上的花，绣帐帘上的花。最后有时间的话，就给五少爷做四双鞋。如果来不及的话，就去买，或请人家做。两人嘀嘀咕咕商量妥了。胡能人老婆回自己房，把家里零碎布头都用针线篮装了提到胡小姐房里，对女儿说："先用这些布头做鞋，做完了不够再让你爹去买。"胡小姐答应了。于是母女两人开始忙着做鞋。胡小姐见过自己的郎君，对这门亲事满心欢喜，怀着爱恋做鞋，孜孜不倦，把自己的一腔爱意都揉进这千针万线中。每双绣花鞋鞋帮上的花样个个不同。胡小姐不需看图样，心中有花样。她先用纸剪花样，然后把剪好的花样贴在鞋帮上，用粉饼描画下来。再在描好的图案上绣花。胡小姐能剪花却不会画花。这是许多会剪纸的中国人的奇特之处。枕头上和帐帘上的花要大得多繁复得多，胡小姐怕拿捏不住。思虑再三，最终请她母亲拿到街上请一个专门画花样的人画了花样，拿回家绣。

日子在绣花针上流淌，一天绣不了两朵大花。不知不觉，从春已到了冬。眼看胡小姐婚期要到了。胡能人的老婆催促胡能人买嫁妆。胡能人把聘礼的银子当作他的赌资呢。没想到这是人家让他买嫁妆的钱。羊入狼口，狼怎么会舍得吐出来呢？胡能人他怎舍得把白花花的落入自己腰包的银子拿出来买嫁妆呢？不买嫁妆又说不过去。只得忍痛到街上买了两只又薄又小的柳树木箱。人家陪嫁一般都买樟木箱子。买了一个小圆桌四个小凳子，找最便宜的买的。买了两床棉被，一床七斤，一床六斤。人家知道他是买了陪嫁的，要他买十斤的，他强辩说："十斤的太重，盖了不舒服。年轻人火气大。不能盖厚的。"买了一顶黄熏熏的麻布帐子。买了两床绸子的被面和棉布被里，两个瓷糖罐，四条手巾。东西是他断断续续从街上买的。反正他家就在街上。他老婆说还要买些。他大骂："败家的娘们儿。他朱家什么没有啊？靠我们陪？"按风俗还要给新女婿从头到脚置办一套。胡能人老婆千叮咛万嘱咐，要他买套好一点的："朱少爷可是在外读书的人。买差了怕五少爷不高兴不穿。"胡能人只好摘心挖肺一般买了一套缎子面的袍子，一顶皮帽，一双皮靴，一双棉袜。

进腊月了，五少爷放假了，他没像往年走访同学滞留几天再回家，这次他心里有了胡小姐归心似箭，一放假他一溜烟跑到码头赶回家了。他一回到村子，下人们见到他纷纷与他打招呼，告诉他：家里正忙着给他打制雕花大床，粉刷新房呢。他来到自己屋，见有两个男人正在粉刷他的房间。他走到他母亲房里，房里没人。他决定去他祖母房里报到请安。在老太太房前看到一群小孩儿在抽陀螺。陀螺在孩子的鞭子下欢快地旋转着移动着，挡住了他进屋的道。他说："嘿——嘿——嘿——"老妈子闻声走出屋外，见是五少爷，满面笑容地说："五少爷，你回来啦。"这时有的孩子停下抽陀螺，有的叫他小叔，有的叫他表姑父，有一个叫他小舅。他定睛一看是他姐的孩子。五少爷欢喜地问："你怎么来啦？"抱起小孩儿旋转了两圈，把小孩儿往上抛了几下，小孩儿欢喜地咯咯笑。"你娘呢？"五少爷问外甥。小孩儿说："我娘跟家奶奶（外婆）去给你买新被褥去了。"五少爷抱着小外甥进到祖母房里。老太太正坐在火桶上烘火，一手拿着剪子一手拿着红纸，坐在窗前剪"囍"字。老房子窗户很小，屋里光线很暗，五少爷没看清老太太在做什么。他高声说："老祖宗，我回来了。你在剪什么呀？"老太太扬着还未剪好的红囍字慈祥地说："小五哇，我正在给你剪囍字呢。我家小五要成大人咯。"五少爷放下外甥，掇条凳子凑在他祖母跟前说："老祖宗，我家怎么来了这么多小孩儿？"

"这不，你要成亲了，远处的亲眷我们都派人接去了，来了一些，有些还没到呢。你姐一家你见到了吧？"

"我还没见到姐夫呢，他们在哪儿？"

"住在公房里呢。"公房是祖先留下的房子。来的客人多，或住得时间久的，一般安排在公房里住。

"奶奶我想去胡家，见见胡小姐。"

"那可不行，拜堂前相见不吉利。"

"为啥不吉利？"

"这是老古话，不能不信。"

这时老太太已剪好了一个囍字。字中的四个口，剪成了心形。老太太展开来给五少爷看，问："你看我剪得好不好看？"

"老祖宗剪得真好看。"五少爷一时来了兴趣，"老祖宗你教我剪吧。"老太太说："好。"手把手地教起来：这么折这么剪……教了两遍，五少爷学会了。先剪了两个小的，后来又剪了两个大的。老太太说还可以在字边上弄点花样。五少爷自出心裁把字的边上剪成波纹形，花瓣形。老太太夸："我家老五真聪明。你喜事上用的囍字你自己剪了吧，省的没事做尽想瞎胡闹。"

# 七

五少爷已剪了满满一托盘红囍字。大大小小的，有上百个吧。雕花大床已经打好，雕好，上了大红的油漆，安放在粉刷一新的新房里。床很宽，能睡下两个大人三个小孩儿。胡小姐日夜绣花，花已绣好。鞋已做好。还给五少爷做了两个扇袋，两个香囊。扇袋和香囊上都绣了精致的花。两颗年轻的心在甜蜜地憧憬着未来。婚期指日可待了。

腊月二十三，朱家开始宰猪杀羊。一车一车的酒啊菜啊拉到伙房里，拉到仓房里，堆积成小山似的。朱大贵把下人们的工都吩咐好了，谁洗菜，谁切菜，谁烧锅，谁洗碗，谁烧茶水，谁倒茶水……一一吩咐妥定了。喜事要操办五天。第一天送日子吃商量饭，第二天抬媒搬嫁妆，第三天正日子迎娶新娘，第四天请亲家母，第五天新人回门。

按风俗腊月二十四，朱家要送日子吃商量饭。

腊月二十四，朱家一大早就请了媒人来。还把私塾的先生请了来。请先生来写"日子书"。日子书就是明确婚礼的日子，由男方写，写好后送到女方家。私塾先生在一张裁好的红纸的中央用工整的小楷写道：胡炳传姻亲家谨定于己亥年腊月二十六举办犬子朱一鑫与令媛胡小姐的婚礼朱大贵鞠躬。

写好了把纸折了两折，折成小书模样，字在里面了。然后在封面上贴了一个囍字。翻过来在封底又写了两行字"琴瑟和鸣百年好合"。媒人拿过来说："先生的字写得好。"

媒人就去胡家送日子书。胡能人和胡家媒人老邹已经在喝茶候着了。媒人问："胡掌柜，日子按你的意思定在腊月二十六，你没有变更吧？"

"到这个时候了，我哪能有变更？我喜帖都发出去了。"

"那好，那好。"媒人把日子书交给胡能人。胡能人看了一眼把它放在香案上。

媒人又说："那我们来商量商量酒席礼吧。"胡能人早就给老邹说了几遍了。老邹说："一百斤猪肉，六十斤鱼。六板羊糕，一百坛酒，五十斤喜糖。"

"要这么多啊。"

胡能人斜着眼说："他朱家大户不能连这点酒席礼都舍不得出吧？"

"那倒不会吧。待会我回去禀明。他家若同意，明一早就派人送过来。不耽误你办酒。"朱家媒人让老邹再说一遍，他拿笔记下，然后又问："胡掌柜，那我们明天来多少人抬嫁妆？"胡能人一心只想着酒席礼呢。把嫁妆这码子事忘了。他吞吐了半天说："来十个人吧。"

"十个人吗？"媒人怕自己听错了，又问了一遍。胡能人这回心里有点不好意思。勾着头小声"嗯"了一下。两媒人在胡家吃午饭。这就叫吃商量饭。吃过午饭赶紧地回朱家禀报。媒人的差事就是跑断腿的差事。

媒人向朱大贵禀报了胡家要的酒席礼。朱大贵听后说："他一小户，要这么多酒席礼啊。他要摆多少桌？"

媒人说也许他陪嫁多。因为酒席礼要的多，一般是女方亲眷多，陪嫁多。朱大贵已经操办过几个儿子的婚礼，那几家都是大户，要的酒席礼也多。当然人家陪嫁也多。有的还陪了田产。朱大贵点点头，又问："他家要多少人抬嫁妆？"

"十个人。"

"十个人？就要十个人？人少了，搬不来可不行。说我们家小瞧他家没东西陪。那就不好了。"

"可如果去多了，没东西搬，他要说我们作弄他家陪的少了。"

"他说十人就十人吧。找点力气大的去。带扁担多带点绳子。人手不够的话，我和老邹帮着抬。"

"那好就这样吧。"朱大贵留媒人吃晚饭。说:"明天还要劳烦二位起早。"

"不客气,不客气。"老邹只说了这一句。胡能人怕朱家不同意给这多酒席礼,教老邹说的话一句也没用上。

朱大贵派人去朋友家送喜帖,又召集同宗本家来吃晚饭。商量谁主事,谁收礼金,谁管账,谁放鞭炮,谁做搀脚娘娘,哪些人做伴郎,等等。这个也叫吃商量饭。

饭后,朱大贵亲自去仓房过秤,把胡家要的酒席礼一一过数准备好了。他心里不悦:"要这多酒席礼,只要十个人抬嫁妆,能有多少嫁妆?他胡能人不会赔金砖赔地契吧?前面几个儿子成亲,抬嫁妆的要了一两百人呢。哼,小户就是小户。老五鬼迷心窍,不听老子言。你小子吃亏就在眼前了。"吩咐守仓房的人警醒些。守仓房的点头如捣蒜。

从仓房出来他又吩咐了几位油坊长工,明天鸡一叫就起来,去胡家送酒席礼。这时朱大贵感觉头昏腿酸了。他依着墙靠了一会儿。唉,儿子成亲劳累老子。亏得办过几回,有了经验,不再手忙脚乱。他又强打起精神支撑着去了公房,去看望来的远客。不能冷落了客人。

几间公房里灯火通明,人声喧闹。一间里,几个男客在掷骰子赌钱。一间里有个人在说书,围着几个妇人、小孩儿在听。一间里几个老妇人在打纸牌,还有几个妇人在聊天。见自己的夫人也在,朱大贵走进去,和她们寒暄客气了几句。众人都夸朱大贵好福气,说:"一鑫成亲后,你就管教排场好了。等着享子孙福了。"朱大贵憨笑着。就在这时他的鼻子流出血来,众人一见咋呼起来。朱夫人忙用手巾为他揩血。用手托住他的脸,让脸孔朝上,不让血再流出来。有个人说:"喊个郎中来看一下。"朱大贵说:"不用。我就是操心的。躺会儿就好。"众人都附和着说:"是啊,太操心了。那你躺会儿吧。"朱夫人也累了,想回房休息乘机说:"我扶他回房休息吧。他这是累的。"

"那行，那行，你们回吧。"

"那失陪了。你们多包涵。"

"不用陪，不用陪。你们回吧。"

路上，朱大贵把胡家要的酒席礼和抬嫁妆的人数对朱夫人小声说了，责怪朱夫人由着儿子和一跑江湖的人家结亲，门不当户不对的。朱夫人由着他责怪，一声不吭。

# 八

鸡一叫，朱大贵夫妇就起床了。匆匆梳洗完毕，朱大贵去了仓房。一会儿去送酒席礼的长工来了。朱大贵分着工，让他们用箩筐和挑篮挑着酒席礼出了门。叮嘱挑酒的一定要小心。

朱夫人去伙房监管。伙房有三间房大小。北边有三口砖砌的灶台。灶台后是堆成小山似的木柴和稻草。灶的东边是一个大木案板。案板上放了几把大菜刀和几块砧板。还堆积了一些昨天已洗好还没切没用完的菜肴。西边有三个大碗橱。里面放着碗啊碟啊盘啊。碗橱的边上墙上钉着两个大筷筒。里面满满地插着筷子。南面靠大门的地上堆积了一些今天要办酒用的蔬菜。

一会儿伙房帮工的下人们陆续到了。有的择菜，有的去河里洗菜，有的切昨天剩在案板上的菜。有两个去仓房抬菜。荤菜都在仓房呢。"还要抬些碗碟来。"朱夫人吩咐道。"晓得了。"

一会儿请的大厨到了，还带着两徒弟。朱夫人对切菜和烧锅的说："怎么切怎么烧你们要听师傅的。"厨师吩咐一个徒弟去切菜，一个徒弟去烧锅。朱夫人对厨师恭敬地说："师傅，这块就交给你了，辛苦你了。"厨师摇着蒲扇似的大手说："不客气，不客气。马上准备开抬媒酒。准备几桌？"

"两桌吧。"朱夫人答。

再说胡家也是，胡能人和老婆天麻麻亮就起床了。把儿子媳妇喊起来。吩咐他们去伙房择菜洗菜切菜，又去请本家两媳妇来帮忙烧锅。胡能人舍不得花钱请厨师，请本家一个婶子来掌勺烧菜。

两边都热烘烘忙碌起来。

酒席礼到了。胡能人吩咐把酒和喜糖搬到他房里，鱼、肉、羊糕就放在后院里。等送礼的走后他又拿出秤，和儿子称了一遍。没缺斤少两。他才放下心来。满意地说："朱家还不错。大户就是大户。"

今天的主要任务是抬媒搬嫁妆。送酒席礼的出了门。朱大贵也出了门。今天叫抬媒，媒人为大。朱大贵带了谢媒礼亲自去请媒人。谢媒礼是一套衣料一双鞋子，还有几两银子。请了媒人来就开席了。搬嫁妆的坐席，人少不够两桌，又喊了一些亲眷坐席。主事的是朱大贵的小叔，他早就在昨天安排好了哪些人去。其中特别安排了一个十来岁的小孩儿。他是专门拎子孙桶的。子孙桶就是马桶。还安排了一个放鞭炮的人，搬嫁妆要在女方家门口放鞭炮。媒人坐一席，所以叫抬媒酒。这个酒席一般没有人喝酒，因为是早餐呢，又要急着去搬嫁妆。众人吃过饭，就在媒人的带领下去胡家搬嫁妆。一行十二人。媒人手拎一对贴着囍字的糕打头，小孩儿蹦蹦跳跳走在第二位，放炮仗的挑着两箩筐鞭炮断尾。

再说胡家，胡能人派了堂弟去请亲友来吃酒。亲友陆续到了。男人们在客厅谈天说地，人声喧哗。女客到阁楼上看胡小姐的嫁妆。啧啧称赞胡小姐的手巧。胡小姐的娘在哭嫁。眼泪一把鼻涕一把。边哭边往陪嫁的木箱里放了几包喜糖，放了一块糕。把胡小姐的几件四季衣裳往箱子里放。胡小姐的舅舅听妹子说，小孩儿可怜没什么嫁妆，又送来几块衣料。胡小姐的娘把自己陪嫁的压箱银子从自己箱底拿出来，分放到陪嫁的两只木箱里。然后把布料盖在上面。边放边哭，哭自己命苦，做不了主，不能给女儿更多的陪嫁。胡小姐劝母亲不要哭了。众人也劝，说不要伤心了，姑娘嫁到朱家是跳到了福窝里了。

胡能人拎了一个布袋来到女儿阁楼上，因为女方也要选一个挽脚娘娘。揣脚娘娘要儿女双全的，家里生活好的，夫妻感情好的，总之是要有福气的才能担当。胡能人想来想去，只有一个表姑妈儿女双全，家境比较好，家里没出不好的事。胡能人央求她作揣脚娘娘。表姑妈谦虚了一下："我哪有什么福气啊？"胡能人说："不想让我们沾沾您的福气啊？"表姑妈也就同意了。胡能人把布袋交给表姑妈，布袋里装的是枣子、花生。表姑妈会意——这是要她成喜被呢。成喜被就是把棉被、被面、被缝在一起。缝的时候把枣子、花生放在里面。意思是早生贵子，要花着生，有男有女。表姑妈正用红线缝着被子呢。外面鞭炮声噼啪啦响起。搬嫁妆的来了。

胡能人上来问表姑妈被子缝好没，表姑妈说一会儿就好了。先把别的东西搬到院子里，贴上囍字。把子孙桶套上麻袋。胡能人这才想起，忘了买马桶。这可是不能缺的嫁妆啊。

忙飞奔到木器店去买。只剩一个了，盖子上有个小缺口。也只好买了下来。又飞奔回家。家里人都奇怪他为何跑了，在等着他呢。看他拎个马桶回来，众人才明白他忘了买子孙桶了。都说这么精细的人怎么把这事给忘了。胡能人气喘吁吁地吩咐人搬嫁妆贴囍字。也没多少东西可搬，几个人一会儿就搬出来了。媒人问胡能人要礼单，就是陪嫁的清单。胡能人没写呢。就这点东西也不值当写。媒人要他写，胡能人看就这么点东西也不好意思写了，说："算了吧。不会丢的。"媒人又问："你家谁去押箱？"胡能人叫自己的侄子去。侄子看就这点东西，跌面子，不愿意去，说："我脚疼呢。"胡能人打发老邹去。说："你一事两勾当，既做媒人又押箱吧。"

媒人看就这么点东西，心里骂：胡能人你真够抠的。要银子就不顾面子了。有你这么做事的吗？有你这么当爹的吗？

朱家媒人会来事，分派一个人挑两只箱子，一人扛圆桌，两个人挑四张凳子，一人两张。一人挑两床被子。一人挑枕头、帐子、帐帘。两人挑三十双鞋，一人挑十五双。小孩儿拎子孙桶，一人挑专门给五少爷的衣帽、鞋袜、香囊、扇袋。放炮仗的挑两只糖罐、四条手巾。这样人人都不踏空了。抬嫁妆的都笑了。这趟原以为很累，没想到如此轻松。

嫁妆先抬到公房客厅，展示给众亲友看，这是习俗。这时朱家大院已经到处张灯结彩，红彤彤一片，喜气洋洋的样子。嫁妆进了门，朱家亲朋纷纷围拢了来看。看后都摇了摇头。这些嫁妆中只有胡小姐做的绣花鞋和绣的枕头、帐帘、扇袋、香囊是亮点。都说：嫁妆苗巧，新娘子的针线活还不错。

众亲友看后散了，老太太和朱夫人来看了。看后脸色都不好。掂了掂箱子，不重，看样子没陪多少值钱的东西，没什么压箱银子。朱夫人把三十双鞋分发给各人。然后吩咐儿子、媳妇把东西搬到老五新房里。

五少爷在院子里帮着挂红灯笼呢，这会子在新房里贴囍字呢。窗户上、四壁的墙上都贴上了自己剪的囍字，他龇着嘴，心情愉悦。

哥哥、嫂子把嫁妆搬进新房。把被子、枕头放在床上，把帐子、帐帘挂起来。他小哥心直口快，说："怎么赔个黄鼠狼皮的帐子，太难看了！"嫂子们听后都笑了起来。二嫂说："你管它呢，又不叫你睡里面。"四嫂说："帐帘和帐子不般配呢。"三嫂眨着眼说"只要能拦蚊子就行了呗。"

## 九

五少爷听哥哥嫂子这么说，放下手中的囍字。盯着帐子看了一会儿。是的，黄熏熏的帐子，与绣花的帐帘不相配。让房里灰暗起来，让雕花大床沉重起来。五少爷不由皱了皱眉头。他去过哥嫂的房间。房里都是绫罗做的轻盈盈的帐子。他心中想象的，是他与胡小姐也是在那样美妙的帐子中卿卿我我，巫山云雨。可现实却是这样的帐子。这让他有点失望。这顶麻布帐子一下消了他的兴致。看他脸色不对，哥嫂赶紧撤退。

他去公房客厅吃晚饭。感到吃酒的亲友都用异样的目光看着他，他们在低声说着什么，见他来了，相互递眼色，拉衣角。都默不作声了。五少爷感觉人们都在议论他。他感觉众人的目光像刺一样，让他浑身不舒服。他转身走出公房。怏怏不乐地回到自己的新房。他看着那顶麻布帐子，黄熏熏的麻布帐子。"他胡家就不能陪顶好帐子吗？"他自言自语道。

朱夫人是个细心的女人。她看着儿子走出去，知道他没有吃晚饭。晚宴过后。她亲自盛了一碗饭。又用一个碗搛了几样儿子喜欢吃的菜。用篮子装着，篮子上用手巾盖着，她悄悄地送到儿子房里。见儿子坐在凳子上发呆呢，她慈爱地拉着儿子的手说："一鑫，别想那么多了，快吃晚饭吧。"

"娘……"

"娘知道你的心思。"

"娘……"

"这是你自己要死要活，自己情愿的。你现在明白你爹为何反对这门亲事了吧？婚姻要讲究个门当户对啊。可事已至此你不会反悔了吧？"

"那倒不至于。胡小姐是个很好的姑娘。"

"那不就结了。不要在意别人怎么说。钱财是身外之物。明天就是你们大喜的日子。可不兴闷闷不乐的。"说完朱夫人从腰里拿出一个纸包，递给儿子。

"这是什么？"

"人参啊。明天你用它泡水喝吧。长长精神，新婚一定要精精神神的。"

"娘，你放心吧。"

"快点吃吧，要冷了吧？"朱夫人看着儿子吃完，才放下心来。把两只碗收拾进篮子站起来说："娘回了，你今天早点睡吧，不要胡思乱想的。"

"嗯。"

当晚五少爷在那张帐着麻布帐子的雕花大床上睡了。他做了个奇怪的梦。他站在船头，胡小姐在对岸，向他招手。他拿起桨想划过去，可忽然刮来一阵风，起了一个大漩涡，船掉转头越驶越远。他努力掉转船头，可忽地起了大雾，胡小姐的身影看不见了。他急了，一急就醒了。身上出了许多汗，感觉很闷。有点口渴。窗外的红灯笼光照进屋里。"怎么这么闷啊。"他看了看帐子，帐门没关，用帐钩钩着呢。"开着的还这么闷啊。"他自言自语道。

他下了床。冬夜很冷，他打了个冷战。冷尿饿屁，有了尿意。他在夜壶里解了手。看见桌子上母亲放的参包。他穿上棉衣，拿起人参朝伙房走去。

伙房的门是虚掩的。他一推就开了。木炭炉上煨着茶水呢。是给喝酒的夜里要喝茶水的人预备着的。五少爷倒了碗茶水喝了。然后找了个紫砂壶把参放进去，舀了小半瓢水倒进去。把它放在木炭炉上煨着。他搬个小凳坐着就着炉子烘火。想着人们的眼神他有点烦闷；想着刚才的梦他有点惆怅；想到他与胡小姐灯会相见的情景，他又偷着乐起来。想着胡小姐窈窕的身姿，他的下面坚挺了起来。五少爷毕竟年轻，他的情绪易变，易受他人的影响。他闭着眼，双手抱着膝头，半睡半醒，信马由缰地瞎想了一大会儿。天开始放亮了。他听见有人起来走动的声音了。参已经煮沸了。他伸手去拎，被烫了一下。他甩了两下手。找了块抹布裹住壶把，把参水拎到新房里。

他倒了小半碗参水，喝了一口。苦苦的，散发着一股青草气。"参就这味啊。"他嫂子责骂侄子不吃饭时说："你不吃饭，你想吃参啊。"他还以为参是多么好吃的东西呢。他自嘲地笑了笑，又喝了一口。"我得精精神神的。"他在心里暗道。他又望了望那顶麻布帐子。然后一口气把剩下的参水全喝了下去，指着帐子说："等着吧，等我有了出息，我就把你换了。"

搌脚娘娘他婶子急呼呼跑来说："一鑫啊，快去吃早饭。一会儿要上头呢。"他又跑去伙房。刚扒了两口饭，他大哥跑来说："一鑫，快别吃了。我带你去洗澡。一会儿要上头呢。"

等他洗完澡回到屋里，屋里已经坐满了人。他大舅站起来说："上头吧。"门外不知谁点燃了鞭炮，鞭炮噼里啪啦响起来。搋脚娘娘让他把外衣、鞋子脱掉站到一个大筛子里。筛子里有两把花生、枣子。搋脚奶奶帮他穿上他舅舅们买来的新衣、新鞋，戴上大礼帽。帽子上钉着一朵绸子做的大红花。这标志着他新郎官的身份了。他大舅走过来说："你成人了，要孝敬父母，撑起门楣。"朝筛子里放了一块银元。接下来，二舅、小舅、姑妈、姨妈、婶子、叔叔什么的长辈纷纷往筛子里放银元。搋脚娘娘点起两只大红烛，喊道："子孙满堂——福寿延绵——"

再说胡家。胡家这时也在上头呢。胡小姐也是早起沐浴后，由长辈亲戚给她上头。仪式和朱家一样。只不过朱家筛子里放的是银元，胡家筛子里放的是铜钱。搋脚娘娘也说着祝福的好话，她喊的是："百年好合——夫贵妻荣——"

上完头后，胡小姐由他哥抱着，放到床上坐着。搋脚娘娘给她光面，上妆，梳头。

光面是用两根棉线，绞着拉扯掉脸上的汗毛。光面意味着告别黄毛丫头的岁月，进入妇人的行列。光好面后，上妆，胡小姐没上过妆。没有胭脂水粉，搋脚娘娘从家里拿了些来。涂脂抹粉后，梳头。把辫子散开，梳成一个圆髻，插上簪子。簪子是舅舅送的。胡小姐像个木偶，任凭搋脚娘娘摆布着。要做人家的媳妇了，她心里有点惶惶的。"他会待我好吗？他家人会待我好吗？"

十

今天是正日子。上头过后，又开席。这回是舅舅、舅母为大，坐一席。朱家客厅大，同时开六席。

胡家客厅小，只能一下开两桌。他家只有一张八仙桌。从邻居家借来一张桌子。

朱家主事的已经请来了吹鼓手，是师徒俩。他俩已经在伙房盛饭吃过了。安排了八个轿夫。轿夫在最末一席吃酒。开席了，一次用托盘端两个菜上，每上一个菜放一挂小鞭，吹鼓手吹一段欢快的曲子，搞得响声轰天，热闹非常的样子。这就是中国人做喜事的样子。

第一批宴罢。朱家要去胡家迎亲了。朱夫人已准备好了上轿衣、离娘衣、交接布、盖头。上轿衣是新娘子上轿穿的红袄、红裙。离娘衣是给新娘母亲的。是一匹绸子布料。朱夫人正欲拿去交给媒人。老太太说话了："他小户人家，也配穿绸子？"她看着老妈子说："桂花，把你刚做的夹袄拿来。这匹绸子你留着以后做寿衣吧。"老妈子是老太太肚子里的蛔虫。她明白老太太这是对胡家不满呢。她连忙笑着答应："那感情好，谢老太太恩典。"把自己的洋布夹袄拿来交给朱夫人换回绸子布料。朱夫人也明白胡家陪嫁太少老太太生气了。她顺承着老太太，没作声。

朱家去迎亲了。媒人用挑篮挑着上轿衣、离娘衣、盖头、交接布，手里还提着一对糕走在前面。放鞭炮的挑着两箩筐鞭炮走在第二位，八个轿夫抬着一顶花轿走在第三位，两吹鼓手吹着唢呐走在最后。有人家的地方他们就鼓着腮帮卖力地吹着，没人的地方就停下休息会。

上好妆后的胡小姐更美了。众女眷都夸胡小姐美。胡能人的老婆端来两个荷包蛋，要胡小姐吃了。说晚上不知道到什么时候吃呢，吃蛋扛饿些。又从怀里拿出一个白手巾对胡小姐说："晚上同房时把它垫在屁股底下。第一次要流血的。"胡小姐懵懵懂懂的。又拿出一块手掌大的小镜子说："这放在身上辟邪。"然后把手巾折叠成方块夹着镜子揣进胡小姐的怀里。

喇叭声响起，鞭炮声响起。迎亲的到了。胡家的一些人，走出门去，戏弄放鞭炮的，用锅灰抹他的脸，把稻草撒在他头上。用树棍把烂泥巴戳到他衣上。搞得放鞭炮的像个小鬼。放鞭炮的躲闪着，笑着，他不能生气发怒。众人也都笑着，闹着。这叫喜闹。活跃气氛。

媒人把上轿衣、离娘衣、盖头、交接布交给胡能人。胡能人交给搀脚娘娘。搀脚娘娘给胡小姐穿上上轿衣。胡能人的老婆带着哭腔说："我儿，离了娘家到了夫家，要勤灵点，不要贪睡。早起三光，头光面光堂前光。要孝敬公婆，顺从丈夫。"搀脚娘娘说："放心吧，我们小姐是多么聪明的人啊。"

两箩筐鞭炮放得差不多了。搀脚娘娘说："发亲吧。"胡小姐的哥走过来，在床前蹲下，搀脚娘娘搀着胡小姐的胳膊，胡小姐伏在她哥背上。搀脚娘娘给胡小姐盖上盖头。胡小姐的哥背起胡小姐出了门，搀脚娘娘拿着交接布和一对糕跟在后面。到了轿前，搀脚娘娘铺开交接布，布上放着一对糕。胡小姐被搀下站在这对糕上。意为步步高升。搀脚娘娘说："上轿吧。"胡小姐抬脚迈进轿子中坐下。她哥两手一兜收起交接布和糕。

鞭炮声响起。喇叭声响起。媒人高喊："起轿！"

朱家媒人问胡家媒人："一会儿来接新亲。派几只船来？"

"三只吧。掌柜的说了派三只船。"

"好吧。"

这回起亲的队伍是八人抬着花轿走在前面。吹鼓手跟在花轿后面一路吹着。媒人和放鞭炮的挑着空的箩筐、抬篮走在后面。放鞭炮的搞得像个乞丐。一些看热闹的小孩儿跟在后面起哄。到了半路，吹鼓手吹着欢快的小调——《打麦场》。吹到曲子末尾时，抬轿子的和着曲调大唱："吆嗬嘿，吆嗬嘿，海棠花来么，吆嗬嘿！"一边唱一边颠轿。循环往复。轿子里很暗，又盖着盖头，胡小姐被颠得昏头昏脑。她既想早点到，又怕陌生的朱家，不知如何面对接下来的情景。大姑娘上轿头一回，未知的家，未知的人，未知的生活在等着她。她心里惶惶的。她也不知走了多久，忽然闻到一股强烈的油香气。她猜测到了朱家油坊了，那么离朱家不远了，她的心剧烈跳动起来，有了作呕的感觉，嘴里冒了清水，她强压住，把口水吞了下去。

瓣里啪啦的鞭炮声响起，轿子落下了。朱家拣脚娘娘撩开轿门说："请新娘子下轿吧。"伸过去一只手。胡小姐扶住那只手跨出轿门。

"随我来。"胡小姐随着拣脚娘娘走。"跨门槛。"拣脚娘娘提醒道。走进屋里，听见一个男声高喊："吉时已到，新人拜堂！"胡小姐随拣脚娘娘站定。从盖头下看见走过来两只脚。是五少爷和他的伴郎来了。"一拜天地——"

"跪！"拣脚娘娘小声提醒。胡小姐跪了下去。"起——"胡小姐被拣起。

"二拜高堂——"

胡小姐又跪下去。"起——"胡小姐又站起。

"夫妻对拜——"见旁边的人转过来对着自己，胡小姐也聪明地转过身对着他，弯了弯腰拱了拱手，行了鞠躬礼。

"送入洞房——"仍有拣脚娘娘拣着走。刚才行礼是在公房客厅呢。距新房还有一段路。两个小脚女人摇摇摆摆，七弯八绕地走了半天才走到新房。胡小姐被拣在床上落座。

行礼过后晚宴开始，五少爷挨桌敬酒。

朱夫人想：他胡家看到洋布的离娘衣会不会生气？他胡家也太不像样了！只赔了手巾，连面盆也没赔。明早拿什么洗脸哪。家里以为胡家会赔，粉刷新房时，五少爷房中的一些家具、摆设都搬到库房里了。看来只有再用旧东西了。新房里用旧东西，太不像样了。唉，总比没有的好。

朱夫人喊了几个下人去库房。把五少爷以前的用具又搬了出来。搬了一顶衣橱、两张桌子、一个面盆、几个花瓶、一盆珊瑚、四幅立轴。朱夫人又亲自从树上剪了两枝腊梅花，插在花瓶里。这四幅立轴的花鸟画和黄嫩嫩的腊梅花，给新房增色不少。有了一点清雅的气息。

胡小姐坐在床上听见人在走动，朱夫人指挥人搬动布置新房的声音。她想为啥到这时才布置新房啊。她隔着盖头看东西，红彤彤的一片。她想去掉盖头看看，可她又不敢。盖头必须新郎官来揭呢。"现在是什么时辰了啊？少爷你何时进新房啊？"胡小姐，这时应叫朱胡氏或五奶奶了，她静静地坐在床上，心里却焦急不安得很。

十一

新娘子一进村。主事的小叔问了媒人派几只船去，问完就赶忙亲自动身去胡家接新亲。让媒人去接呀？不行，没这规矩。新娘子进了门，媒人甩过墙。媒人吃酒回家了。新亲是女方的男眷，新亲尊贵，得男方家长亲自来请。新亲尊贵，不能让其徒步来，按胡家要求启动了三只大船去，叫了六个船夫，还专门请了一个拔船师傅。因为路上要过两道坝埂。拔船的师傅祖上是有名的窃贼，技艺高超。其中一项绝技就是拔船。几个壮劳力费九牛二虎之力才能拔过去的大船。他一个人轻轻松松就能拔过去。拔船绝技的关健是定桩。他家有自制的大大小小的木桩。定的时候根据船的体型，桩的位置高度定得恰到好处。这样就靠着这些桩，他一人就能轻轻松松快捷地把船拔过去。水路比陆路绕远些。一来一回，路上又有两道坝埂。到了坝埂，船上的人要下船站在河堤上，等拔船的师傅定桩，把船拔过去再上船。这样就耽误了许多工夫。等新亲来到朱家，已经是上灯时分了。按规矩老亲陪新亲。朱家的舅舅、姑父、姨父、叔伯来陪。小叔把新亲领到公房客厅，对胡能人说："胡亲家，我也不客气了，时辰也不早了，我不清楚你家人，我们这就开酒，三方酒你来安排坐席吧。"胡能人做主持做惯了，他乐于做。他就分派谁坐一席，谁坐二席，谁坐三席，谁坐四席。上席和下席留给朱家人来作陪。因为人多，第三桌的上席也是胡家人坐的。抬头嫁女儿，低头娶媳妇。以女方家为主。男方人坐下席作陪斟酒。胡能人坐了第一桌的一席。他儿子坐了第二桌的一席，他孙子坐了第三桌的一席。新亲酒上，女方祖孙三代为大。二、三、四席是按辈分与年龄大小坐的。

胡能人这桌上，是朱家的一个堂兄斟酒。他对胡能人陪嫁得少也不满。他不客气地说："亲家你能喝多少就喝多少，不要客气。"胡能人道："那是那是，开亲是一家了嘛，我客气啥！"

"亲家最近手气咋样？"

"一般般。"

"没把女儿的嫁妆输了吧？"胡能人知道他在打趣他。他这人皮厚，也不恼。他反过来说："这位亲家是不是也好玩？你最近手气咋样？"

"胡亲家要不今晚就不回去了，我们就在这玩个通宵，咋样？"胡能人知道他在戏弄他，他不接茬。他脑子活，马上岔开话题高声说："据说今年雨水大，你们有没有听说？"然后他就开始说某地某年发大水的事了。这就是胡能人的能耐，他声音响亮，说起话来滔滔不绝，别人插不进嘴，即使插了也被他的声音给盖了。他总能控制住谈话的主题与方向。

五少爷和朱大贵挨桌来敬了新亲酒。新亲道理，应该斯文少言。可要让胡能人少言，那比用绳子捆了他还难受些。他反客为主。给同桌的人都敬了酒。他真是铜嘴铁牙呀，嘴一刻也不停。他喝一杯酒，吃一口菜，说两句话。"喝喝喝。能吃能喝，才是福气。"

"喝喝喝，不是我自吹，我胡能人可不是一般的人。"

"我敬你一杯，以后你家有什么事，尽管来找我。"

"我敬你一杯，没有我胡能人摆不平的事。"

"我敬你一杯，以后我们就是亲眷了。"

"我敬你一杯，我一看你就是个能喝酒的。"

"我敬你一杯，祝你手气好。"

"我敬你一杯……"他能吃能喝能说。别人都喝好吃好放下筷子了，只有他一人还在吃。吃得实在撑得慌了，他打着饱嗝站了起来。众人见他站起，纷纷站起，离桌，走出客厅。

于是放炮仗恭送。给每位新亲赠送一对糕。朱大贵和五少爷把新亲送到河边。朱大贵问胡能人："亲家，明天去接亲家母，派几只船去？"

"女眷人多，派五只船吧。"

"好。"

"女儿我就交给你们了。她生是你朱家的人，死是你朱家的鬼了。你们好生待她。"

"亲家。放心。"

胡能人用手指着五少爷说："姑爷，你好福气！不是我吹，我家姑娘那可不是一般的人物。"又看着朱大贵说："你家是花了点银子，可娶到我家姑娘，不亏。你们就等着享福吧。"

"亲家走好，恕不远送。"

"再会。"

"再会。"

众人上船。还是用船送。不过只是船夫和拔船的去送了。到了船上，胡能人酒后谈兴更浓。他大吹特吹自己的本事。他的大舅子看不惯，说："胡能人，你女儿出嫁，你一点儿不难过啊？"

"丫头从糠坛跳到米坛，我有什么好难过的？"他被舅子打断了话头，无趣起来。拿起烟枪吸烟。从荷包里捏烟丝。荷包里他还随时放了一对骰子。他摸到了骰子，拿出来说："今晚月色好，不如我们就在船上来玩两把。"一些人喝了酒兴奋，听他说玩两把，都说："好好好！"于是，几个好赌分子，他们就围拢了来，把几对糕放在船舱，拼接起一个平台来。船晃悠晃悠的，他们也不管，趴在船上就在摇晃的船舱掷起骰子来。胡能人一掷掷了个五点，他嫌小了，要滑，用脚一踩船，船晃了，骰子也跟着晃动，落定一看，却成了三点，更小。输了。他又掷。这回眼看是个大点，是十一点，不料船晃了，骰子继续晃，最后晃成个四点不动了。他说："是十一点，刚是十一点。"众人说："骰子落定了算呢。"

"是船晃的，不算。"

"在船上掷呢，船哪有不晃的，落定才算。"

"前没说好呢。那从这把开始，落定算。我重掷。"

"好，一言为定，谁耍赖，把谁扔河里。"胡能人用力一掷，落定却是最小点，两点。又输了。他当晚点子不在家，总是输。他也没带几个钱，输完了，人不带他玩了，他偏还要赌，不甘心想赢回来，说："我用棉袄做抵押。"结果，又输了。酒后胡闹，众人起哄，说："好好好，脱棉袄。"

"快脱，快脱！愿赌服输。"

"赌桌台上无大小。"

"赌桌台上六亲不认。"真把胡能人的棉袄脱了。好在一会儿到岸了。离他家只有一小段路，他冻得牙直打战跑回家。他老婆以为他遇到土匪了。

五少爷送走新亲后回新房了。搀脚娘娘递给他一杆秤，他用秤杆掀掉新娘子的盖头。他喝了酒，醉眼蒙眬中看新娘子，越觉娇美。他笑嘻嘻地就要搂抱新娘。搀脚娘娘拉住他，拎过来一只食盒，端出一碗鸡来。是一只整鸡。这是专门给新娘子吃的。又拿出一只空碗，一双筷子，把鸡头揪下放碗里说："新娘子吃鸡头，吃不愁，穿不愁。"朱胡氏拿起筷子吃起来，她真是饿了。肚子咕咕叫呢。一见鸡，口水就流了出来。还是早上吃的东西呢。她也顾不得害羞，顾不得五少爷盯着她看了。

"新娘子吃鸡脯，早享福，晚享福。"

"新娘子吃鸡翅，春添子，秋添子。"

"新娘子吃鸡脚，少顾家，老顾家。"一只鸡吃得差不多了。搀脚娘娘拿出一酒壶、两酒杯，倒了两杯酒递给新人，让这对新人喝了交杯酒。她在旁说着祝福好话："夫唱妇随，白头到老。"她用眼瞟了一下大红喜烛，见左边的那只燃得多些，比右边短些了。她一惊，在心里暗道："难道这两位不能白头偕老？"她用手巾揩了手，铺好被，把多余的被子放到桌子上。笑着说："春宵一刻值千金，你们睡吧。我出去了。"

## 十二

老太太瞌睡少，一大早起来了。吩咐老妈子让她带新妇给上人奉茶。老妈子桂花来到新房。屋里的两新人睡得正香呢。新婚没有经验，昨夜折腾了半宿。年轻人瞌睡又多。老妈子敲着门喊："五少爷，五少爷！"叫了半天。朱胡氏醒了。问："谁呀？"老妈子说："还没起呀？五奶奶。"

朱胡氏推了推少爷："有人叫门呢。"少爷醒了，可他这时睡意正浓，疲累得很。他更紧地抱住新娘子说："别动，再睡会儿。"外面却不绝地敲着门。朱胡氏挣扎着欲起来。"别动，别把冷气放进来，烦死了。别理她！"不起来怕得罪公婆，起来怕得罪丈夫。朱胡氏想起母亲说的话，左右为难。怎么办？不起不行。她在夫君脸上亲了一口。这一吻化解了少爷不满的情绪。她用力掰开少爷的手，从床上爬起来，快速地穿好衣。老妈子站在门外冻得直打喷嚏。她赶紧打开门让老妈子进来，说："外面冷吧，快进来吧。"老妈子看五少爷还睡着。床头有什么东西亮晶晶的，她走过去一看，原来是面小镜子。再一看，看到脚踏板上有条手巾，手巾上有血迹。朱胡氏不好意思赶紧走过来，拿在手里团起来。老妈子是过来人笑着说："不用藏，好事好事呀。"

"五奶奶快梳洗吧。老太太在等着你奉茶呢。"

"水在哪儿？"

"在伙房呢，看你也没个陪嫁丫头。谁侍候你呀？先梳头吧。"

"梳子在哪儿？"

"你箱子里没呀？你娘家没陪梳妆盒呀？"

朱胡氏红着脸低声说："没。"

"唉，我来帮你弄弄吧。"老妈子用手梳拢拢了朱胡氏的头发，挽了个髻，别上簪子。说："先这样吧。先去奉茶，不能让老太太等久了。回来再洗脸。"

"嗯。"

"见了老太太不要喊奶奶，要叫老祖宗。"

"知道了。"大户人家主子都长辈呢。因为下人是最小的孙辈。

到了老太太屋里，茶已经沏好了。老妈子倒了盏茶递给朱胡氏。朱胡氏双手奉给老太太，说："老祖宗。请用茶。"老太太抿了一小口。从袖子里摸出一个小红包递给孙媳妇，说："怪不得老五迷你呢，长得倒是好看。不上妆也漂亮。"又盯着看了两眼，见有两缕头发蓬着。不满道："你娘家爹娘有没有教你女子要三从四德？你知道哪四德吗？妇德、妇言、妇容、妇功。你看你这头发梳的！"老妈子说："她娘家没陪梳妆盒呢，没梳子梳头呢，刚我简单帮她弄了弄。"

"我们给你家的聘礼，你知道吗？"新娘子摇了摇头。"我们给的聘礼可不少啊。小户就是小户啊。太不成个样子了。桂花，等会把我的梳妆盒拿去给她吧。我老了也用不着了。把我的那盒胭脂也拿去给她吧。等会去库房给她领盒珍珠粉和梳头油。记在老五名下。"

"晓得了。还不快谢老祖宗。"

"谢老祖宗。"

"以后东西用完了，告诉你婆婆。让你婆婆给你领。我老了，以后家里的事就交给你婆婆打理了。桂花，你带她先去她公婆那奉茶吧。再带她去她哥嫂那认认门。完了再去库房。再来拿梳妆盒。"

"好。走吧。"

老妈子带新娘子去给朱大贵夫妇奉茶。两人都给了红包。朱夫人只说了一句："以后早上，每天要去老太太房里请安。"朱大贵补充说："一定要听老太太教诲。有不知道的事要问老太太。不清楚的事也可问你嫂子们。家和万事兴。妯娌要和睦，要与嫂子们和和气气的。"

新娘子恭顺地说："嗯。晓得了。"

老妈子又带她去哥嫂房里。哥嫂的房间离新房不远，就在新房前面的一个天井里。哥嫂们都刚起床。由陪嫁丫头们侍候着梳洗。嫂子们的房里都是清一色的红木家具。各式各样的图案精美的花瓶、瓷坛、小摆设、画轴，绸缎的桌布，绫罗的帐子……布置的富丽堂皇。看着这一切，新娘子朱胡氏心头布满的是自惭。每去一房自惭一回。越去自惭越强烈。她不想去了，她想遁地。可她不能。她低着头痛着心，跟随老妈子继续移动着她的三寸金莲。到了哥嫂房里还要强打起笑脸，行礼说："哥哥好。嫂子吉祥。"嫂子们看她素着脸，光着头。知道她小户，没首饰。她们正好在梳妆打扮，梳妆盒里放着许多发饰。大嫂子送给她一只步摇。二嫂子送给她一只簪花，三嫂子送给她一朵绢花。四嫂子送她一枚好看的簪子，是朵百合花形的簪子。老妈子替她收着这些小礼品。

登门完，回到自己的新房。感觉自己的房里真是太寒酸了。五少爷刚穿衣起来。老妈子把头饰放圆桌上对新娘子说："我走了，我去给你拿珍珠粉、梳头油、梳妆盒去。"

朱胡氏呆呆地坐在凳子上看着这些小头饰。想着嫂子房里的情形，她自惭形秽。她想好在不在一个天井里。她觉得她无法面对嫂子们。她低人一头。五少爷起来后见新娘子呆坐着，脸色不好。他走过去问："你怎么啦？还疼吗？"朱胡氏摇摇头，落寞地说："我们房里跟哥嫂房里没法比呀。"

"是呀，嫂子们的陪嫁多。"这句话更刺痛了朱胡氏的心。她几乎要落泪。

五少爷说："我去母亲房里梳洗。你等我回来，我们一道去吃早饭。"朱胡氏忍住泪，轻轻地点了点头。

　　五少爷在家他的长辫子一直由他母亲房里的陪嫁丫头梳。在南京有一个老妈子专门侍候他和另一个堂弟，给他俩梳头，打扫房间，浆洗衣裳、被单什么的。陪嫁丫头见他来了，习惯地打水给他漱口洗脸。然后给他梳辫子。五少爷打着哈欠。朱夫人问："昨晚睡得好吗？"五少爷答："还好。"

　　"你成亲了，该在你自己房里梳头了。"

　　朱大贵不悦地说："他哥嫂房里都有陪嫁丫头，他房没有。谁给他梳？我们朱家虽是大户却也没有给各房买丫头的惯例。朱家的家训你是知道的。我们朱家是靠勤俭持家的。"

　　"你们不用操心。我在家待不了多长时间。"

　　"对了，一鑫。你成亲后有什么打算？"

　　"没什么打算。"

　　"你打算继续去南京读书呢，还是在家帮我照管照管油坊。"

　　"油坊有您和哥哥们呢。我还是想出去。我可不想一辈子待在家里。"

　　五少爷年轻，有颗年轻的心，在南京读书见了些世面，听了些言论，有颗驿动的心，有颗不羁的心，有颗狂野的心。

　　朱夫人赞赏地看着心爱的儿子，说："娘看好你。好男儿志在四方。好好读书，将来光耀门楣。让为娘也风光风光。我不跟你们说了，我得去接亲家母了。"

　　"你还没吃早饭呢。"

　　"不吃了，我带点芝麻糖在船上吃吧。"

　　"路上要小心。"

　　"我晓得。你放心吧。你多喝茶，别上火，别再流鼻血了。"

## 十三

天阴沉沉的，刮着凛冽的西北风。天很冷。朱夫人手拎着小暖炉。带着陪嫁丫头，启动了五条大船去接亲家母。

朱大贵去公房客厅吃早饭。五少爷回房带新婚娘子也去吃早饭。众亲戚也陆续地来吃早饭了。按风俗，女眷今天要陪新亲家母。可朱家这些女眷大多是大户出身，她们见朱家就赔那么点嫁妆。她们瞧不上，在心里耻笑胡家，她们觉得陪这样的人家，贬低了自己。吃完早饭，姑妈、舅母、姨妈什么的，还有五少爷的哥哥们的丈母娘们纷纷来辞行，说："天不好，怕要下雪。将近年关了，要回去准备过年。"她们说的也是实情，在理。朱大贵没有强留她们。只是说："招待不周，望海涵。"于是与儿子、媳妇们恭送客人到村口。人人都缩着脖子，说："慢走。再会。"

朱夫人带了一个下人船夫到了胡家。胡家的女眷都到了。在谈笑着。声音嘈杂。有几个人在笑谈胡能人输掉棉袄的事。

朱夫人叫船夫放鞭炮。鞭炮声炸停了妇人们的谈笑。胡能人老婆迎出来，说："亲家母请进屋。"朱夫人笑盈盈地说："亲家母吉祥。我来请你们到寒舍一聚。船已到了。我们这就上船吧。"

这些妇女几乎都带了小孩儿。因为按风俗这些小孩儿到了男方家，男方家要给见面礼的。这些女人就图着这点小利，也不嫌烦累，都带着小孩儿。大的十来岁，小的抱在怀里还在吃奶。熙熙攘攘的一大群人。她们来到河边，小心谨慎地上了船。女人们都紧紧地抱着孩子，或按着孩子，挤在船舱里。挤满了五条大船。

河上风大，尤冷。冷了要撒尿。大人们就叫大孩子往河里撒。好像传染似的，小孩子们都要撒尿。妇人们纷纷掂起小孩儿往船边走。船摇晃起来，弄得众人慌起来，尖叫起来。小孩子的卵蛋都冻缩了。小手冻得通红。有的小孩子哭起来。妇人们有的哄孩子，有的训斥孩子。到了坝埂又要下船。妇人们行动不便，很是费事费时。

有些妇人怕小孩子上了船又要小便，逼小孩子在河堤上撒尿。

陆路一个小时就能到，水路她们费了四个多小时。到朱家已经是午后了。众人肚子都饿了。尤其是小孩子们。在船上就喊饿了。

酒席前的茶盘已经都摆好在桌上了。是四样糕点——花生、柿饼、芝麻糖、烘糕。这些孩子一见，疯抢起来。你抢我夺。力气大的抢得多，力气小的没抢到，就哭起来。几个半大的孩子你追我赶，在客厅跑起来，钻桌子。妇人们骂着这些不懂事的孩子。真是哭的哭，闹的闹。

朱夫人不由得皱起眉头。她对胡能人的老婆说："亲家母，你来安排一下席位吧。看有多少小孩儿，小孩儿开两桌吧。"

胡能人的老婆就拉这个坐这里，拉那个坐那里。这些妇人们拉拉扯扯了半天，才坐好。能独立吃饭的小孩儿，开了两桌。不能的只能抱在腿上或怀里。这些妇人也真可怜，一边吃酒一边还要哄小孩儿。有的小孩儿撒尿，把妇人的衣裤都撒湿了。客厅里弥漫着尿味。五少爷的姐姐受不了了。她也不陪了。跑去伙房盛了碗饭吃。厨娘问她，她不高兴地说："小户就是小户，没教养。受不了胡家的小孩儿。"下人们都看主家脸色行事。下人们把小孩儿桌上的蒸狮子头，清蒸桂鱼什么的好菜也不上了。把昨天吃剩的菜热巴热巴上了。

朱夫人给每桌都敬了酒。

胡能人的老婆坐在第一桌的一席。上席坐着朱家老太太朱大贵的母亲。老太太对胡能人的老婆说："亲家母，我敬你一杯，我想问问，新娘子她是你亲生女儿吗？"胡能人老婆说："是亲生的啊。"

"我还以为是你抱养的呢。"

"我能生啊。她有哥哥呢。我怎么会抱养？"胡能人老婆堆起笑脸客套地说："老太太我也敬你一杯，以后丫头在你家有什么不周到的地方，还望你谅解她。"

"娶媳妇看娘，你平时在家做事周到不周到啊？"老太太不客气地说。胡能人的老婆被噎住了。胡能人的老婆没料到老太太这么说话。这个老太太讲话这么不客气。胡能人的老婆不快起来。丫头落到这样的人手里，会有好日子过吗？胡能人的老婆为女儿担忧起来。她再也无心吃喝了。她又看了看老太太，老太太身着缎袄，颈子上围着她不知的什么皮毛的围领。还挂着一大串佛珠。戴着缎子面的棉帽。那尊贵的样子，让她自卑起来。她又看了看朱夫人，朱夫人也穿着缎袄，围着毛领。头上插着金光闪闪的步摇。胡能人老婆看看自己。自己虽也穿着缎子面的棉袄罩子，这衣服只在过年时才穿，可这件衣服已经穿了好多年了，色已经褪了。她又放眼看了看客厅。偌大的客厅黑洞洞的。这多大啊！自家的客厅两步就走到边了。胡能人的老婆一对比，更加坐不住。好在这时五少爷和新娘子到了。母女俩急切地走向对方，才隔了一天未见，好像已经隔了好久好久。两人紧紧地抓住对方的手指，好像一松开就再也见不着了。

"娘想到你新房看看。"朱胡氏点点头。母女俩搀扶着走出客厅走向新房。

到了新房，朱胡氏再也忍不住伏在母亲怀里哭了。想到早上的见闻，眼泪止不住滚滚落下。

看到女儿落泪，胡妈的鼻子也酸了。她想说什么可说不出来，嘴唇抖了几抖，也落下泪来。她从腰里抽出手绢，给女儿拭泪给自己拭泪。哭了半天，终于平静下来。问女儿："我儿，你受啥委屈啦？"朱胡氏还在流泪不语。"五少爷对你不好？"朱胡氏摇摇头。"你婆婆对你不好？"朱胡氏依然摇头。"老太太对你不好？"朱胡氏还是摇了下头。"我儿，你怎么啦？"

朱胡氏怎么能一下说得清自己的心绪。怎么能说出来呢。爹呀爹，你怎么能落下朱家的聘礼呢？你怎么不为女儿着想？你怎么不多赔些嫁妆？你让女儿在朱家有何颜面？

"我儿，嫁了人，就是人家的人了。要安心待在夫家。要勤灵点，不要让人说不是。"新娘子点了点头。

"我儿不要哭了，你出嫁时，也未见你哭。这会子到了夫家，不能哭了，让人家看见不好。"听见有脚步声来了，胡妈赶紧为女儿拭干泪，又把自己的眼睛擦了一遍。

老妈子来了，说：她们酒吃好了。胡家的人在等亲家母。胡妈和新娘子站起。一个离别，一个去送别。

到了公房客厅，见朱夫人正在给小孩儿发小红包。小孩儿得了红包都很高兴。众妇人也都面带笑容，准备往外走。

又是放鞭炮恭送。朱夫人、五少爷、新娘子送到河边。新娘子搀着母亲，看着众人上船。胡妈最后上船，对女婿说："我把女儿交给你了，你们好好过日子。"五少爷轻轻笑了一下说："娘，你放心。"听少爷叫她娘，胡妈欣慰地笑了。

"我走了。"

"亲家母走好。一路顺风。"回去确实是顺风了。

"再会。"

"娘……"

"你们回吧。"

母女挥手依依惜别。鼻子都酸酸的，眼圈红红的。

## 十四

送别母亲后，新娘子和五少爷回到新房。见桌子上放着梳妆盒和一瓶梳头油。老妈子桂花已经来过了。梳妆盒是一个精致的漆器，雕着花。朱胡氏好奇地走过去打开来，盖子能立起来，盖子的里盒嵌着一面镜子。朱胡氏照了照，看到头发有点乱。盒子里放着一把梳子，两个小盒子。打开来一个红色，一个白色。红色是胭脂，白色是珍珠粉。新娘子抽掉头上簪子，头发披散开来。她倒了点梳头油在手心里，往头发上抹了抹。然后拿起梳子梳理她那齐腰的长发。

把它盘成圆髻，插上簪子。五少爷走过来，拿起桌上嫂子送的一朵簪花插在新娘的发髻上。端详了下，在新娘子耳后发髻下亲了一下，赞道："真俊啊。"

"少爷……"

"不要叫我少爷，叫我一鑫。"

"一新？是什么新？是新衣服的新还是心里的心？"

"都不是，是一座金山的鑫。"

"金山怎么叫新啊。"

"可怜你不识字，你不懂。金山不会旧当然新啦。"五少爷调侃着说。

"你不会嫌弃我吧。"

"怎么会呢？"

"我给你也梳梳头吧。"

"好啊。"五少爷坐在凳子上。新娘子解开五少爷的长辫子，极轻柔地梳着。把自己的满腔爱意都梳了进去。梳顺后，用双手一下一下编着辫子。"你的手真巧。你梳得真好。"

"以后我天天给你梳辫子。"

"好哇好哇。这个问题解决了。"

"什么问题呀？"

"梳辫子问题啊。以后我在家你就天天给我梳辫子。我给你打洗脸水、洗脚水。"

"那我就给你洗脚。"

"好，一言为定。"

"你会永远守着我吗？你会不会娶二房？"

"不会。我们家有祖训。我们家的祖训就不让娶二房呢。"

"是吗？"

"是的。你不信，过年的时候你就知道了。我的孩子只让你生。我们的孩子肯定漂亮。我们生一屋子的孩子。"

"一屋子是多少啊？"

"生太多了，会把你累坏。七子团圆，我们就生七个孩子吧。"

新娘子娇羞地点点头。"儿子我教他们读书。女儿你教她们绣花做鞋。"新婚宴尔的他们沉浸在对美好未来的憧憬之中，甜蜜无比。甜蜜的爱情冲淡了几日来世俗给两人心里带来的不快。爱情能暂时战胜世俗。婚姻却摆脱不了世俗的纠缠。因为婚姻就是世俗的产物。

腊月二十八，按风俗，要掸尘去霉气，迎接新年的到来了。这天五少爷和朱胡氏要回门。早上，他们第一次践行了前一日所说，五少爷给娘子打了洗脸水，朱胡氏给夫君梳了辫子。梳洗完毕，五少爷和新娘子一道给老太太请了安。五少爷告诉老太太自己的辫子是她梳的。老太太夸新娘子今天两人的头梳得好。看新娘子光着手，手冻得通红又送给新娘子一双缎子面的手套和一个小暖壶。暖壶还是老太太的陪嫁呢。是铜制的，状似茶壶，没有壶嘴、壶把，有拎手，里面放炭火取暖。夫妇两人谢了老太太恩。五少爷高高兴兴带新娘子来到饭厅。饭厅就在伙房边上。平时家人吃饭就在饭厅吃。来了贵客才在公房客厅摆宴。大户人家定了规矩的，早饭规定辰时开饭，过了时辰就没得吃了。只能在房里寻点糕点吃了。除了老太太，老太太早饭说好由老妈子盛了端到屋里吃。

朱大贵夫妇已经在饭厅里了。五少爷看见父母，笑着走过去。新娘子提着暖壶也走过去。朱夫人看见暖壶不冒热气，碰了碰是冷的，问："怎么是冷的？"五少爷答："是老祖宗刚赏给她的，还没放炭火呢。"朱夫人吩咐自己的陪嫁丫头，现在也是老妈子了，"荷花，你去伙房给五奶奶捡点炭火吧。"

"好。把暖壶给我吧。"荷花领命拿了暖壶去了伙房。

一会儿，五少爷的哥嫂都陆续来了。朱夫人宣布开饭。各房的陪嫁丫头们从伙房端来了早饭。早饭是稀饭、煎饼，四样小菜。要吃完的时候，朱大贵做了个手势，意思让朱夫人说话。因为这两天他上火，鼻子流鼻血，牙龈也肿了，疼得不想说话。朱夫人说："今天是腊月二十八，长工们都结账回家过年了。按老规矩今天要掸尘，但今年老五做喜事，事情多。年货还没买好。老五今天还要回门。各房的媳妇、丫鬟在家掸尘。老五回门回来后掸尘。老四你陪老五去回门，其他三兄弟跟你们父亲去买年货。”老四站起说：“我才不陪他们回门呢。”

“为什么？”

“那么小气的人家，我才不去呢。”

“放肆！怎么说话的？”朱大贵断喝一声。

“我去买年货。”老四傲慢地说。

“忤逆的东西！有没有规矩？眼里还有没有老子娘？太不像话了！”朱大贵忍不住发火了。

朱夫人赶紧说：“船在河边等着呢，老四，你也不小了，不要耍小孩子脾气，不能瞎说话。赶紧带你兄弟去吧。”

三人起身离开饭厅。三人走后，朱大贵从荷包里掏出张纸，是张购物清单，写着各种菜肴糕点的数量，鱼多少斤，豆腐多少箱，干子多少筒，酒多少坛，麻烘糕多少条……除了猪肉不需买，朱家油坊里养了十几头猪呢。做喜事杀的猪肉还没用完。朱大贵把购货清单交给大儿子。意思这次由大儿子领头去街上购买年货。大儿子接过清单。

饭毕，大少爷领着弟弟们每人拉着一辆板车去街上购物了。朱大贵不放心，跟在儿子们后面。

再说回门的这三人，老四噘着嘴，新娘子眼含泪。老五看他俩不高兴，也闷闷不乐起来，他心中也一直纠缠着那个麻布帐子，随口说道：“你家也是的，陪个麻布帐子，太难看了。”听夫君也这样说，新娘子忍不住流下泪来。

“你哭什么呀？”

“暖壶！”老妈子提着暖壶气喘吁吁跑来，新娘子赶紧从腰里抽出手绢，拭干泪。

新婚夫妇坐上船，一路上闷闷不乐回了门。老四在船上缩着脖子，直叫"冻煞了"。新娘子把暖壶递给他，他怎好意思要，说："我男人呢，比你抗冻，我说着玩呢，你烘吧。"

到了胡家，胡能人夫妇及儿子、儿媳，都在客厅等着了。彼此客套寒暄几句，开午饭。开了两桌，新婚夫妇、四少爷、拔船的师傅、胡能人夫妇坐一桌。划船的下人与儿子、媳妇们坐一桌。那时师傅就是师傅，下人就是下人，社会地位待遇是不同的。谁也不愿意做下人，做下人，那是家贫没办法的事。菜还是做喜事剩下的菜。胡妈殷勤地搛菜给女婿、女儿、四少爷吃，四少爷也不爱吃，耷拉个脸。

饭后打水洗脸，喝茶，胡能人又开始吹嘘他的无所不能的光辉业绩。胡妈把女儿拉到自己房里，担心地问："看你不怎么高兴啊，吃得又少。五少爷待你怎样？"

"挺好的。"

"你公婆待你怎样？"

"也好。"

"那个老太太不是省油的灯啊，有没有刻薄你？"

"也还好。你看，这手套和暖壶都是老太太送给我的，她还送我一个梳妆盒。"

"她们都对你好？"胡妈不太相信，上次与老太太的对话，让她一直对老太太心生芥蒂。

"嗯。嫂子们也都送了我头花。她们房里的东西又多又好。她们陪嫁多。"说别人送自己东西应该兴高采烈的，可朱胡氏越是说别人送她东西，心里越是难过。低着头，眼含泪。她不是怨朱家，而是自卑自己的出身，心里有点怨恨他贪财的爹。

"唉，都是你爹……朱家人对你好，我就放心了。你不要和你嫂子们比了。她们是大户出身，我们是小户。凡事让着点。你在朱家放勤灵点。要讨公婆、老太太欢心。"

"嗯。娘，你放心吧。"

"你知道娘在家做不了主，娘也没东西给你。唉……"

"娘，我家草纸多吧，我想带点草纸回去。我那个快要来了。"

"这个家里多。娘去给你拿。"胡家卖祭品的，草纸又被称作纸钱，烧化给死人的，这个他家进了很多货。

胡妈用布兜装了草纸拎过来交给女儿。新娘子又说："娘，我想把我的针线篮子带回去，我用惯了。"

"行啊，这都是不值钱的东西，你带吧。"

看四哥不耐烦的样子，五少爷向丈人告辞："爹，我们要回了，还要回去掸尘。"

"噢，那就不多留你们了，回去问你爹娘好。"

"好，我们走了。"

新娘子一手拎着草纸一手拎着针线篮跟母亲告别："娘，我走了，你多保重。"

到此这一场喜事才算完毕。以前大户人家做喜事，那是沸沸扬扬好多天，花的银子如流水。

## 十五

五少爷和新婚娘子回门后回到朱家大院，见各房的媳妇、丫鬟、老妈子们都拿着抹布、扫帚在清扫，举着杆梢绑着稻草的竹竿掸去屋檐下的蜘蛛网。院子里的角角落落都清扫干净了。正好买年货的拉着板车回来了。五少爷对新娘子说："你先回吧，把屋里打扫打扫。我去推下板车就回。"

五少爷帮着哥哥们把年货送到仓房。仓房也在掸尘呢，东西都搬出来抹去了灰，在外面晾晒。这会子正往仓房里搬呢。管仓房的是老妈子桂花的儿子。他比朱大贵小两岁。小时候跟着朱大贵，是个小跟班。虽然是主仆关系，他俩感情很好。朱大贵教他识了些字。常用的字他基本上都会写。朱大贵成亲后，就安排他管仓房。他爹也是朱家的下人，在油坊管油坊的仓房呢。可别小瞧仓房呢，仓房重地呢，得信得过的人才让看呢。

朱家兄弟和管仓房的合伙把仓房的东西往回搬。把年货也搬进去。管仓房的指挥他们分门别类地放好。虽是严冬，几个人身上忙出了汗。

等五少爷回到自己的新房，新娘子已经把屋子里打扫干净了。已经是酉时了，酉时晚餐。两人拿了水壶和铜盆赶紧去饭厅吃晚饭。水壶和铜盆是准备着晚饭后从伙房打水回来洗脸洗脚用的。他们没有使唤的陪嫁丫头，只能自己照顾自己了。

晚饭要结束的时候，朱大贵咳嗽了两声，朱夫人开言说："明天是腊月二十九了。要炸圆子，炸熏鱼，做团子，蒸年糕。帮厨的都回家过年了，厨房里只有春草一个人。明天各房的丫鬟、老妈子都要到厨房来帮厨。切不可耽误了。"众媳妇异口同声地答："晓得了。"

只有朱胡氏没作声。她没有陪嫁丫头。她低着头感觉又亏欠了朱家。她出嫁时，人都说她嫁入朱家是嫁到福窝里了。可是嫁过来这几日她感到小户嫁入大户并不舒服。她时时感到低人一等。外人不知内情，她心中的这份煎熬，有谁能体会？

二十九清晨，新娘子朱胡氏轻手轻脚起来了。她怕吵醒五少爷，站在屋外梳了头，拿了手巾去伙房洗了脸。她有点想家了。自己做姑娘时待在闺房里自在得很。嫁了大户，心里不自在。她想回娘家。可她明白回不去了。她想起母亲的话——要勤灵点。要讨公婆老太太欢心。"没有丫鬟自己当丫鬟吧。我不亏欠朱家。"

她从伙房找到个食盒。用碗盛了粥装了小菜，粥碗外面裹了手巾焐住给老太太送去。老妈子正在给老太太梳头。朱胡氏给老太太请了安，递上早饭，说："老祖宗，早饭我给你盛来了。以后我每天去伙房洗脸，早饭我给你盛来。省得桂花跑来跑去。您看可好？"

"你倒挺会来事的。嗯，这样也好，桂花年纪也大了。那你以后可不能睡懒觉了。"

"嗯，我不会耽误老祖宗你吃早饭的。"

从老太太处出来，朱胡氏又回到伙房吃早饭。吃完早饭，各房丫头递上毛巾给主子擦嘴。朱胡氏递上手巾给五少爷擦嘴，五少爷擦完她接过来自己擦了擦。五少爷问："早上你去哪啦？"

"我来伙房洗脸了。以后我们来伙房洗脸吧，省得跑来跑去打水。"

"嗯，好。"

"我想去伙房帮厨。你看行吗？"

"伙房脏啊。"

"我会当心的。你知道我没有陪嫁丫头。"朱胡氏可怜巴巴地说。五少爷明白她的心思。说："只要你不嫌累，累了就回啊。"

"嗯。"

朱胡氏走进厨房，厨房里热气腾腾雾气岚烟的，很暖和。老妈子丫鬟们都在忙碌。有两个正在灶下烧火。灶上掌勺的是春草，她正往一口大锅里倒香油。一个老妈子往另一口锅里倒水。一个丫鬟在洗早饭的锅。有几个围着个大木盆在做团子给团子包馅。有几个围着个大木盆在搓圆子。

朱胡氏在厨房找了个小木凳，走过去加入搓圆子的一堆。荷花也在搓圆子，她见五奶奶来了，吃惊地说："五奶奶，你怎么也来搓圆子？你快走吧。伙房里脏呢。"

"不要紧的。我来帮帮忙。"一边说一边就搓起来。搓好的圆子放在身后的两个竹筛里。人多好干事，一会儿就搓了几十个圆子。锅里的香油滚沸了，开始炸第一锅圆子。只听见吱啦啦油炸的声音。厨房里雾气更浓了，油香味弥漫。一会儿，圆子起锅了，放在一个大竹篮里。春草搛了一个给五奶奶尝尝。圆子又香又脆，既有炸糯米的香还有炸肉的香，很好吃。朱胡氏点着头说："好吃，好吃。"春草自己尝吃了一个，她还觉得不够香，又切了一把小葱，一块生姜米放进木盆里去，让搓圆子的搅和搅和。

第二锅圆子起锅了。五奶奶对春草说："让她们都尝尝吧。"于是，每人吃了一个，都说好吃。春草很高兴。因为是她配的料。

炸了几锅圆子后，第一锅团子才蒸好。蒸好的团子倒在大竹匾里。有了上面的圆子例子，春草让帮厨的人都吃了一个团子。团子有红豆糖馅的，有芝麻糖馅的。朱胡氏吃了一个芝麻糖馅的。她不由地赞叹道："真好吃！又香又糯。糯米的香与芝麻的香混在一起的香真是又好闻又好吃。"

搓时间长了，人就乏了。几个老妈子就不觉聊了起来。说哪个哪个少爷难带，吵夜。哪个哪个少爷聪明。哪个哪个小姐弱不禁风，哪个哪个小姐嘴刁……朱家的丫鬟、老妈子都跟未成年的小孩子睡一个屋，所以她们都希望小主子身体好，人又乖，不让她们多烦神才好。

朱胡氏静静地听着。她想人五颜六色，不知以后自己的孩子会是咋样的。但愿身体又好又聪明。她一边搓着圆子，一边想象着她未来的孩子。想象她与五少爷教孩子们读书绣花的情景。

一直忙到申时才要到酉时才炸好。午饭也没烧，就把团子端上桌当午餐。朱胡氏吃了两个芝麻馅的两个红豆馅的。她觉得芝麻馅的好吃。想以后我就吃芝麻馅的。等晚上问问一鑫，问他喜欢吃什么馅的。看看我俩口味一样不一样。想着这些朱胡氏心里甜丝丝的。

等炸好圆子，朱胡氏头发上落了一层油。荷花说："五奶奶，你头上太油了。洗洗头吧。锅里热水多得很呢。我帮你洗。"

"好。那太好了。"

荷花用厨房洗锅的皂角帮五奶奶洗头。洗完头后一股皂角的清香味。五奶奶脸上露出难得的自然笑容。太阳还未落山，她掇出小凳子坐在外面晒太阳。晒她齐腰的长发。人见了都夸："五奶奶的头发真乌，真好看！"朱胡氏跟这些下人在一起她觉得心里很放松。虽然双手搓得发酸，可她今天心里却坦然地乐了。

## 十六

冬日的暖阳拥抱着朱胡氏。这是冬日难得的好天气，没有凌厉的风。劳作让人忘却烦恼。朱胡氏头发未完全晒干，已经到了晚餐时间。晚餐时，朱夫人说："明天就除夕了，晚饭后烧浴锅洗澡。你们回去拿手巾和换洗衣服吧。"

晚餐后，朱胡氏和五少爷回到新房，拿换洗的衣服。新娘子问："在哪洗澡啊？"五少爷说："在浴锅房啊。"

"浴锅房在哪儿呢？"

"我带你去。"两人拿了手巾用布兜捡了换洗的衣服去了浴锅房。女人都未到，公爹和几个哥哥陆续来了。因为男人先洗，女人后洗呢。新娘子不知道，家里其他女人们都知道。所以她们都在自己房里等男人们洗好了再来呢。

五少爷说："我忘了告诉你，我们男人先洗呢。"他从草堆上拖了捆草放娘子跟前，从身上掏出块手绢铺在草上，说："你先坐这等着吧。"

"噢。"

"我进去了。"五少爷拿着自己的换洗衣服进了浴锅房。

朱胡氏见两个老妈子轮流从高高的草垛上使劲拽下一捆草，把整捆的稻草塞进浴锅灶膛里。灶膛很大，是她家浴锅灶膛的三四个大。火熊熊燃烧着，把人的影子拉的很长很长，比踩高跷的还高呢。朱胡氏想：人要是这么高就好了，采树上的果子就不费劲了。

一股浓烟飘了过来，朱胡氏被熏了眼，呛了鼻子。她赶紧站跑开，老妈子也被熏了，边揉着眼边说："这捆稻草湿的，烧得呛煞人了。你看下，不要拖湿的。"朱胡氏换到上风的地方坐下。

听见里面一个人喊："烫了烫了，不要再烧了。"

老妈子大声答："晓得了，晓得了。"

五少爷心里记挂着新娘子呢。匆匆洗了下就出来了。他走向娘子问："你冷吗？"

"还好。"

"你把我换的脏衣盖在腿上吧。"

朱胡氏感受到了夫君的情意，她微笑着点点头。她接过夫君的内衣盖在腿上。五少爷蹲在娘子跟前，说："我给你讲个故事吧。"

"好啊。"

"这个故事是桂花讲给我听的。孬包女婿的故事。从前，有个孬包女婿家里穷。过中秋节了，家里没钱买礼品拜节。怎么办？他娘子在家里找来找去。发现家里有鸡蛋和芋头……"

五少爷声情并茂地讲着，两个烧锅的老妈子也听到了，哈哈大笑。新娘子先是忍住笑，后来实在忍不住笑了起来，笑得肚子都疼了，眼泪都笑了出来。五少爷看娘子笑得花枝乱颤，心里美美的，也跟着乐。

这时，朱大贵从浴锅房里走了出来。他最近上火，毕竟也上了点年纪，浴锅房里密不透风的，他怕洗时间长了头会发晕。他也匆匆洗了全身就出来了。他一见儿子、儿媳坐在一起大笑，绷着脸说："像什么话！要恩爱回房恩爱去！"两人都被这声断喝，吓得禁了声。朱胡氏低下头。五少爷缩了脖子。

里面又有人喊："烧一把，烧一把！"两个老妈子赶紧屁颠屁颠又去拖草。两捆草烧完，里面又喊："好了好了。"老妈子应答："晓得了，晓得了！"

过了一会儿，哥哥们带着小孩儿陆续出来了。又过了一会儿，朱夫人来了。五少爷和新娘子起身异口同声喊："娘。"朱夫人问："男人都洗好了吗？一鑫，你进去看看。"五少爷看过后跑出，说："里面没人了。"朱夫人对两老妈子说："再往浴锅里加两桶水，再烧两把草。"一个老妈子吃力地提着两桶水朝浴锅房里走去，一个又拖了两捆草烧起来。朱夫人对儿子说："一鑫，你先回去吧。"又对儿媳说："你跟我进去洗吧。"

　　朱胡氏跟着婆婆进到浴锅房里，浴锅房是两小间。外面一间是衣帽间，依墙放着几顶衣柜。朱夫人开始解衣服，朱胡氏不好意思踯躅着。朱夫人见儿媳不动催促着说："你发什么呆啊，脱衣服啊。"

　　"噢。"新娘子开始解扣。她学着朱夫人的样子把衣服放在另一顶衣柜里。进的里间来，里面雾气缭绕。墙上挂着两盏油灯，地上是一个大浴锅，可容纳八九个人同时洗澡。比她娘家的大多了去了，她娘家的只能勉勉强强同时供两人洗澡。两人用脚试了试水温，有点烫，浴锅旁边有两水桶，盛着冷水，朱夫人用水瓢舀了些冷水进去，又试了又试。感觉水温适宜了，两人才坐进浴锅里。浴锅就是大铁锅呀，铁锅壁温度高些，两人用锅沿上备用的小木板垫着脚和屁股，开始洗起来。洗了一会儿，朱夫人说："你给我擦擦背。"新娘子小心翼翼地为婆婆擦着背。

　　"好了。我也给你擦擦吧。"

　　新娘子不敢劳驾婆婆，忙说："我自己擦吧。"朱夫人不由分说，给儿媳擦起来，说："你真白呀，像个白羊。"

　　一会儿，嫂子们陆续来了。里面雾气大，光线暗，模模糊糊的看不出面目，不知谁是谁，只能看出高矮胖瘦，有的身材瘦削些，有的臃肿些。朱胡氏想：脱光衣服，人都差不多了，显不出贵贱美丑了。怪不得人说——人是衣裳马是鞍呢。衣服的用处不光光是保暖遮羞呢，它还能显示身份和美丑呢。

　　在浴锅里她感觉与嫂子们平等了。

　　女人们洗好了，才轮到下人们洗。先男后女，先主后仆，用同一锅水洗，几人同时洗陆续洗，边烧边洗。这就是那时小镇财主家的洗浴形式。

# 十七

　　中国人有除夕情结。一到除夕情绪就昂扬起来。早饭桌上，朱大贵情绪昂扬地吩咐儿子们除夕各负其责。老五字写得好，负责写对联。老四负责粘贴。老三负责放鞭炮。老二负责照管各处的灯笼。老大负责去轿行预订轿子，年初二各房媳妇都要回娘家拜年。春节期间轿子供不应求，得年前预订。吩咐大儿子的儿子即他的长孙昌传给他五叔磨墨写对联。

吃过早饭，五少爷牵着昌传去库房拿红纸。新娘子先回到新房。一会儿昌传蹦跳着来了，他一进房就看到了那顶麻布帐子，小孩儿说实话，他说："五叔，你房里的帐子真难看！"朱胡氏听了，心里刺痛了一下。连小孩儿都说麻布帐子难看呢。爹呀爹，你就不能买顶好帐子吗？

五少爷拍着小孩儿的头笑着说："小屁孩也懂美不美呢。"

"我八岁了，长大了，我不是小屁孩了。"

"呵呵，小屁孩长大了。快来磨墨吧。"五少爷拿出砚台与墨，从茶壶里倒了一丝水在砚台里，让昌传磨起来。他则开始裁纸。等他裁好纸，昌传也磨好墨了。五少爷开始拿起毛笔写起来。昌传又磨了会，手酸了。他甩着手说："手酸了。"朱胡氏走过来说："我来磨吧。"五少爷点点头，对侄子说："让你五婶磨吧。你玩去吧。"

"那我踢毽子去了。"昌传小兔般蹦跳着走了。五少爷饱蘸着浓墨写起来。朱胡氏右手磨酸了，换成左手磨，左手磨酸了，又换右手磨。就这样左右手轮换着磨。五少爷写了一张又一张，对联铺在地上晾干墨迹，房里都铺满了。

四少爷端了盆糨糊来了，问："写好了吗？"五少爷说："就好了。这一副是贴我门上的。""什么好对子贴你门上？"

"读万卷书，行万里路。"

"吆，你这写的是对联吗？"

五少爷笑着说："贴门上就是了。"

"你'行'字写得好，'路'字写得不咋的。"

"嗯。"

"你'里'字写得好，'书'字写得差。"

"你瞎说。我'书'字写得好呢。"

"说你你还不信。"四少爷是性急之人想证实他说得对，他转头问朱胡氏，"唉，你说，他'书'字写得好不好？"

"我认为能写字就好呢。"朱胡氏说。五少爷笑着说："你问她？她不识字呢。"朱胡氏说："我看写得都好呢。"

"真是女子无才便是德啊。你娶了她，不算太亏。不像我无人崇拜，你嫂子总是说我这不行，那不好。"两人听了这话，心里觉得不是味。都没作声。

长条的红纸都写完了。五少爷在方形的纸上写了一个字，朱胡氏说："这字我识的，是个'福'字。'福'字要倒贴呢。"

"你识字呀？"老四问。朱胡氏摇摇头："这字是我问我爹的。过年时家里就贴呢。"五少爷一口气又写了十几个福字。四少爷说："先贴你门上的吧。"两人做对子贴起来，一个刷糨糊一个粘贴。贴好后两人把地上的对联收叠卷拢好。五少爷说："我帮你去贴。"

"不用。写对子是你的事，贴对子是我的事。"

"时候不早了，要到午时了，一会儿要吃中饭了。"

"贴不完，我中饭后贴。"

"中饭后要去祠堂呢，你忘啦？"

"那好吧。"两人去贴对联，朱胡氏读着自己门上的对联。照着门上对联上的"万"字，用手指画着"万"字。她很想识字呢。

中饭后，众人都朝祠堂走去。男人大步流星，走在前面。女人小脚相互搀扶着颠呀颠地走在中间，老妈子抱着小孩儿走在后面。朱家祠堂离油坊不远，在油坊东北面。祠堂很高大。门前有两石鼓镇着。门楣上挂着一幅大匾额，上书"积善堂"三个大字。意思是朱家是积善之家，教训子孙要积善行德。进的祠堂，一股檀香味。男人站东边，女人站西边。东边墙上书着："忠孝节义"四个大字。西边墙上书着："礼仪廉耻"四个大字。北面墙上挂着祖宗的肖像，香案上供着逝去的先人牌位，两个铜香炉里燃着香烛。族长已经坐在香案旁的太师椅上。年纪大的站在前面，年纪小的自觉站在后面。老妈子抱着小孩儿站在祠堂门外。父母们早就在来祠堂的路上叮嘱自己的半大孩子，叫他们到祠堂后站在大人身后不许乱跑不许讲话。那时的小孩儿都很乖。因为家教严。这有利有弊。利在能很好地维持家庭秩序和社会秩序，弊在抑制了孩子的个性，中国人的奴性，就是自小在家庭培养的。大人们喜欢的是听话的孩子。所以孩子们以听话为荣。父为子纲，不听话就会遭到来自成人的惩罚。所以祠堂人很多，却并不嘈杂，很安静。

"吉时到，祭祖开始！燃放鞭炮！"族长站起喊道。鞭炮声响起。有的小孩儿吓得捂住耳朵。

"上供品——"有四个老人端上了四盆果盘放在祖宗像前的香案上。

"跪拜祖宗——"族长威严地喊道，"跪——"

"起——"

"跪——"

"起——"

"跪——"

"起——"众人听从着族长的指令下跪站起。

"聆听祖训——朱家祖训：勤俭持家，不许赌博。耕读传家，不娶二房。违者逐出朱家。"族长拖长着字音，一个字一个字地念道。

朱家的祖训就是这么通俗简单。因为朱家发家的老祖，不是中举的官宦。是苦底子出身，靠做小生意发的家，后来开了油坊，生意越做越大。他临死前造了这个祠堂。写下了这两句话。朱家后人中有人觉得这祖训不够文乎，可出于尊祖，谁也不敢改动。这祖训是大白话却很实在具体，它一直传下来，约束着朱家子孙的行为，传扬着朱家勤俭的家风。

朱胡氏听了这两句祖训，心喜：五少爷所言不假，朱家真不让娶二房呢。还有这样的祖训啊。人都说大户人家的老爷三妻四妾呢。

"向祖宗报喜。"族长拿起香案上的一张红纸照上面读起来。谁谁谁什么时候考上了秀才；谁谁谁什么时候添了丁；谁谁谁何时娶了亲。其中提到了朱一鑫娶朱胡氏。

"朱氏兴盛，香火永续。祭祖完毕，福禄寿禧。退！"门外的人听到这声号令掉头就走，她们已经在寒风中站了很久。有的小孩儿已经在老妈子怀里哭闹不休了。有个小孩儿恶狠狠地揪着老妈子的头发，老妈子痛得龇牙咧嘴，却也不敢作声。女人们先退出门外，再到男人们。到了门外男人们就跑前面去了。

# 十八

从祠堂回房后，朱胡氏笑着对夫君说："你真没骗我呢。"

"你说什么呀？"

"你家真不让娶二房呢。"

"这下你放心了吧？我可从未骗过你呀。你应该信我。我说过我的孩子只让你生。你高兴吗？"朱胡氏娇羞地点点头。"要吃晚饭了，我们去饭厅吧。"

"嗯。"五少爷拿起两糖罐。

"你拿糖罐做啥？"

"今天要分岁呢。"

"分什么？"

"到时你就知道了。"

今天除夕饭厅破例开了三桌。丫鬟、老妈子们走马灯似的正忙着上菜。第一桌男人席。朱大贵带着儿子们、孙子们坐一桌。第二桌女人席。老太太、朱夫人带着媳妇们、孙女们坐一桌。第三桌是下人席。丫鬟、老妈子、家生子坐一桌。今天下人们可同时与主人进餐，而且吃的一样，十大碗丰盛的晚宴，还有米酒喝。老三从库房拎了两竹篮鞭炮来了。菜上好后，朱大贵宣布："开席！"老三去门外放鞭炮。老五开始斟酒。朱胡氏见状聪明地也拿起酒壶也开始斟酒。从老太太斟起。酒杯很小，鸟蛋大小，白瓷上面有四个红字"吉祥如意"和一朵红牡丹花。斟好酒后，众人吃喝起来。先敬长辈酒，平辈再互敬。人人都喝了不少甘甜又醇香的米酒。连小孩儿也喝了几杯。个个脸红扑扑的。吃完年夜饭，人都没走。丫鬟、老妈子收拾碗筷，抹净桌子。朱大贵说："分岁！"看库房的父子俩从墙边一个箩筐里拿出一个一个红布包，成人每人跟前放一包，丫鬟、老妈子也有，不过包小些。然后给小孩儿挂小红包，红包是瘪的。小孩儿的红包上绣着四个字"长命百岁"，有根长长的带子，挂在脖子上。小孩儿们挂了红包后，由母亲领了先给老太太磕头，再给朱大贵夫妇磕头，给叔伯婶娘们磕头，嘴里说："过年好！"有的小孩儿不会说，母亲就代孩子说了。受了头的人从红包里拿出两枚铜板放进小孩儿的红包里。有的说：长命百岁。有的说：岁岁平安。朱胡氏也受了侄子、侄女们的头，她照样子从自己的红包里拿出铜板来放进小孩儿红包里。她发现自己的红包里有一些铜板还有一些小银元宝。元宝像小饺子。

小孩儿的红包也鼓了起来。大人、小孩儿都露出笑模样。老太太说：你们又长一岁了。我又老一岁了。众人答：老祖宗长命百岁。

看库房的两人抬来两箩筐芝麻糖与花生糖。老妈子与丫鬟们拿了主人的糖罐开始往糖罐里装糖。等她们装好了，五少爷走过去把自己房里的两糖罐装满。

"放花炮吧。"老三说。小孩子们蹦出去，大人们也陆续走出去。站在饭厅门口，看老三燃放花炮。什么彩云追月、天女散花、满天星、蹿天猴……各色花炮点亮了孩子们的眼睛，孩子们欢快地跳着蹦着。朱胡氏还是第一次看花炮。她家过年只放鞭炮。她在心里暗叹花炮的神奇。

看完花炮，众人拎着红包簇拥着老太太回房。说去老太太房里守岁。老太太说："带上瓜子。"桂花说："我去伙房拿。春草应该炒好了。"

到老太太房里，老太太坐进她的专用火桶里。其他人掇了凳子、椅子围着老太太坐。后来的人没座了，坐在老太太床上。桂花端着瓜子来了。每人手抓了一把瓜子嗑起来。

老四对嗑瓜子不感兴趣，他装鬼脸逗小孩子玩了会。众人笑着看他逗小孩儿。他逗了会觉得无趣了，说："老祖宗，赏个笑话给我们听吧。"众人都响应起来，说："老祖宗说一个吧，说一个吧。"

老太太笑着说："那好吧。我来说个孬包女婿的故事吧。从前有个孬包女婿，要过年了，他娘子对他说……"

众人都听得笑了起来。小孩儿在父母的怀里睡了。

老太太说："你们都高兴了。我也乐了。孩子们要睡觉了。你们回房吧，回房守岁吧。明天还要忙呢。"

朱大贵说："是啊。明天一鑫他们要去拜舅家年。媳妇们明天在家带小孩儿迎客。回吧，回吧！老祖宗你歇息吧。我们回了。"

男人们或抱着或背着自己的小孩儿，女人们一手牵着孩子一手拎着红包各自回房了。朱胡氏与五少爷在夜幕的掩护下手牵手回房了。她轻声问："这个红包归我了吗？"

"是呀，是你的过年费和一年的零花钱。"

"我怕花不完。给你花吧。"

"小傻瓜。"五少爷怜爱地用手刮了一下娘子的鼻子，搂住她说："我有呢。花不完存下呀。"

朱胡氏第一次感到除夕的美好，感到与心爱的人牵手走在一起的美好。感到嫁入大户的好。

可花无百日红，人无千日好。这样祥和团圆的日子并没有维持多久。这年是1900年，20世纪初。20世纪初的中国啊，内忧外患，风雨飘摇中。

## 十九

年初一，五少爷兄弟们，去拜舅舅的年。朱大贵的外甥们来拜年了。伙房人手紧张。朱胡氏去伙房帮厨。她喜欢做事，紧张陪客。嫂子们与她相反。

年初二，拜丈人年。兄弟们都要带着娘子去岳父家。老大叫了五顶轿子。春节期间轿子紧俏。只雇到三顶四人轿，两顶二人轿。二人轿比四人轿小，紧紧巴巴坐一个瘦人，胖子坐不下的。二人轿一般是抬小孩儿的。轿门也没什么装饰，不好看。可四人轿已经被预订完了。只好叫了二人轿。朱大贵说："小的吃点亏吧。老四和老五家的坐二人轿。"老四媳妇噘着嘴不高兴。因为不同的轿子还是身份的标志，她怕回娘家跌了面子。

早饭后，轿子来了，停在库房门口。拜年的礼品一色五份也已经装在挑篮里，放在门口。朱胡氏从红包里拿了一些铜钱和一锭银子装在荷包里，与五少爷来到库房。哥几个都扶各自的娘子进了轿子，挑起挑篮跟在轿子后面出发了。

到了胡家，吃过午饭，五少爷告辞回去。他还要继续去长辈家拜年。朱胡氏新婚，还没孩子，按习俗可在娘家多住几日。胡妈与五少爷约好，到正月十五来接人。

朱胡氏又回到她的小阁楼。她觉得是那么亲切坦然。真是金窝银窝不如自家的狗窝。她把阁楼清扫了一遍。她还是穿的红嫁衣至今呢。袖口已经脏了。她没带换洗的衣服来。她想做件罩衣。她现在手里有钱了。她给了侄子、侄女压岁钱，荷包里还有几个铜钱和一锭银子。布店就在她家斜对门。她去布店扯了几尺缎子。脱下嫁衣比照着嫁衣裁剪起来。胡妈知道了，赶紧来阁楼劝阻——说正月里不能动针剪。不吉利的。

朱胡氏向她娘笑笑说：已经动了。她在家闲得慌。她衣脏了也没衣换。胡妈无语，急吼吼地跑下阁楼去她家供奉的菩萨像跟前祷告上香，求菩萨化解。

朱胡氏在阁楼专心致志缝制她的罩衣。剩下的布头她做了一对护袖。初八，衣服基本完工，只剩衣扣了，要盘布扣。朱胡氏叫她母亲教她盘布扣。胡妈一边盘布扣一边与女儿聊天谈心，说："正月里家人在外，外人在家。正月里看戏，赌钱，赶庙会。人都在外面赶热闹。衣服做好了，你也出去走走吧。娘陪你去娘娘庙上上香，求个贵子。"

"娘……"朱胡氏羞红了脸。晚饭时，胡妈就对胡能人说了要去娘娘庙烧香的事。胡能人不高兴。因为去上香要给老婆子几个钱。他是对自己大方，对他人小气的人。"上什么香？上香有用的话，这世上人人都顺心了。用这两钱不如买点好吃的。"胡妈可怜巴巴地说："我这一年也不出个门。"

"女人家女人家，就得在家待着。"胡能人蛮横地说。

朱胡氏拽了一下母亲的衣角。胡能人因为女儿回家只给了侄子、侄女压岁钱，没拿钱给他，有点不满，对女儿说："你现在攀上高枝了，不要忘了爹娘。"说完吸着烟枪走了，又去赌钱了。

朱胡氏也不想上什么香。她看母亲可怜巴巴的模样，心里不忍。四五十岁的女人有两种体型：一是发福型。脸上油光，腰上赘肉。一是干瘦型。脸上灰暗，皮肤起皱。胡妈属于干瘦型。两鬓已冒出银丝。"娘，哪天等爹不在家我们去。"

"可我手里没钱。"

"我有呢。"

初十，朱胡氏与她娘去娘娘庙进香。娘娘庙在街东头。男人十分钟就走到。两个小脚女人走走停停摇摇摆摆地走了半个时辰。往日肃静的娘娘庙前，正月里比街市还要热闹。庙前的空地上搭了戏台，草台班子在唱戏，带着哭腔的庐剧声传来。一个人拿着个盆向观众收钱。朱胡氏以前看过，半懂不懂的。胡妈问："去看戏吗？"朱胡氏摇摇头："没带坐的呢。站着受不了。"庙两边各种卖吃食的小贩吆喝着。"瓜子哎，香喷喷的瓜子哎……"

"金枣哎，又香又甜的金枣哎……"

"杆子糖哎，又香又脆的杆子糖哎……"

小贩摊子跟前站着馋嘴的孩子。小孩儿望过年。过年小孩儿兜里有压岁钱，孩子欢喜，小贩欣喜。朱胡氏走过去买了一袋金枣、一袋杆子糖给了母亲。两人绕过小摊小贩进入娘娘庙里。里面香火缭绕。一个母亲正带着三个女儿在跪拜送子娘娘。等她们拜完了。朱胡氏和胡妈走过去，一个老尼姑递来点燃的线香，她俩把线香插在铜香炉里，然后跪在圆圆的拜垫上，朝怀抱金童的送子娘娘三拜九叩，口中祈求："娘娘送我一孩子吧。"

"娘娘送我女儿一男娃吧。"旁边一个老尼姑敲着木鱼，念着经。拜完，站起，那个递线香的老尼拿过来一个签筒，问："施主要抽签吗？"朱胡氏拿过签筒又跪下，摇起签筒。摇了一会儿掉下一只签，拾起交给老尼。老尼说："十七签，中上签。"朱胡氏往功德箱里捐了香火钱。老尼交给她一张签单。上面画了一幅画。看上去是一条河上行驶着几艘帆船。下面有几行字。朱胡氏不识字，问："写的啥？"老尼念道："梳洗罢，独上望江楼。过尽千帆皆不是。斜晖脉脉水悠悠，肠断白蘋洲。"朱胡氏只听懂了"梳洗、上望江楼、肠断"这几个词。问："什么意思？为什么肠断？有什么不好吗？"老尼答："阿弥陀佛，没什么，家主怕要远行。"朱胡氏听了心里慌慌的，皱起眉来。胡妈拿过签单，说："这画的一帆风顺，一帆风顺啊。"

朱胡氏闷闷不乐回到家。她这时急切地想见到夫君。还有五天他才会来接她。她的心油煎一般。她坐卧不宁，饭也吃得少了。

胡妈怕女儿闲得无聊，说："十五就要到了。就要过灯节了。你反正动了针剪了。你在家做灯笼吧。"朱胡氏这时哪有心思做灯笼？她说："去年的呢？"

"去年灯节后收起来了。"

"在哪里？我看看。"

"在杂物间。"胡妈打开杂物间的门。灯笼就放在杂物上面。朱胡氏从杂物间拿出灯笼。灯笼上落了一层灰，糊的纸已经被老鼠咬通了。灯笼里有老鼠屎。朱胡氏把外面的纸撕掉。用抹布把灯笼的骨架擦拭干净，把灯笼提上阁楼。叫母亲拿些新的灯笼纸来。她把灯笼重新糊了一遍，里面放上蜡烛。她对着这些灯笼想着去年灯节与五少爷相识的情景，想着五少爷对他说的每一句话。她的回忆思念定格在那句话上——"我的孩子都由你生，你高兴吗？"

"娘娘，送我一孩子吧。"朱胡氏在心里呐喊。

# 二十

正月十五晚饭后，五少爷雇了顶小轿，来接他的娘子。到胡家时，朱胡氏和胡能人正在檐下挂灯笼。还是那四盏灯笼。今年没有制谜。胡能人最近老输钱没心情，没准备奖品。

"爹。"

"你来啦。"

"嗯。我来接她。"

"进屋喝口茶吧。"

"不了。"

朱胡氏已经望眼欲穿了，见夫君到了，忙走到他跟前说："我去跟娘打声招呼，这就走。"

"好。"

朱胡氏跟母亲告别："娘，他来接我了。我回了。"

"噢，多留神啊。好好过日子啊。"朱胡氏拿起她换下的那件嫁衣就走出门去。

五少爷看着这四盏灯笼，想着去年灯节相会的情景，会心地笑了，灯笼是他们的红媒啊。一年后的今天他们已经是夫妻了。他对丈人说："爹，这四盏灯笼你可要保存好。"

"那是，以后没人给我做这么好的灯笼了。"

"爹，我们走了。"

"不在街上看看灯啦？"

"不了。"朱胡氏跨进轿子对她爹说。

"再会，爹。我们回了。"

回到家，那是小别胜新婚啦。两人如胶似漆缠缠绵绵，恨不能融为一人方好。"你要是大脚就好了，我们俩可以边走边看灯。"

"都说男人喜欢小脚呢。"

"小脚不比大脚好看，那是为了禁锢你们女人的。以后我的孩子，决不让她们裹足。"

"那能行吗？脚大嫁不了好人家。"

"外面已经提倡放足了。你记好我的这句话，我们的孩子不缠足。"朱胡氏想起自己缠足的痛苦，她说："谁愿缠足啊，都是被逼的啊。一双小脚，一缸泪啊。"

"戕害女性啊，我决不让我的孩子受这种痛苦。你切记切记。"朱胡氏不太懂男人的话可她觉得自己的男人与众不同，是个好男人。她依偎在他怀里，温情地说："我都听你的。"

十六午时，一家人正在饭厅吃午饭。来了一位不速之客。手拎着个皮箱，眼睛上带着个黑框框。他站在门外喊："朱一鑫，朱一鑫……"五少爷三步并作两步跑过去。两个大男人，紧紧拥抱。两人搂抱着进了饭厅。五少爷向父母介绍说："这是我在南京的好友。"那人向朱大贵夫妇问了好。朱大贵夫妇客气地留他多住几日。那人说："明日就走。下午想去青山逛逛。"午后，五少爷陪那人出去了。天断黑才回来。晚上五少爷陪那人在公房息了。

第二天早上，那人匆匆走了。五少爷打着哈欠回房，说："昨晚没睡好，聊了一夜。"说完躺下睡回笼觉。一直睡到中午起来。午后，他拿了本书看，半天也没翻动书页。他在想什么呢？朱胡氏不敢问。她心里隐约感到不好，心又慌慌起来。晚饭后，五少爷对朱胡氏说："你先回房，我到爹娘房里说会话。"

朱胡氏坐在房里，等着夫君。聆听着门外的脚步声。终于听到门口有脚步声了，她打开门迎出去。五少爷抓住她的小手。两人在床上坐下。五少爷搂住朱胡氏愧疚地说："我不能多陪你了。我想明天就去南京了。"

"什么？"朱胡氏像被针扎了一下，"这么急着走啊？"五少爷凝重地点了点头。"是那个眼睛上戴黑框框的人叫你走的吗？他是什么人？"

"他是个很有学问的人。"

"你什么时候归来？"

"我会归来的，你放心。"

朱胡氏听了这句没有归期的回答，眼含泪了。"归字怎么写？你教我吧。"朱胡氏起身拿来纸笔。五少爷写了一个大大的"归"字。朱胡氏把它小心折叠起来。像拿到了一个符咒。"我把它和你给我的玉放一起。你可要早归啊。"

"对不住你了。我不在家，你要多保重。我已经和母亲交代了，要她多关照你。"

"是我不好吗？"

"不是的。国家危亡，匹夫有责。我不想老死在家中。唉，你不懂的。可惜你是个小脚，行动不便。我不能把你带在身边。唉！"

朱胡氏泪儿滚落。这双小脚让她小时候吃了多少苦，流了多少泪啊！只盼小脚能留住男人心，没想到今日夫君却说出这样的话！

十八早上，朱胡氏与五少爷一道请了老太太安。一道去跟朱大贵夫妇道了别。回房收拾行李，行礼很简单，衣物用具都在南京那边。只一个手提箱，里面放了过年时发的红包，朱胡氏给他做的鞋、扇袋与香囊，还有几件换洗的衣服。收拾好，五少爷用手抚摸了一下朱胡氏的脸，毅然地说："我走了，你不要送我，你在家自己照顾好自己。"说完拎起箱子走出门去。

朱胡氏倚着门，看着夫君渐行渐远的背影，直至不见。她的泪滚滚流下。她感觉自己仿佛是只没长毛的小鸟。

夫君走了，朱胡氏独守空房。她每日起得很早，自己侍候自己。早上给老太太打饭请安。吃过早饭回房打扫房间，把她的屋子打扫得纤尘不染。午后没什么事做，读她门上的那副对子——"读万卷书；行万里路"。这八个字她识得了。准确地说是七个字，有一个相同的字——"万"字。她用右手食指在左手心里照着画"万"字。画了几遍，到桌子上磨墨拿笔写"万"字。用的是剪囍字和写对联剩下的红纸。她觉得写字比绣花难。刚开始写字手发抖，横竖都写不直，歪歪扭扭的。最难熬的是夜晚，孤灯清影。她早早躺下，脑子里瞎想想。想着与夫君恩爱的情景，回味着夫君说的每一句话。想到高兴处，笑了；想到伤心处，哭了。在或笑或哭中度过漫长孤寂的夜晚。

那一日，朱胡氏照例去给老太太请安。发现老太太蓬着个头，绷着个脸。桂花不在房。她怯怯地问："老祖宗，桂花呢？"

"拉肚子呢。"

"噢。我来帮你梳头吧。"

"嗯。"老太太头发已经花白稀疏，没有光泽。朱胡氏给抹了梳头油，小心翼翼地梳起来。"你长得好看，人也不蠢啊，怎么留不住男人呢？"

"老祖宗，你洗过脸了吗？"

"成婚才几日啊，就出门了。唉，也难怪，麻布帐子怎么能留住人呢？"听到这句话，朱胡氏心里像被锥子扎了一下。麻布帐子，又是麻布帐子！这是他离家的原因吗？

她们不知，是当时的国家，是清政府这顶不能防御外来蚊虫入侵的麻布帐子，让有志的青年走出家园上下求索奔走。乱世出英雄啊，可英雄的背后有多少孤寂幽怨的女人啊？有谁关注她们的命运？她们的青春在数着日子盼郎归的漫漫等待中熬过。

# 二十一

五少爷走后已经两个月了。朱胡氏每天上午清扫房间，下午写字。把自己门上的那副对联上的字，学会写了。还有"归"字与"福"字。她学会写九个字了。她把剩下的红纸和从娘家拿回的草纸都写光了。朱夫人告诉她，草纸用光了可以去库房拿。她已经拿过一次了。这天她的月事来了，内裤上沾了血迹。她换下内裤，准备拿去河边清洗，回来再去库房拿草纸。

她端着铜盆去了河边。正是阳春三月，和风拂面，柳枝柔拂。桃花红梨花白。对岸的油菜花一片金黄。万物都在生长，都在开花，都在发情。空气中飘荡着甜蜜的花香。无边温柔的气息包裹着她。多美的春天啊！一鑫，你在哪？如果能与你同赏这春景该多么美。

忽然她听见有人说："好舒服啊，好舒服啊。"她循声定睛一看，吓得手颤抖。"嗵"的一声，铜盆掉地，她更慌张。脚往后一退，她小脚，没站稳，一个趔趄，歪倒在地。她看到了什么如此惊慌？

她见到一个赤裸的后背。长发齐腰。她第一反应是她看到妖怪了。她小时候听她娘讲过鲤鱼精的故事。这个妖怪站在河边，站在柳树旁，不是鱼精就是树妖了，她想。所以她吓得手颤抖。铜盆掉地后发出声音，她怕惊觉了那个妖怪，心里更是慌张。好在妖怪没有转身。朱胡氏悄悄站起，衣服也不捡了，铜盆也不拿了，急慌慌往回走。一会儿桂花也来洗衣了。她见朱胡氏神色不对，问："五奶奶，你怎么啦？"朱胡氏轻声地答："我看见妖怪了。"

"妖怪在哪儿？"

"就在河边柳树下，光着身子。"

桂花说："不是妖怪，准又是菊香发病了。"

"菊香是谁？"

"是你堂嫂啊。"桂花边说边奔过去。朱胡氏也跟着小跑过去。桂花走过去一把拦腰抱住菊香。菊香怀抱着披覆的柳树枝，还在陶醉着："好舒服啊，好舒服啊。"桂花欲把菊香拉离柳树枝。菊香死死地拽住柳树枝。朱胡氏走过去帮忙。费了大劲，把柳树枝扯断了，才把菊香拉开一点点。菊香嘴里含混地说："我要抱抱，我要抱抱。"桂花哄骗着说："回家抱抱，回家抱抱。"朱胡氏把桂花要洗的脏衣服给菊香披了，又折了些柳树枝递给菊香，菊香怀抱着柳树枝，被桂花和朱胡氏一人一边半拉半拽着往回走。"她住哪儿啊？"

"就住在离库房不远的下房里。"下房是下人们住的。原来在离库房不远的地方有一排下房。两人出了一身的汗才把菊香弄到她屋里。下房屋子低矮，窗户更小，只有两个巴掌大，屋里昏暗。在屋里站了会，才看清屋里的情景。有张床，床踏板上放着凌乱的衣服还有一只枕头。朱胡氏把枕头捡起放到床上，床上的被子并不凌乱，只掀开了一只角。床的一头放着一只枕头，还有一串佛珠。她又捡起衣服，桂花把菊香扶到床上坐下。两人做对子给菊香穿衣。菊香皮肤微黑，眼小，门牙有点往外暴凸。算不上漂亮，也不太丑。"她怎么住下人房啊？"

"唉，苦命的女人哪。她男人跟她的陪嫁丫头好上了，有了身孕。朱家有祖训，不让娶二房的。所以他男人跟陪嫁丫头私奔了。朱家和她娘家的人都觉没脸。菊香没有生育。朱家的人说一个女人没丈夫没孩子不用住大屋，就把她赶到这里来了。唉，苦命的女人。每年菜苔花开，她就发花疯。"朱胡氏想：我先前认为朱家的祖训好呢，这样子看也不尽然。朱胡氏注意看了看帐子，帐子是绢做的，很漂亮。帐钩是银的，上面还挂着拂尘。床边还有一床柜，上面放着两个花瓶，瓶里还插着月季花。靠门边有一个洗脸架子，上面挂着手巾，放着铜盆。墙东边有一张桌子，桌子上放着两个瓷罐。还有一针线篮，旁边有一双未完工的绣花鞋。桌旁有一只圆凳。西边有个小衣橱，厨顶上架着两只木箱。屋子里很是整洁。不像是疯子住的房间。"她真的疯了吗？"

"只菜薹花开时发疯。不发疯时好好的。大夫说是花痴疯。"

"噢。我衣服还在河边，桂花你先陪着她吧。我去洗衣。下午我来看她。"

"好，你去吧。"

从此，朱胡氏每日下午就去看菊香，陪菊香。不发病时的菊香很安静。"你为啥来陪我？"

"我男人也不在家。"两个孤独的女人，同病相怜。彼此为对方擦着眼泪。无语时，彼此抓住对方的手。菊香做鞋，朱胡氏帮着她绣花。

这事传老太太耳里了。早上朱胡氏照例去请安，老太太绷着脸说："你不要跟那倒霉女人走得那么近，沾了晦气。你没事干就去你嫂子的屋里，帮她们带带孩子。"

"噢。"

朱胡氏去了两次。一次去了三嫂屋里，一次去了四嫂屋里。嫂子房里有陪嫁丫鬟，热热闹闹的，富丽堂皇的，巨大的差异让她自卑。她不知说什么做什么好。别别扭扭的。她去了两回再也不愿去嫂子房里了。她心里记挂着菊香。她还是去了菊香屋里。

老太太自是不高兴。让桂花从库房拿了一匹白绢。等朱胡氏来请安，老太太斜着眼对朱胡氏说："我的话你也不听了。叫你别去菊香那，你偏去。想跟我作对啊！"

"不是的。菊香可怜。"

"你不要可怜她。好好管好你自己。拢住你男人的心。我知道一鑫不在家，你一人在家闷得慌。我找点事给你做。你女红不错，你把这匹白绢裁了做枕头套子，在枕套上绣花。"

"全部做枕套啊？"

"是啊。慢慢绣。绣好了交给我。姑娘陪嫁少不了这个。"

　　朱胡氏扛着一匹绢回家。现在她下午有事做了。她在家专心致志地做枕套，给枕套绣花。

　　一日下午，荷花来了。告诉她："刚才南京来人了。说一鑫他忽然喜欢上画画了，几天前跟一个画画的人跑了。不知去了哪里。老爷听说后，捶了桌子。骂少爷——不成器的东西。也不向父母禀告，就自做主跑了。吃老子的，不念正经书，学什么画画！"朱胡氏听了，心里惶惶地流下泪来。再也无心绣花。

　　一鑫一鑫，你去了哪里？晚上，朱胡氏从箱子里拿出玉佩和"归"字。她看着"归"字自言自语："一鑫，你说过，你会归来的呀。你可要早归来呀。"她躺床上手里握着玉佩流了一夜泪。

　　几日后，她去河边洗衣，见到了在河边等候她多日的菊香。菊香见到她，就像孩子见了亲娘。她紧紧拽住朱胡氏的胳膊，泪流满面。朱胡氏也心酸不已，滴下泪。这次朱胡氏把菊香带回了她的屋。

　　第二天，她向婆婆朱夫人请求：允许菊香来陪着她。朱夫人贤惠，她答应了。她去老太太那里求了情，说："这两个媳妇，都一人在屋，都没陪嫁的丫头，相互照应着也好。免得让人不放心。请老太太恩典。"老太太嘟着嘴说："现在你当家，你看着办吧。"

　　从此，两个孤独的女人相依为伴。她们绣着花，做着鞋。打发着漫漫的日子。

# 二十二

　　朱胡氏与菊香相依为伴。她俩在一个房里睡。却不在一处吃饭。因为她们俩虽是同宗，却早已分家。吃饭时她们俩各去各家的饭厅吃饭。

　　端午节，五少爷也没回。老太太脸色难看。朱胡氏只自己一人回了趟娘家送了节。胡妈因为女婿没来，女儿未怀上而唉声叹气："命苦的丫头哦，你怎么嫁了一游龙心的男人，以后的日子不知会咋样哦。"她的唠叨弄得朱胡氏心里很是烦闷。快快不乐地吃过午饭，她心里记挂着菊香，就告别父母回了。胡妈送给女儿一床凉席。菊香未回娘家。她觉得没脸回娘家。男人离家后，过节她就没回过娘家。

端午节后，朱家请裁缝上门做夏衣。朱家一年两次请裁缝上门，给家人统一做衣。一是端午后，一是冬至后。端午做夏衣。冬至做冬衣。朱夫人给裁缝一一交代了多少人做多少衣。第一天从大到小按房头给家里每个人量了尺寸大小，记录在册。给朱胡氏从里到外做了两套夏衣。朱胡氏对做衣感兴趣，自告奋勇地去公房给裁缝当下手。跟裁缝学盘扣子。什么菊花式、五子登科式、盘龙式等等每个花样她看裁缝盘一个就会了。一件衣服上的布扣裁缝盘一个，剩下的就交给朱胡氏了。裁缝直夸她聪明。

有了伴有了活的日子过得飞快。转眼到了农历六月。裁缝干完活走了。天热了起来。下人们夏天最受罪，大汗淋漓还要为主子们不停手地扇风。菊香拿了两把鹅毛扇子来，她俩轮流为自己为对方扇风。一人手扇酸了，就换另一人扇。花是绣不成了。夏季只有熬。"亏得有菊香！"朱胡氏想，"这是菩萨娘娘垂怜我吧，把菊香送来给我。"

那是六月中旬，天奇热。午饭后朱胡氏与菊香并排横躺在铺着凉席的床上，腿挂在床外。在踏板上放两铜盆，盆里盛着冷水。她们俩把小脚伸在冷水里。轮流扇着扇子。以这种方式为自己降温消暑。

忽然，春草跑进来，大声说："五奶奶，五奶奶！告诉你好消息，五少爷回来了。"朱胡氏急站起，盆里的水飞溅了出来。"真的吗？"

"嗯，刚在伙房吃了碗剩饭，这会子去老太太屋里了。"朱胡氏赶紧找鞋穿上。把头发拢了拢说："我去看看。"小跑着去了老太太屋。果然听到屋里传来一鑫的声音。"一鑫，一鑫。"她叫着走了进去。五少爷正与老太太说话，他转过身看到朱胡氏，说："你来了。"老太太不悦地说："看你猴急的样儿。真是小户出身，不懂规矩。男儿回家拜完上人，早晚会回你屋。一鑫，你去拜望你爹娘吧。等拜完才能回你屋。"五少爷笑着说:"知道了,老祖宗。"两人走出来,你望着我,我望着你。朱胡氏见夫君瘦了,黑了。心疼地说:"你瘦了。"五少爷说:"我没事,你还好吧?我去看下爹娘,你陪我去吗?"朱胡氏怕了,又想到菊香还在房里,她说:"我先回了,你去吧。"

"好,我一会儿就回。"朱胡氏回到房里,菊香已经自觉地走了。朱胡氏可怜起菊香来。自己的男人回来了,菊香的男人怕是永不能回来了,她又孤零零一个人了。

五少爷在家待了二十来日。朱胡氏把她与菊香的事告诉了五少爷。五少爷听了长长叹口气说:"唉,你们女人可怜。你做得对。是我们朱家对不起她。这个社会给女人的枷锁太多了。"这二十来日,夫妇俩形影不离。午后五少爷安静地读着他带回来的书,朱胡氏为他扇着扇子。朱胡氏感觉自己的男人是匹野马,虽然现在是那么的安静,可他不会长久地蛰伏在庭院里,再华丽的庭院也留不住他,他要奔向那辽阔的远方。果然二十日后,他抓住她执扇的手,说:"我想过两日就走了。不能陪你。还是让菊香来陪着你吧。走之前我想去看下菊香。你陪我去好吗?"

"好吧。"朱胡氏觉得这个男人留恋她,可远方有什么更吸引着他,他是匹野马,是条游龙,她岂能留住他?

两人到了菊香屋,门开着,门上挂了纱帘。两人撩开纱帘进去。见菊香正坐在踏板上闭着眼拈着念珠在念经。朱胡氏喊:"菊香,我们来看你。"菊香停止念经睁开眼,急忙站起说:"你们怎么来啦?坐床上吧。"五少爷笑着说:"我们也坐踏板吧。"说着就坐下,朱胡氏挨着夫君坐下。菊香递给朱胡氏一把鹅毛扇说:"暖吧?快扇扇!"五少爷说:"菊香,我不在家的日子,亏得有你陪她。过两日我又要走了。你还是来我屋陪她吧。"

"嗯。"

"你年纪轻轻,还不到三十岁,你就打算这样过下去吗?"

"我嫁入朱家，那我生是朱家的人，死是朱家的鬼了。"

"可我堂兄已经把你抛弃了呀。何必为他守寡？"

"好女人就得从一而终啊。我一嫁了人的女人哪有好人家再要我？"

"可你一生的幸福就这样葬送啦？相信我，我一定要把你从这牢笼中救出去。"

"你瞎说什么呀！这话被别人听见就不得了了。你们俩快走吧。"菊香惶恐地说。手可怜地颤抖起来。"那我们走了。等他走了我来接你过去。"

朱胡氏不明白自己的夫君怎么会有这种想法。她对他既敬佩又惶恐起来。

第二天晚饭后，五少爷让朱胡氏陪着去向父母告辞。见儿子与儿媳妇来了，朱大贵感觉不好，绷着脸问："晚上跑来，没好事吧？"

"爹，娘，我想明日走了。"

"又去画画？我花钱是供你念正经书的。画画我可不供你。"

"爹，我想早点去访访友，与他们探讨学问。"

"外面兵荒马乱的，据说山东出了红毛野人，刀枪不入，见人就杀。连太后老佛爷都怕了。"

"那是山东义和团，专杀洋鬼子的。如果中国人都像他们。中国就有救了。"

"你就不能在家安生待着？尽让老子娘为你担心。"

五少爷忽然双腿一跪，说："爹，娘，孩儿不孝。我走了，拜托你们多关照她。"

翌日，五少爷请过老太太安后，拎起他那只装了两件衣服和几本书的皮箱走出门去了。"保重。"他在门外回头对倚在门边的朱胡氏说。

## 二十三

朱一鑫走后月余，南京那边来信说：一鑫并不在南京求学。不知去了何处。朱大贵得信后气恼。这消息传到老太太耳中，老太太担忧不悦。她把担忧化作怨气撒在朱胡氏身上。"一鑫走后，你来月事了吗？"朱胡氏点点头。"还没怀上啊。看样子你也不是个有福气的人。从明个起，你午饭后来我这儿，跟我念经，咱们求菩萨保佑一鑫在外平安。"从此，朱胡氏一下午都呆老太太屋里了。老太太请了一尊菩萨像来。她说自己老了腿不能跪，就叫朱胡氏跪菩萨像前，她坐在拜垫上，敲着木鱼，念着经。朱胡氏一跪到天擦黑，腿跪麻了，木了。跪完都是桂花把她拉起，扶着她走出门去，走一段，腿才恢复知觉，才能正常走路。每天下午朱胡氏都受着这种刑法。她跪在那里，每天心里都在呐喊："菩萨，可怜我吧！让朱一鑫回来吧！朱一鑫，你快回来吧！"

这心底的呐喊不知菩萨听到否？菩萨并未垂怜她。朱一鑫还是迟迟不归。这跪求竟跪了半年。朱胡氏的脖子酸痛，膝盖跪起了老茧，这腿好像已经不是她自己的了。

眼见的进了腊月，在外的人纷纷回家了。他们带来了各种传闻与坏消息。说洋人打进了紫禁城，太后逃了，皇帝也逃了。洋人一把火烧了颐和园。说大清气数尽了，皇帝都生不出儿子了。国不可一日无主。洋人要占天下了。洋人坚船大炮，无人能敌。中国要亡了……

衙门里来收税，税收是往年的两倍。说是要敬供银子给洋人。明年税还要涨。朱大贵愤懑。嘴上急起了火泡。就要过年了，儿子还不回来，朱夫人也沉不下气了，她亲自去娘娘庙进了香。家里都人心惶惶的。无心操办过年事宜。一直到了腊月二十八，朱一鑫才回到家。一家人的心才终于落定。

朱大贵盘问儿子："这半年你去了哪儿？干什么事去啦？"朱

一鑫只含糊地答："谋事去了。"朱大贵忍不住发火道："你跑哪里胡闹去啦？"朱一鑫缄默不语。"过了年，你哪也不许去，就在家给我老实待着。"

"我肯定要出去的。"

"你敢！你出去了老子叫账房不给你汇一文钱。"

"我不要家里的钱，我自己谋事，养活我自己。"

"我倒要看看你能谋到什么事。"父子俩刚一见面，话不投机，不欢而散。

正月里，朱一鑫去各处长辈那拜了年。年初二朱胡氏回了娘家。年初六朱一鑫就来接朱胡氏回朱家。到家后，朱一鑫对娘子说："我想明日就走了。"

"这么早就走？七不出八不归。你还是在家待几日再走吧。"朱一鑫从箱子里拿出一幅画像，是他自己的。"这是朋友给我画的像，你看像吗？"

"嗯，像。"

"我把他留给你，就让我的像陪着你吧。"

朱胡氏含泪点头。"一鑫，给我一孩子吧。"

"好，老天给我们一个孩子吧。"这晚两人极尽缠绵。

第二天天未大亮，朱一鑫不辞而别了。朱胡氏的好日子也随之结束，又开始领教老太太给她的每日功课，开始了她的刑期。不过好在这次刑期只执行了四十来天。因为朱胡氏怀孕了。

朱胡氏一吃饭就恶心。人也消瘦。朱夫人心细。问道："你这月的月事来了没？"朱胡氏摇摇头。朱夫人是过来人有经验。她去请了郎中来。郎中一搭脉，笑了："是喜脉。恭喜恭喜。"朱夫人打发了他喜钱。而后去告知了老太太。老太太停止了她的功课，停止了她的刑法，朱胡氏得以解脱。朱夫人吩咐伙房染了喜蛋。吩咐老三拎着一篮喜蛋去胡家报了喜。胡妈高兴。把喜蛋分给了街坊邻居。推算了产期，到菩萨像前进了香。

菊香也替朱胡氏高兴，说等小孩儿生下来，她帮着带。背后却心酸落泪。朱胡氏对她说：我的孩子就是你的孩子，我叫他为你养老送终。

菊香开始给腹中的孩子做虎头鞋。朱胡氏拿出箱子中陪嫁的那块衣料，给孩子做小衣。小衣一般在孩子生下满月时，由娘家做好送来。朱胡氏怕她爹不做，就自己做了。新的生命在朱胡氏的腹中成长着。两个女人为新生命的到来积极准备着，满怀希望憧憬着。这给了她们活力，赋予了她们生活的意义。

八月底，胡妈拎着鸡蛋、草纸、枣子、筷子来催生。朱胡氏把做好的小衣和小鞋交给母亲，让母亲以后做人情。又给了母亲两锭银子，叫母亲买个好点的摇篮，买床好被褥、好蚊帐来贺喜。朱胡氏怕他爹不愿花钱，再次跌了她的面子，委屈了她的孩子。

这期间家里收到朱一鑫的一封信。说他在一家洋行里做事，请家人放心。望父母关照他的内人。

产期临近，朱胡氏常常坐着发呆流泪。菊香问："你怎么啦？"

"我心里发慌。不知道一鑫知不知道我们有了孩子。"

"有我在呢，还有朱家那么多的人在，你不用慌。"是啊，朱家人很多，可谁也代替不了丈夫的角色啊。朱胡氏多么想自己生产时，丈夫能在自己的身边啊。

九月中旬，经历两天两夜的阵痛，朱胡氏终于诞下她的第一个孩子。"是个公子。"接生婆高兴地说。菊香凑过去看："是个公子，是个公子呢。"她欣喜地嚷。朱夫人微笑着接过孩子，亲自用温水把新生儿擦洗了一遍，包裹好，递给朱胡氏说："好好带着睡吧。"朱胡氏看了孩子一眼，孩子张着嘴还在哭。小脸哭得紫红。她虚弱地笑了。"我去吩咐伙房给你熬鸡汤来。吩咐人给你娘家报喜去。"

"娘，你辛苦了。"

"你跟我客气啥。你累了吧，好好躺着吧。想吃啥就跟娘说，我让荷花给你送来。"

"娘，你想法给一鑫报个信吧。"

"好，你放心吧，坐月子要安心养着。不要瞎操心。"

"嗯。"

"荷花，你把五奶奶的脏衣拿去洗了。洗好了后给老太太、老爷去报喜。"

"噢。"

"菊香，你在这儿照应着。草纸在这儿。"

"嗯。"又对接生婆说："你跟我去伙房拿喜蛋，拿喜钱。"接生婆喜颠颠跟着去了。

# 二十四

朱胡氏的孩子满月了。朱家欢欢喜喜在公房办满月酒。胡能人带着老婆、儿子来贺喜。胡妈拎着一只母鸡。胡能人和儿子抬着摇篮。摇篮里放着被褥、帐子还有小孩儿的衣服鞋帽。这些都是胡妈用女儿给的银子买的。

午时，客人都到齐了，开席。新生儿抱出来跟众亲友见面。众人都给了见面礼。胡能人没给。众人都翻看摇篮里的东西，看胡家置办了什么。一般娘家要给外孙银镯子、银项圈、玉佩什么的。结果他们其实早就料到了，没有什么值钱的礼物。老太太不高兴。对桂花说："你去街上给我买顶好帐子来。把我箱子里的那把银锁拿来。"

"小帐子还是大帐子？"

"大帐子。"

宴席罢，胡能人要告辞离去。老太太挽留道："亲家，去你女儿屋里再坐会吧。再看看你小外孙。"胡妈想念女儿，连说："好好好。"老太太叫上桂花，拿着刚买来的蚊帐去了朱胡氏屋里。老太太一进屋说："我给重孙子一见面礼。桂花，把银锁给孩子戴上。"

朱胡氏忙说："谢老祖宗！"

"你给朱家添了枝。我也送你一样礼物。你那顶麻布帐子太寒碜，一鑫不喜欢，我给你买了顶好帐子。桂花，把帐子换下来！"

"噢。"

"麻布帐子不要扔了。留了以后做鞋子背骨子（做鞋底）用。"胡能人脸上有些挂不住。不过他皮厚。他岔开话题问："孩子起名了吗？"老太太说："还没吧？等他爹回来给起吧。"

"朱一鑫他跑哪里去啦？孩子生了也不回来！"胡能人一下子抓到了把柄，说话硬气起来，"你们朱家怎么搞的？"朱胡氏忙打圆场说："名字起好了。叫归儿。"

"叫什么龟儿，还是等他爹回来给取名吧。"老太太皱着眉说。

"嗯，等一鑫回来取大名。"又换用亲昵的口气对着小孩儿说："宝宝，我们暂且叫归儿，你说好不好？我们宝宝盼着爹归来。爹就归来了。"老太太说："唉，我还以为是乌龟的龟呢。你也没个陪嫁丫头，以后吃饭时，谁给你看孩子呀？"胡能人道："以后晚饭时，我过来帮着看孩子。"这时，朱夫人送走亲友后也赶来了。她听见了对话，忙说："吃饭时我让荷花来帮着看孩子。"

人都以为胡能人的话是与老太太斗嘴随便说的。没想到第二天晚饭时他真来了。朱大贵夫妇客气地请他喝酒吃饭。胡能人酒足饭饱后离去。后来每天晚饭时他就到了。刚开始朱家人对他客客气气。后来见到他来连老妈子、丫鬟也笑话他了。没人请他吃饭，他也不客气，自己去饭厅吃饭。宛然成了朱家的一分子。朱胡氏叫他别来了，孩子有荷花看着。他说："我想我小乖乖呢。一日不见想得慌。"他也不怕跑路，以这个做借口每日跑来蹭吃蹭喝。

一日，他赌钱输了钱，跑来对女儿说："爹最近手气背，你给俩钱让爹扳本吧。"朱胡氏决然拒绝道："我是不会给钱让你去赌博的。"

"你的钱不贴娘家，你要那俩钱干啥？"

"我的钱是朱家的钱，我的钱我要留给我的女儿，我女儿出嫁时，我要让她们风风光光出嫁。"

"朱家大户，你何必心疼你那俩钱？"

"做人要志气，爹。你以后没什么事不要老往朱家跑了。"

"你，你教训起你爹来了。我白养你了。好好好。我走，我再也不登你的门了。"胡能人气咻咻走了，晚饭也没在这吃。这事传老太太知晓了。老太太高兴，对朱胡氏刮目相看了。

胡能人真的没有再来了。朱胡氏和菊香把所有的爱都倾注到归儿身上。

朱一鑫年前回来了。他惊喜地看到了他的儿子，他欣喜万分。他认可了朱胡氏给儿子的命名。他从衣柜里拿出他的旧棉袄，把孩子裹了，也不管孩子是醒是睡，白天他抱着他的儿子在村子里游走，在各个天井里穿行，遇到人就笑着说："看，这是我儿子朱昌归。"人都笑着说："知道哦，你是最后一个知道的人哦。"朱一鑫咧着嘴笑。他想让所有的人知道他做父亲了，他有儿子了。他想让全世界的人分享他的快乐。

朱家的人都认为这个孩子会牵住朱一鑫外出的步伐了。可是，过完正月，朱一鑫还是外出了。

他以后每年都是年前回来，在家住个把月，过完正月就走。两年后他们又有了大女儿，朱一鑫给她起名叫朱昌和。老四打趣地对朱一鑫说："兄弟，听说你是什么会的人，你们那个会的章程是不是规定，人每年只回家一次，播完种，撒腿就走？"朱一鑫笑着在他哥肩膀上捶了一下，说："尽瞎说。"

"你可不能在外面找二房哦，老祖宗们不答应哦。"

"你放心，好男儿岂能儿女情长？"

又两年后，朱胡氏又有了身孕。朱夫人把昌归接到她屋里。由她自己带着。其他的媳妇们私下都怨婆婆偏心。她们不敢对婆婆有所怨言。只把怨气对着朱胡氏了。她们对朱胡氏没好脸。朱胡氏感觉到了嫂子们的怨气与轻视她的眼神。她越发战战兢兢，觉得亏欠了朱家，自己的男人不在家干活，自己没有陪嫁丫头。自己的孩子要让婆婆和老妈子荷花带着。所以她想尽力弥补，她熬夜给婆婆做鞋，给荷花做鞋。

　　这期间发生了一件大事。就是老太太跌了一跤。把左腿摔折了。老太太摔折腿后，爱发脾气，要桂花日夜为她捶背，捶右腿。桂花哪受得了，眼睛熬得通红，脸色憔悴异常。其他孙媳妇们每天带着孩子来请下安就走了。朱胡氏觉得弥补朱家的时候到了。她把昌和交给菊香，自告奋勇地来侍候老太太，跟桂花轮班。她值白班，桂花值夜班。这一侍候侍候了两个多月。老太太也不见好。老太太感觉不好吧，让朱胡氏做了寿鞋。做完寿鞋又拿出衣料问朱胡氏能不能做寿衣。朱胡氏点头答应了。老太太对朱胡氏做的寿衣、寿鞋很满意，说："手真巧啊。亏得有你啊。朱家娶了你落了你一门啊，又勤灵又孝顺。我不会亏待你的。"

　　一日，老太太对要回房的朱胡氏说："你等一下。我有话对你说。"

　　"噢。老祖宗有什么事？"

　　"桂花，东西你都装好了吧？"

　　"嗯。昨天晚上就装好了。你不是看过了吗？"

　　"你拿出来吧。"

　　"噢。"桂花从箱子里捧出一只沉甸甸的枕头出来交给老太太。朱胡氏认得这枕头套子还是她以前奉老太太的命绣的。老太太抚着枕头说："一鑫兄弟五房，只你是小户，没什么陪嫁，房里没值钱的东西，唯你可怜。你怀着身孕侍候了我这一场，难得。还给我做了寿衣、寿鞋，我要打赏你。这是我的私房家当，我把它留给你。你悄悄拿回去放箱子里，不要声张。将来留给你的儿女。"

　　"老祖宗，这不行吧。你还是交给我爹吧。让爹做主分了吧。"

　　"老祖宗已经跟老爷说过了。老爷也答应了。"

"你想让我死不瞑目吗？"老太太捶着床生气地说。

"五奶奶，千孝不如一顺，你快答应了吧。"

"桂花，你拿着枕头跟五奶奶回房。遇到人的话，就说是我把枕头赏给昌和的。"

"噢。"

朱胡氏把这只沉甸甸的枕头藏在箱底。

# 二十五

朱一鑫回家过年时，老太太已经不在了。朱大贵对儿子朱一鑫非常不满："你到底在哪里鬼混？家里有了事也找不到你。"朱一鑫也因为没有回家奔丧守灵愧疚不已。他交给父亲朱大贵一张纸条。上面写着一个地址，一个人名。朱一鑫对父亲说："以后家里发生大事，你就照上面这个地址发电报给这个人。"

正月里二女儿诞生了。朱一鑫给二女儿起名叫朱昌惠。朱夫人把老妈子桂花拨到朱一鑫房里，帮着带孩子。朱一鑫觉得亏欠家人吧。在家殷勤得很。他给母亲捶背，给娘子打洗脚水，教昌归念唐诗。昌归聪慧异常。唐诗教个两三遍他就会背诵了。朱大贵晚上回家，他就把白天学的唐诗背给朱大贵听。朱大贵欣喜，对这个孙儿宠爱有加。朱一鑫走后。朱大贵就教孙子念《三字经》，念《千字文》。朱昌归虽不识字，学得却很快，记忆超常。朱大贵去油坊也把孙子带在身旁，向人炫耀孙子的聪慧。朱昌归不仅聪慧，长得也可爱，浓眉大眼，皮肤雪白，一笑两酒窝，集中了父母的优点。两年后，朱大贵把七岁的孙子送进私塾学堂。朱家私塾一般学童虚岁八岁启蒙。朱昌归因为聪慧所以虚岁七岁就送进了学堂。私塾先生早就听说了昌归的聪慧，很乐意地接收了下来，安排与老四的儿子昌坤同桌。同桌后他俩就一同上下学。昌坤愚笨，读书不行，他比昌归大三岁，字却没昌归写得好。先生授了课，昌归会背诵了，他却不会。

所以先生常常褒扬昌归而责罚昌坤，弄得昌坤很没面子，不想去上学，又遭到父母的打骂。老四夫妇也因为这觉得很没面子。老四媳妇暗地里更加嫉恨朱胡氏与昌归。在昌坤跟前说朱胡氏的坏话，诅咒昌归。

朱胡氏为儿子自豪，朱大贵为孙子昌归骄傲，感叹："废了科举，否则朱家也许会出个人物。"他不甘心，跑去问私塾先生："武举废除了，因为中国武功对付不了洋枪洋炮。废就废了吧。为什么把文举也废啦？没有科举以后谁还会培养孩子读书？"私塾先生说："不读书怎么能识得字呢？"

"那以后谁还会十年寒窗苦读啊？读个两年书识得几个常用字就行了。"

"读书能长见识啊。"

"不做官谁会培养孩子读书？以后真的不科举了吗？"私塾先生摇了摇头："你看这乱世，洋人入侵，割地赔款。日本人与俄国人在中国领土上开战。各地纷纷起义。听说昌归他爹是同盟会的人？"

"我不清楚他在外面做啥。"

"听说江浙和南方都发生抢米事件。以后还不知咋样，能活下来就不错了。谁还有心科举？你油坊收益咋样？"朱大贵摇摇头："已经啃老本了。要交赔款，征军费，还要给太后做七十大寿，交的税太多。租也收不上来。"

朱大贵感叹生意不好做，感伤孙子昌归生不逢时，可更大的不幸不久降临了。这是一个炎热的夏季午后，白天很长。私塾先生也受不了这暑气，早早的就放学了。孩子们一哄而散。有的去捉知了，有的去河边划水，有的去摸河蚌。昌归朝家走去。昌坤拉着他说："天这么热，回家干啥？我带你去采桑果子吃。"昌归摇了摇头。"去吧，天还早着呢。回家没意思。我们玩一会儿再回家。河边凉快呢。"

"好吧。"

天热得人汗涔涔，头昏昏。只一味拿着蒲扇扇风，谁都懒得动。

晚饭时，朱家的人才发现昌坤和昌归还未回家。赶紧派人去找。村里、家里、学堂里都找遍也不见两人踪影。一个小孩儿提供信息说："他们两人去采桑果子去了。"这时家人感觉不妙。全家男人出动去河边寻找。老三在一棵桑树下的水面上发现了昌归。打捞上来已经肚胀如鼓，没有了呼吸。颈子上挂的银锁也不见了。老四在河堤的草丛中发现了簌簌发抖的昌坤。他的嘴乌黑，那是桑葚的汁液染的。老四把昌坤从草丛中一把揪出，问："干吗躲在这儿？叫你你也不答应？昌归呢？"

"不是我推的，我采桑果子吃呢。"

"不是你是谁？昌归怎么啦？"

"娘，娘！不是我，不是我……"他又往草丛中钻。这个孩子疯了。后来他常常惊叫着说："不是我，不是我……"昌归是自己落水而死，还是有人推他入水，这成了一个谜团，成了朱胡氏一世的痛。朱胡氏见到水淋淋的儿子尸首就昏死了过去。朱大贵一听孙子淹死了，当场也昏倒了下去。等他醒来，他再也站不起来了。众人把他扶起，他站不稳。他的右腿和右手不会动了。

这下朱家乱了套。昌归淹死了，昌坤吓疯了，朱大贵病倒了。朱夫人忍住泪站出来，吩咐老三去胡家报丧。吩咐老二去请郎中来给他爹和侄子昌坤瞧病。吩咐老大料理昌归的后事。

朱胡氏醒来后抱着儿子的尸首声声叫唤。她想叫醒她的心头肉。她死死地抱着儿子不松手，疯了一般。她已经有了七个月身孕，挺着个大肚子。谁也不敢与她拉扯。直到胡能人和胡妈赶到。胡妈抱住女儿大哭。母女抱头大哭，胡能人得以把昌归尸首抱走交给老大掩埋。朱大贵病了，家里人都围着他。朱夫人吩咐媳妇们与老妈子们照顾老爷。她来到朱胡氏屋里，她怕朱胡氏有什么闪失。她恳请亲家胡能人夫妇留下来照顾女儿。胡妈答应了。胡能人说："家里发生这么大的事，赶紧叫朱一鑫回来。"朱夫人说："我这就叫老三去拍电报，一鑫给了他爹地址。"

好在是夏季，胡能人夫妇在床边铺了张凉席打了个地铺，与菊香日夜守着朱胡氏。朱胡氏躺床上整日流泪，只在胡妈再三哀求下喝点糖水和米汤。几日后朱一鑫回来了。见到憔悴异常的朱胡氏，夫妇抱头痛哭。朱胡氏哭着哭着，下身流出水来了。她的羊水破了。胡妈一见，大叫："不好。"赶紧叫胡能人去请接生婆。

朱胡氏静静躺在床上，闭着眼死了一般。两日也没有吃喝，也没动静。接生婆慌了。让他们赶紧请郎中来。郎中正好在朱大贵屋里。郎中来号了脉。让人熬了催生汤。又往朱胡氏身上泼了两盆冷水。然后几人强行把催生汤给朱胡氏灌下去。朱胡氏腹内阵痛，汗珠滚滚而落。一个时辰后产下三女儿。

菊香抱着新生儿叫朱一鑫给起个名。朱一鑫还沉浸在悲痛中。他说："谓，谓，谓……"谓了半天也想不出名来。菊香以为就叫谓呢。菊香就抱着孩子叫谓儿。朱胡氏产下孩子后没有奶水。朱昌谓是菊香用米汤喂大的。谓儿与菊香感情非常好，整日形影不离。后来谓儿能说话的时候，朱胡氏叫谓儿认了菊香做干妈。

# 二十六

孙子昌归的死，给了朱大贵沉重的打击。他一下苍老许多，精神颓废。他把油坊交给长子打理。整天左手拄着拐杖踱到村边河边呆坐着。这时流言四起。说朱家摊上鬼了。老妈子们常常窃窃私语。说五奶奶出嫁时，娘家忘了陪子孙桶呢，后来急匆匆买了个，盖又是坏的，不吉利呢。这些话被朱大贵听见了，他越发后悔，不该结这门亲。常在家发无名火，用拐杖敲桌子打板凳，骂儿子朱一鑫不孝，说："悔不该结这门亲，成亲时，我就一直流鼻血，不吉利，不吉利啊。"

媳妇们、老妈子们听他这样说，就更不管朱胡氏了，对朱胡氏不管不问，在背后指指点点。

　　朱胡氏生下昌谓后，身体很虚弱，还是整日静静地躺着，毫无生气。毕竟是自己的亲女儿，胡能人这时也急了。照这样下去女儿还活得了吗？他吧嗒吧嗒吸着烟枪，心焦如焚。他忽然想到，烟能提神啊。他把烟枪放到女儿嘴边，恳求着说："孩子，吸一口吧。爹求你了。"朱胡氏神思恍惚地吸了一口，被烟呛了，咳嗽起来，睁开了眼。菊香乘机把孩子递到她跟前，说："你看看吧，看看谓儿。"谓儿在梦笑，脸上露出一个小酒窝。朱胡氏心里一动。这酒窝多像昌归的酒窝啊。她情不自禁用手去摸孩子的酒窝。孩子醒了，哭了起来。孩子的哭声揪住了母亲的心。朱胡氏挣扎着坐起。胡妈扶女儿坐起，劝慰道："孩子，昌归不在了，你还有三个孩子啊。你不能不管她们啊。"这时昌和不失时机跑过来喊娘。孩子们的呼唤和哭声把朱胡氏从痛苦的深渊里拽了出来。

　　胡能人认为这是吸烟的功效，不断劝着女儿吸烟。朱胡氏慢慢也就上瘾了。看女儿情绪平复了，胡能人就告辞回去了。临走让朱一鑫给他女儿买个水烟袋。朱一鑫点了头。朱一鑫在家陪了一个多月后，看娘子又开始操持家务了，他放了心。他去街上买了一个水烟袋，是一个凤凰造型的水晶水烟袋，价格不菲。他把水烟袋交给娘子，说："我不能多陪你了。你要多保重。我们还会有孩子的。"朱胡氏明白丈夫又要出门了。她说："你把你地址也写一个留给我吧。"

　　"好。"朱胡氏把这张写有地址人名的纸，宝贝似的放进箱子里。

　　"你陪我去跟爹娘告个别吧。"

　　"好。"

　　听儿子说又要走。朱大贵发怒道："你这孽子，家里出了这么大的事，你还不在家待着？"朱一鑫给他爹跪下，说："儿子不孝。请爹原谅。"然后恭恭敬敬给朱大贵磕了仨头。头上起了一个包。朱大贵哀叹一声："我留不住你，你娘劝我说你是干大事的人。我就当没你这个儿子。"朱一鑫又跪到他娘跟前，磕了仨头。说："家中妻小还望爹娘照顾。"朱大贵说："这你放心，你的孩子是我朱家的血脉，我不会不管的。"朱夫人哽咽流泪揽起儿子。

一年后，朱夫人要给昌和缠足。朱胡氏跪着求婆母："一鑫说我们的孩子不裹足。"

"这怎么行，女孩儿不裹足怎么嫁的好人家？"她与老妈子荷花、桂花三人强行给昌和缠了足。"桂花，从今天起，你就住在西厢房陪着昌和大小姐。不许小姐出去，也不许别人进来。"昌和哭着喊着。朱胡氏听着孩子喊娘叫疼的声音，心如刀绞。怎么办啊？谁来救救孩子？她想到夫君的话："我的孩子决不缠足。"对，只有靠一鑫了。她急忙从箱子里拿了那张写着地址的纸条，拿了一锭银子，叫了一只船，去了娘家。她把银子递给她爹胡能人说："爹，求你给一鑫拍个电报，要快！"

"出什么事了？"

"她们给昌和裹小脚。"

"这有什么？"

"一鑫对我交代的，决不让孩子裹脚。"

"噢。"朱胡氏把写有地址的纸条交给他爹："就照这个地址发。"

"噢。"

"爹，你快去吧。"胡能人去拍了电报。他脑子活，电报上写的是：父病危，速归。

朱一鑫急急赶了回来。朱胡氏每日带着昌惠在村口等候。一见夫君回来，忙迎上去："一鑫，你可回来了。"

"爹不行了吗？"

"不是。是我叫我爹拍的电报。娘给昌和裹脚呢。"

"昌和在哪儿？"

"在西厢房。"朱一鑫撒腿朝西厢房奔去。昌和正坐在床上流泪。"昌和！"

"爹……"朱一鑫一把抱起女儿，把裹脚布解开。

"五爷，你不能解。"

"以后谁要给我的女儿裹脚我对她不客气！"

"是太太叫裹的啊。"朱一鑫去了母亲房里。"儿子，你回来了。"朱一鑫给母亲跪下。"起来吧，孩子。"

"孩儿求母亲一件事。"

"什么事，你说。"

"不要给我的女儿们裹脚。"

"那怎么行？不裹足怎么嫁的了好人家？"

"母亲，什么叫好人家？有道是财主无三代，清官不到头。"

"大脚丑啊。"

"我们男人都是大脚啊。没人说我们丑啊。"

"男女怎能一样？"

"小脚真的漂亮吗？我不觉得。唯中国女人缠足，外国女人不缠足，一样嫁人生子啊。"

"这是我们老祖宗传下来的啊。"

"母亲缠足不疼吗？"

"疼。吃得苦中苦，方为人上人。"

"小脚走路方便吗？"

"不方便。"

"这些个东西都是落后的东西。是禁锢女人的枷锁。必须把它们废除。"

"你说废除就废除？要皇帝说废除才行。"

"母亲，现在清朝气数已尽。弄个三岁的儿皇帝，怎能统治我华夏大地。就要改朝换代了。母亲，改朝换代，战争不可避免，也许我们要逃难，小脚女人死路一条啊。性命重要啊还是漂亮重要？我不愿我的女儿们嫁入大户，只愿她们快乐自由地成长生活。"

"唉，你起来吧。一代交一代。你的子女，你管吧。我不管了。"

"谢母亲成全。"

朱一鑫在书桌的抽屉里找出个毽子。那是他小时候踢的。"来，昌和，爹教你踢毽子。"

"爹，你真好。"

"一手心，二手背，三韭葱，四芽菜，五钉锤，六锅盖，七堂花，八把抓，九上脸……"昌和跟她爹学着，跳着，笑着。朱胡氏在旁看着，欣慰地笑了。这个男人是爱这个家的，爱孩子的。"看，大脚就是好吧。"

"嗯，大脚好。"

"爹，你不走了吧？"

"爹不能多陪你。爹还有大事要干。你在家带着妹妹们玩。"

## 二十七

两年后武昌起义爆发。据说，朱一鑫参加了此次起义。辛亥革命敲响了清王朝的丧钟。溥仪宣布退位，中华民国成立。1912年，朱一鑫神采奕奕回家过年。他的头上已经没有长长的辫子了，齐颈的头发让众人惊讶。

除夕，他去朱家祠堂祭祖。祭祖完毕，族长招呼他留步。族长满面堆笑地说："贤侄，听说你是同盟会的人，你是革命党？"朱一鑫笑了笑。"听说你当上议员啦？这可是我朱门的荣幸啊。"

"哪里哪里。"

"你的辫子呢？"

"剪了。满人已经退位，现在是我们汉人统治华夏。族长，你也剪了吧。"

"好好好。我回去就剪。现在没皇帝了？叫什么来着？"

"总统。"

"噢。总统。贤侄高就，还望请多关照族人。"

"还望族长关照我的家人。"

"那是一定，一定的。"

1911年11月他们有了四女儿，朱一鑫回到家女儿已经三个月，他给女儿取名叫朱昌英。

过完年，朱一鑫临走的时候把他剪的长辫子从他的衣箱里拿出来交给了妻子朱胡氏。朱胡氏把这条辫子放到她的箱子里，和朱一鑫的画像、朱一鑫写的"归"字放在一起。朱一鑫一如既往还是每年过年时回家，不知他在忙些什么。他也没给家人带来什么好处，也没给族人什么关照。朱胡氏一心想再生个儿子。后来又有了五女儿朱昌采，六女儿朱昌旗。孩子多了，朱大贵又请人起了屋。各房孙子又分了房。朱一鑫房下，朱昌和与朱昌惠住一屋，菊香跟昌谓形影不离的，就让菊香跟昌谓睡一个屋了。菊香也不回老屋了，她的花痴疯自从遇到朱胡氏后再也没发过了。人都说是五奶奶治好了菊香的疯病。老妈子桂花陪昌英睡一个屋。昌采、昌旗小，还跟朱胡氏睡一个屋。这期间在南京读书的一个子侄回来说：一鑫叔在外面有了别的女人了。有人去向族长告状，族长说："他朱一鑫不在家，我们拿他有什么办法？"那人说："祖训不能违，娶了二房他死了不能进祖坟。"族长说："好吧，等他回来问问看是否属实。"朱胡氏闻听后心焦得不行，他朱一鑫要抛弃我们母子了吗？朱胡氏在家度日如年。她只能纳鞋底，不能绣花了。没想到不久朱一鑫回来了。

那是1917年阳历六月初的一个深夜，朱胡氏听到咚咚的敲窗声音。朱胡氏惊觉，害怕地问："谁呀？"

"是我，我回来了。快开门！"是朱一鑫低低的急急的声音。朱胡氏赶紧点亮油灯，打开门。一个黑影闪进来。"滴答滴答"身上滴着水。"你怎么啦？"朱胡氏指着地上的水问。"我划水回来的。"

"你干吗划水回来？天还不太热。"

"明天再告诉你。你有菊香门的钥匙吗？"

"你要去菊香屋？"

"嗯。我带了个人来。我想把他藏菊香屋里。"

"人呢？"

"就在外面。"朱胡氏心里感觉不妙。她没再多问。好在菊香的钥匙就放在针线篮里。她从针线篮里摸出钥匙递给夫君。"我走了。明天我从村口再回来。这个事不要对任何人说。"朱胡氏顺从地点点头。朱胡氏站在门口看到一个黑影从树后闪出，朱一鑫和那个黑影朝菊香屋的方向跑去了。

第二天，朱一鑫拎着衣箱从村口回来了。箱子里放着一套水淋淋的衣服，不过谁也不知道，只朱胡氏知道。家人都奇怪他今年怎么暑季就回来了。朱一鑫说自己身体不舒服，回来养息。朱夫人见儿子的脸色果然不好，心疼得不行。嘱咐儿子在家好好养息，交代伙房给儿子炖些补品。正好朱夫人养的老猫生了小猫。朱一鑫灵机一动，说："好可爱的小猫。我捉一只回房养着玩玩。"朱夫人同意了。

晚上，等孩子们都睡下后，朱一鑫从箱子里拿出湿衣。朱胡氏把衣晾在帐子后面。她轻声问："你划水回来的，那人怎么来的？"

"和我一道划水过来的。"

"女人也会划水？"

"什么女人？"

"你在外面的女人啊。"朱一鑫笑了。"那是男的，我的革命同志。"

"什么叫革命同志？"

"噢，你不懂。就是我们成亲不久那个来我们家的人。"

"那个眼睛上戴黑框框的人？"

"嗯。那叫眼镜。"

"眼镜？"

"嗯。"

"你在外面有女人了吗？"

"你放心好了。我说过我的孩子只让你生。"

"你把个男人放菊香屋里这事要不要告诉菊香？万一她哪天回

房见到人咋呼起来就不好了。"

"嗯。你好好对她说。让她千万别对旁人说。"

"嗯。"

"待会我送点吃的给他。"

"好。"

族长听说朱一鑫回来了，他派了个人请朱一鑫到祠堂问话。族长的辫子又接上了，他端坐在太师椅上。朱一鑫对他鞠了个躬："不知族长叫我来有何指教？"

"听说皇帝又登基了。"

"嗯，张勋拥溥仪复辟了。"

"贤侄，你的辫子赶紧地接上啊。你若不接，赶紧地离开，不要连累族人。"

"好吧，我的辫子内人帮我收着呢。"

"听说你在外面有了二房。"

"那是我的革命同志。"

"你在外有女人也不要紧。但你千万不要把她带回来。"

"谢族长关怀。我不会把她带回来的。"

"那就好。你若带回来，祖训不容。朱家要把你驱逐。"

"我自己早已把自己驱逐了。"朱一鑫笑了笑。

"那你死后不能进祖坟。"

"青山处处埋忠骨。我死哪就埋哪吧。只望族长善待我的家人。"

朱胡氏听说后把辫子从箱子里拿出，又给朱一鑫接上了。接上的辫子不服帖，颈子后面好像做了个鸟窝。每天朱一鑫打着喂猫的借口从伙房弄些饭菜，还有朱夫人给他弄的补品。全喂给了"眼镜"。朱一鑫只能在夜里去送吃的。所以眼镜饱一餐饿一顿的。后来他们与菊香商量想了个法子。朱胡氏故意说小猫脏，猫爬床上脏了床，与朱一鑫吵起来。菊香做和事佬，说把猫养她屋里。这样中午时，菊香借口喂猫食去屋里给眼镜送吃的。菊香从自家饭厅讨些猫食，朱一鑫也从伙房讨些猫食，他又去街上买些糕点藏在怀里。菊香中午去送吃的，朱一鑫夜里去送吃的，这样子养着眼镜。

## 二十八

这样过了一个来月。一天，朱一鑫从街上回来，手里拿着张报纸，喜悦之情溢于言表。他回到家，把女儿挨个抱了一遍，转着圈儿。女儿们乐得咯咯笑，天井里回荡着孩子们的笑声，引得同天井的人走出来看他们一家在乐，笑问："一鑫，遇到啥美事啦？"

"大喜事，大喜事啊。"朱一鑫说，"昌和，把爹的辫子下了。"朱胡氏忙慌张地说："不好吧。昌和，不能下！"

"张勋被赶出京城了，爹再也不用戴辫子了。昌和！下辫子！"

"哎。"

夜里，朱一鑫去给眼镜送吃的。天快亮时，他才回房。他摇醒朱胡氏，对她说："昌和她娘，眼镜已经划水走了。我也要走了。眼镜已经做通了菊香的思想，菊香答应跟我们走。"

"什么？菊香要跟你们走？"

"嗯。"

"眼镜跟菊香说了什么？她竟同意跟你们走？"

"我也不知他跟菊香说了什么。不过菊香已经同意了。你要配合我们。"朱一鑫附在朱胡氏耳边嘀咕着。朱胡氏点着头。

早上，朱胡氏又陪朱一鑫去向父母告别。朱大贵照旧不悦，说："我已经老朽了。这个家我已经管不了了，我想把家分了。你没为这个家做贡献。分家时，你要吃点亏。良田要分给你哥哥们，你不会计较吧？"

"不会的。家里的事全凭爹娘做主。孩儿不孝，来世再报爹娘恩吧。"朱夫人红着眼睛说："孩子，你在外要多保重身体。有为娘在，你的妻小不会受苦。"

"我走之前想带着昌惠她娘去趟我丈人家。看望一下两位老人。"

"应当的。我去帮你们照看一下小孩儿。"

"好，多谢娘。"

菊香谎说自己不舒服，要去老屋里躺会，把昌谓托付给桂花照看。朱一鑫去叫轿子。朱胡氏从公婆处来到菊香屋，菊香已在。菊香拉着朱胡氏的手坐在床上，说："我走了。只放心不下昌谓。"

"你放心地走吧。在外自己要多当心。把值钱的东西都带上。这是我的一点私房钱，你也带上。"

"我不能要你的钱。"

"你嫌少啊？这是我的一点情意啊。不知今生能否再见你了。"朱胡氏解开床上的一个蓝布包袱，包袱里是几件衣服和一些首饰。她把银子塞进去，说："穷家富路，你带上吧。"菊香退下手上的一副镯子，说："这个给昌谓留个纪念吧。孩子要是哭着找我，你多哄哄她。"

"我晓得。小孩儿哭闹一阵，就会好的。"两个女人落着泪，相互给对方擦泪。菊香指着床底下说："眼镜在床下挖了个坑，是怕万一有人来，他用来藏身的。"

"噢，他怎么挖的？"

"用钢刀在夜里挖的。"朱一鑫叫的轿子来了，停在门口。"快上轿吧，昌惠她娘。"朱一鑫喊。上轿的是菊香。朱胡氏藏在菊香屋里。等下午朱一鑫坐着轿子回来，喊："菊香！菊香！"朱胡氏才走出菊香屋。好在菊香这人没人问津她。朱胡氏借洗衣服把菊香的绣花鞋藏盆子里，把鞋放到一个人迹罕至的堤岸边。傍晚时，朱胡氏故意牵昌谓的手去找菊香。当然哪里也找不着。昌谓哭闹起来。众人也帮着找了。找到河边，发现了菊香的绣花鞋。众人沿河寻找不见，都说菊香跳了河了。有个人说，夜里是听见哗哗的水声了。有个鬼影在河里。也许是水鬼招了她的魂了。水鬼把她收了。她跟水鬼成亲了。人们议论纷纷。说朱家摊上鬼了，要请道士来作法驱鬼。朱夫人就叫老大去请了胡能人来。胡能人一手拿个宝剑一手拿着桃花枝跳着，舞着，口中念念有词。他在放绣花鞋的河边喷了雄黄酒，说鬼被制服了，不会再来害人了。朱夫人和菊香的公婆在河边烧了纸钱。昌谓嘤嘤地哭着。朱胡氏抱着昌谓，哄着她，说："昌谓不哭，干娘升天去了，享福去了。"

有同情心的人哀叹：可怜的女人，死了连尸首也不见。没丈夫，没儿女的女人可怜啊。好在还有个干女儿为她哭几声。这一场变故就这样收场了。

朱一鑫第二天走了。从此他黄鹤一去不复返，杳无音讯。第二年的三月，朱胡氏生了七女儿。七女儿与朱一鑫父女一世未曾见面。朱胡氏给老小起名叫昌末。

朱大贵把家分了。按照朱家惯例，五个儿子抓阄。因为老五不在，朱胡氏去抓了。五个阄，只有一张上写着"油坊"，其他四张写的是"田"。"油坊"被老大抓着了。油坊从此归老大一房了。老大得了油坊，分的田就少。其他四兄弟分了田产。由于油坊现在效益不好，由朱大贵做主，给长孙昌传也分了半份田产。朱一鑫这房因为朱一鑫没为家里做事，又没男孩儿，所以分的田是差田。良田分给了老二、老三和老四。朱胡氏接受了公爹交给她的田契。把田契放进箱子里。收租的事她就拜托昌传了。为了感谢昌传，昌传的鞋子她包做了。

朱夫人做主把春草和春草的男人拨给她这房了。春草男人原在油坊做榨油工的。拨到这房看家护院做些采买等体力活，帮着昌传收租。春草依旧做厨子。按照惯例油坊归谁，上人就跟谁过。朱大贵夫妇就跟老大过了。积攒的银子也由朱夫人分给了各房一些。老两口留了不少，以备后患。

朱胡氏日日盼郎归，年年盼郎归。可郎总不归。五年后，她把朱一鑫写的"归"字，和朱一鑫的画像、辫子、玉佩从箱子里拿出。玉佩她戴在自己的脖子上。画像、辫子、"归"字她拿到菊香的房里，把画像挂在墙上，像下贴着"归"字。把辫子分成两股，挂在画像的两边，像镶了一个黑框，又像一副挽联。过年过节她都只身来给画像上炷香。她从不带女儿来菊香屋里。

她每日教女儿们做鞋绣花。七个女儿中，她发现昌惠和昌英最聪慧。昌惠细腻，做鞋绣花最是拿手。做的活很精致。昌英大气豪放，男孩儿气十足，爱跑爱跳。提水、买菜等体力活她积极地包做了，她还特别喜欢读书，常常跟男孩儿们一起跑到私塾，在门外听先生和学童们读书。她也跟着念。她记性很好。口才也很好，听过一遍故事，她就会回来讲给母亲和妹妹们听。朱胡氏常常怜爱地望着她，叹息她不是男儿身。"你要是个男儿身就好了。"每到这时昌英就笑嘻嘻地出口成章地对母亲说："女的不比男的差，古有武则天坐朝问政，花木兰替父从军，今有朱昌英为母分忧。"

## 二十九

朱昌英好学，时常站私塾窗外听书。时间长了，人人都知道了，都叹息她是个女娃。那时奉行"女子无才便是德"的思想。朱胡氏劝女儿在家安心绣花。可朱昌英坐不住。她对母亲说："我昌伟哥说，外面女子也进学堂念书呢。清华大学现在送女子去外国留学呢。"朱大贵听说后，想到孙子朱昌归，他想也许是昌归转世附体吧，为什么这个女娃如此爱读书呢？他内心觉得对孙子昌归愧疚，没好好照看孙子，他放出话来说："你们不要管昌英了，她爱去听书，就让她去。"有了朱大贵的话，朱昌英就自由了。没人拦她去私塾了。私塾先生也知道他有个旁听生了。知道她是昌归的妹子。聪慧的昌归早逝私塾先生也感到惋惜。为了窗外的昌英能清晰地听到他讲课，私塾先生授课的声音也尽量放大些。

有天先生授完课，走出门，笑着对站在窗外旁听的昌英招招手："昌英，过来。"昌英大方地跑过来问："先生，何事？"

"你为什么跑来读书？"

"我喜欢读书。"

"读书有什么好呢？"

"读书能知道许多事情。"

"下学后，你跟我回家，我教你读书写字，可好？"

"好啊。谢谢先生！"

下课后，昌英真的跟私塾先生回房了。朱家私塾靠近油坊。私塾先生姓占，有个儿子叫立峰，也随父在朱家私塾读书。父子俩住在油坊的一间仓房里。昌英随占先生父子来到住所。住所里，有一张床，两张桌子，四条板凳，一个衣箱，一个书柜，一洗脸架子，一大一小两个木盆靠在墙边。书柜里放了几本书。桌子上有砚台、镇纸、笔筒，笔筒里插着几支大小不等的毛笔。墙上贴着先生写的几幅字。字没有装裱。房间里没有过多的陈设，可是很洁净，纤尘不染。"先生，你教我读书吧。"

"真是个性急的假小子。"先生从书柜里，拿了本《三字经》，教昌英读起来。读了几遍让昌英自读。一会儿油坊的厨娘送晚饭来了。昌英识体地告辞而去。从此昌英常来私塾先生家。跟立峰也混熟了。立峰就当上昌英的小先生了。教昌英读书写字。昌英高兴地回去跟母亲汇报。把读的书背给母亲、姐妹们听。把学会的字写给母亲看。每次朱胡氏又是欣慰又是叹息："你要是个男孩儿，多好。"

为了感谢私塾先生父子，朱胡氏就让昌英送些糕点给占先生父子。占先生就让儿子立峰回送《三字经》、《百家姓》、《千字文》等书给昌英。昌英常把立峰拉了来，叫他教她写字。一来二去。立峰跟朱家姐妹也混熟了。有次看到立峰鞋破了，朱胡氏就让昌惠做了双鞋，送给了立峰。立峰与昌惠年纪一般大。立峰瘦弱人清秀。家里有了好饭菜朱胡氏和昌英常强留立峰在家吃饭，立峰推辞不过。昌英总是热情地把好吃的菜使劲搛到立峰碗里，碗里的菜堆得摇摇欲坠，立峰捂着碗直叫"够了够了"。昌英说："你多吃些，长胖点。"可立峰总是那么瘦，像根向日葵秆。后来朱胡氏认了立峰作干儿子。收租放田时，朱胡氏叫立峰做昌传的帮手。

朱大贵又中风了，这次再没站起来。弥留之际也许出现幻觉了吧，他叫："一鑫，你别跑！昌归，别怕，爷来了。"叫了这两句，他倒头咽气了。朱夫人痛哭。家人开始报丧操办丧事。说起朱大贵临终的话，人人都摇头叹息："不知朱一鑫是死是活。"照朱一鑫留的纸条上的地址拍了电报，又上南京报馆发了讣告，指望朱一鑫能得知回家来奔丧。结果是朱一鑫没回。自从那次与菊香出走后他再也没回。自此人人都断定他不在人世了。

朱家的人开始劝说朱胡氏过继一个侄子。朱胡氏摇头默不作声。老大亲自上门了，说："弟妹，一鑫怕是不在了，你没有儿子，你看哪个侄子好，过继一个做儿子吧。"朱胡氏说："大哥，我有七个女儿，将来会有七个女婿，一个女婿半个儿，这样算来，我也有三四个儿子。大哥，你看大嫂娘家哪个少爷好，把昌和许配给他吧。"

"好。"

"这事拜托大哥了。"

二嫂子跑来说："弟妹呀，一鑫怕是不得回来了。你还是过继个儿子吧。"

"二嫂，我家昌惠长得不是多漂亮，可她聪明，针线活做得好，这你知道的。你给昌惠寻个好小伙子吧。"

"这事包我身上。我侄子兴汉人忠厚，书读得又好，字写得漂亮。我娘家的门对子都是他写的呢。他与昌惠很相配呢。"

"那好。这事嫂子你做媒成全吧。"

老四也跑来说："弟妹，一鑫死外面了。你没有儿子，你老了谁给你养老送终啊。你看我家哪个儿子顺眼，我就把他领来送给你。"朱胡氏说："谢四哥好心。我有女儿还有干儿子呢。还有你们照应着，我不怕呢。四哥，我七个女儿中我最担心昌谓啊，她人自小瘦弱。她比昌英大，可个子还没昌英高呢。我想把昌谓托付给你，你给她寻个好婆家吧。"

"行。这事你放心。"

后来凡是朱家让他领养一个儿子的人来，她都让来人给女儿寻个好婆家打发了。朱胡氏的七个女儿都与嫂子们的娘家定了亲。这样化解了嫂子们对她的不满。嫂子们开心了，不再叫她领养儿子了。

又过了两年，朱夫人全身筋骨痛，坐卧不宁。朱胡氏衣不解带整夜侍候陪伴婆婆。夜里婆婆就塞一锭银子到她腰里说："拿着吧，你妯娌几个你最可怜，你没男人靠山，又没娘家靠山。"朱胡氏不再推辞。是的，她是只老鸟还有一窝小鸟要她护着，养着。分给她的田最差，难租出去。租出去租子也收得少。家里也没个得力的男人。女孩儿们不便抛头露面。租子是一年比一年收得少。虽说是地主，纯粹靠田租养活这一大家人。日子过得也清苦。平时都是粗茶淡饭，不敢奢侈。侍候到婆婆死，朱胡氏瘦了一大圈儿，可她得了不少银子。婆婆死，朱胡氏哭得两眼红肿得像两只红桃。她哭得最伤心，她不仅哭婆婆更是哭丈夫哭儿子。她明哭婆婆暗哭丈夫。她真的很痛心。贤惠的婆婆对她很关照，否则她的日子会更难熬些。她感念贤惠婆婆，思念恩爱丈夫。

## 三十

时光流转，女儿们一个一个长大了。朱胡氏忙于指导女儿们绣花做鞋做嫁妆。每个女儿出嫁朱胡氏都异常忙碌。每个女儿出嫁她都要卖几亩地，用卖田的钱去购买嫁妆。早早地她就要交代昌传、立峰去发布卖田消息。田一般被本家贱买去了。卖了田得了钱，她就带着昌传、立峰去南京购买嫁妆。她给女儿的陪嫁是丰盛的，一应家庭用具摆设她都购买。女儿们和一些本家也劝她少陪些，留些防老。每到这时，她就拿出她的那顶麻布帐子。帐子她背骨子用了一些，还剩下帐顶。帐顶她没用，也许是她特意留下的吧。她拿着帐顶对劝她少陪些的人说："你看看我的麻布帐子。我遭了多少耻笑！我可不愿我的女儿和我一样遭人白眼，被婆家看低。"嫁妆从南京装了几条船回来。出嫁时抬嫁妆的逶迤几里路。她的女儿们都嫁入了当地财主家。

立峰是朱胡氏的干儿子，字写得好，人也聪慧，自小就成了朱胡氏的管家。十四五岁，油坊账房老了辞工，立峰跟昌传关系好，昌传就请立峰做了油坊的账房。1924年，有几个本家的子侄去报考黄埔军校，十八岁的立峰得知后也想去。可他的父亲占先生不答应，说："当兵就是送死。我就你一个儿子，我可不能让你当炮灰。现在的中国乱得很，连个皇帝也没有，成何体统？什么总统，一会儿是孙中山，一会儿是袁世凯，一会儿是黎元洪。一会儿中国人打中国人，一会儿中国人打外国人。打来打去，打得民不聊生，赋税大增，割地赔款。你身体单薄不是做将军的命，不要做英雄梦，还是待家里娶妻生子吧。"昌英支持他，把自己积攒的压岁钱给他供他外逃。可这事被细心的占先生发觉了。立峰被他锁屋里看管起来。他托人给立峰说了一门亲，强行让儿子成了亲。可婚后不久，立峰还是外逃了。

新娘子整日哭哭啼啼，以泪洗面，哀叹命苦。作为干娘的朱胡氏听说后去劝慰。得知新娘子父母早亡。出嫁前跟哥嫂生活。现在男人跑了，无依无靠，委实可怜。同病相怜吧，她生了恻隐之心，把新娘子莲花拉到自己家里。这时昌和已经出嫁，昌惠即将出嫁。她让莲花跟昌惠住，帮昌惠做嫁妆。朱家姐妹对莲花都很好，尤其是昌英，是她资助立峰外逃的，觉得亏欠莲花吧，对莲花嘘寒问暖，关照异常。昌惠出嫁时，莲花主动提出陪昌惠出嫁。朱胡氏不同意：干媳妇怎么能陪女儿出嫁呢？情理上说不过去。莲花只一味地哭，说没人要她，她只能寻死去了。昌英力劝母亲答应。朱胡氏带着昌英去跟私塾先生商议。私塾先生落泪说："我对不起莲花。遂了这孩子的愿吧。昌惠心善，不会亏待她的。她随昌惠去，我也心安些。"
朱胡氏说："立峰若回来，就叫他去昌惠家接莲花。"

　　昌惠是七姊妹中唯一带着"陪嫁丫头"出嫁的女儿。嫁的是二婶的娘家，当地大户汪家。

　　女儿们一个一个出嫁了。老太太枕头里的金银玉器都分陪给了女儿。陪嫁最多的是昌谓。因为她最孱弱，总是病快快的。母亲总是最心疼孱弱的孩子。菊香走后，她一直跟母亲同住。那年的流行性感冒七姐妹病了五个，昌谓病得最重。她高烧不退，人已昏迷。朱胡氏日夜守护着她，用酒擦拭她的手脚，才保住了她的小命。菊香的镯子，老太太枕头里最值钱的东西都给了昌谓。

　　昌末出嫁后，朱胡氏只剩两亩地了。两亩地朱胡氏让春草夫妇耕种着。两亩地一个人自种自吃勉强能维持生活吧。可家里还有春草夫妇。还要上缴国税。三人两亩地怕是不能维持生活了。女儿们都说要朱胡氏跟随她们生活。朱胡氏摇了摇头说："我哪儿也不去。我就在这里等着你们的父亲归来。你们的祖母还留了些银子给我，我有这些老梢可防万一了。你们七个女儿按月轮流来看我，带点粮食来贴补我。你们孝顺的话就依了我。"

　　自此从昌和开始，女儿们依次按月轮流来看她。带些粮食吃食给她。住几日朱胡氏就催女儿回去。朱胡氏把两亩地给了春草。春草男人又去油坊做工了。朱胡氏一个人自己照顾自己，她帮人做鞋，绣花，画花样。做完活，人家感谢她，送她些烟丝、蔬菜、糕点什么的吃食，她不计什么不计多少都收下。她很节俭，常年熬粥吃，吃点咸菜、酱菜。她最大的开销就是吸水烟和上税了。名目繁多的税，她也弄不清。保长是族叔，他来收，朱胡氏二话不说拿出银子。他说交多少，朱胡氏就交多少。税有时按田亩收，有时按人头收。按田亩她只有两亩地，交的税不多。按人头她要交三人的税，春草夫妇的税也归她交。春草夫妇感念她，春草男人空闲时在河里捞些鱼虾，也送些给她。她眼见同宗的一些人，抱怨税太多，抗税不交，最终，背着枪的黑衣人来了，抓走户主，关进县里大牢。最终还是得乖乖卖田补交，人也受了苦。战乱时代，小财主家的日子也不好过，今天这个税，明天那个捐。小财主都破落了，纷纷卖田，田越来越不值钱。眼见得侄子们被征了兵，或外逃了。都说多子多福，在这个时代，是多子多难，多子多泪了。村东村西村南村北妇人们因失去儿子的哭声不时闯进耳中。她一个妇道人家能说什么，能抗什么呢？要不是婆婆留给她这些银两，她的日子该咋过啊！婆婆真是她的恩人。她时常感念婆婆，庆幸自己有一个好婆婆。

女儿们也陆续添了儿女。朱胡氏跟女儿们说好，不去送迎。她只给外孙、外孙女做鞋子。她把女儿们的旧衣、菊香留下的旧衣、自己破了的衣都用来背骨子做鞋。只那顶麻布帐子的帐顶她却一直没动用。不知她是怎么盘算的，也许是冥冥之中的定数。麻布帐子还没到用它的时候吧。她把过年时女儿们送给她的衣料都做了小鞋。女儿们要她做新衣，她说："我一个孤老婆子，穿新衣给谁看呢？"一双一双的鞋填满了她的日子。寂寞的夜晚她独坐空房，水烟袋发出"呼噜噜——呼噜噜——"的声响陪伴着她。她在心里絮絮地跟虚空中的婆婆交代家里的近况，女儿们的近况。祈求着婆婆的魂灵保佑女儿和外孙们。

## 三十一

可这种孤寂的生活没有维持多久。日子没有朝朱胡氏设想的那样行走，七个女儿，七个月一轮流。只轮了两轮，日寇来了。1937年，全中国笼罩在战火的硝烟中，几十万中国人的末日到了。朱胡氏也未能幸免。

我们这个江南小镇所属的县府毗邻国民政府南京，自古就是军事上攻打南京的跳板。1937年的夏季，在南京读书做生意的朱家子弟纷纷回来了。同来的还有他们的同学朋友，以及这些同学朋友的兄弟姊妹。朱家的公房和空房子都住满了人。朱胡氏的七个女儿出嫁后，她们的闺房空着的，这下也一下住满了人。人群熙熙攘攘，人人的脸上都展示着恐慌。都说"小日本打进来了。日本鬼子，见东西就抢，见人就杀。中国要亡了"。其中有些是北方人，说着铿锵的北方话："该死的小鬼子，真畜生啊！我们无家可归了。"小鬼子该死，可鬼子一路扬威，死的是怯懦逃亡的中国人。这些北方年轻人到了村子里，就在空地上挖地窖。想挖地窖安身躲藏。可他们不知南北方的差异。挖个两米深，地下就冒水了。只得作罢，把土回填。

家里有些值钱东西的人家，纷纷把值钱的东西装在腌菜的瓦钵里，用油布盖了钵口，把它们埋在地下。老四扛个铁锹跑来对朱胡氏说："弟妹，把值钱的东西装瓦钵里吧。我给你挖个地洞埋起来。"朱胡氏笑了笑说："我现在哪还有值钱的东西？"老四说："有的话，你要收好。听说鬼子就要打过来了。说不定要跑反呢。你一个人谁照顾你呀，要不要把你送你女儿家去？"朱胡氏摇了摇头。

八月，天气炎热。什么活也干不了。朱胡氏紧闭房门，在屋里消夏。整日呼噜噜吸着水烟袋。她吸的不是烟丝。烟丝太贵了，她舍不得花钱买烟丝吸了。吸的是晒干绞碎的玉米穗与树叶。吸烟成了一种习惯，一种消夏打发时光的方式。村子里来的人越发多。房间里多打了地铺。

一天，朱胡氏颠着小脚摇摆着去提水，有一对年轻夫妻尾随着她，女人挺着肚子。两人毫不客气挤进朱胡氏房里说："大妈，我们没地住了。"在桌子旁放张席子就住下了。我们这里的风俗是不留夫妻同房的。朱胡氏看了看女人的肚子，没有赶男人走。年轻的夫妻或躺或坐在席子上扑打扑打扇着纸扇，朱胡氏呼噜呼噜吸着水烟，蚊子嗡嗡嗡地叫着，年轻夫妻没有帐子，啪啪啪不断打着叮咬他们的蚊子。没有人能安眠。女人可怜巴巴地对朱胡氏说："大妈，大妈，鬼子不会打这里来吧？"那男的想让妻子安心吧，总抢着说：

"不会的，鬼子只打县城。"第二天，朱胡氏对那对年轻夫妻说："你们住这吧，睡床吧。"

"大妈，你去哪儿？"

"我还有个房间，如果没住人的话，我就住那了。这里交给你们。我的东西你们不要动。"

"你放心，我们只住宿，不会动你东西的。"朱胡氏去了菊香屋。菊香屋还上着锁，没人住进来。因为一说这屋子里的人寻死，就没人敢住进来了。中国人对寻死鬼的恐惧远大于直面死亡。

油坊里都住满了人。人心惶惶的。今年的菜籽收得不多。青壮年都抓了壮丁，油坊早就息了工。这些人来后，没事干，就自觉地找事干，有的烧锅做饭，有的给油坊榨油，只为混口饭吃。

常听到飞机呼啸而过，那是死神狰狞的咆哮。胆小的人抱着头跑进屋里，喊："飞机，飞机！又轰炸南京了！"小孩子吓得躲在桌子底下。可怜的孩子们，脆弱的房子、桌子如何能抵挡住炮弹呢？隐隐地听到远处有炮轰的声音。

村子里的鸡鸭牲口每天都在被宰杀。空气中弥漫着血腥的气息。今年的苍蝇好像格外多，一群一群的苍蝇在河边在屋檐在树干停息飞蹿着。人人心中只念着："鬼子，鬼子要打来了。"

路上到处是逃难的饥民。看见吃的就不顾一切来抢夺。还有些乘乱世作歹的人。这月轮到昌惠来尽孝。昌惠不敢独自来看望母亲。兴汉、莲花陪着她来。带了两小袋炒熟的荞麦面，绑在昌惠和莲花的肚子上。看上去两人是孕妇样。三人手里都拿了把镰刀防身。天没亮就动身了，三人轮流划着船。全身上下都汗湿透了。午后到了村里，堂嫂们告诉昌惠："你娘不对劲，住菊香屋里了。"三人急吼吼奔菊香屋。朱胡氏插着门闩在屋里躺着。莲花拍打着门大喊："干娘！干娘！"朱胡氏听见敲门声，打开门走出屋，见是女儿、女婿、干媳妇来了，她咧嘴笑了，说："你们来了，快进屋吧。热坏了吧？盆里有水，赶紧洗把脸吧。"三人进屋，放下镰刀。昌惠和莲花解开绑在肚子上的口袋。昌惠说："娘，给你带了荞麦面，炒熟的，用水冲了就能吃。"朱胡氏看了看三把镰刀，看了看浸湿了汗的口袋，她的眼睛湿润了。"难为你们了。路上不易吧？你们也饿了吧？我早上下了面疙瘩，还剩了一碗，你们先吃两口，我再为你们下。"

"不用了。娘，我们吃点带来的荞麦面就行了。"昌惠说完，拿起桌子上一把勺子，从口袋里舀了两勺荞麦面干吃了。她把勺子递给莲花，莲花也吃了两勺。朱胡氏把面疙瘩递给兴汉。兴汉吃了两口，递给莲花，莲花没吃递给昌惠，昌惠吃了两口又递给莲花。莲花吃了两口放下了："干娘，你吃了吗？"

"干娘吃过了。兴汉，你男人饭量大，还是你吃了吧。"

"我也吃荞麦面吧。"

"吃了再吃荞麦面吧。"兴汉把剩下的面疙瘩吃了。又抿了两口干荞麦面，喝了两碗水。昌惠和莲花也各喝了一碗冷水。他们忍着饥饿尽可能多省一口好不容易带给母亲的口粮。昌惠说："娘，你跟我们走吧。到处有逃难的人，我们不能多带粮食来看你，你以后吃啥啊？"

"娘是朱家的人，朱家人不会让娘饿死的。你们放心吧。路上不太平，家里还有小孩子，娘也不留你们了，你们赶紧回吧。"莲花说："现在家里人多得很呢，南京的亲友都避难来了，每天供几十人吃喝，家里粮食能吃多少天哪。这仗不知何时能打起来，何时能结束。"兴汉深深叹口气："唉，我们走吧。娘，你多保重。"

## 三十二

九月，全副武装的鬼子从东边的丹阳湖突突突开着一艘艘小火轮登岸，攻进了县城，施行了"三光政策"，县城里火光冲天，浓烟滚滚。在朱村，可以看到县城方向有浓烟冲天。一些侥幸逃出来的躲在朱村的城里人，引颈朝北方瞭望，身心颤抖。

路上逃难的人更多。镇上的店铺大多关了门。原因是：一没有了货源；二怕饥民来抢夺；三留着自己享用了；四囤积居奇等着卖更高的价。物价飞飙。来村子里的那些个同学朋友刚来时，主人家把他们当上宾对待，一个月过去了，主人家都厌弃他们了。咽喉比海深哪，谁知道战争何时能结束。有粮食的人家都关起门来躲着吃饭了。这些避难的人只能自己买吃的了。他们身上所带的钞票是有限的。流水一般哗哗淌出去，吃食越来越贵，到后来是有钞票也买不到吃食了，人人自危起来。

这些人只得自寻吃食了。好在江南的野外野味不少。他们仰着头举着竹竿眼光搜索每棵树每片树叶，一看见知了两眼放光，把竹竿悄悄靠近知了，竹竿上的面筋粘住还沉醉在歌唱中的知了，薄薄的蝉翼在杆头挣扎了几下，一会儿这呆头的知了就成了人口中的美食。这些人低着头弯着腰地毯式搜索每一寸土地，看到一个小洞就疾走过去用手指扒洞。掏出蝉蛹来，剥掉外面的壳，放柴火里烤一下就狼吞虎咽起来……

这月该昌谓来，可孱弱的昌谓怎敢来呀！路上到处是嗷嗷叫要填肚子的抢夺粮食的人。荞麦面朱胡氏每天只吃两三勺，饿了她就喝些盐水。好在她在这之前怕自己行动不便，让昌英买了几大袋盐储存着。她把这些盐藏在伙房的柴火堆下。现在市面上已经买不到盐了。可再怎么省着吃，荞麦面还是吃光了。她去河边提水，看到人不再粘树上的知了了，知了已经绝迹了，到处是新翻的土，村里好像要春耕似的。避难的人在挖地，挖地三尺。他们在寻什么宝？宝贝是——蚯蚓。腥土味极浓的蚯蚓，鸡鸭的口粮如今成了人的佳肴。榆树叶子现在已经很老了，糙嘴得很，也被人撸光吃了。光裸裸的枝丫伸向天空，好像在向老天祈求什么。

她走到河边。看到许多的人有男也有女，在河里摸螺蛳，摸河蚌，网小鱼。连那青虫般的小鱼苗也不放过。住她屋的那对夫妻也在水里摸螺蛳。女人挺着肚子弯不下腰，站水里歪斜着身子一手拿个布兜一手插在水里摸。朱胡氏对她说："你有肚子啊，你要当心哪。"孕妇说："大妈，肚子要是掉了就好了，这孩子来得不是时候啊。你瞧，我个大小姐，现在连个猪都不如。"她从怀里拿出块油菜饼说，"这喂猪的东西，我求了来。我还舍不得吃呢。"说着咬了一小口。"它成了美味的煎饼了。"孕妇笑了笑说，又把油饼小心揣在怀里。

朱胡氏朝油坊走去，想向昌传讨些油饼来。一路新翻的土，沾满了她的绣花鞋，鞋成了泥鞋，越走越沉重。到了油坊，见一个人提着一桶水，朱胡氏问："劳驾，请问昌传在吗？"那人说："在里面捉老鼠呢。"朱胡氏跟着提水的人走进去。见几个人蹲在一个角落，一个人说："这洞通了海啊。"提水的人说："再灌一桶。"昌传说："你们听老鼠就在里面叫呢，再灌！再灌！我就不信了，这洞灌不满。"原来他们在灌老鼠洞淹老鼠来捉老鼠。"昌传！昌传！"朱胡氏叫。昌传听见有人叫他，站起身。"婶子，你怎么来了？"边说边离开那个老鼠洞向朱胡氏走来。待他走近了，朱胡氏小声说："昌传，你能给我些油饼吗？"

"油饼都给这些家伙吃了，他们还偷吃油坊的油呢。婶子，你？"朱胡氏走近一步靠近昌传说："昌谓没来。我没的吃了。"

"噢。"昌传直呆呆看了他婶子两分钟后，好像才醒悟过来似的，说："婶子，你跟我来。"他把朱胡氏带到私塾先生的房前，没人读书了，私塾先生已经回老家了。这屋原是小库房，现在又做了库房。昌传拿起身上挂的钥匙打开大铁锁，拉开半扇门迅速走进去，朱胡氏也快速跟进去。屋里很暗。站屋里定了会。听见老鼠吱吱叫的声音。一会儿眼睛适应了，定睛一看，屋中间有个竹笼，笼里有只乱窜的老鼠。笼上还放着一捆野草。昌传说："婶子，我藏了两袋菜籽在这里。"说完，他扯下两张墙上私塾先生写的字幅。从床下拖出一个口袋。从口袋里捧出两捧菜籽放在写着字的纸上。然后包成两个纸包。递给朱胡氏说："婶子，你揣好。回家浸水里，发了芽吃。"朱胡氏把纸包小心翼翼地揣进怀里。昌传拿起笼上的那捆野草说："这是我昨天去野地里寻的禾里长（牵牛花藤），不苦呢，人都在吃呢，也给你吧。还有只老鼠，昨夜捉的，老鼠肉味道不错呢。亏的油坊里老鼠多呢，这害物成了救命粮呢。"他边说边从笼旁拿了刀子，一下子老鼠的头就落地了。他用双手捏住还在蹬腿的老鼠，不知他怎么一划拉，老鼠的皮给剥下来了。双手血淋淋地又从墙上扯下一张写了字的纸，把血淋淋的老鼠包上。递给朱胡氏："你不要想它是老鼠，只当它是小鸡崽。你就敢吃了。"朱胡氏手抖了两下，恶心想吐。饥饿压倒了恶心。她一手拿着纤细疲软的牵牛花藤，一手拿着血淋淋的老鼠包往回走。

牵牛花藤她掐成小段，撒了点盐拌了拌，生吃了。老鼠肉她犹豫着，最后也被饥饿的手拉进了肠胃。油菜籽浸水里发了嫩嫩的芽，她用热水烫了一下，抓了几根，卷进了嘴里，美味得很。她控制着疯狂的食欲，每次只吃一小把。几天后，昌传又送来一把野藕梗和一把野菱茉。这是他仗着水性好划水去芦苇荡里寻来的。家里虽然有船，但村子里人多手杂怕被人偷走，都架在仓房里收起来了。野藕梗和菱茉也是撒点盐拌了拌，既当菜又当饭地吃了。

村子里避难的人疯了一般四处寻找吃食。人人头上都笼罩着恐慌的阴云。连蚂蚁也被捉着吃了。死水塘里的浮萍也捞来吃了。能捉到只癞蛤蟆那是打了牙祭了。主人家紧闭大门，任谁敲也不开门。村子里能见到的活物就是人跟苍蝇了。"能吃蚂蚁千千万，不能吃苍蝇翅膀尖。"这个俗语让忙碌的蚂蚁遭了灭顶之灾，逐臭的苍蝇却可以有恃无恐继续它们的飞舞。在这个动乱饥饿的年代，几乎所有的生物都在劫难逃，只有这令人十分讨厌的苍蝇却依旧逍遥出入各个门庭与饥民同榻。甚至在垂死的人身上播下它们的种，繁衍着它们旺盛的后代。真是好种命不长，坏种延千年。

# 三十三

朱胡氏已经两三天没吃东西了。只喝了盐水。盐水也喝完了，她摇摇晃晃着身子去河边提水。她感觉胳膊没力气，只提了半桶水，走了一小段路，耳朵鸣叫起来。她放下水桶用手去抠耳朵。眼前的树啊，房子啊，好像蒙了一层白纱了。太阳晃起来，头也晕起来。她感觉不好，赶紧蹲下身子，心里发慌。眼前一黑，她昏了过去。等她睁开眼，看到高高的树顶，几个侄子正围着她。她发觉自己躺在树下。"婶子，你醒了。我背你去屋里吧。"昌传说。今天亏得这几个侄子。

今天，昌传、昌伟兄弟几个又划水去了芦苇荡。他们用老鼠皮做诱饵，钓到了两条毒蛇。毒蛇虽然被钩住了，可依然张着血盆大口，吐着红信，游走着，盘绕着，腾跃着。那阴险凶恶的样子令人胆怯。几个年轻人冒着生命的危险与毒蛇周旋了半日，才打到蛇的七寸，砍下蛇的毒颅。他们把这两条毒蛇煮了一锅汤，正准备开吃，有人来报：五奶奶昏死过去了。"准是饿的。"昌传把碗里的蛇汤倒进一个茶壶里拎着，跟来人朝河边飞奔。

昌传把茶壶里的蛇汤给朱胡氏灌了两口。朱胡氏慢慢睁开了眼。

好在十月到了，昌英随后到了。昌英嫁的是距娘家十里路的一个小财主家。她家是开磨坊的。公婆很顾家，一向对亲友冷淡，所以她家没人来投亲。兄弟几个已分了家，各过各的。她男人很精细，早就留了一手，她家储有粮食。据说她家的墙是双层的，粮食储存在墙与墙的夹层里，谁也不知道。

怎么瞒天过海把粮食送给母亲呢？昌英聪慧，她想出了法子。她把竹竿的节疤敲通了，把粮食装在竹竿里。她女扮男装戴着草帽，与他的男人手拿着装有粮食的竹竿撑船来看母亲。装着粮食的竹竿很杀手，他俩费尽全力地撑着，手上磨得尽是水泡。到了娘家，得知昌谓没有来，母亲已经饿昏了，他俩扛着沉甸甸的水淋淋的竹竿直奔菊香屋。

朱胡氏喝完了剩下的蛇汤，虚弱地躺在床上。昌英一进屋，揭开竹竿顶头塞的布，把竹竿里的面粉倒进脸盆里。没等倒完，她抓了一把到碗里，就用水桶里的冷水搅拌了，急切地扶起母亲，把这碗面糊汤给母亲喝了下去。

两根竹竿，一竹竿面粉，一竹竿米粉。自此昌英月月冒着危险女扮男装用竹竿携带些粮食来给母亲。下个月该是昌旗，可昌旗在坐月子，没有来。轮到昌采，昌采的男人是个懦弱的胆小鬼，他死活也不让昌采来。昌末，据说跟男人逃难去了四川。好在有昌英，能干的昌英！"今有朱昌英为母分忧。"她小时候的话一语成谶，言符其实。

## 三十四

打下周边的县城后，鬼子集中兵力围攻首府南京。"鬼子飞机向南京城散传单了！鬼子司令要南京守军投降。南京守军誓死不降。"

"要打南京了，要打南京了。"……这些避难的南京人奔走相告着。他们心里既期盼着打，又不愿鬼子攻城。因为这样半死不活的避难何时是个头，他们都想有个了结，好回归家园。可城里还有他们固守家园的爹娘亲人，鬼子攻城，他们难免不葬身炮火。事实比预料的还要惨烈。十二月，鬼子攻破了南京城，施行了大屠杀。南京大屠杀后，朱村避难的人中有两个飞毛腿，乘夜色潜回到南京城查看。南京城里尸横遍野，血淋淋的惨状让他俩心惊胆战，他俩又火速跑回朱村。回来后咬牙切齿向众人诉述日本人的罪行，人们更惧怕憎恨鬼子了。

严冬到了，日子更是难挨。春节到了，人更思念家园。听说鬼子不杀人了，要"建立大东亚共荣圈"。中国人恨不得啖其肉，寝其皮，才不愿跟鬼子建立所谓的"共荣圈"。可思乡的情结召唤着这些避难的游子。他们怀着愤恨；怀着心痛；怀着紧张不安，踏上了回归家园的路。回到敌占区；回到沦陷区，做亡国奴；做鬼子的"良民"。避难的人大多走了，喧闹的村子寂静许多。人都习惯关着门了，正二月里，再没往日热闹的节日气氛。

春天了，有了野菜和榆树叶子充饥。鬼子没有打下来，饥饿的人们开始忙春耕夏收。可这安宁的日子没有维持多久。

初夏，一船一船的鬼子，端着枪耀武扬威地从县城出发，经青山河登陆了华亭镇，枪头的刺刀在阳光下闪烁着耀眼的光芒。得信的男人们抱着小小孩，带着大小孩撒丫子跑了。可怜的小脚女人们，她们往脸上涂抹黑黑的锅灰，蜷缩在床底下阴暗的角落里，想以此躲过这场劫难。

鬼子来了！脚步声震天。他们用枪扫开铁锁，用脚踹开紧闭的大门。进户后第一步是抄家。翻箱倒柜，见到粮食和值钱的东西就抢了。第二步是放火。烈火熊熊。有些女人葬身火海，有些躲在角落里的女人被逼爬了出来。这些女人成了鬼子的猎物。鬼子的第三步是奸淫。他们狞笑着，在烈焰旁、街道上强暴着这些簌簌发抖的哀号哭喊的女人，发泄着他们的兽欲。贞洁，中国女人的第一理念啊。过后，一些刚烈的女人上吊、跳河寻了死，一些抱着好死不如赖活着的女人忍辱含羞苟活着。有些女人在家里实在生活不下去，出走了。有些女人破罐子破摔，鬼子后来在镇里建了炮楼，她们给鬼子烧锅做饭去了。华夏男人的血液中流淌的一个深入骨髓的理念是——自己的女人岂容他人染指。有些男人眼见家园、店铺被烧毁，妻子受辱，他们杀了妻子，然后自杀了。华亭镇笼罩在死亡的阴霾之下，血腥气冲天，成了人间地狱。那些个穷苦的懦弱的不愿逃亡的男人们，被鬼子抓了去，给鬼子修炮楼，做了亡国奴。鬼子拆了娘娘庙，在娘娘庙前的空地上修起了高高的炮楼。

朱胡氏的娘家未能幸免。母亲和大嫂被烧死了。二嫂被强暴，后来去侍候鬼子了。爹跟大哥给鬼子修炮楼。二哥喝砒霜自尽了。

华亭镇的死亡事件，源源不断地传到村子里。距镇子只有七里之遥的朱村，人人感到死亡的阴云在头上盘旋。朱胡氏感叹：一鑫有远见，亏得没有给女儿们裹足。

# 三十五

炮楼修好了，鬼子下乡了。夏末初秋，清晨天气还是那么热。朱胡氏去河边提水抹凉。看到一队穿灰衣服的男人跑来了。一个男人朝天放了一枪，大声喊道："乡亲们，我们是抗日救亡队的。据可靠消息，鬼子今天要来朱家油坊抢粮抢油。乡亲们快疏散吧！快跑吧！"这一下如马蜂窝着了火，人都嗡嗡地飞出巢，乱跑起来。那人又放了一枪喊道："往青山跑！"一个女人哭喊道："我们女人哪跑得到青山？"

"村里有船吗？"那人问。"有有有，在油坊仓房呢。"

"女人们上船躲芦苇荡里去！"女人们一听，朝油坊跑去。朱胡氏依旧不紧不慢地继续朝河边走去。

她从河里提了大半桶水，继续往回走。一会儿，昌传百米冲刺般跑到朱胡氏跟前落定，腰上挂的钥匙叮当作响。他喘着粗气说："婶子，快跟我走！"朱胡氏笑了一下。这笑就像小孩儿撒谎被大人识破后，大人对说谎小孩儿的笑。她说："你不要管我了，你快走吧！"

"我来背你！"

"不用了，我个无夫无儿的人，活着还有什么意思呢？"

"快走吧，船在等着呢。"

"你快走吧。那么多人等着，不要因为我耽误了大伙。"

"婶子，你？"

"我不走。你放心，我有办法呢，不会丢你们朱家人的脸。你们都走吧，我来守家。菊香屋里有藏人的坑呢。"

"真的吗？"

"嗯。"

"那我把油坊钥匙交给你保管吧。"昌传一把拽下腰上挂的钥匙。朱胡氏伸手接过钥匙串急切地命令："你快走！"昌传转身狼奔起来。

朱胡氏躲在草堆旁，看着这些灰衣人。只见这些灰衣人从河边柳树上折些柳枝，编成圆环，戴在头上。他们倚靠着柳树，好像在纳凉看风景。村子里安安静静的，只听到蚊子嗡嗡的声音。草堆旁蚊子很多，几只蚊子叮咬着朱胡氏的手臂，她没有拍打它们，她悄悄用手指捏死了它们。

忽然，一个人说："看！鬼子来了！"远处的水面有个黑点，黑点越来越大。灰衣人迅速散开，卧倒在河岸柳树下的草丛中。黑点越来越近，果然是条大船。船上传来喊声："乡亲们，不要怕，皇军不杀良民，不杀良民！"是个汉奸拿着喇叭在喊。突突突的响声越来越大，船越来越大，朱胡氏还从没见过这么高这么大的船呢。船近了，能看见人头了。"打！"枪声大作。打了一会儿，鬼子的船掉了头。传来汉奸的嗡嗡的喇叭声："混蛋！皇军还会再来，还会再来。派大队人马来。带机枪来扫荡。"汽船突突突快速开走了，水花飞溅。

水面慢慢又恢复了平静。卧倒在地的灰衣人纷纷站起了身。"队长，怎么办？"

"鬼子要来反扑，敌众我寡，赶紧撤退。"

"阵亡的同志怎么办？就地掩埋吗？"

"不行！这是村子，不能埋人。点火焚烧！"

"烧得了吗？"

"找柴火！"

朱胡氏从草堆旁走出，扯着嗓子大声说："你们赶快走吧，这里交给我！"

"老乡，拜托了！撤退！"一眨眼，灰衣人们跑得不见了人影。朱胡氏从草堆上拖下两捆油菜秆走到柳树下，她查看了一下，草丛中躺着三个人。她把油菜秆散开盖在一具尸体上。又去拖菜秆。三具尸体上都盖上了油菜秆。她把水桶里的水倒掉。提着水桶去了油坊。油坊大门上是一把大铁锁。她用昌传给的钥匙中最大的那把钥匙打开了大铁锁。她走进油坊，揭开油缸的盖，用水桶舀了满满一桶油，往回走。她咬着牙走着，走一段路就放下水桶换只手拎。水桶外面的油一路滴落着。滴在她的裙摆上，滴在她的绣花鞋上。她头上的汗也在滴落，滴在她的前襟上，滴在她的袖子上。

她把这桶油泼在盖着油菜秆的尸身上。要泼最后一具时，发现菜秆动了一下，听到微微地哼声。她拨开菜秆，是一张年轻的面孔。好像在哪见过。他左胸前一片血红。她使劲拍打着他的脸颊。年轻人张开了眼睛，问："我死了吗？"

"你还没死。你能站起来吗？"

"我试试看。"年轻人努力撑起身子，朱胡氏用肩膀撑着他。"能走吗？"年轻人点点头。"跟我走吧。"朱胡氏扶住年轻人朝菊香屋走去。黄豆大的汗珠从两人的额头上滚落。

到了菊香屋，扶年轻人坐在床前的踏板上。朱胡氏冲了一碗面糊让年轻人喝下去。喝完面糊，年轻人灰白的脸色有了些血色。他看到对面墙上粘贴的朱一鑫的像。他睁大眼睛惊讶地指着画像说："这人像我家也有。"朱胡氏不信："怎么会呢？"

"这人是我一鑫叔。"听到一鑫这个名字朱胡氏身体一震。"你家怎么会有一鑫的像？"

"我爹是画家呢。我娘告诉我这人是我一鑫叔。"

"你娘是谁？"

"我娘叫菊香。"

"啊，你是菊香的孩子？"

"你娘呢？她好吗？"年轻人闭上眼睛痛苦地摇了摇头："我

娘被鬼子飞机上扔的炸弹炸死了。"

"你爹呢？"

"我爹下落不明。"

"你知道你一鑫叔的下落吗？"

"我从没见过他本人。只看到他的画像。"朱胡氏走过去紧紧抓住年轻人的手："孩子，这就是你娘的屋，你爹也在这住过一段。你爹还在床下挖了一个藏人的坑呢。"

"是吗？"朱胡氏使劲点点头："巧啊，巧啊。看来是天意。天意啊。"

"我爹早就为我准备好了一个坑？"

"孩子你躺下歇会，我去给你拿药。"

朱胡氏去了伙房，她掳了一碗盐。拿了一盒火柴，去了河边。浓烈的香油味在弥漫。她用火柴点燃了菜秆。熊熊的火燃烧起来。她对着熊熊的两堆火跪下磕了仨头。

她站起，看了看衣襟上蹭的一块血。她快速地朝她原先住的屋走去。

# 三十六

朱胡氏到了自己的屋。在书桌抽屉里找到了刀疮药。刀疮药是一种藤本植物的果子。果子是绿色的水滴形的，一头圆圆的一头尖尖的，核桃般大小。拨开果子，里面是雪白的丝绒般的物质。这白白的丝是止血消肿的好药材。这几颗刀疮药还是早些年她为孩子们预备的。孩子们刚会走路时，不是跌破头，就是摔破腿。

朱胡氏把针线篮里的东西倒在桌子上，把刀疮药放进篮子里。把火柴和盛着盐的碗放进篮子里。

她去床后的箱子上拿起那顶麻布帐顶。她展开帐顶，沿着一条边沿，拿起剪子每隔一寸大小剪条口子。剪好后把帐顶折了几折也放进篮子里。她挎着篮子，快速地移动着她的小脚。仿佛后面有个追赶她的人。

她回到菊香屋。菊香的儿子躺在踏板上，脸色灰白。她放下针线篮，蹲下身子，去解年轻人的血上衣，发现年轻人身体滚烫，在发着高烧。她用手巾小心擦拭掉年轻人胸前的血。白手巾成了红手巾。伤口在左肩心口上方。她捏了几粒盐放嘴里嚼碎，盐太齁，口水流出来，她把和着口水的盐吐在伤口上，年轻人龇牙咧嘴脸上显出痛苦的表情。"忍着点，孩子。"她撕开已经干枯泛黄的果子，把雪白的丝绒般的刀疮药轻轻敷在伤口上。从针线篮里拿出麻布帐顶展开，双手用力嘶啦一声迅速撕下一条麻布长条，包扎住伤口。年轻人虚弱地说："婶子，不能把粮油落到鬼子手里。不能落到鬼子手里呀……"

"孩子，你放心吧。婶子有办法。"

"毁了也不能好了鬼子。"

"嗯。婶子晓得。孩子你在发烧啊。再喝碗水吧。"

"婶子，你不要管我了。鬼子来了没？"

"喝碗水吧。婶子这就去看看。"她喂年轻人喝了一碗盐水。她把一碗盐，一盆面粉放在踏板旁。"孩子，盐和面粉婶子给你留下了。你伸手就能够得着。婶子去油坊了。老天保佑你吧。菊香，保佑你的孩子吧！"朱胡氏把桌子上的水烟袋放进篮子里。把那包以前人家送给她的自己一直不舍得抽的烟丝也放进去。朱胡氏挎起放着烟丝、水烟袋和麻布帐子的篮子，走出门，回头关上屋门，急速踮起她的小脚摇动着身子朝油坊走去。

浑身汗湿的她靠在油坊的大缸边，脚又酸又痛，她脱下她的绣花鞋，裹脚布上有点点殷红的血迹。"一鑫说得对呀，小脚害死人啊。"她把麻布帐顶沿着剪的口子撕成一条一条一寸来宽的长布条。她双手快速摇动着，用这些布条编成了一条长绳。完工后，她抓住麻绳拽了拽，麻绳发出嘣嘣的声音，结实得很。"没烂呢。用你的時候到了。"朱胡氏露出满意的微笑。

她站在油坊东墙窗口看着河里，一直到天黑。鬼子没有来。朱胡氏在油坊找了两块油饼吃了，又喝了两口香油。靠着油缸在油坊睡了一宿。夜里很安静，一丝声音也没有。

天亮了，朱胡氏走出油坊。她去油坊东侧的河边水跳上用手撩水洗了把脸，任水在脸上流淌着，滴落着。她撩着水，一点一点洗去蹭在她衣襟上的那块血迹。她解开她齐腰的长发，甩了甩，有几根发丝掉落下来，她用手指沾了河水梳拢着长发，把它们重新盘成一个圆髻，插上百合花形的簪子。这簪子是新婚时四嫂送给她的见面礼。她对着水平如镜的河水照了照。有几缕发丝不服帖微微拂动着。她又用手沾了些河水把它们弄平服了。她掏出衣服里常年戴的玉佩，用手摸了又摸。这奔马玉佩是朱一鑫给她的定情物。"一鑫，你在哪呢？"她问着玉马。玉马无言。

起着微微的东南风，河风清凉，朱胡氏深深吸了两口。她去油坊掇了条小凳子，拿了她的水烟袋，坐在河边水跳上吸水烟。青烟缭绕，向西北方飘散，越过她的头顶消散了。河里一圈圈的涟漪荡漾着，泛着粼粼波光。有几只蜻蜓停息在河边的青青的挺立的菖蒲上。远处的芦苇荡里传来几声鸟的叫声。村子里从没这么安静过。

忽然，朱胡氏听到隐隐的突突突的声音。她站起身。一会儿远处的水面出现了一个黑点。朱胡氏吸着水烟朝油坊走去。

她把油缸的盖全打开。把那条她编的麻绳用力甩上高高的榨油的木榨上。麻绳像条土黄色的长蛇，头尾朝下在木杆上荡秋千。她双手抓住这"长蛇"的两头，咬着牙狠命地打了个死结。她扫视了一遍油坊，油坊的一个角落里堆放着大大小小的瓦罐。她发现里面有个瓷罐，她把瓷罐掇了来，放在麻绳下。把烟丝塞进水烟袋。她站到瓷罐上，把头伸进麻绳套。猛吸了两口水烟。然后，一抬手把水烟袋扔进了大油缸。熊熊的火焰蹿起。"一鑫，你在哪儿？昌归，娘来了！"朱胡氏用力蹬翻瓷罐……

　　清晨，躲在芦苇荡和野地里的人看到了朱家油坊烈火熊熊，浓烟冲天。看到鬼子的船朝油坊急速驶去，鬼子八格牙路叫嚣着用机枪往油坊扫射。

　　一个月后，昌英来了。她在化为灰烬的油坊废墟里寻找。她在一个破缸里找到了凤凰造型的水晶水烟袋，在一个瓷罐旁找到了一块奔马玉佩，一枚百合花形的银簪和一枚铜顶针。她号啕大哭……

　　我的母亲朱昌惠得知这个噩耗是在一个多月后了，是昌英去汪家报的丧。

第二章
# 地主婆

## 一

　　我的母亲朱昌惠属羊，出生于1907年。在姊妹中排行老二。那是清末了，这时光绪帝被囚禁在瀛台，清政府的统治岌岌可危。第二年即1908年光绪帝和慈禧太后就相继驾崩了。这一年《中国女报》在上海创刊。《女子小学堂章程》、《女子师范学堂章程》公布，女子教育取得合法权。我的外祖父朱一鑫这个同盟会的革命党人，他思想激进。他希望他的二女儿能由此得惠。所以他给这年出生的二女儿取名叫朱昌惠。他希望他的女儿们能与男子一样受到良好的学堂教育。可惜他的愿望没能实现。他的七个女儿一个也没进学堂读书。只有好学的老四朱昌英随私塾先生识了几个字。一年只回家一趟的朱一鑫常年奔波在外，没能给女儿们多少父爱，而且在1917年后他黄鹤一去不复返，杳无音讯。他没有给女儿们留下什么父荫。那时朱昌惠只有十岁。她对其父的印象是模模糊糊的。她感恩其父的就是——在朱一鑫的倡导坚持下，她们姊妹七个都没缠足。天足让她们行走自如。否则她们吃的苦受的罪会更多。

　　我的母亲是那种典型的江南女子形象。个子不高，长得很小巧。桃形脸，双眼皮，两只眼睛不大也不小，皮肤白皙。头发总是梳得一丝不乱。本装褂子前襟的布扣上总挂着一方白手绢。她貌不惊人，

122

却也耐看。人们对她的评价是"精精致致的"。她话不多，可她张嘴说的话总能说到点子上，让人无可辩驳。她总是静静地做着事。我感觉粗糙的东西经她的手就光亮了。凌乱不堪的地方她一到就整洁了。

她给我的感觉就像一汪清泉，一阵清风。有她在，人就感觉清爽惬意。

小的时候，我的母亲生活在朱家大院。跟我外祖母学绣花、做鞋。她遗传继承了我外祖母的天赋特长，在女红方面朱昌惠在姊妹中是出类拔萃的。做姑娘时她就由此获得了长辈们的赞誉。

十八岁那年由她的二妈做媒，嫁入了汪家。我们汪家是个怎样的人家呢？汪家当时在当地可是声名赫赫啊。

汪家发达的这位祖先据说是四川人。他是清朝举人。不仅书读得好，而且还会武功。文武双全啊。更难得的是——长得还一表人才。我小的时候看过他的画像。过年祭祀时祠堂就会挂他的像。穿着清朝的官服。一脸严肃的样子。他的画像两旁还挂着他两位夫人的像。我那时小，对画像不太关注，也没有审美观念。不知两位夫人长相美丑如何。只记得祭祀时，在袅袅青烟中，我在母亲的牵引下，学着众人的样子对着那三幅画像三叩首。据说清朝政府把他派往台湾去剿灭海盗，族谱上写的是台湾道台。我推测他是个台湾海防道台。他叫汪时辰。说起汪时辰，人都伸出大拇指啧啧称奇。汪时辰娶妻陈氏。可陈氏一直未生养。汪时辰去台湾上任前跟他的恩师告别。恩师为他饯行。他酒后哀叹无后。"不孝有三，无后为大啊。"中国人的第一理念。恩师家有一被父母宠爱的小姐，爱慕他文武双全长得帅。闻言情愿嫁给他。恩师也青睐这个年轻同僚，竟应允了。这个在戏剧中见到的事在现实中发生了。所以汪时辰好艳福又娶了一美妻，而且还是大家闺秀。这个大家闺秀还是个才女，能写诗会作画。两位妻子随他入台。民国时流行平妻制，汪时辰可是先锋，早在清朝他就平妻了。汪时辰对他的小娘子那是宠爱有加啊，带她游遍了台湾的山山水水。这个才女还写了一部游记见闻,名为"台湾风情录"。我小时候听大人说起,非常好奇。死缠烂磨从族长手里借了拿家里看,是一本发黄的手札。书皮已有小破损,在反面又粘贴了一张纸。所以书皮厚厚的硬硬的。翻开来是手写的娟秀的小楷。用繁体文言文写的。当时我识字不多,看得半懂不懂。这本书连同家里所有的藏书,还有族谱及汪时辰与两位夫人的画像,在"文革"中被放在装河泥的泥巴凼子里烧毁了。我眼见红红的火舌舔舔吞没这些黄黄的灰灰的薄薄的脆弱的纸本。大火烧了三天三夜,这些珍贵的文物化为灰烬。现在想来越发痛惜。

汪时辰在台剿灭海盗有功受奖。小娘子又给他陆续生了两个儿子。这时的汪时辰志得意满了吧。月满则亏。一日,有几个人吹着喇叭,抬着个大海螺来汪府了。海螺上扎着喜庆的红绸。他们言说在海里捞着这个稀罕物,非把这大海螺进献给道台大人不可,说他安民有功。汪时辰推辞了一下,这些人放下海螺走了,汪时辰笑纳了。这个海螺能装七桶水!过了半月,又有几个人抬来了一个大海蚌。海蚌上披红挂绿,他们说这个大海蚌也能装七桶水,正好与海螺配对。这些人放下海蚌走了,汪时辰也笑纳了。这两样稀罕物汪时辰叫人每样装了七桶水,安放在大门两旁,作为镇宅之宝。远近的人闻说络绎不绝都跑来看稀奇。汪府这下门庭若市。这事就传扬开去。汪时辰乐陶陶地向人们展示着他的吉祥物,喜滋滋地炫耀着他的镇宅之宝。没有料到因为这两件宝贝他被人参了。有人弹劾他收受贿赂,勾结海盗。证据就是汪府门前的那一对镇宅之宝。

朝廷下旨汪时辰被贬职。贬到安徽泾县做了个小小的知县。汪家只是被贬并未抄家。据说汪家举家内迁,浩浩荡荡乘了几条大船来到泾县,汪家财物丰厚。我在一本书上曾看到这么一句话:三年清知府,十万雪花银。汪道台我的祖宗不知他受贿与否。但他积攒了不少银子那是事实。他到泾县后买田置地。两个儿子虽读书却未中举,才学不及其父母,只是个秀才。两秀才就地做起了茶叶生意。

后来在南京相继开了两个茶庄。

我们汪家怎么会到了太平县呢？

## 二

不知哪一年，安徽东南发大水。饿殍浮尸遍布大江小河。缺粮的人家为了活命纷纷贱卖田地。汪时辰有一姓霍的管家。老家在太平县。太平县是鱼米之乡。这年太平县大水。霍管家建议汪时辰乘大水到太平县购买田地。汪时辰这时已经年迈，他同意了。他对霍管家非常信任，据说霍管家曾救过他的命。他被蛇咬是霍管家冒着生命危险为他吸的毒。他授权霍管家回老家全权操办此事。霍管家用船装着银子来太平县买田，灾民们都朝他磕头作揖，把他当作救星。那时大水还没退，白茫茫一片，看不见田地。就凭人们手中的地契购买。霍管家拿个竹篙撑了探田，水浅的地方的田汪家购了。水深的地方的田，他自家买了。他知道水深的地方是低田，是良田。他家买田的银子那也是汪家的银子。他把这些良田地契交给了他的在老家的子孙。后来这边的汪家的田租也由他来收。霍管家从中不知私吞了多少银两。从此霍家由赤贫渐渐富裕，变成了当地的小财主。

汪时辰临终前给两个儿子分了家。那时是家长制。父为子纲。儿子们唯父命是从。泾县的田地房产归长房。太平县的田地归二儿子。南京的两个茶庄一人一个。积攒的银子也分了。二儿子分得多些。因为二儿子没房产，要到太平县去建房。于是，一船一船的木料、石料由泾县运到太平县乌溪镇东北的一块高地上。建造汪家大院的工程也是由霍管家监理。据说霍管家把汪家的做顶梁柱的大木料都锯掉了三寸。他还侵吞了汪家的许多木料，运往自家造屋。建起了霍家村。所以霍家的房子顶梁柱比汪家高了三寸。霍家房屋的数量规模远不及汪家，但他们从高度上压倒了汪家。这就是精明能干的霍管家的所思所为。建起的汪家大院大天井套着小天井。汪家大院有多大？大小房间有一百多间。元宵节来玩灯的人玩完灯没汪家的人领着的话，在院里绕来绕去走不出去。汪家的门槛很高，都是用整条大青石做的。院子天井里铺满了鹅卵石。汪家所在的村子前面不远处有座桥，名为邰桥，是一位姓邰的郎中出资建造的。邰桥汪家是台湾道二房里的，人都这样说。我们是二房里的子孙。

我的父亲汪兴汉是汪时辰的第六代重孙子了。他是个秀才。毛笔字写得好，过年时汪家大院的对联都是他操笔写的。作为读书人他觉得生不逢时。那时已经废除了科举。他自小书读得好，一心想中举为官的。废了科举，他只能郁郁不得志地承继从事汪家的茶叶生意。他边做生意边读书。手上常拿着一本书。被人戏称为"汪儒商"，"汪书呆"。他心肠软，好接济穷人。一些人瞅准了他这点，到他跟前磕头哀告哭求，他就慷慨解囊了。他多次上当受骗，被人笑谈，可他却一如既往。家里的人有人说他"忠厚老好"，有人说他"呆子傻气"。这就是我的父亲。一个清末的迂腐秀才。我后来在《儒林外史》中看到了这种人。读这本书时，我就常常想到我的父亲。在中国像我父亲这样的读书人看样子不在少数。

我的祖父在南京经营茶庄。我的祖母是南京人，是个大家闺秀。她常年待在南京娘家。不愿回夫家邰桥。嫌邰桥是个小地方。据说她非常喜欢看戏。天天上戏院看戏。她是个小脚女人。有只脚微跛，据说是有次夜里看戏回来时出了车祸，她坐的黄包车被汽车撞了。

我的母亲带着逶迤几里地的嫁妆和一个"陪嫁丫头"莲花，嫁入了汪家。汪家为了安放这些嫁妆，粉刷了四间新房。

成婚后，我父亲还是去南京做生意。我母亲留守邰桥，在家里做鞋，绣花，与莲花为伴。莲花是我外祖母干儿子立峰的新娘子，是我母亲朱昌惠的干嫂子。立峰新婚出走，伤心的她自愿降格做我母亲的陪嫁丫头，她比我母亲小，不让我母亲叫她嫂子，在汪家就叫她的名字。汪兴汉不在家两人吃住在一起，形影不离。汪兴汉时隔一月回趟郎桥，夫妻团聚。家里也没有刁难的婆婆要侍奉，婚后相敬如宾的生活很是平静。这是一段幸福的时光。两年后，我母亲生下了我的大哥泰仁。据说大哥泰仁长得浓眉大眼，一笑俩酒窝，非常可爱。不用说我的父母对他那是视如珍宝了。

　　可是正是因为他的可爱，麻烦事来了。我的母亲平静的生活被打破了。这年过春节时，泾县长房老家来人了。来了族长和几位同宗。其中一位是我父亲的堂兄汪兴盛，他年近四十了，可膝下无子。堂嫂是旌德人，娘家也是大户。她娘家父母只生了她哥与她。他哥是个瘫子。好人家的女子怎会嫁给他？他家花大价钱买了一个穷人家的女儿做童养媳。这个童养媳与瘫子也没有生育。堂嫂聪明又漂亮，是她父母的掌上明珠。她父母给她陪嫁很多，还陪了田产。所以汪兴盛田产很多，旌德还有田产，家财丰厚。他想从我们二房里抱养一个儿子。许多族人都愿意把自己的儿子过继给他。可他看不上，他想抱养一个小的，自己喜欢的。他挨家挨户跑看。那天，我母亲抱着我大哥泰仁在冬日暖阳下晒太阳。他一见我大哥，喜欢得不得了，就跟族长说了，想要泰仁做儿子。族长就把我父亲汪兴汉叫去了。我父亲不愿意。他只有这一个儿子，才几个月大，他不舍得。可架不住堂兄的苦苦哀求与族长的反复劝说。"你还年轻得很，还可以再生。也许生个十个八个的没问题。你就可怜可怜你堂兄吧。孩子到他家比亲儿子看得还要重，锦衣玉食也不会受苦。不能不讲兄弟情义……"我父亲本就是个心软，耳根也软的人。外加屈于族长的权威与兄弟情义，就勉强点头答应了。回家跟我母亲一说，我母亲坚决不答应。可我父亲是个死要面子的人，他已经答应了人家，就不能反悔，不能说话不算话了。他对我母亲说："君子一言，驷马难追。我已经答应堂哥了。这事由不得你。儿子，我们以后还可以再生。说出去的话，泼出去的水，不能回收。"那时的女人哪有话语权？出嫁从夫是她们从小接受的理念。在那个男权的社会，女人唯有哭泣。汪兴汉硬是从一个哺乳期的母亲怀里抱走了啼哭的婴儿。把自己至爱的儿子送给了人家。朱昌惠哭倒在床上。汪兴汉也是泪流满面。

三

哺乳期的母亲，母性压倒了一切。这时的女人心中，孩子是第一位的。这是造物主赐予所有做母亲的原始本性。一个哺乳期的母亲，她的孩子被人抱走了，她的痛苦焦虑的心情，男人是难以体会的。

孩子被抱走后，朱昌惠先是躺床上只一味地哭。莲花与兴汉不断地劝慰着。可朱昌惠难以释怀，泪水不断涌流着。她的心随孩子走了。别人的话在她听来，都是蚊虫般嗡嗡叫，她听不进去。饭菜端在她跟前她视而不见。后来她的双乳胀痛，流出乳汁来。她从床上爬起，坐卧不宁。眼睛只看着屋外。饭菜递到她手上，她手一扬，碗掉地上碎了，饭菜洒落一地。兴汉怕了，叫了两婶子来劝慰她。两个婶子有经验，看到她胸前的棉袄湿了一小块。两人赶紧解开她的棉袄，里面已经湿透。一个婶子叫莲花拿一个碗来，连连说："造孽造孽。"一个婶子说："赶紧把奶挤出来，不然人会胀坏的。"两人费了好大劲把胀鼓鼓的乳房挤瘪了一点，挤出来一碗奶水。一个婶子说："兴汉，人奶补品呢，你把它喝了吧。"兴汉摇摇头。"莲花，你喝了吧。"

"我不喝。"

"叫你喝你就喝，一个陪嫁丫头，还不识抬举。"莲花只得抿了一小口："太腥了。"

"腥有什么，好东西呢。"

"倒了吧。"

"你个陪嫁丫头还不听话，还说三道四，叫你喝你就喝！"莲花皱着眉，闭着眼，屏着气把这碗奶水当药一般喝了。她顶着寒风把换下来的湿棉袄洗了，手冻得通红生痛。

　　夜晚，朱昌惠更是焦躁地在房里走来走去。莲花也不得睡，陪着她，连连打着哈气。为她又挤了一遍奶水。夜里，兴汉拉昌惠在床上睡了。凌晨迷糊中，昌惠大叫："莲花，莲花，快抱宝宝来吃奶！"她的双乳又胀得生痛了。"莲花，莲花，你死跑到哪里去了啦？"兴汉坐起说："莲花在隔壁呢。宝宝被人抱走了呀，昌惠。"昌惠意识才清醒过来，她愤恨地掀掉棉被，指着自己的男人说："汪兴汉，你好狠心，你还我宝宝！"

　　"我对不住你。你不要闹了吧。"

　　"什么？你说我闹。你好伤人啊。你摘了我的心，挖了我的肝，还说我闹。"

　　"人都说你贤惠，怎么也这样，一哭二闹三上吊的。"

　　"你说什么！"昌惠气得发抖，"莲花，莲花！"昌惠大叫。莲花在隔壁听见了，从床上爬起来，冻得瑟瑟发抖。她又能怎么着呢？跑过来抱着昌惠，劝慰说："昌惠，你想开点吧。"

　　"莲花，我怎么办哪？莲花，我还怎么活啊！孩子在人家，我怎么放得下心哪！我好胀啊！"

　　"我帮你挤奶吧。"

　　可是，昌惠的乳房硬得像一块铁，怎么也挤不出奶水来。胀痛让昌惠情绪烦躁到了极点。"你们想害死我啊，想害死孩子啊！"

　　"没人想害你。你自寻烦恼。"

　　"就是你，就是你，你们汪家合伙来害我们母子。"

　　"你们不要吵了。让人听见不好。昌惠，你喝点茶，消消火气吧。"昌惠抓住莲花递过来的茶杯，一把把它掼到地上，茶杯发出啪的一声响，粉身碎骨。"你闹吧，你闹吧。我让你。我回南京了。"这个年轻的不谙世事的不懂女人心的男人逃离了。男人的逃离更让昌惠伤心气愤。伤心让她落泪，气愤让她跺脚，乳胀让她捶桌。莲花从未看到如此的昌惠。她所见的昌惠一直都是温婉娴静的，她怕了。她想去找汪家的上人，可她生性怯懦，汪家的那些婶子、大妈个个出身大户，个个盛气凌人，她不敢面对。她陪着昌惠哭。原以为跟着昌惠不会受苦，没想到出了这样的事。自己命好苦啊！父母早亡，无人怜惜。嫁个人，丈夫却不要自己，跑了。不由越想越伤心，越哭越大声。哭声传出。一个大妈闻声走了来，问："怎么啦？怎么啦？哭什么呢？"莲花抽泣着说："二爷跑走了，二奶奶的奶胀坏了，挤不出来了。"

"兴汉，去哪啦？"

"回南京了。大妈，我要胀死了。"

"噢，作孽哦，你别慌。我听说有个法子，能疏通奶水。"

"什么法子？"

"用牛骨梳子，在火上烘热了，在上面刮梳。"

"哪有牛骨梳子。"

"我头上插的就是呢。莲花，你点上油灯。我把梳子来烘一下。"

"哎。"

大妈把热烘烘的梳子按在昌惠的乳房上，像刮痧一样，一下一下刮梳着。从乳根梳向乳头。按顺时针方向，乳房四周全刮了。一只乳房刮了十几遍。乳房全刮红了，还是硬得如铁，用手挤，还是挤不出奶水。大妈手酸了，换莲花来继续刮梳。两人轮流着刮。刮到最后，皮给刮破了，再刮，疼得受不了了。三人都认识到这个法子不行。大妈急得直搓手。"这个法子怎么对你不起作用呢？怎么不起作用呢？我再去问问别人，看看可有别的法子。"大妈走了。昌惠与莲花，感到是那么孤立无援。那么无能为力。原以为家里没有婆婆会活得自在些。出了事，才知道家里没有上人，没有主心骨。谁来主事？谁来帮她们？谁来化解这场矛盾呀？她们两人这时已经欲哭无泪了。恐慌包裹着她们。昌惠一天未吃饭只喝了几口糖水。夜里，胀痛让她难眠。她辗转了一夜，不断叫着莲花。

"莲花莲花，我要胀死了。"

"莲花莲花，用刀把它挖了吧。"昌惠指着乳房痛苦地说。"莲花莲花，宝宝哭了。"忽然她灵机一动："莲花莲花，你去找个孩子来吃奶。"

"是啊，我怎么没想到呢。天一亮我就去找。"

"我也去找。嗨，不用找，大哥兴春家不是有吗？"

"嗯，佛珠子在吃奶呢。我怎么这么笨呢。"

## 四

昌惠闭一会儿眼，睁一会儿眼，只盼着天快亮。好容易天见亮了，看到窗外树的影子了。莲花这会子睡得正香。昌惠摇着莲花身子："快起来，快起来！莲花。"莲花揉着惺忪的双眼。昌惠快速爬起，匆匆梳洗。莲花还没梳洗好。昌惠也不等莲花了，往大哥兴春房跑去。外面没有一个人，地上结着白白的霜。人都在屋里酣睡呢。莲花蓬着头追出来："太早了吧？昌惠。人都没起来。"昌惠停下脚步："可我实在等不了了。叫门吧。"

"好。"到了大哥门前。两人使劲拍着门。"大嫂，大嫂……"

"谁呀，出什么事啦？"

"开开门。"一会儿门开了。昌惠急不可待，一头走进去。"大嫂，大嫂……"大嫂披衣坐起："怎么啦？弟妹。"

"大嫂，我受不了了。我胀死了。我想给佛珠子喂奶。"

"佛珠子还没醒呢。"

"那我等她醒。"

"等她醒了，我让竹影抱到你屋里。"

"我就在这儿等吧。"昌惠一把坐在床边，她已经急不可待了。开门的是竹影，是大嫂的陪嫁丫头。她见二奶奶坐在床边她也不好意思睡了，起来梳洗。莲花与她一道梳洗。

大哥兴春在乌溪镇镇公所做事，距家十里地。他隔三岔五回家。这两天没在家。天冷，大嫂、竹影和孩子睡在一张床上。大嫂睡一头，竹影带着孩子睡在另一头。这会子,孩子独自睡在一头了。昌惠把孩子的被子掖了掖。她看着孩子酣睡的脸。她多么想孩子早点醒啊。她眼巴巴地看着孩子,希望她能动一下。大嫂房里的自鸣钟嘀嗒嘀嗒响着。多么难挨的时光啊!她感觉身上一会儿发热,一会儿发冷。

终于,孩子手脚动了,鼻子哼了一下。昌惠一下撩开棉袄。抱起孩子。"要撒尿呢。"大嫂说。"一边吃一边尿吧。"昌惠把乳头塞进孩子嘴里。孩子未睁眼。习惯地吸奶。吸了几口没吸着吧,她发狠咬了起来。昌惠感到钻心的疼。可她没拔出乳头。任孩子咬着。佛珠子已经一周多了,长着牙了,劲不小。咬了一会儿,孩子用舌头裹着乳头拼命地吸。昌惠有种异样的感觉——疼痛、抽搐、酥痒、舒畅。渐渐感觉右乳房不胀了。她又换了左乳喂。一样是吸不出,咬,然后再吸,通了。造物主真是神奇。小小的孩子天生就知道怎么对付母亲的乳房。母亲的乳房天注定是奉献给孩子的。一物降一物。乳房服孩子的口舌。孩子把昌惠的衣裙尿湿了。孩子吃饱奶后睁开眼,发现不是母亲,她不高兴地动起手脚来。可昌惠很高兴。在孩子脸上亲了又亲。"好孩子,你可是救了你二妈了。"汪家与朱家的叫法不同。朱家叫娘,汪家叫妈。这是地域与祖传的差异。嫁鸡随鸡,嫁狗随狗,嫁入汪家就随汪家的叫法叫了。昌惠把佛珠子递给大嫂:"宝宝,二妈等会再来看你。大嫂,叨扰你了。"

"没事。"大嫂板着脸说。

从此,朱昌惠一日三趟来看佛珠子,给她喂奶。佛珠子也不拒绝。次数多了。昌惠走时,佛珠子还缠着她,不让走。昌惠一来佛珠子就投进她的怀抱。原来大嫂奶水不够,还给佛珠子喂些稀饭、蛋羹什么的。这下吃两人的奶水,佛珠子一丝杂食也不吃了。可比以前长得胖乎多了。

大嫂是乌溪镇上的人。娘家是开杂货店的。与汪家有茶叶生意上的交往。兴春又在乌溪镇做事,便熟识了,结了这门亲。她父母只有她这一个独生女。大嫂在娘家一直是娇惯着的。她大小姐脾气,任性惯了。谁都要听她的，翻脸比翻书还快。她看女儿跟昌惠亲了，心里不高兴。竹影又在旁说："吃谁的奶，就跟谁亲。"她一不高兴，抱着女儿回娘家了。

佛珠子走了。昌惠的心又一次空了。莲花劝慰说："我们再找别的小孩儿。"

"算了，我不想再惹人嫌了。"有了前面胀奶的教训。这次，昌惠隔一小段时间挤一次奶水。挤的奶水她浇在天井里的月季花和桃树上。后来那年春天，天井里的月季花开得很灿烂，桃子结得又大又甜。

昌惠没有胃口，吃得少。在睡梦中总是听到泰仁在哭，她高喊："莲花，莲花，孩子哭了。"弄得莲花也睡不安稳。昌惠日渐消瘦。婶子、大妈们见了，都暗地摇头。大妈偷偷对在河边洗衣的莲花说："你家二奶奶瘦得厉害呀。这样可不好。你劝她回娘家，让娘家人开导开导她，或许就好了。"

莲花也感觉不好，正犯愁呢。家里空气是这么沉闷。昌惠整天苦着个脸。有时叫她吃饭也不理。听大妈这样说，莲花想回朱村了。朱村姐妹多，好热闹啊，尤其是昌英，热情能干。她回房就对昌惠说："昌惠，我想干娘了。你不想娘吗？我们回趟朱村吧。"可昌惠这时心里只记挂着儿子。听莲花这样说，她忽然有了一个想法。她假意说："好，我们回朱村。这次在朱村多待些日子。我们好好收拾收拾，明天动身。"

第二日，昌惠与大妈、婶子们打招呼，说回娘家住些日子。她们巴不得呢，连说："好好好。在娘家多住些时日。"

可昌惠并没有踏上回娘家的路。她乘上了去县城的船。莲花听说要到县城，以为要到南京去，说："昌惠，你要去南京吗？你知道二爷在哪吗？"昌惠摇摇头："我不去南京。"

"那你去县城干吗？"

"我们先到县城，再从县城到泾县去。"

"什么？你要去泾县？"

"嗯。我要去看看泰仁。不然我放不下心。"

"可我们没去过，不认识去泾县的路啊。"

"路在嘴边。"

"我们两个妇道人家去那么远的地方，能行吗？昌惠，我们还是别去吧。我们回朱村吧。"昌惠坚决地摇了摇头。"我求你了，昌惠。"

"对不住了，莲花，我非去不可。你跟我受苦了。"莲花心里慌得不行，拎的包袱掉在船舱，昌惠捡起，放在自己的膝头，抱着。包袱里是两人换洗的衣裳还夹裹着盘缠银子。

到了县城码头，向船老大打听去泾县的船。船老大说："你们去泾县哪儿，那你们要走回头路了。去泾县从乌溪镇往南到宣城，再从宣城到泾县哪。"

"你看你看。我说你不认得路吧。"莲花急得直跺脚。昌惠按住她的腿说："别急，我们回去。"

"好。"莲花咧嘴笑了，"包袱给我拿吧。"

## 五

昌惠与莲花又回头乘船去了华亭镇。到了华亭镇上已是傍晚时分了。莲花以为昌惠来华亭镇是买礼物回娘家的。她说："昌惠，时候不早了，你想买什么给娘？赶紧买吧。"昌惠说："我们住店。"

"什么？干吗住店？朱村不远啊。"

"我不去朱村。我要去泾县。"

"你……"没等莲花说完，昌惠往前走了。莲花跑着追上昌惠。"昌惠，我们先去朱村，好不好？"

"不好，到了朱村，就去不了泾县了。"

"那我们去你舅舅家住吧。"

"不好，投亲不如住店。"昌惠不容莲花分说，走进了客店。她铁了心要去泾县。

莲花的心里像蚂蚁在爬。她不想去那遥远陌生的地方。她在店房里走来走去。老板娘送来晚餐，莲花只吃了两口。她心里惶惶的，没有胃口。老板娘关切地说："饭菜不合胃口？店里还有包子，要不要？"莲花摇摇头。"我不想去泾县呢。"她肚子里存不住话，忍不住说了出来。"二位这是要去泾县？"昌惠点点头。"老板娘，去泾县远吧？"莲花这时就想找到不去泾县的理由，想抓老板娘做帮衬。"我没去过呢。你们去泾县做啥？"

"探亲。"昌惠说。"我们没去过呢，不认得路。"莲花一心想说服昌惠不去泾县。"路在嘴边。"昌惠坚持着。

"噢。我店里有一个来卖山货的泾县人呢。"

"是吗？"

"嗯。"

"他在吗？"

"在呢，在住店呢。"

"他回泾县吗？"

"我帮你们问问看。"

"好。拜托你了，老板娘。"

一会儿，热心肠的老板娘又来了，莲花忙迎上去问："老板娘，你问过了吗？"老板娘点点头："卖山货的说——他明天要去几个店里结账，明天回不了泾县，后天回泾县。"

"噢。谢谢你了。"

昌惠说："我们明天自己问路走吧。"莲花坚决不答应。第二日，莲花死活待在客房里不走。她说跟熟路的人走心安些。她想赖一天是一天，想过一天或许昌惠就会改变主意的。

这样在客店又住了一夜。老板娘跟卖山货的说了她们。卖山货的过来看了她们，问："两位要去泾县哪里？"莲花说："去泾县汪家。"

"汪家啊，我知道。离我家不过两三里路。"莲花听到这句话，高兴了："那太好了，你明日回泾县吧？我们与你一道。"卖山货的说："行啊。走时我来叫你们。"

第三日，她们跟卖山货的上了船。先到宣城住店。由宣城转船到泾县。泾县下船后步行了好远。昌惠、莲花从未走过这么远的路。两人脚上都起了水泡，越走越慢。走一段，卖山货的要停下来等她们。这时正好有几个山民抬着竹轿子来了，问："要坐轿吗？"卖山货的说："看样子，你们走不动了吧？天不早了，要不你们坐轿吧？让抬轿子的送你们到汪家吧，我也好早点赶回家去。"昌惠说："好。这一路劳烦大哥了。"

讲定了价钱，坐上轿。走了几段崎岖的山路。轿夫指着前面一口池塘说："这就是有名的桃花潭了，前面就是汪家了。我们就送到这了。你们自己进村吧。"两人下轿，昌惠付了轿资。

待走近村子，昌惠觉得不对。这个村子尽是些低矮破烂的茅草房。这哪是大户人家啊？"莲花，这不是汪家啊。"莲花一听，再一看，慌了。"哎呀，我说不要来，你偏要来啊。这可怎么办啊？"两人傻眼了。回头看轿夫已经走得不见了踪影。莲花哭了起来。"不要哭了，我们找户人家先住下来吧。"这时，一个男人扛着两只船桨走进村。昌惠走上前恭敬地喊："大哥，这里是汪家吗？"男人说："是呀。"

"这里是台湾道台汪家吗？"

"不是，我们是与李白交好的汪伦的后代。"

"噢。大哥，我们走错地了，我们能在你家里住一宿吗？"

"不行。我一光棍汉怎能留女眷？"

"莲花，我们去别家问问。"敲了几家门。人一听说她们要投宿，一下就把门关了。任凭她们说付钱也不开门。汪伦的后代怎么如此待人啊。昌惠想起了昌英教她念的那句诗："桃花潭水深千尺，不及汪伦送我情。"想起了昌英讲的李白与汪伦的故事。"唉，好客的汪伦，他的后代怎么待人如此冷漠呢？"

"这个世道哪有好人啊！这么冷的天，昌惠，我们怎么过夜呢？"

"我们看看附近可有别的村子人家。"

走了不远，看见了一个飞檐的大房子。两人惊喜地跑过去。可大门紧闭，门上挂着一把大锁。莲花心存侥幸地敲了半天门，无人应声。莲花忍不住又哭了起来："我说不认得路吧，你偏不听，偏要来。这下可好。"

"嫂子……"

"谁是你嫂子？我不过是个陪嫁丫头。谁把我当回事呀？我的命好苦啊！"

"嫂子，我对不住你。"昌惠抱住莲花。两个女人抱在一起哭起来。

"你俩在祠堂门口哭啥呀？"两人闻声松开，展眼一看，是个脏兮兮的叫花子。左手拿个碗，右手拿个竹竿，身上背个脏得看不出颜色的布袋。头发乱蓬蓬的像鸡窝，里面粘着稻草。莲花病急乱投医，问："哎，你知道附近哪有客栈吗？"叫花子摇摇头："你们要住店啊？你们是外乡人？"

"是啊。这么冷的天不住店要冻死的。"莲花可怜巴巴地说。

"兄弟，你住哪啊？"昌惠亲切地问。叫花子指了指祠堂，"我就住这祠堂里面。"

"可这门锁着的呀。你有钥匙？"叫花子摇摇头："我爬树进去。你们要是能将就，我带你们进去住一宿。"莲花这时惊觉起来："你莫非想害我们？"叫花子不满地说："狗咬吕洞宾——不识好人心。我是看你们可怜呢。我穿着男人衣服，我是女人呢。不信你们看——我耳朵上有耳环孔呢。"果然耳朵上有孔，嘴上没有胡子。"里面有其他人吗？"

"没有，里面一个人都没有。祠堂平时哪有人啊？"

"你爬树进去，我们不会爬树呢。"

"祠堂那边有个侧门。我爬树进去，开了侧门，你们从侧门进来。"两人这时又冷又饿又乏，她俩对望了几眼，没有更好的去处，昌惠点了点头，对叫花子说："多谢大姐了。"两人跟着叫花子绕到祠堂东边。这边长着一片竹子和几棵大树。竹林里到处是鹅卵石。莲花说："这些鹅卵石要是能当饭吃就好了。竹子能当被子盖就好了。"果见有个小门，叫花子叫她俩在门边等着。她爬上围墙边上的一棵大树，猴子般蹭蹭几下就爬上去了。

她打开侧门，昌惠与莲花随她走进了祠堂。

# 六

"这是谁家祠堂？你知道吗？"昌惠问叫花子。"汪家祠堂。"

"你怎么知道？"莲花问。"我在这里讨饭已经三年了。清明的时候，汪家人在这里做公堂，我听他们说的。他们还给我几个肉包子吃呢。"

昌惠看这里的汪家祠堂跟娘家朱家祠堂差不多。她看到北面香案上摆着果盘，果盘里有吃食。她饿了，见到吃食口水忍不住流了出来。她把口水咽了下去，可感觉更饿了。饥不择食，昌惠走过去从果盘里抓了两把花生糖，也不管脏不脏了。这是过年时供的祭品，好在天冷，东西没坏。昌惠递给莲花一把。莲花递给叫花子两块，叫花子没接，说："我不吃祭品呢。要不这东西我早吃了。"昌惠跪下，朝香案拜了两拜，说："汪家祖先，我朱昌惠是汪家媳妇，落难到此，望垂怜。你我现在虽不是一家，或许几百年前是同源吧。求你们保佑我找到汪兴盛，保佑我看到我儿汪泰仁。"她虔诚地磕了头，站起，嘎嘣嘎嘣吃起花生糖来。

叫花子说："祠堂后面有伙房，伙房暖和，我睡那。"两人又随叫花子往祠堂后面走。伙房的门虚掩着，一推，开了。里面有两口大灶。灶后堆积着稻草和竹子。靠墙有两顶橱子，放着许多碗啊盆啊碟啊什么的。厨顶上还架着蒸屉。旁边还有两口大水缸。缸边有两只水桶。叫花子把背的布包放到稻草上，说："我晚上就睡在稻草上，盖稻草。你们能睡吗？"两人看了看稻草，无其他法子，点了点头。叫花子说："外面脏点没事，我们来烧水洗脚。"

"你还洗脚啊？"莲花惊讶。"你别看我衣服脏，我里面不脏呢，我天天抹身洗脚呢。"叫花子边说边从水缸里舀水到锅里。"我来烧水吧。"莲花说。"灶台上有火柴。用稻草引火，拿竹子烧。"莲花擦燃火柴，开始烧起水来。昌惠凑过去烘火，笑了笑说："这里条件不错呢。"叫花子说："你们烧水，我再去拖点竹子来。"

"你去哪拖竹子？"

"这附近山上到处是竹子。我白天砍了，黑夜拖得来。"昌惠怕她使什么坏，一把抓住她说："大姐，你明天晚上拖吧。你走了我们害怕。"

"哎呀！"莲花惨叫一声。"怎么啦？"

"篾丝子戳进我手指头里了。"莲花举着手。

"你们真没用。"叫花子把布包里东西往外倒，一把剪刀，两把草纸掉出来。她找出里面的针线。拿起针来说："把火烧大些，对着光，我来帮你把篾丝子挑出来。"

"大姐，你人真好。"莲花对叫花子充满感激，和她热乎起来："大姐，你老家哪里的呀？"

"广德。"

"你家里没人了吗？你为何在外面讨饭？"

"我命苦啊。"

"唉！我也命苦。我男人跟我成亲不到三天就跑了。"

"我倒想我男人跑了或死了。"

"为什么呀？"

"我男人他不是个东西。他爱喝酒，喝了酒就打我。还说打倒的女人揉倒的面。你看看我身上到处是他打的伤。"昌惠和莲花看到叫花子颈子上一道蚯蚓似的长疤。她那枯树枝般的手上也是疤痕累累。

"你娘家没人为你撑腰吗？"

"我是童养媳。他家是大户，我娘家小门小户的，哪个为我撑腰啊？"

"那你怎么逃出来的呀？"

"那天，他又喝了不少酒，把我往死里打。打完还糟蹋我。我想如其这样动不动挨打受气地过日子，不如死了。可我又不甘心就这样死了。他呼呼大睡了，我穿上他的衣服。把家里的银钱拿了，乘黑夜逃了。我拼命跑，见船就乘。也不知到了哪里。乘船，住店，吃饭，银钱很快花光了，我就讨饭了。后来发现了这个地方好，就待在这了。冬天讨饭，开了春就好了，满山的竹笋、木耳、野菜、山果。夏天挖蝉蛹，在小溪沟捞小鱼小虾，摸螺蛳。爬树上寻鸟蛋。山上蛇多，我打蛇吃。运气好还能在竹林里捉到野兔和小山雀。哎，只要嘴糙，在这里饿不死的。"

"可你这样终究不是个事呀。你还是要寻个人家才好。"

"我恨死男人了，我不会再嫁人了。我再不要受男人的欺负了。我这样过日子自在得很。"篾丝子挑出来了。叫花子把倒出来的东西又放进布包里。"大姐，你还用草纸啊。"

"我是女人嘛！这草纸是我从坟堆旁捡的。水开了，你们要不要喝点？"

"嗯。"昌惠从橱子里拿了两个碗，先用水冲了冲，然后舀了一碗放灶上，等凉了喝。她解开棉袄挤奶。把奶水挤在另一个碗里。叫花子说："你生了小孩儿了呀。我还以为你是逃婚的呢。"

"我孩子被人抱走了，我去寻他。"昌惠欲把奶水倒掉，叫花子说："别倒，我喝。"她一口气喝了，"倒了可惜。打水洗脚吧。"她从橱子里拿了个盆，从筷筒上拿下她的手巾，从锅里舀了水，从水缸里兑了冷水，解开棉袄抹起身来，仿佛在自家卧房一般。等她洗完，昌惠和莲花用她的手巾洗了脚。把手巾依旧挂在筷筒上。"赶紧睡吧。一会儿锅堂里火灭了看不见了。"叫花子在留有余温的灶口铺开稻草。又把整捆的稻草盖在身上。昌惠、莲花学着她的样，两人紧紧挨着，躺进稻草中过了一夜。

天一放亮，叫花子就起来了。"起来，起来，赶紧起来。"她背上她的布包。昌惠与莲花从稻草中站起。三人身上都粘了稻草。昌惠与莲花相互把对方头上的草捡了。三人把稻草重新堆好，拍拍身上的灰。叫花子说："走走走。赶紧出去，被人看见就不好了。"昌惠、莲花拎起布兜，随着叫花子依原路从侧门出来。叫花子从里面插上门闩，她照旧猿猴似的爬树出来。从围墙里面的树爬到围墙上，再从围墙外面的树爬下。

莲花看到满地的鹅卵石，她捡了两颗鸟蛋大小的上面有白线纹的鹅卵石，拿在手里。她觉得好看好玩。

叫花子出来后问："你们去哪儿？"

"去渡口，乘船去泾县县城。"昌惠答。"你们认识去渡口的路吗？"两人摇摇头。"我好人做到底吧。送你们去渡口。"

一路上，莲花对叫花子千恩万谢，要与她结拜干姐妹。问叫花子叫什么名，属什么，多大年纪。叫花子告诉莲花：她叫能萍，属羊的。听说她也属羊，昌惠亲切起来，说："你比我大一轮吧？我也属羊。不如我们三人结拜吧。这次幸亏遇到你。"叫花子说："看你们穿得清丝丝的，肯定是好人家出身。你看我脏兮兮的，哪配得上？再说，萍水相逢怕是再也见不着面了。如果你们真是心里有我，你们回去后在菩萨跟前多烧香，让菩萨保佑我在外平安。"

"那是一定一定的。我肯定多烧香。你是好人，菩萨肯定保佑你。"莲花信誓旦旦地说。叫花子能萍把昌惠和莲花送到渡口，摆了摆她那满是伤痕的右手，转身就走了。

# 七

昌惠与莲花到了泾县县城，县城不大。她们找了个客栈息下。又饿又乏，吩咐伙计弄点吃的来，打盆水来。早上没梳洗呢。伙计打来了水，送来了吃的。昌惠问伙计："小兄弟，向你打听个人，你知道做茶叶生意的汪兴盛吗？"

"是祖上是台湾道台的汪兴盛吗？"

"是啊是啊。"昌惠听伙计说得对路，喜出望外地跨过去，抓住伙计的胳膊，仿佛找到了失散多年的亲人。"你知道他家在哪吗？"

"这谁不知道啊？我家的茶叶都卖给他家呢。"

"那你领我们去他家。我给你赏钱。"

"你们住一夜吧，这会子把你们领走掌柜的要骂我呢。"

"行行行。说好了，明早你可一定领我们去。"伙计点点头。

真是踏破铁鞋无觅处，得来全不费工夫。两人心中的一块石头落了地。后悔跟卖山货的走了这许冤枉路，遭了这么些的罪。昨晚睡稻草，痒乎乎的，不习惯，没睡好。人狼狈得很。昌惠说："今天我俩灰头土面的，不像个样子。吃完东西我俩好好睡一觉，养好精神明天去兴盛家。"

第二天一大早，伙计领着昌惠与莲花来到汪府门前。一看这大门楼，就知道是大户人家了。昌惠上前叩门，门房走出来。请问："这是汪府，汪兴盛家吗？"

"正是。"

"总算找到了。"莲花欢喜地上前，欲进门。门房伸开胳膊，拦住去路。"请问二位是谁？"

"我是汪兴盛的弟媳，朱昌惠。"

"两位稍等。我去通报一声。"

门房跟汪兴盛一说，汪兴盛心里一沉，跟他婆娘说："兴汉家的来了，定是反悔了，定是寻孩子来了。你赶紧的带着奶妈与孩子去躲一躲。"

过了好半天，汪兴盛才到大门口，把昌惠与莲花迎进去。连说："稀客稀客。只你两人来，兴汉怎么没来？"

"我想孩子了，想看看孩子。"

"真是不巧，你嫂子带着孩子回娘家旌德了。"

"是吗？"昌惠一听忍不住流下泪来，"兴盛哥，我只想看看孩子。我不放心。"

"孩子好得很。我待他胜亲生的。你有何不放心？"

"我只想看一眼。"

"不是说了嘛，孩子不在家。"

"那我就在这里多住几日，等嫂子回来。"

"你……好吧。我吩咐老妈子给你打扫一间客房住下。"

昌惠与莲花住下了。莲花闲得无聊，主动帮老妈子做事，两人就好上了。老妈子看莲花拿着两鹅卵石，说："你拿这鹅卵石做什么呀？"

"只是觉得好玩。"

"我们这遍地都是鹅卵石呢，小的没啥用处，大的可以压咸菜缸，压在咸菜上，菜不烂呢。"

"是吗？那我捡两个大的带回去。"

"我们天井里多得很呢。你走的时候拿两块就是了。"莲花嘴碎就把来泾县这一路的情景讲与老妈子听了，两人唏嘘。人嘴扎不住，传开了。汪兴盛也知道了。他派人去了南京，告诉汪兴汉：昌惠去了泾县。还把主仆两人来泾县路上发生的事说了一遍。汪兴汉一听就赶赴泾县了。

兴汉来了，兴盛为他设宴接风。席上两人谈国事，逸事，生意上的事，就是不谈家事。昌惠想听听孩子的事，她忍不住打断他俩话头："兴盛哥，你说说孩子的事吧。"兴盛从身上掏出一张地契递给昌惠，说："我上次去邻桥，办了两件事。一是抱养了泰仁；

二是买了块地，出高价买的。这地号称'九龙戏珠'，是块好地呢。是从一个外号叫汤烟鬼的人手中买的。他抽大烟败了家。这地离你娘家不远。你大老远地千辛万苦地来到泾县，我没有什么好东西送你，这十三亩地送给你吧。"

"不，兴盛哥，我们怎么能要你的地呢？"兴汉说。"不，我不要地。我要孩子。"昌惠脱口而说。"孩子我是不会还给你们了。泰仁到了泾县，我大宴了亲友，现在谁都知道泰仁是我的儿子。泰仁已归在我的名下，上了族谱了。你们年轻还可以再生。这算是我对你们的一点补偿吧。"汪兴盛再次把地契递到昌惠跟前。

"不，我不要。"

"你们暂且拿着吧，我不想为了这十三亩地每年去太平收租。不管你们要与不要，你们先收着租。若不要，等泰仁长大了，你们再交给泰仁，可好？"

"不，我不是为这个来的。"

"孩子小，我不愿你们怜亲孩子，弄得孩子不安生。等孩子大了，你们再走动。我还有事，不多陪你们了，你们自便。"说完拂袖而去。

话已至此，主人不待见客人，留在此处无趣。兴汉埋怨昌惠——多此一举，责备她女人家胆大妄行。昌惠含泪不语。

第二天，兴汉去告辞。兴盛没有挽留，只说："回去好好劝劝你内眷。"他从书房拿了两包茶叶和两块鹅卵石。把鹅卵石交给莲花，说："这是你想要的。"莲花接过。这是两块名副其实的鹅卵石，鹅蛋般大小。一块上有云形的花纹，一块上有条蛇形的图纹。"这两块好看，昌惠，你看——这块上有条蛇呢。"莲花喜滋滋地说。兴盛把两包茶叶递给兴汉："哥的一点小心意，拿着吧。上等的猴魁，不要送人，留着自己喝哦。"

昌惠不想走，她想见儿子。兴汉拉着她，她一步两回头地走出汪府。出了汪府她就哭了。时而流泪，时而发呆。坐在船舱眼睛直愣愣地看着水面，半天也不动一下。

到家后，兴汉打开茶叶包泡茶。发现了放在茶叶中的地契："怪不得叫我不要送人呢。"他把地契收了起来，没有告诉昌惠，他怕面对昌惠那双幽怨的眼神。

从泾县回来后，昌惠整天闷闷不乐，茶饭不思，吃得很少。兴汉明白在孩子送人这件事上他伤着昌惠了，他心里也很难过。觉得有愧于昌惠。可他不会来事，不会哄女人，当时的中国男人有几人会哄自己的女人呢？中国男人从没有受过这方面的教诲与熏陶，不持大男人主义，不打老婆就算好的咯。他又一次选择了逃避。没有人化解昌惠心里的气与痛。半个月后，她胃痛了。疼得在床上打滚，嘴里冒清水。口水吐了床前一地。请了郎中来看了，说气大胃疼，要顺气调理。不可再生气，要多吃藕粉。给开了几服中药，嘱咐早、晚餐只吃藕粉。几服中药吃完了，可是未见好。人消瘦得不行，原先圆润的她瘦骨嶙峋，眼睛深陷，面色灰暗。

# 八

汪府的男人大多在南京，堂兄弟都已分了家。兴汉兄弟四人，还有一姐姐已经出嫁，老二兴汉、老三兴隆、老四兴年都在南京。昌惠、莲花只与大哥兴春夫妇同在一个锅里吃饭。汪家大院的人看到昌惠这样，都怕了。一个大妈叫兴春送昌惠去南京瞧病。她的胃病就是在南京瞧好的。南京有药丸，不用熬中药，吃起来也方便。兴春听了她的话，送昌惠去了南京。

兴汉见到憔悴异常的昌惠，很是吃惊与心痛。他带昌惠去医院看病，并定了旅店。兴汉住茶庄，父子四个人住一间呢。兴春去舅家拜望母亲。舅家姓喻。他跟母亲、舅舅说了昌惠的病情。说了昌惠的病因是把孩子送了人，夫妻俩闹得也不愉快。还说了昌惠的泾县之行。他舅舅听了，很是热心。亲自去旅店把昌惠接到家里。对昌惠说："在舅舅家多住些日子，好好养病。你妈在这里，也好照应你。"吩咐家人打扫了一间客房让昌惠住下,叫兴汉不要住茶庄了,晚上住到这来,陪着昌惠,多安慰昌惠。打发莲花跟他家一个老妈子住了。莲花闲不住,帮着老妈子做事。看到莲花做事麻利勤快,跛脚婆婆就让莲花来侍候自己。侍候她的老妈子年纪大了,手脚不利索了。她叫莲花给她洗衣,洗被单。寄人篱下吧,后来她还讨好地对她娘家弟媳说:把他们的脏衣服也交给莲花洗。又多了两个吃白饭的,所以喻家的人就毫不客气地把他们的脏衣服、脏被单丢给莲花洗。有了这个洗衣工,喻家人就三天两头地换衣服,换床单了。喻家人多,莲花一天要洗一大堆衣服、床单。洗得胳膊酸,腰也直不起。一天清洗衣服要跑河边好几趟。

喻家有个清扫庭院,培植花木,看家护院的做杂事的下人。他姓郭,是个癞痢头,其貌不扬,人却极为和善。喻家人都叫他郭癞痢。他看到莲花如此辛苦,就主动地跑过来说:"大妹子,你洗这么多衣服,一次也拎不去,来回地跑太辛苦了。我帮你拎衣服吧。"他帮莲花把衣服提到河边,帮他清洗衣服,再帮她提回衣服。莲花很是感激他。两人边洗衣服边闲聊。都把自己的身世情况告诉了对方。郭癞痢的父亲是喻家的伙计,郭癞痢七岁时父亲病故,母亲改嫁。喻家人就把他领进府,在府里做杂事。两个人自小都是孤儿,同病相怜。感叹生活的不易,哀叹自己的命苦。在这里莲花算是遇到了知音。莲花为了感谢郭癞痢,决定为他做双鞋。郭癞痢的鞋帮已经开了口子。她问喻府的老妈子寻了一双鞋底和两块碎布,给郭癞痢做起鞋来。可是她白天太累了,晚上没纳几针鞋底,人就犯困了。昌惠吃了一段药丸后,胃不怎么痛了。她闲着也无聊就帮莲花做鞋。

跛脚婆婆有次看戏看得兴奋,她觉得这个戏好看,要与人分享。她龇着嘴跛着脚来到昌惠房里,看到昌惠在做鞋。她以为昌惠是给兴汉做的。她眉飞色舞地跟昌惠讲述她所看的戏的内容。她讲得快,也不连贯。她自己讲得津津有味,昌惠听得却无趣。她看到昌惠没露喜色,才意识到,应该带儿媳妇去看戏。也许昌惠为此不高兴了。

她只顾自己看戏，一次也没带儿媳妇去看戏。她忙辩解说："你身体不好，要养息，不然我带你去看戏了。"她何曾想过别人呢？汪家每月给她生活费，娘家也不收她的饭钱。她的钱只花在看戏上和买零嘴补品吃了。她是个自我中心的人，心中唯有她自己，她从不为别人花一毛钱。她觉得在娘家自在，南京吃喝玩乐很方便，就赖在娘家了。她娘家是大户，也不多她一人吃住。

后来跛脚婆婆看到昌惠做的鞋穿在郭癞痢脚上了。她非常不高兴。在房里发火说："不给公婆做鞋，不给自己的男人做鞋，却给一个下人做鞋，成何体统！"昌惠去请安，她甩着脸子责怪儿媳妇说："你懂不懂礼？你不给上人做鞋，竟给一个下人做鞋！你不怕跌了自己的身份？！你那陪嫁丫头，听说竟是嫁了人的。你要告诫她——不要再和郭癞痢走得那么近乎。可不要坏了我喻家的门风！"

昌惠听了婆婆的话很委屈，可不能反驳婆婆。她脸上挂不住，不想再住下去了。她说："妈，我的病也好得差不多了。我几次想回去，舅舅热心挽留。我想我这就带莲花回邰桥吧。"

"好，早走早好。"

晚上，昌惠跟兴汉说要回邰桥。兴汉说："再住段时间吧。你身子还没复原呢。"昌惠说："无论如何要回去。不能再叨扰舅舅家了。回家调养心也安些。"兴汉说："也好，明天去医院再看下医生，多开点药带着。在家好好养息。"

第二天，兴汉带昌惠去了茶庄。昌惠拜见了公爹。来南京一个多月了，这才见到公爹。这一个多月公爹也没来喻家见婆婆。昌惠感觉公婆的关系不是很和好。公爹听兴汉说昌惠要回去了。他点头说："正好，我正想跟你们商量呢，邰桥家里只有你大哥在，他还三天两头的不回家。家里没个男人主事不行。今年要给兴隆办喜事。我决定把茶庄交给你们兄弟打理，我回邰桥了。有什么事你跟兴隆商量着办。少看书，多用点心思在生意上。"说完拿了些钱给兴汉："你先带昌惠去看医生吧，看完你把昌惠送到喻家。回来我把茶庄的事交代给你。我晚上去喻府，向喻家人告辞。再问问你妈愿不愿跟我们回去。明天早上，我带昌惠回邰桥。"

"好。"

第二天吃过早饭，公爹喊昌惠起行。婆婆嗫嚅着说她不回，她腿脚不好回去也没用，等腊月里做喜事时她再回去。公爹沉着脸说："随你吧，你的魂丢在戏院了。你哪有心思管家里的事！"

## 九

昌惠随公爹回到邰桥。她吃着胃舒丸，胃疼缓解了。但她的胃受了伤，从此落下病根了。她一旦受了气，胃病就发作。

有公爹在，家里有了主心骨。凡事有公爹操心。昌惠与莲花只每日给公爹请安。听公爹的吩咐做事。没事就打扫庭院屋子，给兴汉和公爹做鞋。

一晃到了腊月，要给兴隆办喜事了。兴汉、兴隆、兴年还有婆婆都回来了。家里一下热闹起来。兴汉、兴春忙着购物，发喜帖，接亲眷。忙得两脚不沾地。昌惠被公公安排到伙房当监管，莲花帮厨。家里人来人往，热火朝天，张灯结彩，一派喜庆景象。可谁也没料到在这一团喜庆中埋着祸患。

单说迎亲这一天。新娘子是宣城人。虽说是外县的，其实相距不甚远，就在乌溪镇对河的镇子上。新娘子家有茶园，与汪家有生意上的往来，故而两家相识了。午后，兴隆带着轿夫们去码头接新娘子。说好下午三时前到码头，可兴隆他们在河边猎猎寒风中等了两个多小时，五点钟了，还不见人影。轿夫们都不满了，骂起了娘。将近六点，天已经黑影影的了，才见到贴着囍字的送亲船来了。原来新娘子晕船。她在家也是娇惯的女儿。晕船呕吐，她一吐就不让船开。哭哭啼啼的，弄得船夫不知所措，船在河里打旋。新亲的船后发的。后来也赶上新娘的船了。可新亲的船不能超前，这是规矩。

两只船在河里停止不前。寒冬腊月啊，船上的人都冻得发抖，都巴不得早到。可新娘子却不让行船。弄得船上的船夫和新亲都怨声怨语。他爹跑到新娘船上，命令开船，船才得以继续开行。船行得很慢。

船到邰桥码头，他爹要回新亲船。要新娘船先靠岸，可新娘却一把揪住她爹，不让他爹走。哭哭啼啼地要她爹跟她一道上岸。他爹说："你先上岸，拜堂进房。爹随后就到。"可新娘子哭着死也不撒手。岸上的人好容易看到船来了。船却在河里打旋不上岸，不知发生什么事了。兴隆急得不行，站岸边扯着嗓子对着船喊："怎么啦？出什么事啦？"后来还是新娘子他爹屈服了，跟新娘子一道上的岸。兴隆见岳父拉着一个穿红衣裙的姑娘上了岸。猜是新娘子了，忙跑过去问："爹，怎么才来？她怎么啦？"陪嫁的丫头手里拿着盖头跑上岸喊："小姐，小姐，盖头。"她把盖头给新娘子盖上，可新娘子一把揪了盖头，用盖头擦眼泪。兴隆看到新娘子哭丧着脸，眼睛哭得通红。"轿子呢？快上轿吧。"岳父说。轿夫早已等得心焦，闻言抬着轿子跑过来。揽脚娘娘颠着小脚跟在轿子后面跑，没等揽脚娘娘跑到轿子前放交接布和糕，新娘子已经抬脚坐进轿子里面去了。

主婚人和家里的一些人在院门口焦急地眺望。花轿终于到了。人纷纷问："怎么到现在才到？"陪嫁丫头说："小姐晕船。"主婚人说："把轿子先抬到新房吧。等宴席结束后再拜堂吧。"原来家里怕众亲友等得心急，已经开晚宴了。

兴隆去客厅敬酒。他觉得这喜事做得不顺，心里有点窝气。他走进客厅正看到两只狗为了争一块骨头狗咬狗起来。他走过去伸脚踢狗撒气。没想到，他的脚刚挨上狗的后腿，那只黑狗回过头来，一下咬住了兴隆的脚背，狗撕扯着他的鞋袜。袜子通了，狗又咬了脚背一口。兴隆挣扎着。众人过来吆喝着打狗。狗才放开兴隆撒腿跑了。兴隆脚背上被狗咬了三个狗齿印，淌着血。他颠着右脚回新房清洗他的伤口，换鞋袜。"晦气，真晦气！"他在新房里边洗脚边说。新娘子以为说她呢，不悦地掀掉盖头说："嫌我晦气，我回去。"当她看到洗脚盆里的血水，吓了一跳，说："你干吗？"

"我被狗咬了。你说晦气不晦气。"兴隆把右脚伸给新娘子看，新娘子这才知道不是说她。可她不怜惜兴隆，她冷漠地道："活该！"

"你怎么说话的？！"兴隆横了新娘子一眼。新娘子也横了兴隆一眼。

搀脚娘娘来请他们去拜堂时，两人都僵坐着不肯起身。搀脚娘娘和伴郎拉了他们半天，他俩才不情不愿地扭着身子去拜了堂。这亲成得别扭。从此种下了不和谐的音符。兴隆成亲后面无喜色。宣城回门后，就溜回南京了。兴隆一走，新娘子生气，刚回门的她又要回娘家，汪家人劝她满月后再回娘家，她不肯，执意地走了。家里人要兴隆去接新娘子回府。说没满月新房空着不吉利。兴隆去接了，可新娘子坚决不回。兴隆在岳父家住了两天就又回南京了。

这个样子，弄得公爹心情也不好，他责怪自己成亲没选对日子。这个家搞得不像个家样子，婆婆不回家，媳妇也不回家。他整天板着个脸。家里笼罩着一团阴云。

令人没想到的是更大的祸患出现了。那次被狗咬，可怕的狂犬病毒已经进入了兴隆的体内。距成亲还不满一年，兴隆狂犬病发作了。

## 十

那晚，兴隆的脚背痒，他用手抓。觉得兴汉的呼噜声太烦人，兴年的鼻子抽气太难听，他翻来覆去睡不着。后来他觉得手指像有蚂蚁在爬，他在床上摩擦着他的手指，难熬极了。

天一有光亮，他就叫兴汉、兴年起床。他俩睡意正浓，没理他。他起身去拽兴年，喊兴年起来。兴年睡在兴汉的下铺。兴汉被吵醒了，看看挂在墙上的钟还不到五点，说："早得很呢，起什么床？

你发神经啊。"两人继续睡。兴隆在屋里走来走去。兴汉说："你不想睡，滚到外面去走。"

"外面有风。"

"你穿上大衣，戴上帽子，围上围巾。"兴隆依言。穿上大衣，戴了帽子，围了围巾，走出去。到了外面他感觉嗓子疼了，脚趾里仿佛也有蚂蚁爬了。他以为是感冒了，跑去药房量了量体温，有点发烧。他买了点感冒药吃了。这一天，他在茶庄心烦意乱，找钱给客人总是找错。

晚上睡觉时，兴隆说外面风大。兴汉说哪有风。两张高低床，兴隆原是一个人睡上铺的。他非要跟兴年睡下铺。他的手脚蚁爬感更厉害了，他不断动着他的手和脚，搅得兴年也睡不好，赶他走。他就央求兴汉跟他睡。兴汉不理他。他把被褥搬到他爹原来睡的下铺睡。翻来覆去睡不着，又折腾了一夜。

早上起来，洗脸，刷牙，他看到水，感到莫名的恐慌。他的咽喉抽搐了。他没有洗脸，刷牙。他拿感冒药吃，可他一去拎水瓶倒水，他的手抖了。水瓶嘭的一声掉地上打碎了。他看到水流出来，惊慌地撒腿跑出门去。兴汉起来收拾地上的碎片，从另一个水瓶里倒了一杯水，走出门外欲递给兴隆，叫他吃药。兴隆一看见水杯，他的咽喉又抽搐了。他惊慌地闭上眼睛，掉过头去。"你怎么啦？"过了半天，兴隆才睁开眼睛说："我的嗓子抽筋。"兴汉看他脸色苍白，非常不对劲。"去医院看看吧。我陪你去。"兴汉从床头小铁柜里拿了钱，然后把铁柜交给兴年叫他去开店门。铁柜里装的是茶叶营业额。每晚兴汉都随身带着放在床头。营业额多的话就把钱存一部分到洋行里。

兴汉带兴隆去看医生。兴隆说了自己的主要症状：手脚像有蚂蚁爬，嗓子疼，见水就抽筋。医生问："你被狗咬过吗？"兴隆说："咬过。不过过去九个月了。"医生站起叫护士送杯水来。听到"水"字，兴隆咽喉又抽搐起来。当他看到护士手中的水杯，犹如老鼠见了猫，惊恐万分地跑出门去。医生对兴汉说："你是他什么人？"

"我是他哥。"医生急速地在病历上书写着，然后交给兴汉一个单子："马上住院。你去交住院费。"等兴汉交了住院费，来找医生，医生告诉他："汪兴隆已经住在隔离病房了。你们有父母吗？"兴汉点点头。"赶快把你父母叫来。"

"我弟弟得了什么病？"

"很危险的病。看样子是狂犬病。"听到这个可怕的名称，兴汉战栗了。他跌跌撞撞跑回茶庄，叫兴年看好店。他回老家叫父亲来陪兴隆。他把铁柜里的钱又拿了些。"我三哥得了啥病？"兴年问。兴汉没回答，他心焦如焚。母亲就在南京，可他不想告诉母亲。他火速跑回了邰桥老家。

第二天傍晚，父子俩火烧火燎赶到医院。医生带他们到了隔离病房。他们不敢相信眼前的这个人是兴隆。但从兴隆特有的浓重飞扬的眉毛确信——这人是兴隆。兴隆被绑在床上。脸严重变形，嘴张着，口水往外流淌着，喉间发出狗崽呜咽般的呻吟声。他们被眼前的景象吓呆了。

医生叫兴汉回去，叫爹留下来陪兴隆。

第三天下工后，兴汉、兴年来看兴隆，兴隆已经死尸般躺着，无声无息，脸如死灰。兴年看了一眼，手抖了几下。第四天，兴汉、兴年来到隔离病房，病房里已空无一物。一个高大的男护工在喷洒药水。"这里的人呢？"兴汉问。护工说："汪兴隆死了，已经被强行火化了。父亲看到儿子被拉出去火化就晕过去了，正在医院抢救。"兄弟俩一听赶忙去找给兴隆看病的医生。医生告诉他俩："你们的父亲抢救无效，已经过世了。我们已经尽力了。我带你们去见他。"在抢救室里，他们见到了直挺挺躺在病床上的父亲。父亲的脸是扭曲的。兴年的右手又抖了起来。"我爹怎么会死？"

"失子之痛，情绪过于激动，中风了。"医生回答。兴年哭着说："二哥，二哥，我们怎么办哪？"面对这接二连三的突然变故，兴汉呆了。最后还是医生说："先推到太平间吧。你俩回家跟家人商议一下。"兴汉、兴年失魂落魄到了舅舅家，哽咽着跟舅舅说了兴隆和父亲去世的事。舅舅很是震惊，不过他很快镇静下来。他安抚了外甥，帮着兴汉出面料理了后事。兴汉、兴年扶棺回乡，舅舅和母亲还有本家的几个叔伯也随行回到邰桥。

派人到各处亲戚家报了丧。兴隆的丈人带着女儿来了。人们都关注着这个新寡妇，看到她没有因为丈夫的离世而哭泣。私下里人都议论着她，对她不满。说这个晦气女人是克夫的灾星，不仅克死了丈夫还克死了老公公，是个扫把星。所以没人给她好脸。办完丧事，兴隆的妻要跟着她的父亲回宣城。他父亲不答应，要她留下。她这才哭起来，拼命拉着他父亲要死要活。他父亲只得把她带回宣城。刚死了丈夫的人是不能回娘家的。他父亲给她在外面租了一间小屋给她住。从此她再也没回过汪家。据说，后来她下嫁给了一个山里的箴匠。兴汉的跛脚母亲也没留下来守丧，她把亲友上祭的礼钱拿了，说这钱她留着养老了，跟她兄弟回了南京。本家的叔伯、堂兄弟也陆续回南京了。兴汉、兴年在家守丧。家里在南京的茶庄关门了，只留了一个烧锅洗衣的老妈子守在那里。老妈子睡在库房里。兴汉拜托回南京的堂兄弟关照老妈子，照应点茶庄。堂兄弟们点头答应："那是自然。"

兴汉整天闷闷不乐，沉默寡语。晚上看书到深夜，早上睡到午饭时才起来，午饭后又睡。兴年的手时而不自觉地抖动着。人都认为他是被三哥和父亲的死吓的，他自己也这样认为。以为过段日子就会恢复。家里人都沉浸在哀伤中，也没有人多关注他。

过了七七，在爹的坟头烧完纸钱后，兴春要兴汉、兴年动身去南京。茶庄已经关门近两个月了，要他们去开张。只老妈子在，让人不放心。兴汉不情愿地勾着头，眼睛看着脚，摇了摇头说："堂兄弟就在边上，不会出什么事。反正现在生意也不好。"一个大妈说："在家多住些日子也好，多陪陪昌惠。早点怀上孩子，昌惠就不会想泰仁了，家里也添点喜庆。"

年前，兴春又催说："年前生意好，去南京开张吧。"兴汉还是无精打采地没动身。兴春也不好强催。兴汉在家蜷缩着过了正月，到了二月了。

十一

兴年的手抖不仅没好，而且越抖幅度越大，频率越高了。兴年是个早产儿。他是大年除夕放鞭炮时出生的。家里人玩笑说：是放鞭炮把他炸出来的，他赶热闹等不及地从娘肚子里跑了出来。所以取名叫兴年。他生下来身子就单薄。一直病快快的。个子不高，十六岁了，看上去像十二三岁。在家里他跟比他小的孩子们玩在一起，常玩打钉钱的游戏。轮到他打的时候，他右手拿着铜钱对着几米远处石头上的铜钱瞄准，手就不由自主地抖起来。手抖了哪能打得中呢？老输钱。他心情不好，看见什么都踢上一脚，踢树，踢砖头，踢板凳，踢猫。有次，大嫂的陪嫁丫头竹影抱着佛珠子在旁看小孩儿打钉钱，兴年又输了，他踢了竹影一脚。竹影无故受踢，气愤地说："你踢我干吗？你输钱又不是我害的。你的手老抖，你个傻子，你不去瞧病，还打钉钱。小心时间拖长了，成了残废。"

兴年听她这样说，更是来气。一个陪嫁丫鬟也敢这么说他，不把他放在眼里。他随手折了一根桂花树的枝子，朝竹影挥打去，打在竹影的头上，佛珠子被吓哭了。竹影抱着佛珠子躲闪着往回跑，兴年挥着树枝在后面追。大嫂听到佛珠子的哭声，跑出门一看：竹影在跑，兴年在追，佛珠子在哭。她大喝一声："兴年，你要干啥？"兴年住了脚。竹影说："兴年少爷他要打我。"

"他干吗打你？"

"好好的，他就打我。"

"兴年，你打狗也要看主人面啊。竹影还抱着佛珠子，你看佛

154

珠子被你吓的。"大嫂眼横着兴年:"在家没事干,就会无事生非。"心疼得从竹影怀里抱起佛珠子哄着:"宝宝不怕,宝宝不怕……"兴年被大嫂说了一顿,气得扔了树枝往自己房里跑。他埋着头猛跑,撞倒了去茅房的莲花。他气哼哼地又在被他撞倒的莲花的腿上踢起来。莲花直叫唤:"哎哟,哎哟……"引得兴汉和昌惠跑出门。"兴年,你干吗踢莲花?"兴年不理昌惠。他对兴汉说:"二哥,我的手老抖。"

"是吗?来,进我屋。"

到了屋里,兴汉说:"你手没抖哇。"

"我一写字手就抖,不信你看。"兴汉拿了纸笔,让兴年写。兴年握住毛笔,蘸了墨水,刚要下笔手抖起来了。他抖抖索索在纸上写着,字歪歪扭扭,越写越小。"你看,我的手不听我指挥。"兴汉这才认识到问题的严重性,说:"你回房收拾收拾,我们明天就回南京。"

第二天,到了南京,他们没有去茶庄,直奔医院了。挂了外科的号。外科医生是个老医生,光秃秃的头顶上没有几根头发。他听了兴年的诉说。把他的手一寸一寸捏了个遍,问疼不疼,兴年一直摇头。光头医生说:"你们去神经科看看吧。"兴年一听跳起来:"我不是神经病,我脑子清醒得很呢。不信你问我二哥。"

"你不用紧张,神经病跟精神病是两码事。"兴年不懂什么神经病与精神病的区别呢。他在南京看到一个常在街上捡垃圾吃的疯子,蓬头垢面还喜欢笑嘻嘻地跟在别人身后,人们厌弃地骂他为"神经病"。他认为神经病就是疯子。"我可不是疯子。"他惊慌地撒腿跑出医院。

他跑到了他舅舅家。跟舅舅说了他的情况。他舅舅说:"我认识一个老中医,医道高明。我带你去他那瞧瞧。"

到了老中医那,老中医静静地把了好长时间的脉。把完脉,捋着他花白的长须,神色凝重。舅舅盯着老中医,伸着脖子,试探着问："不要紧吧？您老给开个药方吧。"老中医摇了摇头："恕老朽无能，公子这是筋脉上的病。听说西医能治这种病，你带公子去马林医院看看吧。"

舅舅感到了事态的严重性。他拉着兴年到了马林医院。这是一所基督医院，是美国传教士马林创办的。里面有中国医生也有外国医生。舅舅听说西医能治，他就找洋医生。在一个医室看到一个蓝眼睛的洋医生，舅舅拽着兴年走进去。洋医生用不太流畅的汉语叫他们去挂号，叫到号再进来。两人退到室外，看见一个导医护士，舅舅把钱给了她，叫她代为挂号。

过了一会儿，导医叫他们进去。兴年跟老外医生说了自己的症状。老外撕下两张处方笺，让兴年平伸着手，把处方笺平放在他掌上。一会儿兴年的右手抖了。处方笺也随之颤抖呻吟起来。"你患上帕金森病了，先生。"

"帕金森是什么意思？"舅舅问。"帕金森是个人名。是他最先描述这种病的。"

"大夫，我的病什么时候能治好？"

"非常遗憾，这种病无法治愈，要终生服药。"

"什么？无法治愈？"

"嗯。不过不会危及你的生命。你会活得很久的。"

"无法治愈还吃什么药？你唬人哦？"舅舅道。

"吃药能延缓病情的进展。我先给你们开一个月的药。吃完再来复诊。"

一个月的药吃完了。可兴年的手还是不时地抖。他心情郁闷，早上不想起来，磨蹭到九十点钟才起。又便秘了，蹲茅房一蹲蹲半天。兴汉有时内急也要去茅房，可店里无人看店，叫老妈子，老妈子要急着烧锅，埋怨兴年。兴汉就对兴年发火了："你整天蹲茅房不嫌臭啊，真是懒驴拉磨屎尿多，你就是不想干活。"

"你，你，你，一点不关心我。"兴年还是个孩子，受委屈了，就想到母亲。他又跑到舅舅家，跑到他母亲房里，一头倒在他母亲的床上。他母亲正在吃炖的桂圆，不满地说："兴年啊，不在店里站店，怎么跑这睡觉来啦？"兴年不作声。"你的药吃完了吧？你的手抖好些了吗？要你舅舅陪你去买药吗？"兴年还是不吱声。"你这孩子，妈问你话呢。"

"妈，我不想去站店了。"

"为啥？"

"我的手治不好了。我这个样子哪有脸面站店？"

"你长得又不丑。"

"可是我的手抖。我死也不去站店了。"

"你哥一个人站店，怎么行？"

"我不管！我生病了。"

"你起来，我这里有你喜欢吃的桂花糖，你起来吃点。"兴年不为所动反而拉开被子蒙头盖起来。他赖在他母亲床上，死活也不起来了。跛脚母亲用零食哄也哄不起，拉也拉不动。

## 十二

晚饭兴年没回来吃，兴汉猜兴年准是到舅舅家去了。他快速扒了两碗饭，也去舅舅家了。到了舅舅家，正好在院子里遇到母亲与舅舅。"妈，舅舅。"

"兴汉，你来了。吃过了吗？"

"吃了。兴年在这里吗？"

"在。躺我床上呢。叫他起来吃饭也不起来。我也拉不动他，我正喊你舅舅去弄他呢。他说他死活不去站店了。原来店里人多，这下你爹去了，兴隆没了。兴年又病了。这可怎么是好啊？都是那个扫把星害的……"戏迷母亲一跛一跛地走着，边走边用抑扬顿挫唱戏的声调絮叨着。她走几步，兴汉和舅舅才跨一步，等着她。

舅舅到了房里，掀掉兴年身上的被子，像老鹰抓小鸡一样，把兴年拎起来。"看你这尿样！你想躺你妈床上一辈子呀，饭也不吃，想把自己饿死？"

"我明天就回邰桥。"

"你回了，你哥一人站店，打水不稳哪。"

"我不管！我死也不站店了。"

"真不懂事，没出息的样。唉，汪家这是犯了哪路神仙哪。实指望你们都大了，我享享清福了。还要我操心。兴汉，要不你请个伙计来帮你。"老戏迷手里拿了条白手绢一扬一抑地说，白手绢像小狗的尾巴一上一下着。

"唉，现在茶叶生意不好做，卖茶叶的比买茶叶的人还多，光我们汪家在南京的茶庄就好几处。民国万税，今天这个税，明天那个税，赚不到钱了。要不是怕闲着被抓了壮丁，我都想把茶庄关门了。请伙计又要花钱。"沉默了片刻，舅舅开言说："我有个主意，兴汉，你去邰桥把昌惠与莲花接来。让昌惠帮着你看看店。现在也兴女人抛头露面了。这样你夫妻也团圆了。茶庄也没其他人了，你们夫妻住一个房。老妈子年纪大了，给点钱打发她回老家养老吧，也省了一个人的开销。让莲花住库房，顶老妈子的班，给你们烧烧洗洗。你看行不行？"

"行啊，这办法好。兴汉，就照你舅舅说的去办。你和昌惠在一起你就不用老往邰桥跑了。听说你大嫂又怀上了。让昌惠早点怀上孩子吧，去了她的心病。家里多添丁进口，也增添些人气跟喜气。"

兴年没有回邰桥，他赖在舅舅家。白天睡觉，晚上跟戏迷母亲去戏院看戏。他觉得这样很好。在茅房蹲时间再长也无人管他了，晚上出去也没人看得见他手抖。反正手只是抖，不疼不痒的，也治愈不了，吃什么药呢。他没再去医院买药。他就这样苟且着。老戏迷虽然觉得这不成个事，但拿他也没办法。

兴汉接来了昌惠和莲花。打发了老妈子。老妈子抹着泪走了。

她不想走，家里的日子没有这里好。在这里吃不愁穿不愁的。家里穷苦，连张像样的床都没有。

　　莲花接替了老妈子的事务——买菜，烧锅，洗衣，打扫卫生。昌惠坐在店后边纳鞋底，来了生意她就停下，看兴汉做买卖。兴汉上茅房她就帮着看看店。吃中饭夫妇俩轮流着去吃。兴汉先吃，等兴汉吃完来店里，昌惠再去吃。有次兴汉去茅房了，来了顾客，昌惠就做起了生意。兴汉从茅房回来，看到昌惠在称茶叶，包茶叶，干得很是利落。客人走了，昌惠把收的钱交给兴汉。兴汉问：“你怎么知道这茶叶的价钱？”

　　“我平时看你卖的，记在心里呢。”

　　“茶叶包你也会包，谁教你的呀？”

　　“你呀。我天天看着还不会呀。”

　　“怪不得我姑妈她们说你聪明呢。”

　　那天堂兄通知兴汉去商会开会。他对昌惠说他去开会歇业一天。兴汉走后，昌惠叫上莲花，两人把门板下了，开门做起生意来。来了个老顾客，他看兴汉不在，只老板娘在站店做生意。他想刁难考验一下这个年轻的老板娘。他说：“你把黄山毛峰，太平猴魁，六安瓜片，西湖龙井，每样给我称三两。”昌惠每样称了三两，包好。然后按单价分别算了三两的价钱与总价钱。一丝没错！客人竖起了大拇指：“不错，不错！汪兴汉娶了个能干的内眷。”兴汉回来，昌惠把买的茶叶钱交给兴汉，把卖的茶叶账目报与兴汉听。兴汉对昌惠更是刮目相看了。他知道了昌惠的能干。他本是个书迷，对做生意不感兴趣。这下发现妻子能干，他就乐得当甩手掌柜了。他让昌惠站店前做生意。他订了一份杂志，还叫报童每天给他送两份报纸来，他坐在店后看书、看报了。他只负责记记账、进进货了。

　　这一段时光过得很平静。

　　腊月里回老家过年，看到大嫂又生了二女儿，取名叫宝珠子。昌惠看着宝珠子，黯然神伤。家里人见昌惠还没怀上，都劝她去娘娘庙进香求子。

正月里回娘家拜年，昌惠去娘娘庙进了香。虔诚地磕头，祈求送子娘娘赐她一个孩子。可几个月过去了，昌惠的肚子还是不见动静。

端午节，兴汉、昌惠去舅舅家拜节看望母亲与兴年。莲花感激同情郭癞痢，又给他做了双新鞋，让昌惠捎给郭癞痢。在舅舅家院子里，看见郭癞痢在修剪花草，昌惠把新鞋交给了郭癞痢。郭癞痢接过鞋，非常感激兴奋，没想到莲花还记挂着他。他激动地问长问短，问莲花的情况，又问昌惠身体可好，胃病有没有再发，有没有怀上孩子。得知昌惠还没怀上孩子，他说肯定是胃病伤了元气了，又说兴汉舅舅认识一个老中医，医道高明，不妨去他那瞧瞧。兴汉在旁听了，觉得郭癞痢言之有理。席间就跟舅舅商议了。舅舅就带昌惠去看了老中医。老中医把了脉，缓缓地说："不碍事。只是气血有点亏。到药房买些阿胶，到干果店里买些红枣，每天五钱阿胶十粒红枣一碗水放饭锅里蒸，中饭蒸一遍，晚饭再蒸一遍，共蒸两遍。每晚临睡前吃枣喝汤，一直吃下去，直到有孕。"

昌惠就依医嘱蒸阿胶枣子汤喝。气色果然越来越好，脸上渐渐有了光泽红晕。1930年的冬季，昌惠的月事没有来。去老中医那搭了脉。果然是喜脉。老中医又给开了几服保胎药。他们千恩万谢了老中医。兴汉兴奋地跑到舅舅家向母亲和舅舅报了喜讯。年底回家过年，又向家人报了喜讯，汪家、朱家皆大欢喜。

兴汉偷偷委托了他表兄，也是昌惠的堂兄，代他收汪兴盛的十三亩田租。这田靠朱家近，正好朱家做粮食生意，收的粮食都兑换成了银钱。兴汉想等泰仁大了，把收的田租钱与地契交给泰仁。

## 十三

1931年春，昌惠和莲花为肚子中的孩子兴致勃勃地准备着，空闲的时候她们就做小衣、小鞋。

梅雨季节到了，瓢泼大雨下个不停。到处是湿漉漉的，又潮又闷，他们天天盼着天晴，可老天好像遇到了什么大悲的事，天天阴沉着脸，时不时来一场大哭。茶叶都有了潮湿气与霉气。昌惠就吩咐莲花烧锅，用文火来焙干茶叶。昌惠小心翼翼翻炒着茶叶，可有时一不小心茶叶还是烤焦了。一泡一股焦味。焦了的茶叶，不能卖了，兴汉就送给了舅舅家。没焦的也降价处理。一降再降，低于进价了，卖一回亏一回。不卖怕成了废品，亏得更多。兴汉唉声叹气："唉，老天就是不让人称心。"

七月的一天，兴汉的姐姐与姐夫来了。姐夫家在芜湖近郊的一个小圩区里。连绵的雨，致河水暴涨，圩堤岌岌可危。姐夫怕破圩，把姐姐送到南京来了。姐姐挺着个大肚子，不日就要临盆了。姐夫说："生产时就送医院。不会污了你们的屋子。"姐姐的产期算算就在这几日，比昌惠要早两个月。兴汉说："自家姐姐哪有那么多讲究忌讳，你们安心住着。姐姐来了，昌惠也有了伴。非常时期非常对待，两个大肚子睡下铺，两个男人睡上铺。"姐姐说："那是自然。看样子这肚子里的两个孩子有缘哪，如果是一男一女我们就结个亲家，亲上加亲。可好？"兴汉说："好啊。"姐夫说："那就一言为定咯。"姐姐说："那是，我们谁跟谁呀，还能反悔？"

每天好饭好菜招待着姐姐、姐夫。姐姐无所事事整天躺在床上，还特别能吃。她特别喜欢吃酒酿和孵化的还未出壳的小鸡仔。说这两样营养好，每天打发姐夫去买。姐夫每天买两份，给昌惠一份，可昌惠不爱吃酒酿，窝在蛋壳中的毛茸茸的小鸡仔她吓得不敢吃。昌惠不吃，姐姐全部承包了。时间长了房里弥漫着酒糟味与臭鸡蛋的味。昌惠闻不惯这味。她就借口说："怀孕的人老是要起夜，房里人多，总是有些不便。"她去库房跟莲花睡了。

库房床小，莲花怕碰踢了昌惠，她就暂时打个地铺睡了。昌惠每晚在茶叶的清香味中安然入眠，睡得很香。她觉得茶叶味适合自己，反正茶叶也卖不掉，她就喝上茶水了，晚上饿了用茶水泡锅巴吃，茶叶的草香混合着锅巴的米香，非常好闻好吃。她每晚都吃上一碗。两个能吃的孕妇，米缸很快见了底。两个男人去米店又扛回两袋米。

姐姐吃了睡，睡醒了吃。只等着肚子痛去医院产儿。可她的肚子一直没有动静。兴汉就带着姐姐和昌惠去了老中医那。老中医把了姐姐的脉，说："无事。产子哪有准期？"把了昌惠的脉，说："脉象好得很。"姐姐说："老神医，你能看出我俩怀的孩子是男还是女？"老中医说："你的十有八九是个公子。她肚子圆圆的怕是个千金。"姐姐听了很高兴，说："这下这门亲，看样子是结定了。"

八月五号，姐夫从街上买吃食回来。他伞也没顾得收，大惊失色地说："破圩了！破圩了！江里漂了数不清的尸体。幸亏我们出来了，不然我们也许成了水鬼了。"姐姐说："真的吗？"

"我骗你干吗？"

"你带我去看看。"

"外面一把大雨呢，你挺着个大肚子，不方便。跌倒了就不好了。"

"你看，这产期过了要一个月了，这孩子还不出来，我去看看热闹，兴许他就出来了。我们叫辆黄包车，慢慢地走，不碍事的。又不是头胎。"姐姐坚持着去江边看了浮尸。回来连声说："吓死人了！吓死人了！亏得有红十字会的，不然这些死尸都要喂了鱼了。亏得我们来南京了，否则在家不淹死也要受罪死了。"

真给姐姐说着了，当天夜里，姐姐肚子疼了，兴汉赶紧去叫黄包车。可是深夜里，又是瓢泼大雨，哪里找寻到黄包车的影子？姐夫等急了，他叫醒了昌惠与莲花来看着产妇，他也去叫车了。当然他也找不到黄包车。兴汉一直找到车行，叫醒了熟睡中的车夫，答应给他双倍的车钱，他才拉车来了。黄包车来的时候，姐姐已经产下孩子了。果然是个男孩儿。昌惠大着胆子给新生儿剪去了脐带，给他擦洗包扎好。新生儿喝啦喝啦低声地哭泣着。姐姐说："已经生下来了，收拾妥了。外面又是风又是雨，何苦再折腾到医院呢？

给钱让黄包车回去吧。"

姐姐就在茶庄坐起月子了。房里又弥漫着尿臊气与奶腥味了。天总是不晴，房里、屋檐下挂满了尿布。

兴汉从报纸上得知八月四号长江爆发了特大洪水，淹死十四万余人。全国十六个省发生了洪灾。他给新生儿取名叫水生。

八月十九日，久雨阴霾的天空终于露出了笑容，天放晴了，阳光灿烂。人们急切喜悦地抱出衣物来晒霉。连小孩儿都喜颠颠地跟着大人忙着把东西往屋外搬。阳光！多日不见的阳光啊！多么好的阳光啊！多么金贵的阳光啊！他们四人把家里、店里能搬的东西都搬到院子里，能挂的都挂在绳索上，让它们沐浴在阳光下。连坐月子的姐姐也走出屋子，说：给自己晒晒霉，给孩子晒晒小屁股。

昌惠挺着肚子搬茶叶出来晒霉。搬着搬着，她的肚子痛了。离产期还有半个月呢。她以为是搬东西搬累了，停下歇了会。可肚子一阵阵痛了。她大声叫兴汉。兴汉跑过来："怎么啦？"

"我肚子痛了，要生了。"兴汉赶紧叫黄包车。黄包车一路飞奔，一到医院昌惠就生下来了。"是个千金。"护士说，"给起个名吧。"孩子我哇我哇地哭着，哭声响亮。比水生的哭声大多了去了。"晴天出生的，精神头就是足呢。就叫泰晴吧。"

昌惠住了两天院后，坚持着要出院。她说住院花钱，还要兴汉陪着又耽误了生意。医院里人多嘈杂，不安静，还是回家养息好。

## 十四

家里一下有了两个坐月子的人，这可忙坏了莲花。要侍候两个产妇，要给两个孩子换尿布，洗尿布。菜场里的菜价一天一个价，直线上飙。到后来买菜成了抢菜。人厾了买不到菜，姐夫赤膊上阵帮着莲花去买菜。一看到有运菜的车来，人群蜂拥过去。莲花挤得披头散发。姐夫胳膊上被人抓得道道红痕。城里涌进了大量的灾民。

整天有一拨一拨的叫花子上门乞讨。刚开始兴汉同情他们，用钱打发他们。可天天这样，他烦了，慌了。哪有那么多钱打发叫花子呀！给叫花子茶叶叫花子还不要，饿着肚子谁喝茶呀？茶叶价一降再降无人购买。只有叫花子临门没有顾客临门，干脆关了门，从洋行里取了些存款，躲在家里啃老本。

兴汉去舅舅家报喜，给兴年送生活费。听说昌惠生了，舅舅很高兴，留兴汉吃饭。兴年手抖越发重了，右手拿筷子已经抖得吃不到饭了。现在改用左手用勺子吃饭了。他们边吃边谈。兴汉说了茶庄关门的事。说茶叶生意是做不下去了。舅舅建议他改做其他生意试试。几乎所有的物价都在上涨只有茶叶不涨反跌。兴汉说："改做其他生意也没人手，昌惠生了孩子，要带孩子了。"舅舅说："让兴年过去帮你啊。"兴年说："打死我我也不站店了。不如把茶庄卖了，把钱存银行吃利息。"兴汉说："也行。省得费心费力，弄不好还折本。现在名目繁多的税，关了门还要交税。"舅舅说："今天遭灾，田租怕是收不到了，坐吃山空啊。你们这么多人要吃要喝，怎么办啊？我帮你们留心打听，看看有没有人要买房。"老戏迷说："兴年也老大不小了，十七了，这个样子怎么行呢？要有个女人管管他兴许就好了。"舅舅说："嗯，也许给他冲冲喜就好了。我们来给他张罗张罗。"

于是，舅舅和戏迷母亲就四处托媒婆说亲。当时，南京已兴婚姻自由了。时兴男女双方见面相亲。双方自愿了才行。那些大户人家的小姐一见兴年瘦弱矮小的样子，转身就离开了。退而求其次，找小户人家的女子，她们倒是不嫌他外貌，家底好就行。可没有不透风的墙，一打听兴年有手抖的毛病，她们也不愿了。这可怎么办啊？老戏迷和舅舅着了急。他们左托人，右托人，求爹爹拜奶奶，说只要是个正常的女孩子就行了。他们不嫌人家，可人家却嫌兴年。一次一次的相亲失败，弄得他们灰心丧气。可就在他们踏破铁鞋无觅处时，好事却找上门来了。

　　喻家有个老妈子的哥哥带着他的女儿来了。老妈子的哥哥家在溧水，外号三亩田，因为他家只有三亩地。这三亩地是他跟前妻苦累苦熬挣来的。他们十餐有九餐熬粥吃，不吃菜，只放点盐在粥里。前妻病了也不舍得花钱看病，前几年前妻死了。这三亩地可以说是用前妻的命换来的，是他的命根子。三亩田经常说，我这三亩田怎么怎么的。因此得了这个外号。他与前妻生有一个女儿，叫兴萍，外号小辣椒，性格泼辣。去年，三亩田娶了后妻。这个后妻也不是省油的灯。兴萍与后娘不对付。两个人像乌眼鸡似的，你瞪着我，我横着你，搞不好就掐一架。今年遭了水灾，田被淹了。粮食收不到了，一家人的生计今后还不知咋办。三亩田让后妻节省着粮食吃。每餐放一小把米熬能照见人影的稀饭吃。稀饭不扛饿，一开饭，兴萍就抢着倒一大碗吃，后娘骂她不顾人。后娘与三亩田半饿着。一天早饭后，三亩田去河里捞鱼。后娘对兴萍说："灾年哪，你就不能少吃点啊？"兴萍对嘴说："这是我家的饭，我想吃就吃。你管不着。"后娘气愤地指着兴萍："你个泼辣货！以后哪个男人敢要你！"兴萍回嘴："你个不要脸的货，就想男人要你。"

　　"我撕了你的嘴！"后娘朝兴萍扑过去，兴萍灵巧地躲过，跳起一把揪住后娘的头发。后娘也一把揪住她的辫子。两人就你揪我，我揪你地对峙着，谁也不撒手。揪了一上午，一直到三亩田回家。三亩田看到老婆跟女儿扭打在一起，问："又怎么啦？你俩快松开。"后妻说："叫你女儿松，她松我就松。"兴萍说："谁松谁孬种！"三亩田用手去掰女儿的手，兴萍用力揪下后娘的几缕头发后松开。后娘痛得咬牙，也狠命拽下兴萍几根头发。三亩田把她俩奋力拉开，她俩还对骂着。骂对方不是个东西，吵得三亩田头都大了。他走过去一人一板腿，把后妻与女儿都扫趴在地上。后妻委屈，哭哭啼啼说："这日子没法过了。"拿个包袱，捡了衣服就要走。三亩田拉着她不让走。后妻说："你拉也没用。你不能整天拉着我。反正这个家有她没我，有我没她。"三亩田被逼无奈。他知道女儿与后妻的脾气。后妻与女儿在一起家里不是鸡飞就是狗跳，这日子确是无法过下去了。他对后妻说："我把她送走，好了吧？"他就拽着女儿把她送到南京来了。送到他做老妈子的妹子这来了。他对妹子说：家里遭了大水了，没得吃了。叫妹子求求主家，把兴萍留下来做个丫鬟，或者在南京给兴萍找个婆家。说完他朝他妹子作了个揖，丢下兴萍就一溜烟跑了。兴萍气得跺着脚，从地上捡了个树枝朝他爹的后背掷去。老妈子无法，只好来求兴汉的舅舅，喻家老爷。

喻老爷问："你侄女多大了？"

"今年十四。"

"噢。她有婆家吗？"

"没有。有婆家哪会跑这里来？"

"噢。"喻老爷沉吟了一会儿，"我们家现在也不缺人手。"

"我侄女挺会做事的。在家帮他爹干活呢。家里的活都能做。求老爷留下她吧。给口饭吃就行。我给她寻婆家，寻到了就打发她走。"

"噢？真是巧得很。是这样，我外甥兴年你知道的，他十七了，我们也正想给他寻门亲。你给你侄女说说看，看她同意不同意。她若同意这事就好办了。她也用不着做丫鬟了。"

"噢。那我去说说看。"

"好，你多费心。我明天晚上等你回音。"

## 十五

老妈子跟侄女说了这事。兴萍人小可主意大。她想若不答应，老家她是不愿回了，他爹也不让她回了。在这人生地不熟的南京城她两眼一抹黑，她能去哪儿？她问："这少爷脾气大吗？"老妈子说："人很瘦小，不见他说话。右手有点发抖。等下吃饭的时候我带你去，指给你看。"兴萍点点头。

166

晚饭时，老妈子指兴年给兴萍看了。晚上两人坐床上，老妈子问兴萍："你觉得咋样？"兴萍说："看样子人一点儿也不凶，我能降住他。他叫什么？"

"汪兴年。你俩看样子有缘，都有个'兴'字呢。"老妈子巴不得成全此事，她怕得罪主家，也怕完不成哥哥的托付。她想赶紧卸下这个包袱。

"可他手抖。"

"手抖又不会死人。他家有田有地，吃租过活，还有茶庄，不用干活。再说你现在还有别的活路吗？你与你后娘水火不容的。附近的人都知道你家的情况，晓得你的性子，哪有好人家愿意娶你？你嫁过去不愁吃，不愁穿。他弱你强，你不就占上风了？你性子烈，嫁个厉害的岂不整天掐架？"

"他兄弟几个？"

"四个。死了一个，现在是三兄弟。"

"他为什么待在他舅舅家？"

"他妈在这里，常年不回家。他爹死了。他老小，不想干活，在这里吃闲饭。"

"噢。"

"你心里什么主张？我明天要去回复老爷。"

"我看他是个没用的。我有个条件——成家后兄弟分家，我们单独过活。"

"真看不出你啊，人小鬼大。真不尿啊。"

老妈子跟喻老爷说：她侄女同意了，只一个条件——成家后，兄弟分家，各过各的。喻老爷说："我也这么想呢，他们没有上人管着，还是各过各的好。行，成亲后我来主持他们分家。等大水退了，安定了，就回去办喜事。我去跟兴年说，让他带你侄女去逛逛街，买两套新衣服。你侄女叫什么？"

"兴萍。"

"噢。小丫头看样子不尿。"

兴年把右手藏在衣服口袋里,带兴萍东逛逛,西逛逛。兴萍也大方得很,整天跟兴年黏在一起了。他们逛遍了南京城。兴萍穿着新衣裙,洋气得很,兴高采烈。兴年有了兴萍的陪伴,龇着嘴,情绪昂扬。只等着大水一退,回去完婚。

舅舅对兴汉说了兴年的事。说:"既然要分家,茶庄还是卖了的好。"兴汉点头。于是,喻老爷四处放风说卖房子。

逃难的男人与十几岁的孩子都被抓了壮丁,送到部队当炮灰。女叫花子情绪恶劣。她们死猪不怕开水烫,偷窃扒拿,卖淫招嫖,故意闹事,抱团抢小摊、行人的东西,巴不得警察来抓。抓多了,号子里蹲不下,还费粮食,警察睁一只眼闭一只眼了。闹狠了,在东街抓了,押到西街就放了。市面上更加不太平。莲花不敢独自上街买菜,怕被抢了。"亏得有姐夫在。"莲花常说。兴汉不愿出门,躲在家里看报纸常常摇头叹气。

一天,舅舅带着一个穿黄军装的人来了。舅舅介绍说:"这是张副官。来看房子的。"张副官看着兴汉说:"你茶庄确定要卖吗?"兴汉点点头。张副官昂着头,大步流星,自顾自默不作声地把茶庄里里外外看了个遍。然后对尾随他的兴汉和舅舅说:"价格就按你们说的办。你们把房子腾空,收拾干净。三日后我带银票来。我们一手交钱一手交房。"舅舅说:"我们还有个条件,我外甥三个,求大帅免了他们的兵役。"

"行。我让大帅写个条子给你们。"说完雄赳赳走出门外,钻进停在门外的轿车中了。

一个新军阀买下了茶庄。他新近又将娶一房新姨太。

兴汉跟兴年、兴萍商议给兴萍的娘家送聘礼。兴萍说:不用费事去溧水,聘礼交给她姑妈就行。她们在南京城买点嫁妆。她可不愿她的后娘受了她的聘礼。聘礼依她交给了她姑妈。兴萍真是厉害,赶紧地从姑妈手里要了回来。她自己上街买了衣箱和一些床上用品。

余下的落入她自己的腰包了。

茶庄腾空了，家什用具都分送给了本家。剩下的茶叶，给了姐夫几包，余下的准备带回家送给亲友，再留些自己喝。他们收拾停当，租了两条大船，带着嫁妆，抱着孩子，乘风破浪回老家。一行九人。舅舅与他们同行。姐姐、姐夫也同去，恭贺兴年的喜事。做完喜事他们再回他们的老家。跛脚母亲没有同行，她说她腿脚不便又晕船，来回折腾身体受不了。让兴年跟兴萍在南京给她磕个头就行了。临行时，兴年和兴萍给她磕了头。她给了兴萍红包。她左手摸着兴年的头，右手握着兴萍的手说："兴萍哪，我把兴年交给你了。你们回去好好过日子。我已经交代你舅舅，分家时偏袒你们一些，把良田多分些给你们。"说完她竟淌下泪来。跛脚母亲心疼体弱的小儿子。兴年看母亲这样子也鼻子酸酸了，他吸着鼻子说："妈，你多保重。我会来看你的。"

舅舅主持操办了兴年的婚事。

喜事结束后，姐姐和姐夫回老家了。临行姐姐把戴在自己身上的玉观音拿出来，挂在泰晴的脖子上，亲着泰晴的小脸蛋说："多俊的丫头啊，一笑俩酒窝。这是我儿的定情物，保佑你岁岁平安。"她亲了又亲。

兴萍婚后未回门，她说：看见后娘就来气。是他们不仁，把她往外送。爹无情，别怪女儿不孝。她给他爹扯了两套衣料，叫她姑妈得空给他爹捎去。

兴萍不似新娘子样，老实在房待着。她跑出跑进在汪家大院四处查看，问询。她唯恐哥哥们有什么隐瞒，她吃了亏。她对兴年说："你大哥管地契，你二哥管钱账，你个呆子什么都不管。他们不会私藏隐瞒钱财吧？兴年说："不会的，都记着账呢。我大哥和二哥都是磊落的人。"

兴萍像是舅舅的丫鬟，侍候在舅舅的左右。给舅舅捶背，捏肩，对舅舅吹风："舅舅，我和兴年小，兴年又是个残废。你可得关照我们啊。"舅舅明白她的意思，也同情他们，说："你放心。不会让你吃亏的。"

她积极地叫舅舅给分了家。大哥拿出地契，兴汉拿出账本与银票。舅舅做主给三兄弟分了家，说："兴年可怜些，做哥哥的要关照弟弟些。"

良田大部分给了兴年，银票他也多得了些。家里剩的粮食均分成三份，三房每房一份。大嫂有些不高兴，说："今年租子收不到了。兴年房里的人少些。余粮要按人头分。"兴萍马上接嘴说："你们有丫鬟侍候着享福，人当然多了。我没有丫鬟……"舅舅赶紧劝止说："好了，好了，就这样吧。不要争了。你做大嫂的，让着小的些吧。他们两个小，也可怜。"

兴萍高兴。把地契和银票都锁进她的箱子里。兄弟各过各的，倒也相安无事。

## 十六

别看兴萍人小可确实能干，她在河堤边开了块荒地，自己种菜吃。兴年佩服老婆能干。他不会干事，他屁颠屁颠地跟在兴萍后面看她做事。家里家外兴萍一把手。

莲花看兴萍种菜也学她的样，开了块荒地种菜。兴汉在家闲得无聊也帮着莲花种种菜。昌惠在家悉心照顾女儿泰晴。这一段日子过得安宁。可这安宁的日子没能维持多久。

两年后，兴萍怀孕了。新婚的热头已经过去，兴年整天待在家闲得无聊，他就去赌小钱。邰桥偏僻，没有像样的街市，只有两个卖杂货的店和两个猪肉案子，大大小小的赌场却开了不少。一家最大的赌场还开了大烟馆。赌钱免不了输钱，兴萍就不让兴年去赌，两夫妻就吵上了。一个不让，一个偏要去。三天一小吵，五天一大吵。兴春同情弟弟，常常接济些小钱给兴年，让他去赌。没有不透风的墙，大嫂知道了，心里不痛快，要丈夫把薪水交给她。兴春说自己在外要花钱。大嫂说："你心里就没这个家。你把薪水都花哪儿去了？该不是在外养二房吧？"兴春笑笑说："我就养了。"大嫂说："我辛辛苦苦在家给你养孩子。你跟我不一条心。你无情我就无义。你不顾家，我就不给你在家带孩子。"兴春息事宁人说："好好好，以后薪水全交给你。"这次别扭后，兴春竟一个月未回家。大嫂气愤。她亲自跑到乌溪镇镇公所找丈夫，问丈夫要薪水。兴春说："我花了。我真的一文钱也没了。"

"你怎花的？"

"我……我赌钱输了。"

"你骗人！你钱全贴你兄弟了吧？你是不想跟我过日子了。你跟你兄弟去过吧！"大嫂一气之下，回了娘家。

丫鬟竹影带着两个孩子，主子老不回家，她急了。她把两孩子交给昌惠，说去乌溪看看。她前脚走，兴春后脚到了。他看家里没人，他把家里的粮食挑了几担，划船去卖掉。竹影好说歹说把主子劝回家。大嫂回家一看，家里的粮食又少了一大堆。她再次负气出走娘家，竹影也随主子走了。

几日后，兴春回来了。他又划船把家里的粮食卖了。他卖完粮食划着船回家，离岸边几丈路的时候，刚好看到两个穿着军装戴着盒子枪的人走在村口路上。两人也看到他了，向他招手问："你认识汪兴春吗？"兴春说："我不认识。我是外村的，来走亲戚的。你们去村子里问问吧。"两盒子枪朝村里走去，汪兴春赶紧掉转船头，拼命朝芦苇荡划去。

两盒子枪七问八问，在汪家大院绕来绕去，找不到汪兴春的屋。后来抓了一个十几岁的孩子，逼着他领路才找到汪兴春的屋。一看铁将军把门，两人踹门，砸锁。兴萍听到响声，跑出来看，是两个拿枪的，她以为是抓壮丁的。赶紧跑到兴汉屋，说："抓壮丁的来了。你把条子赶紧拿出来。"兴汉拿出大帅写的条子。昌惠说："给我吧，你在屋里躲着。"她抱着哭泣的宝珠子走出屋，兴萍抱着泰晴，佛珠子跟在后面。

两盒子枪已经进兴春的屋搜了一遍，不见人影。他们跑出来四下张望，看到兴汉屋这边有人，跑过来问："汪兴春呢？"兴萍说："我们有条子呢。"

"什么条子？"

"大帅的条子呢。"昌惠把条子递过去。那人瞄了一眼说："我们是奉上司的命令，传汪兴春去问话的。你们知道他在哪儿吗？"

"他在乌溪当差呢。"

"不在那了。"

"那许是在他丈人家了。"

"也不在。我们刚从那过来。你们是他什么人？"

"我们是他弟媳。"

"好，我们就在这候着了。你们给我们俩备份饭菜。"这下麻烦了！兴萍掐了一把泰晴的屁股，泰晴哭了起来。兴萍说："老总，你看我大着肚子还带着孩子，我可做不出好饭菜出来。"她向昌惠使了个眼色。昌惠会意，她进房端了盆花生，拿了几块银元出来，笑着对两盒子枪说："老总，你先吃点花生。你们看孩子又哭又闹的。这几块银元你们拿着自己去买点饭菜吧。"兴萍拽过佛珠子来，说："快，快给老总磕头，求老总手下留情。"佛珠子扭着身子不肯，吓得哇哇大哭。仨孩子都哭了起来。"算了，算了吧。跑得了和尚跑不了庙。"一个盒子枪接过钱说，"走吧，兄弟。我们回乌溪。"

他们到乌溪，把大嫂给抓走了。大嫂的娘家人才得知：有人告了密——汪兴春资助共党，跟共党分子费向东关系密切。

大嫂在号子里受了惊吓，疯了。她申明跟汪兴春脱离关系，她父母把她保了出来。

大嫂的父母来邰桥跟汪家族长协商。协商的结果是：大嫂的娘家负责监管疯了的大嫂。佛珠子和宝珠子交给兴汉夫妇监管。田产一分为二——大嫂一份，交给她娘家人；佛珠子和宝珠子一份，交给兴汉。

兴汉夫妇这一下有了三个孩子，生活一下忙累起来。可这还没完。

几个月后，兴萍生下孩子，是个男孩儿。兴汉为弟弟高兴，昌惠让莲花去侍候兴萍月子。兴萍仗着为汪家生下男丁丁，骄傲起来。嫌莲花这个菜烧得不好，那个事弄得不妥。莲花不高兴了，说："你真难侍候。我可不是你的丫鬟。"兴萍可不是好惹的。她"啪"地甩了莲花一个耳光，说："你个下人也敢回嘴。"莲花气得跑走了，再不来侍候她了。兴萍就骂兴年窝囊废，说："我为你们汪家生了男娃竟没人来好好侍候我。"兴年说："男孩儿，有什么好？长大了还要为他娶亲，我们现在坐吃山空的。我想要个女儿呢。不如我们跟二哥说说，把宝珠子换来。"

"什么？你安的什么心？人家生个儿子不知多高兴呢，你倒好，说丫头好。成心想气我哇。"

"我就是觉得丫头好。"两人在月子里就吵了起来。兴年一心想换女儿。可兴萍不同意。兴年给儿子起名叫泰换。

# 十七

莲花不去侍候月子，可怜兴年抖抖索索地洗小孩儿尿布。昌惠亲自熬些鸡汤、鱼汤、猪蹄汤什么的催奶营养汤，让兴汉给兴萍送去。兴年也跟着吃，兴萍就骂他："窝囊废一个，做事不中，吃起来挺凶。尿包一个，人尿嘴不尿。臭狗屎一堆……"骂得兴年狗血喷头。他在家待不下去，又去赌钱了。没赌两把钱输光了。可他不愿回家面对兴萍。他拿出身上戴的玉佩来做赌资。赌场老板正抽着烟巡视赌场，他一见这玉佩——是个好东西，说："兄弟，你把玉佩押我这儿，我借钱给你。"他拿了些钱给兴年。"兄弟，你看你这手抖的，吸两口烟提提气。"说着他把烟枪递给兴年。兴年吸了两口烟，呛了，可手竟不抖了。他继续赌，时来运转了，把把赢。他还了老板的钱，把玉佩又赎了回来。从此他认为吸烟能提气，带来好运。他就每次赌钱时都要吸两口。可老板不免费给他吸了。那可是鸦片烟哪。兴年就吸上瘾了。老板也不问他要现钱，记了账。三个月后结账，兴年没钱。老板带两打手来家里问兴年要钱。可想而知兴萍的愤怒，那是气冲斗牛了。兴萍掐着腰说："没钱！"老板说："没钱也行。你家不有地吗？给地也行。"两凶神恶煞的打手拿着长棍朝兴萍逼过来，兴萍怕了，只好乖乖地拿出地契。

兴萍把兴年打得鼻青脸肿。饭也不烧给他吃。兴年可怜巴巴到兴汉家蹭饭吃。

兴萍看死了兴年，不让他再去抽大烟。可毒瘾发作的兴年好像疯了一般，鬼哭狼嚎，踢板凳，拍桌子，把家里的碗啊钵啊缸啊都砸了，说，再不让他去抽两口，他就点火烧房子。兴萍从没见过他这样子，被他的狰狞面目吓呆了，不敢再阻拦他。

打也打了，骂也骂了，毒瘾发作时的兴年不吸两口不得作罢。兴萍再泼辣也有拿兴年没办法的时候。兴萍对兴年嗤之以鼻，怨气冲天。整天在家里骂兴年不是人，咒他早死。

一天，兴萍去大堤菜地上去浇菜水。听到吆喝声："补碗来——有碗补没——"她循声抬眼一看，看到一个男人，挑着个担子，担子两头放着小木箱，一只木箱上放着个小马扎，另一只上放着床棉被。补碗匠来了。兴萍朝他招手喊："喂——补碗匠，到这儿来！"补碗匠小跑着来到兴萍跟前。兴萍说："我家有活给你做。跟我走吧。"兴萍把补碗匠领到自己家门前。从屋里搬出被兴年砸破的碗、钵。搬了一大堆出来。"这么多啊。"

"嗯。还有缸呢。"

"这一天两天也补不完哪。我晚上要住你这儿了。我住柴房就行。大妹子麻烦你收拾个地方，给我用稻草铺个地铺。"兴萍说："我家空屋子多呢。你就住隔壁吧，我给你搭个地铺。你给我好好补。"

"那好。"补碗匠麻利地搬下马扎，打开木箱，拿出补碗工具来，开始补碗。他坐在马扎上，先把碎了的碗拼合好，用长布条裹住固定住，然后拿起细细的金刚钻钻小孔。碗瓷发出呲咕呲咕的声响。白瓷沫落在他的大腿上，像撒了一层白面粉。沿着茬口打好了一排小孔后，补碗匠抬起头来，看到兴萍抱着孩子在看他补碗。"小宝宝，碗在唱歌呢。"补碗匠眨着眼睛做着鬼脸说，"呲咕呲咕，呲咕呲咕，我要好看，我要好看。我要团圆，我要团圆。"补碗匠以碗的口吻唱道。兴萍被他逗乐了："你这人挺有趣。"

"大妹子，你笑起来的样子真好看。"

"好好补你的碗。"

"大妹子，你放心，保证给你补得滴水不漏，还好看。"

晚饭时，兴年又犯烟瘾了。又是流鼻涕又是流眼泪。他已经瘦得像根芦柴了。他说："受不了了。"连连打着哈气跑出门去了。兴萍耷拉下脸，恨恨地说："死外面好了。"补碗匠说："大妹子，我说句话，你不要生气哦。你们两口子吵架了吧？不然怎会碎了这么多的东西？"兴萍一听补碗匠这话，眼里含泪，说："我命苦啊。这家早晚要被他败光。"

"你男人看上去不大好哦。这大晚上的他去哪儿？"

"又去赌钱，抽大烟呗。"

"噢。怪不得呢。大烟这东西确实是败家送命的玩意儿哦，碰不得的哦。唉，有钱人咋这么不珍惜家庭呢？"

"大哥，你看我还有好日子过吗？我该怎么办呢？"

"唉，我要是能娶到像你这样的媳妇，我一定把她捧在手心里。"

"大哥，你家哪里的？"

"江西。"

"你多大了？"

"二十八。"

"你为何到现在还不娶亲？"

"我家里穷啊。我爹娘都得了病，为给他们治病，家里拉了饥荒，到现在还没还完呢。哪有钱娶亲？"

"你家里有些什么人？"

"爹娘死了，只剩我了。"

"唉，你是个苦命人。我也是。我娘也早死了，爹娶了后娘。我没娘家靠山了。"

"唉……我给你抱会儿孩子吧，你收拾收拾锅碗。"

"那劳驾你了。"兴萍洗好锅碗，说："把孩子给我吧。"补碗匠把孩子递到兴萍的胸前，不知是有意还是无意的，他的手碰了兴萍高耸的乳房。兴萍红着脸说："大哥，你去隔壁歇息吧。地铺我给你铺好了。火柴给你，你拿去点灯。"

"噢。"补碗匠接了火柴走出去。

兴萍给孩子喂奶，听到隔壁补碗匠在哼唱着小调。孩子吃饱奶睡着了。兴萍走到门口看隔壁的灯还亮着，门没关。补碗匠边哼小调边磨着一把小刀。她走进去问："大哥，还没歇呀。你唱的什么呀？"

"斑鸠调。你过来我唱给你听，来！"补碗匠站起闩了门。他一把抓住兴萍的手，闪电般把兴萍拉向自己，不待兴萍挣扎，他的嘴已经封住了兴萍的嘴。他双臂紧紧搂住兴萍，使劲地吮吸着兴萍的口舌，把兴萍的舌头吸到了他的嘴里。兴萍酥软了。他把兴萍放倒在他的地铺上……

兴萍第一次体会到了女人的快乐。知道了什么叫欲仙欲死。她不由得拿兴年与补碗匠比，那是一簇火苗跟一团火相比呀；那是小麻雀跟大雁相比呀；那是竹笋跟毛竹相比呀！补碗匠走进了她的心。她不想丢下这刚尝到的甜蜜。她喘息着对补碗匠说："哥，你带我走吧。我跟你回老家。"

"那太好了！补完你家的东西我们就走。我先走，我在仙姑庙里等你。"

"嗯，你一定要等我。"

"你一定要来呀。"补碗匠激情而又温存地吻着兴萍的胸。哺乳期的兴萍胸部丰满而圆润。

## 十八

临近中午时，最后一个大缸补好了。补碗匠喊："大妹子，都补完了，你来验验漏不漏水。"兴萍说："我忙得很呢，哪儿有空？吃完中饭验吧。"兴年说："我来验。"

验完后，中饭上桌了。是个丰盛的午餐。有肉还有鸡。补碗匠说："补碗工钱少，这一日三餐的在你家吃得这么好，我工钱就免了吧。"兴萍说："你说的厚道话。你补得这么好，哪能让你空手呢，你少拿点吧。"说完去钱盒子里拿了几个铜板，递给补碗匠，在他手上捏了一把，补碗匠刺拉拉的手戳着兴萍的手指，兴萍说："你手上尽是毛刺。"补碗匠笑笑说："人一看我这手就知道我是干粗活的人。不过我手粗活不粗呢。我们手艺人命贱身苦，下晌，我找不到活干，今天睡仙姑庙了。"说完向兴萍眨了下眼。

吃完中饭，补碗匠挑着他的担子走了。兴萍给孩子喂奶，孩子在她怀里睡着了，她把孩子放在摇箩里，对躺在躺椅上的兴年说："我去给菜浇粪，你在家看着孩子。"她拎着马桶出了门。

孩子醒了，哇啦哇啦哭，兴年左等右等，兴萍还不回，天要黑了，他急了，跑到大堤菜地上，可哪里有兴萍的影子？他急忙忙跑到兴汉屋，问："二哥，莲花，你们看到兴萍没？"莲花说："没。"

"你们下午去大埂上了吗？"

"去了。"兴汉说。"你们没见到兴萍浇菜？"兴年带着哭腔问。莲花摇摇头。

兴年在汪家大院使劲叫着："兴萍！兴萍！兴萍！"回答他的

是他的回声——兴萍！兴萍！兴萍！他跑回家，看到装钱的盒子今天没锁，他打开来，里面空空如也。他感觉不妙。又去打开兴萍的首饰盒。首饰盒一样光光地对他张着大口。他不知哪来的劲，拿起一把铁锤三两下砸掉了箱子上的铁锁。箱子里几张地契还在，银子一块也没了。他发出几声凄厉的嚎声，然后瘫软在地。闻声的人跑过来。见兴年蜷缩着瘫在地上，泰换在哭，问："怎么啦？怎么啦？"兴年左手捶地，说："兴萍跑了。银子都给她卷走了。"

"赶快告诉族长，派人去找。"几个人跑出去。兴汉和一个婶子把兴年架到床上。一个大妈抱起啼哭的泰换，泰换身上已经尿湿透了。她脱下孩子的湿裤子，摇着头说："这怎么是好？孩子还这么小，兴萍跑了，泰换怎么办哪？"兴年虚弱地说："二哥，孩子我带不了，送给你做儿子吧。"

汪家的几个老头在附近找了找，没有找到兴萍。青壮年都不在家，没有跑腿的人。有个人说："是奇怪来着，看到兴萍拎个马桶去了仙姑庙。"他们在仙姑庙里看到了那个马桶。

兴汉把泰换抱回屋，交给了昌惠。他们这下有了四个孩子了。泰晴吃左奶，泰换吃右奶。宝珠子和泰晴给熬些米汤，打些蛋花喝喝。家里这下真是热闹得很了。三个大人带着四个小孩儿，还要做家务种菜，忙得腰酸背痛。兴年拿了两张地契交给兴汉，说："哥，我在你这搭伙了。"平时见不着他人影，吃饭时他就到了。莲花不高兴，说："我们忙得要死，代他养儿子，他倒躲清闲，啥事也不干。吃饭倒是准时得很。那两张地契能收几个租子？"昌惠说："算了吧，他来了也干不了活。"

昌惠回娘家带些粮食给母亲。她匆匆去，匆匆回，家里有这么多孩子等着她呢。昌惠一走，兴年就问兴汉要钱去还赌账。兴汉劝他不要赌了，要他戒赌，戒烟，不愿拿钱给他。兴年就发火说："你老婆把粮食贴给她娘家，你就不能可怜可怜你兄弟！我反正是活不长的人了。"说着把兴汉家的花瓶搂着往外拿，兴汉只好给他钱。

莲花告诉昌惠，昌惠自然不高兴。她一不高兴胃就痛了，脸色难看，又要吃药。孩子还吃奶呢，又怕对孩子不好。搞得兴汉觉得非常对不住昌惠和孩子。

以后昌惠回娘家，不待兴年来，兴汉主动去找兴年，把些钱给他。用的是汪兴盛的田租钱。可这些个小钱对于兴年来说，已经是杯水车薪了。又是输钱又是吸烟，他的窟窿大着呢。人都说兴年不识数，赌场老板与人作媒子诓他的田。他吸的不是烟是他的田。族长也曾派人把他抓到祠堂里打过训斥过。可谁能敌得过毒瘾呢？他在赌场老板为其挖的陷阱中越陷越深，无力自拔。终于有一天，分给他的田都送进了大烟馆，家里的东西也都送进了大烟馆。只剩下两床棉被了。他再也没东西可拿出。他赖在大烟馆祈求老板让他吸两口。老板说："我新近听说，你二哥还有九龙戏珠的田，那里的田可是肥田。你怎么没分到？"

"是吗？"

"那里靠着朱家，他让朱家的人替他收租。看样子是瞒着你的。"

兴年跌跌撞撞跑到兴汉客厅，指着兴汉说："你们果然欺我小，私藏家财。"

"你说什么？"

"九龙戏珠的田，怎么没我的份？"

"那是汪兴盛的田哪。"

"你骗谁？怎么让朱家人收租？"

"是我让朱家人收的。等泰仁长大了交给他。"

"你看，你看！私藏家财给你儿子。"兴年又跌跌撞撞跑到厨房拿了把菜刀过来，疯了一般见东西就砍。桌子、板凳、椅子、香案上，都给他砍了一道道印痕和缺口。兴汉哀求着说："你放下，你快放下！我给你钱，给你钱。"他把收的汪兴盛的田租钱全给了兴年。兴年一见钱，犹如饿狗见骨头，他放下菜刀，叼起钱，疯狗一般朝大烟馆跑去。

昌惠气得脸铁青，说："汪兴汉，你何时收下汪兴盛的田？这事你为何一直瞒着我？你安的什么心？"

"我，我只是怕你难过。想等泰仁大了就把田租和田契交给他。"昌惠手颤抖着指着破损的家具说："你看看，你看看，你兄弟他还是人吗？我们养着他父子，他好话没一句。还这样子来糟践我们家东西。他败光了自己的东西，还要来败光我们的东西。我们这一大家人还要不要活？"四个孩子都被吓哭了。兴汉看了看这一窝啼哭的幼崽，凄凉地说："我以后再不会给他钱。"

"谁不知你是个烂好人！他几句话一说，几个头一磕，你就又心软掏钱了。"莲花愤愤地说。"我，我不管钱了。我什么也不管了。"说着，兴汉把身上的一串钥匙和汪兴盛的田契拿了放在桌子上，说："昌惠，你管家吧。"他抱起哭泣的泰换躲到书房去了。

## 十九

再说兴年他拿了钱，直奔大烟馆。他买了一块鸦片膏。这是他第一次用现钱买的鸦片膏。他吸食了一小块。余下的他揣在口袋里。

吸完鸦片后，他精神焕发，感觉饿了。他去杂货店买了一瓶酒，一包花生，四个皮蛋。边走边吃喝。抽大烟后喝酒，精神越加亢奋。这时月亮已经升起了。他举着酒杯，对着月亮，语无伦次地大叫："明月几时有？把酒问青天——人生如梦，一樽还酹江月——对酒当歌，人生几何——譬如朝露，去日苦多……"他边叫边喝。忽然他出现了幻觉：见不远处，兴萍在向他招手。他奔了过去："兴萍，兴萍！你回来啦！"前面是河塘，他一头栽了进去。

第二天，早起的人发现了浮在河塘上的兴年的尸首。他们急奔了来，告诉兴汉。众人把浮尸打捞了上来。兴汉欲哭无泪。他用剪刀剪开兴年身上水淋淋的衣服，费力地拽下。这时一个小纸包从兴年衣服口袋里滚了出来。兴汉捡起，打开来看了看，是块金黄色的鸦片膏。表面光滑，他用手捏了捏，柔软得很。他把它重新包起，放在自己的衣服口袋里。族长见状说："兴汉，这东西可不能留哇！"兴汉说："我知道。"

向亲眷们报了丧，只有姐姐来哭了几声。送葬的人议论纷纷，说：汪家已去了三个男人，事不过三，这下汪家的灾星该走了，晦气该结束了。可他们哪知，更大的灾星出现了，全中国人的灾星出现了！

1937年，鬼子来了！

1937年的3月我出生了。我成了这个家的第五个孩子。父亲给我起名叫泰精。希望我能给这个家带来精气神。

可我给这个家带来的不是精气神，而是更多的忙累与恐慌。

半年后，鬼子从乌溪镇打过来了。闻说鬼子施行"三光政策"，闻讯的人们纷纷逃出家宅。父亲抱起泰换，母亲抱起我，莲花拉着泰晴与宝珠子，佛珠子跟随着，急慌慌登船躲到芦苇荡里去。

没料到这次鬼子只是一路经过邰桥，他们乘着小火轮，沿乌溪河往北进发，这次他们的目标是太平县城。他们没有登陆邰桥，没有去洗劫汪家大院。

可有两家还是遭了难。一家子就躲在距我们很近的西边芦苇荡里，孩子哭了，鬼子一机枪扫了过去。另一家人舍不得她们的肥羊，把羊也带上了，羊叫了，鬼子的机枪也扫了过去。他们一家躲在距我们不远的东边沙洲上。可想而知我们家三个大人和三个大孩子的恐慌了。当时，母亲把她的两个乳头塞在我与泰换的嘴里。我与泰换在母亲的怀里，一左一右吸着她甘甜的乳汁，我们没哭。这不是我们的功劳，是母亲的功劳。母亲的两个乳房救了全家。

鬼子占领了太平县！

鬼子打下首府南京周边的县城后，开始围攻南京了。鬼子飞机往南京城丢了几枚炸弹，撒了满天飞的传单。这下南京城炸了窝，人群蜂拥外逃。

南京的族人纷纷回来了，还带来了一些亲友。村子里闹哄哄起来。

舅爷带着他的五个儿子八个孙子避难来了。郭癞痢也来了。他们是步行来的。郭癞痢用箩筐一头挑着一个孩子，虽是秋末了，他还穿着汗衫，长途跋涉挑着两个四五岁的孩子，稀疏的几根头发上水淋淋的，满脸都是汗水。

跛脚祖母、喻家女人们没来。她们留在南京了。因为她们小脚，走不了路。码头上已经没船了。蜂拥逃难的人见船就上就抢，船严重超载，一些人甚至被挤掉到江里。还有谁胆敢把船靠近南京码头呢？

家里一下来了这么多的人，孩子们有了玩伴，高兴得很。所有的空房间都住满了人，打了地铺。这么多人每天要吃要喝，煮饭烧菜，这可把昌惠与莲花忙坏了。亏得有郭癞痢，他每天天不亮就起来了，挑水，淘米，洗菜，帮着莲花切菜，烧锅，打扫卫生。刚开始还能买到肉和鱼。后来，店铺都关门了，地里的蔬菜也吃光了。刚种的菜，没等长大，路上的饥民就掰着生吃了。米缸的米直线下降。这仗何时能结束？家里的粮食能维持多久呢？昌惠恐慌起来。她吩咐莲花熬稀饭吃了。可喻家的这些少爷、小姐们，吃惯了好的，他们哭着抗议起来。吃了两天咸菜稀饭后，舅爷的四儿子不满地把一叠银票扔到昌惠跟前，说："你给孩子们弄点好的吧，天天稀饭、咸菜，谁受得了啊？"舅爷的五儿子说："表嫂，你也太小气了。我们有钱，不会白吃你的。"二儿子说："兴汉，我姑妈和兴年在我们家，我们何曾收过你家的钱，我们可没亏待过他们啊。"昌惠受着老表们的责难，心里难受。她含着泪说："我是小气了。可现在有钱也买不着东西。家里粮食有限，这么多人要吃喝，吃完了怎么办啊？我想着细水长流呢。"莲花这时气愤地说："你们自己拿钱去买啊。亏得昌惠想得远，让我多腌咸菜。现在哪有盐卖？哪有东西卖？能把稀饭、咸菜吃长了，就不错了。"这时舅爷站起来训斥儿子道：

"你们几个真是猪脑子，也不看看现在是什么时候。昌惠做得对。有道是手里有钱不算富，家里有粮不为穷。这兵荒马乱的时候，钱是废纸。从今后，你们都给我到外面去寻吃的。尽量节省粮食。"

"怎么寻？"

"你长脑子干啥用的？等着天上掉馅饼啊，天上掉了，你也得出去捡啊。"

郭癞痢插嘴说："我看见人都在河里摸螺蛳，探河蚌，捉癞蛤蟆。"舅爷说："我们也去。"于是，昌惠拿出些旧衣，改成网兜，用铁丝绑在杆头，做成探网。郭癞痢带领着家里的男丁去河里捞食物。河边捞食的人很多，近处的都捞光了，只得把杆子接了又接，杆子越来越长，捞的东西却越来越少。人人手上磨起了水泡，眼巴巴地指望着捞些河蚌、螺蛳、小虾来佐餐。

# 二十

家里的船怕逃难的人盗走，架起来了。近处捞不着东西了，郭癞痢建议把船下水，去远处捞食。兴汉说："怕船被人抢夺了。"舅爷说："现在家里人多，不怕。捞完食，晚上再架起来。"于是，家里的男人们使出吃奶的力气合力抬船下水，个个脸红脖子粗，腿打着战，"嗨哟嗨哟"把船抬到河边。在河边觅食的人看到有船来了，纷纷奔了来，要往船上跳。舅爷与他的儿子们挥舞着探网，阻挡着要上船的人。郭癞痢赶紧也撑开船。他们在船上用探网捞螺蛳、河蚌、小鱼、小虾，又到芦苇荡里大扫荡。几个人围攻一只癞蛤蟆。把癞蛤蟆的皮剥下插在芦苇秆上诱蛇，打蛇，追逐着蛇。跟蛇在芦苇丛中赛跑，芦苇叶子把他们的脸都划破了。不知跌了多少跤，弄得一身的泥水，人人都像个泥猴似的，他们彼此笑话着。好在大获丰收。

等他们登岸时，人群又围拢来。有几人先是讨要，说："给我们点吧。"舅爷说："人太多，给不过来。"一个人就蹿上来抢夺。

后面的人效仿，扑过来抢夺，疯狂地撕扯，袋子撕破了，捉蛇，抢癞蛤蟆，夺小鱼，抓小虾……你拉我扯，你抢我夺，蛇血与癞蛤蟆的血糊了人一身，衣服都扯破了。闻讯的族长带着族人，带着棍棒来了，这些人才一哄而散。野味已被抢夺了大半，他们紧紧抓着腥气冲天的两条死蛇与几只剥了皮的癞蛤蟆，宝贝似的护在怀里，过街老鼠似的哧溜跑回屋。等他们洗了脸，换下撕破的衣服，才想起船，再次跑到河边，哪里有船的影子？

昌惠把癞蛤蟆肉和咸菜放一起蒸了，骗小孩儿说是鸡仔肉，小孩儿们吃得津津有味。大人们每人吃了一块咸菜烧的蛇肉，总算打了牙祭了。

有了这次甜头，人都向往着芦苇荡。郭癞痢又想出一个办法来了。他做了四只小桨。把大澡盆放到河里，他蹲在澡盆里。用两只小桨划着澡盆去芦苇荡里。舅爷的大儿子水性好。效仿着郭癞痢，划着另一只澡盆，跟着郭癞痢，去芦苇荡里钓癞蛤蟆。到芦苇荡后，郭癞痢从身上掏出他自制的钓钩——细铁丝与棉线做成的钓钩。他把钓钩系在芦苇秆上，钩子上钩上一小撮棉花，四处寻找癞蛤蟆。看见癞蛤蟆后举着杆子在癞蛤蟆头上抖动。癞蛤蟆以为是虫子呢，张开大口，跳起来，一下咬住了钓钩。这呆子还没明白怎么回事呢，就被捉了。

两人就这样在芦苇荡里分头搜寻癞蛤蟆。直到天黑透了，远眺河边没人了。才做贼似的悄悄回返。

这个法子很快就普及了。有人登木盆，有人编了木排，有人下了门板，有人趴在木箱上，划到芦苇荡里。芦苇荡遭到空前的洗劫。芦苇根和菟儿木根都被挖了。菟儿木根白白的，掺在米里熬粥吃，看上去像米饭，吃在嘴里沙木木的，一点不香，一点儿不扛饿，一会儿就饿了。

十二月十三日，是个黑色的日子。鬼子攻破了南京城，实施了大屠杀。噩耗传来，家里的人都愁云满面，担心在南京的女人们。

孩子们从大人的神态中感觉到了不好。他们想家了，想妈妈了。纷纷哭着要妈妈。没有人有心情来哄他们。郭癞痢心善，他主动来哄孩子们。让孩子们骑在他身上，他在地上爬着，嘴里说着"驾驾驾……"孩子们被他逗笑了，纷纷来"骑大马"。孩子们都喜欢上他了。舅爷的儿子们，接替了郭癞痢的事务，让他专门带孩子们玩。郭癞痢成了孩子王。

严冬了，觅食更难。人都在河堤上挖，挖什么宝贝呢？宝贝是——癞蛤蟆、青蛙与蚯蚓。饥饿让人疯狂。人都只顾眼前，不管以后了。河堤被掀掉了三尺。一些侥幸逃脱了人追捕的癞蛤蟆与青蛙，它们正在温暖的洞穴中一动不动地做着春天的美梦呢，稀里糊涂地在睡梦中就成了人的盘中餐。小姐、少爷们也不再挑食了，只想着能填饱肚子。蚯蚓他们也吃了，还自欺欺人地说吃的是猪大肠，咸菜也得节省着吃了，一碗粥配一根咸菜。

春节要到了，中国人的春节情结啊。人们渴望着合家团圆。逃难的人思念着亲人，想念着家园。听说鬼子不杀人了，要建立所谓的"大东亚共荣圈"。避难的一些人陆陆续续回去了。舅爷与儿子、孙子们也准备回去了。郭癞痢要随他们回南京了。宝珠子、泰晴一人抱住郭癞痢的一条腿，不让他走。泰换声嘶力竭地哭了起来。莲花在旁抱着我也流下泪。舅爷见状说："郭癞痢，你留下来吧。"宝珠子和泰晴一听高兴地说："舅爷爷好。"欢喜地跳起来。郭癞痢抱起哭泣的泰换说："好好好，不哭了。我们来'骑大马'。"

"我随你们去南京吧。"兴汉说，"不知我母亲她们怎么样了。"

"好。"

半个月后，兴汉回了。他失魂落魄地回到家，两眼发直，一句话也不说，他把自己关在书房里。后来在昌惠的再三问询下，兴汉才说，他在南京没有见着他母亲。喻家被抢劫一空。母亲跟表嫂们下落不明，十有八九是遭了鬼子毒手了。舅爷回去见着了几个老友，那几个人都投靠了鬼子，做了汉奸。汉奸带了鬼子来，要舅爷做维持会的会长。舅爷开始不答应，可架不住鬼子的刺刀和儿子们的跪求，舅爷含泪答应了——他不忍心让儿子们、孙子们再遭鬼子毒手。

兴汉唉声叹气。母亲活不见人，死不见尸。作为儿子，他觉得自己不孝，内心充满对母亲的愧疚。作为男人，他觉得自己无能。他想有所作为，可他却只能选择逃避。他的心里空落落的。国破母亡而又无能为力的痛苦压得兴汉精神郁闷。他整天闷闷不乐，呆坐在书房里，很少跟人说话。吃饭时叫他几遍他才走出书房去喝碗粥。只常常发出一声哀叹："唉！这日子过得有啥意思呢？"

# 二十一

1938年初秋，我的外祖母为了不让朱家的粮油落入鬼子手里，火烧了油坊，与朱家油坊同归于尽。我的母亲得到这个噩耗已是一个多月后。战乱时代没有人给朱家女儿们报丧，是我的昌英四姨来我家报的信。我母亲和昌英姨抱头痛哭，莲花也捶胸大哭。我父亲兴汉唏嘘不已。

我四姨擦擦眼泪说："二姐，莲花，人死如灯灭。我们哭也不顶用了。我们还是要为活人着想。不知鬼子来不来乡下烧杀，我们得准备着跑反。"于是，她们仨就忙碌起来，预备着跑反路上吃的干粮。她们炒了荞麦，磨了许多荞麦粉。我父亲躲在书房里什么也不管不问，我们五个孩子在一起，大孩子带着小孩子玩。我四姨在我家住了两晚。晚上，四姨把我母亲和我父亲的棉袄拆开了，把我母亲陪嫁的金银玉器藏在棉袄的丝绒中，母亲把拆开的口子再缝好。

人人心惊胆战地预备着跑反，一听到什么大的响声就赶快跑出屋，看看是不是鬼子来了。1939年的一天，天刚亮，几个端着枪的鬼子来了！闻讯的人们有的往屋里躲，有的往屋外跑。鬼子没有烧杀，他们在汉奸的带领下到了族长家，他们要族长当保长。族长推说自己身体不好，岁数也大了，怕不能胜任。汉奸说："你不干的话，让你儿子干好了。"族长有三个儿子，大儿子和二儿子都在国民党部队中当小军官。只有小儿子在身边。鬼子"请"走了族长的小儿子汪泰义。十八岁的汪泰义就当上保长了。他上任后的第一件事就是登记上报汪家大院的人口，给十五岁以上的人办良民证。

办良民证要照片，有的人没有照片。在当时照张相那是奢侈。一般乡镇没有照相馆，只有华亭镇有家照相馆。有的老妇人不愿去照相，她们也不出远门，办不办良民证无所谓。她们一怕伤神，二怕花钱，三怕出门费事，说照相伤人的神气，不办良民证了。这可急坏了保长汪泰义。他完不成皇军交给的这项任务，他就死定了。

泰义的母亲出面了，泰义的母亲叫迎凤，人称"笑面虎"，是个厉害的角色。汪家人对她的评价是——当面笑呵呵，背后试家伙。族长家里的大小事都由她说了算。她娘家也是南京大户。别人家陪嫁陪贴身丫鬟，她与众不同陪嫁的是一个贴身男仆，男仆叫二杆子。这个二杆子七八岁的时候在外讨饭。那年冬天他又冷又饿，昏倒在迎凤家的门前。迎凤出来堆雪人，看到躺在雪地里的二杆子，她胆子大，有主意，她叫老妈子喂二杆子喝热水。二杆子喝了几口热水醒了过来。老妈子告诉他——是小姐救的他。二杆子对着小姐磕了头，说："谢小姐救命之恩。"迎凤从衣服口袋里掏出几粒糖递给了二杆子。二杆子吃了糖，对小姐更是感恩戴德了。他不愿离去，就在迎凤家门口，转来转去。迎凤家人轰他走，轰跑一会儿他又来了。三番五次地哄他，他说："我的命是小姐救的，我要报答小姐。"人说："你个叫花子你拿什么报答小姐？"二杆子说："拿我的命。"迎凤的爹觉得这个小叫花子说的话挺仗义的，就收留了他，让他在家帮厨房干些杂活。二杆子就成了迎凤小姐的忠实走狗。没活干的时候就跟着迎凤，迎凤叫他赴汤蹈火，他是二话不说，眉头都不皱一下。迎凤出嫁他也跟着来了。

泰义年轻压不住阵，迎凤带着二杆子出面了。迎凤先来软的，笑脸劝说，软的不行，二杆子来硬的。二杆子长得人高马大。据说一餐能吃一斤米饭，力气也大，一人能敌四五人。他扛着粗棍上门，人都怕了他了，都乖乖地去华亭镇上排队照了相。照相的人特多，四邻八乡源源不断地有人来照相，排了几百米长的队，可很安静，鬼子端着枪在维持着秩序。人大气都不敢出。有人要上茅房，上完茅房回归老位置，鬼子不许，狠抽插队的人嘴巴，拉到队尾。有个老人排在队伍前面，眼看要到自己了，他忍着尿，结果没忍住，尿撒在身上了。又被鬼子狠抽几个大嘴巴，猛踢出去，只得羞红了老脸，回家换裤子，明日再来。

母亲、莲花和郭癞痢都去华亭镇照了相。清早走的，半夜才回到家。宝珠子问："照相怎么样？"莲花说："怕死人了，以后打死我也不照相了。"

那天，佛珠子领着我们喝了一天的粥。我父亲待在书房里不断地叫着我大伯的名字："兴春，兴春……"吃饭时，佛珠子和泰晴请他出来吃饭，他不理她们，嘴里只喊着"兴春"。佛珠子只好盛了粥，送到他书房里。

此后，我父亲就足不出户，整天躺在书房的躺椅上，时常叫着"兴春"，叫几声叹口气。家人都觉得他不对劲。孩子们不敢去靠近他。莲花嘴快，把这事说了出去，汪家大院的人都知道了。老妇人们纷纷跑来给我母亲出主意，说："肯定是兴春死了，他的魂来家了，缠住汪汉了。得想法子破解。"她们嘀嘀咕咕出了许多主意，催促我母亲去办。我母亲先去找算命先生，给我大伯兴春算命。想知道我大伯是死是活，死在何处。算命的瞎子说："此人命根子长，颠沛流离能活到七十多岁。"我母亲问："你确定他还没死吗？"瞎子说："尚在人间。他还没到死期呢。"陪我母亲去的我大奶奶不太信，说："瞎子的话，不能当真。"又让我母亲去仙姑庙问神。她们占卜问神，得到的神示是：兴春已死。于是，汪家人都确信兴春已死。让我母亲买了许多冥器、纸钱烧化给兴春。把兴春穿过的衣服、鞋子都拿在路口烧了。除了我父亲，家里所有的人都对着那堆熊熊燃烧的火,磕了仨头。拜托兴春回归地府享受,不要来纠缠汪家人。

# 二十二

这一番烧化祭奠之后,我的父亲还是一如既往,未见好转。汪家的人议论纷纷,认为非请道士来施法不可了。我母亲委托保长泰义卖了几亩远处的田。那田在大陇,距邰桥二十几里路,那里的租子收不上来。卖了田又委托泰义去请两个道士来。这消息不胫而走,一下来了七八个道士,过后又来了一群和尚。其中一个老和尚自称是庙里的住持。他对我母亲说:须积善施德,方能化解。我母亲诚惶诚恐地说:"请大师明示。"老和尚说:"办流水席。"于是沸沸扬扬,烧锅做饭,办流水席。一群一群的叫花子来了。

和尚们在我家客厅里打坐念经。道士们舞着宝剑在我家各间屋子里游走驱魔。几个道士不由分说,抓住我父亲,把他绑到天井里的一棵桃树上。我父亲大喊:"放开我!放开我!"没有人听他的。为首的一个道士折了桃树枝,口中念着咒语,用桃树枝从头到脚抽打我父亲。人都围拢了来,好奇地观看道士抽打魔鬼附身的人。我父亲痛苦地皱着眉,闭着眼,任由着道士鞭打。只有泰晴哭着喊:"不要打了,不要打了!"郭癞痢把泰晴强行拖走了。

四乡八邻的人络绎不绝地来了。他们名义上说来帮忙,其实一来蹭饭吃,二来看稀奇。我母亲不断地派人去买米,买菜。

道士跟和尚在天井里斗起法来。道士敲打起锣钹,一个道士把左手拿的钹高高抛起,用右手拿的钹去接,钹落下,与右手的钹丝毫不差地吻合,看热闹的人喝起彩来。和尚们为了吸引人们的眼球,练起所谓的少林拳脚来……我家屋里屋外、房顶、树上都站满了人,比庙会上还热闹。

石桥一家姓欧阳的豆腐店听说后,他们送来了豆腐。石桥距邰

桥十几里路呢。这家人十分勤快，很会做生意。我母亲买了他们的
豆腐。宝珠子在旁帮着搬豆腐。卖豆腐的夫妇俩夸宝珠子勤快，会
做事。宝珠子搬完豆腐，又去帮着洗碗，她不去看热闹。卖豆腐的
夫妇喜欢上宝珠子了，说："没见过哪家小姐这么勤快的。"

弄了这么一场后，家里的盐钵子、酱钵子、咸菜钵子都空了。
为了维持家里人的生计，我母亲又委托泰义卖了几亩田。

我的父亲对我母亲的这次做法充满了怨恨。他在众人面前被鞭
打，认为自己颜面扫地了。他气愤难平，彻底跟我母亲分居了，他
睡在书房里，不再唉声叹气，只喝茶，看书，他不让我母亲进书房，
我母亲一踏进书房门，他就怒吼："滚出去！"母亲略一迟疑着没
出去，他就大发脾气——摔茶壶，拍桌子。我母亲只好默默地退出
去。父亲只让孩子们送水给他洗漱，送茶给他喝，送饭给他吃，送
衣给他换。真是"两耳不闻窗外事，一心只读圣贤书"。

母亲少言寡语，整天手脚不停地操持着家务，成了这个家的顶
梁柱。动乱的时代，许多地方抗租不交。我家的一些田也是收不来
租子。她一直想把兴盛家给的田还回去。这时，我的哥哥泰仁已经
长大了。说好长大了还田给他的。可别的地方的田，租子难收。只
有这个"九龙戏珠"的田，租子好收。这个田还回去，她心里不踏
实。家里这么多张嘴要吃喝呢。

小地主，并不是像后来人们所想象的那样作威作福，骄奢淫逸。
母亲领着家里人也耕种了一点田，种的是旱谷。我们种了荞麦、花
生、芝麻、白薯、芋头、西瓜。除了我父亲，全家人都下地干活。
还种了许多蔬菜。吃不了的蔬菜，母亲把它们酱成酱菜，腌成咸菜，
晒成干菜储存起来。连西瓜皮也酱成了酱瓜，从不浪费一点东西。
母亲精打细算地维持着家里的生活。虽说是地主，每餐吃的是稀饭，
菜是咸菜、酱菜、蔬菜。过年过节时才见荤腥。我小时候没穿过一
件新衣。穿的都是泰换的旧衣。我的个头矮小，身体单薄，发育不
良。因为我出生在鬼子进中国的动乱时代，哺乳期的母亲半饥半饿，

哪有好营养给我？莲花说我长得像我死去的兴年叔叔，而泰换长得像兴春大伯。

全家人省吃俭用苦度岁月。在那个战乱时代，能这样每天有的吃已经是相当不错了。

1945年，鬼子投降了！一改他们凶神恶煞的样子，满脸堆笑低头鞠躬，把他们身上穿的黄军衣递给我们，要换我们百姓身上的补丁衣服。人们奔走相告，敲锣打鼓庆贺。以为好日子就要到了。

鬼子走了，国民党军来了。泰义被抓了起来，说他是汉奸，要枪毙。我迎凤大妈哭哭啼啼四处奔走求人。没想到在路上遇到了她的大儿子。她大儿子升任国民党军团长了。结果泰义被放了回来，继续担任保长。还给他配了枪和几个兵丁。泰义挎着盒子枪更加耀武扬威，迎凤大妈炫耀儿子的能耐，更加趾高气扬。

泰义家过上好日子了。每天吃着大鱼大肉。香喷喷的肉菜味从他家屋里飘散过来，引得我们馋涎欲滴。他家在汪家大院的东边，我们在西边。于是，汪家大院有了这么一句流行语：东边烧锅香喷喷，西边烧锅臭烘烘。我们家在抗战胜利后更加破落，今天这个税，明天那个捐。土匪猖獗，租子收不上来。母亲实在难以应付名目繁多的税，她也不理收税的了。

一天，几个背着枪的人来了，他们冲进书房，抓走了我父亲。那天只我在家看门，家里其他人都在地里干活。我哭着跑过去告诉他们。

母亲只好又卖田赎人。等拿到卖田的钱，已经过去近一个月了。父亲是郭癞痢和泰义抬着回来的。他面色灰白，瘦骨嶙峋，胡子拉碴儿，头发结成了饼，身上发出难闻的腐败味。我们赶紧烧水给他沐浴换衣。母亲买了两条鱼，煮了鱼汤，让泰晴喂他喝了。郭癞痢侍候他在书房里睡了。

第二天早上，郭癞痢起来拎水。发现书房门和客厅的门都开着，他感觉不对，跑到书房看，没望见我父亲，再跑到客厅一看，见我父亲歪靠在客厅的太师椅上。客厅里一股酒味。我父亲是从不喝酒的。郭癞痢感觉不妙，用手握我父亲的手，感觉手指已经冰凉僵硬，试探我父亲的鼻息，已经没有了呼吸。郭癞痢大叫："不好了，快来人啊！老爷出事了。"母亲和莲花听到喊声，赶紧起床了。郭癞痢在椅子旁发现了一张纸，闻了闻有股大烟的气味，断定我父亲是吞大烟自尽了。

# 二十三

父亲死了，西边这房成年的男人都不在了。人们更加议论纷纷。说得最多的词是"灾星"和"风水"。说我家坟地风水不好。认为不能再把我父亲安葬在我爷爷和我叔叔旁边了。族长请了风水先生来。风水先生拿着罗盘，在大堤上走了一圈儿，找了个地方，用石灰画了一个圈儿，说此地甚好，是受人朝拜的地，旺子孙。于是，我们按风水先生指定的地安葬了我父亲。父亲的丧事，按照风俗进行。我和泰换跪在父亲的灵前，朝来吊唁的人还礼。我俩的膝盖都跪肿了。

姑父、姑妈带着水生来了。姑妈拉着水生在我父亲的灵前磕了头。磕完头后，我姑父把水生拉起，让他站在墙边。我姑妈伏在我父亲的棺材上放声大哭，我姑父去磕头。不料就这当儿水生站着竟打起了呼噜。我姑父只好把他拉到客房去睡。水生长得胖乎乎的，跟我姐泰晴同岁，已经十五岁了，人送外号"瞌睡虫"。他吃了睡，睡醒了吃。小时候，人都夸他乖。长大了觉得不对劲。有时吃着饭他趴桌子上就睡着了。我姑父带他到南京去瞧了老中医。老中医摇摇头说："我行医这么多年，没见过。"去了马林医院，老外医生说：是嗜睡症。姑父问："怎么治？"老外医生耸耸肩膀，摊开双手说："我们无能为力。他是上帝的宠儿。他想睡就让他睡吧。"我们汪家的人都认为我姐配水生那是糟蹋了。我姐这时已经出落得非常俊俏。

石桥欧阳豆腐店又卖豆腐来了。这次夫妇俩把他们十四岁的儿子也带来了。他们一家在我父亲灵前磕了头，还买了草纸在我父亲的灵前烧了。他们见伙房人手紧张，自愿地到伙房帮厨。父子俩话不多，女人话多。老板娘跟莲花攀谈起来。莲花嘴碎，把我家里的情况都跟她说了。老板娘也把自家的情况跟莲花说了。他们一家苦累苦熬，现在已经买下十几亩地了。他们要做豆腐生意，还要做田，忙得很，没有一日闲的。鸡一叫就起床。他们现在唯一的愿望就是想给儿子找个勤灵的媳妇。宝珠子也在厨房帮厨，老板娘夸宝珠子勤快。莲花开玩笑说：“要不让宝珠子给你家做媳妇吧。”

“那感情好！只是怕高攀不上。”

莲花就在我母亲和迎凤大妈的跟前说了此事。我母亲以为她说着玩呢，没在意。迎凤大妈在意了，说：“都是小鬼子给闹的，要不宝珠子和佛珠子早就定亲了。现在又要守孝三年，怕要把婚事给耽误了。现在要赶紧给宝珠子和佛珠子定亲。现在这个世道，许多大户都破落了，能有的吃就不错了。我看这个欧阳家不愁吃喝，也还不错的。”

莲花就积极当起红媒来。欧阳家正缺人手，他们传话来说：他们情愿不要陪嫁，把宝珠子接过去，先当女儿养。等三年守孝期满，他家儿子也大了，再成亲圆房。我母亲觉得这样太委屈宝珠子了，不太同意。可族长说这样子挺好。他们跟欧阳家商议了来接人的日子。

接亲的日子到了。母亲送给宝珠子一枚戒指。那是我外祖母给我母亲的陪嫁。母亲又买了些简单的日常生活用品，准备着陪过去。

欧阳家划了一只船来。船停在桥下。来了两个人，先把我母亲陪的日常用品搬到船上。宝珠子抱着佛珠子大哭，姐妹俩紧紧抱着不撒手。二杆子拉开姐妹俩，来人扛起宝珠子就跑。我们哭喊着追过去。母亲在后面喊着，要我们不要追。我们不听。我们追着，母亲在我们后面跑着。到了船上，他们把宝珠子放下。我们在岸上哭喊着，没想到宝珠子一个箭步跨上岸，头一下撞到桥墩上，额头上流下血来。紧跟而来的母亲，抱住宝珠子，从衣襟上抽出手绢，擦掉宝珠子脸上的血迹，流着泪说："宝珠子，二妈对不住你了。你到欧阳家好好过日子。想我们的话，你就常回来看看我们。"

宝珠子到了欧阳家，整天忙个不停。她有做不完的活。只在年初二的时候才回趟娘家。一回来，就抱着佛珠子哭个不停。她的手掌上长满了老茧，手指上裂开了道道口子。手上没有戴戒指。母亲问她："戒指呢？"她说："整天忙个不停，手又脏，怕被弄断了，弄丢了，放在家里了。你看我的手，哪配戴戒指？"说着又哭。在娘家住个两夜，年初四，她的那个小男人就催促着回去了。

泰义给佛珠子寻了一门亲。男方家也在石桥，距欧阳家不远。男方也是个保长，叫费本龙。他家也有十来亩地，自耕自收。他家兄弟两个，父母苦累苦熬，供长子费本龙读了书。次子在家种田。母亲也是不大乐意这门亲，可泰义说好。说费本龙年轻有为。而且费家同意等三年。迎凤大妈说："现在一下想找个好人家也难。两姊妹都嫁到石桥也有个照应。"母亲也就同意了。

母亲又卖了几亩田购置嫁妆。她把佛珠子风风光光嫁了出去。可费本龙不是个东西，他吃喝嫖赌，无恶不作。没钱了，就玩花样，敲乡邻同人的竹竿。比如说：要给他父亲过六十大寿。事实是他父亲还没到五十岁呢。

他整天在外玩乐，很少回。他父母也恨这个浮夸自私不顾家的儿子。觉得白培养他了。跟他分了家。父母跟他弟弟生活在一起。

佛珠子生孩子了，费本龙也不回家。半个月后回来了，一进家门，不问候产妇，不看自己的孩子，在屋里翻找。他把佛珠子的首饰盒卷跑了。佛珠子气愤难平，哭哭啼啼回了娘家。到了汪家大院，人都说："你坐月子呢，怎么乱跑？坐月子的人不能进人家的门。"不让她进院子。我们这儿的风俗是不让坐月子的人进家门的。她靠在院墙边哭。有人跑来告诉了我母亲。母亲跑过去，搂住佛珠子，说："坐月子的人不能哭，不能着了凉。快跟我进屋吧。"佛珠子抽泣着说："她们说坐月子的人不能进人家的门。"

"我家不忌讳这个。"母亲果断地说。

佛珠子，从此沦落为农妇。她背着孩子日夜操劳着，干着繁重的农活。好在她的小叔子看她可怜帮衬着她些。两姐妹虽然相距不远，可都整日忙碌着不得闲，难得相见。

# 二十四

一天，我们从地里回来，发现书房的门开着，门前扔着我父亲的书。我们走进书房，见里面坐着一个卷发的女人。她正对着一面镜子在描眉画眼。"你是谁？"母亲问，"你怎么进到我家里来啦？"

"吆，你还不知道啊，这房子我们军长买下来了。"她用着唱戏的声调说。"谁卖给你的？"

"你去问汪泰义呀。"女人娇滴滴地说。我们走出来，发现我大伯兴春家的空屋子和我兴年叔叔家的空屋子都有人在进进出出。每间屋子里住着一个打扮得花枝招展的女人。一问也都说："我们军长买下来了。"母亲跑到泰义家，问："泰义呢？"迎凤大妈说："泰义不在。"

"我们的屋子谁给卖啦？"迎凤大妈说："是我做主给卖了。"

"你没跟我们商量就把我们的屋子卖啦？"

"那可不是你们的屋子，是祖上留下来的。"

"你给卖了，以后家里来人，佛珠子、宝珠子回娘家，家里添人进口，你让人住哪儿？"

"到时候再说吧。"

"你把卖屋的钱呢？那是祖屋，该分给大家。"

"汪家大院这么多人呢，我分得过来吗？"迎凤大妈斜着眼说。

"那你不能独吞啊。"

"钱，我们买枪，买子弹了。"迎凤大妈笑眯眯地说。"你！"母亲气得发抖。

族长这时候走出来，对母亲说："昌惠，你想开点吧。我们要靠人家拿枪的保护我们呢。泰换和泰精都老大不小了，该启蒙读书了。从今起，晚上到我这来，我来教他们识字，你看可好？"

"好，他们两个拜托你管教了。"这一场风波就此化解。

我和泰换白天下地干活，晚上去族长家的书房识字。泰晴也想识字，可母亲不让，母亲晚上教泰晴做鞋。泰晴继承了母亲的白皮肤，继承了父亲的身材，脸上有两个迷人的小酒窝。要脸蛋有脸蛋，要身材有身材。花朵似的，仙女似的，人送外号——酒窝美人。我姑父想把泰晴和水生的婚事办了。可心高气傲的泰晴怎么能看上"瞌睡虫"呢？她把姑妈给她的玉菩萨从颈子上除下来，扔给我母亲，叫她退了这门亲。可母亲说："君子一言，驷马难追。不兴反悔的。"泰晴推脱要帮衬母亲做事，不肯成婚。姑妈哀叹自己的儿子配不上泰晴，没强逼泰晴。泰晴就这样拖延着她的婚事。

1949年4月的一天，我们从地里回来吃午饭，见泰义和他的喽啰们慌慌张张急急忙忙用板车拉着米袋往外跑。有几个米袋破了，米撒了一地。迎凤大妈跟在后面哭哭啼啼的，族长拉着迎凤大妈，要她回去。"嫂子，怎么啦？"母亲问。"解放军要打过来了！"

"你哭什么呀？"

"穷人要翻身了，要共产了。"

"泰换、泰精你们看——米撒了一地，你们去拿簸箕、扫把来扫米吧。"族长说。"好。"我和泰换往家奔，见郭癫痫已经拿着簸箕、扫把在路上扫米了。

解放军来了。到处是歌声，到处听到"解放了，解放了"的欢呼声。住在汪家大院的那些个所谓的军官太太被解放军带走了，据说她们是特务和娼妓。

解放了，穷人要翻身了。"我们家算不算穷人呢？"我问母亲。

母亲说："我也不知。我们家比上不足，比下有余吧。"

1950年冬，土改工作队来了，一行五个人。他们有的穿着军装，有的穿着便装。队长是个女军人。他们挨家挨户走访，登记人口，访贫问苦，寻找"土改根子"，所谓的"土改根子"，就是"苦大深仇的人"。他们来到我家，问了我家的情况，登记了我家的人口。我家是一个母亲带着三个儿女，两个下人。他们在我家找到了两个"土改根子"——郭癞痢和莲花。女队长说："莲花，郭癞痢，你们俩明天晚上去霍家祠堂开会。"她伸出手要握莲花的手。莲花看到队长觉得面熟，这会子再看到这双枯树皮般伤痕累累的手，看到她颈子上那条蚯蚓似的伤疤，她终于想起："你，你是能萍大姐？"

"你怎么认得我？"

"真是你呀！我们在泾县汪家祠堂……"

"噢。"能萍也终于想起，"没想到能再见到你。"

"昌惠，昌惠，她是能萍啊。我们结拜过姊妹的。"莲花兴奋地说。"你真是那个能萍？"母亲不太相信。"是啊，我就是那个住在汪家祠堂里的叫花子能萍。"

"你怎么当上军官啦？"

"泾县后来来了新四军，有一支也住在汪家祠堂里。他们教育帮助我。告诉我新四军是帮穷人打天下的部队。我就加入新四军了。"

"那你现在成家没？"莲花问。能萍点点头："我爱人是新四军的连长。"

"那好那好。你爱人呢？"

"他现在是解放军某部的团长，带兵去南方了。"

"你们有孩子吗？"

"有。"

"孩子呢？"

"在泾县。莲花妹子不跟你多聊了。我们还要去别家。我现在在这一片搞土改工作，住在霍家村。我们会经常见面的。希望你支持我们搞土改。"

"我肯定支持你。"

"记得明晚来开会。"

"好好好。我跟郭癞痢肯定去。"

郭癞痢和莲花当上了邰桥村的农会委员。二杆子当上了农会主席。

从此，郭癞痢和莲花不在家干活了，他们每天早出晚归，跟在工作队后面，丈量土地，给土地评等级。

接下来给每户人家划分成分。我家的情况，由莲花提供给农会了。现在我家只有七亩多地，自己耕种着，如果这样算，我家划为中农。焦点是"九龙戏珠"的那十几亩地。如果算是我家的，那就要划成地主了，因为它是向外出租的。如昦汪兴盛承认地是他家的，我家就是中农了。中农是团结的对象，而地主是斗争的对象。"地主"与"中农"差距甚大。为此，能萍队长特意回了一趟泾县，去找汪兴盛。得到的消息是：1948年汪家遭了土匪，土匪挖"壳子"（挖地洞）进入汪家大院抢劫，一把火烧了汪家大院。汪兴盛夫妇和其子都葬身火海。

母亲得了这个消息，胃又痛了。

# 二十五

工作队和农会细究了我家的情况。我家以前是有土地出租的。"九龙戏珠"的田租也一直是我家收的，没交给汪兴盛，连汪兴盛之死我家也不知。"九龙戏珠"应该算是汪兴盛赠予我家的田产。最终我家被评为"地主"——"破产地主"。"九龙戏珠"被没收了。财产也拿出来分。能萍队长带着几个工作队和农会的人把我家里里外外又看了一遍，最后把我家的一些桌子、板凳、太师椅给搬走了。搬的时候，大家都笑嘻嘻的，夸我家的东西打得富实，两张板凳一拼就能当床睡。我母亲也笑眯眯的，还挽留他们在家吃饭。我们以为土改就这样了，像工作队宣讲的那样——把多余的田和财产拿出去，分给穷人。大家一律平等，凭劳动吃饭。这样的社会挺不错，我们都拥护。

可事情不是像我们想象的那么简单。大财主家怎么舍得把钱财都拱手奉献出来呢？他们肯定有所隐藏，这是人们的共识，也是事实。"浮财"分完了，可还有隐藏的钱财和金银财宝呢。必须把财主们隐藏的钱财挖出来！于是"刮骨斗争"开始了。地主们的好日子到头了，胆战心惊的日子到了，朝不保夕的日子到了。

莲花和郭癞痢正式与我们分了家。他们分要了我兴春大伯家的两间屋子。在农会分到了一些家具、农具和粮食。母亲又送她些衣被，对莲花说："缺什么从家里拿。"莲花问我母亲要了几个咸菜钵子，把她从泾县弄来的鹅卵石也拿去了，说是压菜钵子好，压在咸菜上咸菜不烂。不过，她没有腌咸菜，她和郭癞痢整天在外不着家，他们到别的村去"串连"了。去别的村取经，看人家是怎么"翻身斗地主"；怎么"挖地财"；怎么"分财产"的。

有时他们几个村的农会组织起来，把地主拉到最穷的人家，召开诉苦会。让地主淹没在人们的唾沫星中，激起民怨。让人跟地主"算账"，让地主把剥削的财产还给穷人，叫人来殴打地主，农会的人率先示范每人来扇地主一个大脑瓜。一些个以打人为乐的人高兴了——打人不犯法，还能分到财宝，何乐而不为呢？一些个心狠手辣的人后来发明了各种刑法来斗地主。比如：扎锥子，用锥子扎地主的手；跪螺蛳壳，让地主双膝跪在螺蛳壳上；喝凉水，捏住地主的鼻子灌冷水；磨菠菜籽，脱掉地主的上衣，把菠菜籽摊到地上，按住地主，让其光着脊背躺在坚硬的长着尖尖毛刺的菠菜籽上，两个人拎起地主的两腿，在地上来回拖拉；压磨盘，把磨盘压在地主的肚子上；烙火钳，用烧红的火钳烙地主的胳膊、腿……这些个刑法没有几人能熬得住，被斗的地主乖乖地把隐藏的财宝说出来或拿出来，交给了农会，农会分给穷人。穷人们尝到了斗地主的好处，斗地主的积极性更高了。一而再、再而三地死斗地主。要把地主的骨头刮刮干净。最后地主们为保命都光身出户，住到牲口棚中去了。有的养尊处优惯了，受不了这个苦，活不下去了，拿起绳索上吊了。这期间农会主席二杆子成了最活跃的名人。他仇视所有的富人，斗地主他冲在第一位。一上来就给财主一个响亮的大耳光。然后列数自己小时候所受的苦，骂地主为富不仁。知趣的财主赶紧磕头作揖，把藏的钱财说出来。顽固的被折磨得死去活来。财主们后来一见到二杆子就浑身筛糠，犹如小鬼见了钟馗。

泰义已经被抓到了，据说关在宣城牢房里。族长被二杆子打掉了两颗大牙，拿出两钵子铜钱、银元。二杆子作证说族长家的钱都在这儿了。族长和迎凤大妈住到二杆子住的下人屋去了。二杆子住到迎凤大妈的屋里。主仆调了个个儿。二杆子私下里把迎凤大妈的首饰塞到农会委员的手里，说："迎凤因儿子被抓，得了失心疯了。不要斗迎凤。"大家都心知肚明。知道二杆子和迎凤的关系不一般。大家私下都得了好处，也不想得罪这个"凶神"。所以没有人去为难迎凤大妈。迎凤有二杆子照应着依旧在下人屋里好吃好喝着，没有受什么罪。

还有家里有儿子参军的地主，属于军属，只要象征性地拿点钱财出来，就免于被斗，只要夹着尾巴做人，不张扬就行了。

大家都知道我家破落了，田一卖再卖，孤儿寡母的，没什么钱了。所以先没有对我家发难。可后来斗地主的甜头让人疯狂，有人认为既然是地主，瘦死的骆驼比马大，多少有两个钱的，要刮刮骨头，给穷人们打打牙祭。他们就跟二杆子说："斗地主不能漏了一家。朱昌惠既然是地主，不能放过她。"二杆子最喜欢斗人了。一听这话哪里有，拍着大腿说："好！好！来商议一下怎么斗她。"

他们商议的结果是这次让莲花来打头阵，揭发朱昌惠的恶行。他们认为莲花是我母亲的丫鬟，丫鬟都受主子的气。斗地主婆时都是丫鬟诉苦诉得最凶。丫鬟对主子婆一般都是恨得咬牙切齿的。

可莲花对我母亲并不恨，而是有着感恩之情。母亲命我们叫她舅母，我们把她当作一家人。二杆子要她来揭发朱昌惠，莲花直摇头，说："昌惠待我不刻薄。"一个农会委员说："你现在是农会的人了，要跟地主阶级一刀两断。你到现在还没觉醒啊？！我问你，这么些年来，朱昌惠付你多少工钱了？"莲花摇摇头："我哪能要她工钱？"

"你看，你看，这就是剥削啊！这么些年你在她家没日没夜地干活，她一个子儿不付你，你自己算算，遭了多少剥削。"

"她哪能算得清！我们去把工作队的周同志请来，让他给莲花上上课，引引苦。"

"好。"二杆子说，"晚上，我去请周同志来。通知农会的人，吃过晚饭后到莲花家集中。"

# 二十六

工作队的周同志是东北人，嘴特能说，最会"引苦"了。他问莲花："大姐，你心里苦吗？"莲花当然苦了——她自小没了父母，无依无靠，刚成亲，男人又跑了。莲花说："我苦啊！"

"你有苦，就诉出来。"

"我的苦比腰深，可跟昌惠没关系呢。"

"怎么会没关系呢？比方，那次你跟朱昌惠去泾县，你不乐意去，是吧？"

"嗯。"

"可你不敢违拗她，还是乖乖地跟朱昌惠去了泾县。要是现在，她叫你去，你不同意去，你就敢不去，是吧？"莲花点了下头。"你看，这就是压迫啊！地主婆以前骑在你头上作威作福啊！现在穷人翻身了，你不怕了。你就把这个事讲出来。你再想一想可还有别的事。"

"我的事，我早就跟你们讲过了，你们都知道的。"

"她家以前好的时候，是不是骄奢淫逸？"

"骄什么？"莲花眨巴着眼睛问，她不懂"骄奢淫逸"是何意。"就是浪费。"

"昌惠可节俭呢。"

"她家好的时候是不是吃好的？穿好的？用好的？"

"嗯。老早的时候是的。"

"她可吃些我们穷人没吃过的东西？你想想。"

"嗯，她怀泰晴的时候，天天吃阿胶呢。"

"你看，你看，阿胶多贵啊，她天天吃！这就是骄奢淫逸啊。你再想想，她家好的时候，有没有浪费。把什么东西扔了？倒了？"

"昌惠从不舍得乱扔东西呢。她说寸木有寸用呢。噢，要说倒东西，我想起来了。她儿子泰仁被人抱走的那阵子，她涨奶，把奶水挤了，倒了浇花。"

"你看，你看，穷人家的孩子都饿死了。她把奶水倒了浇花，骄奢淫逸，骄奢淫逸啊！你明天就把这些讲出来。"

第二天一早，我们正在吃早饭。二杆子带着农会的人和几个拿着红缨枪的民兵，冲进我家。不由分说，扭住我母亲的双臂，扭到后背用绳子捆了。两个农会的人推搡着母亲朝外走。几个民兵用红缨枪逼住我们姐弟仨，命令我们跟着朝外走。我们走了四五里路，到了一个破茅草屋前，这是哑巴家。哑巴是个补锅匠。曾到我家来补过锅。他家祖传手艺——补锅定秤。他父母早在鬼子来的那年饿死了。哑巴屋里灰尘扑鼻，气味难闻。家徒四壁，连张床也没有。地上铺着麻袋，麻袋上是黄熏熏的乱稻草和一床窟窿连着窟窿的酱油色的破棉被。二杆子把母亲拉到这个地铺上，说："你看看，你看看，穷人过的什么日子！"过来一个女人一把揪住母亲的发髻，外下一拽，簪子掉了。母亲的头发披散开来。这是我第一次看见母亲披散头发的样子。那女人捡了簪子，在我母亲头上边戳边说："地主婆，我让你作威作福！还不给我跪下！"二杆子按住母亲的肩膀，用膝盖顶母亲的膝弯，母亲身体一抖，双膝跪在地铺上了。"来，莲花，你来揭发她。"莲花被两个人拉到我母亲跟前。莲花望着我母亲说不出话来。"莲花，你快说！"二杆子恶狠狠地瞪着莲花。莲花手指着我母亲，颤抖着声音说："你，你你不听我话啊，你偏要去泾县啊，你害人害己啊。你想儿子想疯了，你不睡觉，害得我跟着你睡不成觉啊……"

"打倒地主婆！"有人喊起来。"打到地主婆！"有人跟着喊。"把你家的私藏交出来！"

"快说！你家的钱藏在哪里？"拿着簪子的女人揪住我母亲的头发，母亲被揪得面孔朝上。"快说！"她用脚踢着母亲的后背。"我家没钱了，你看看我家孩子穿的衣服，都是大人衣服改的，有钱我不给他们做新衣服吗？"

"你还死顽固！"她举起簪子又要扎。泰晴哭起来，说："我有个玉佩，我拿来交给你们。"

"好！"二杆子说，"还有没有别的好东西？快说！不说的话，没你好果子吃！"

"快说吧，昌惠，你让他们收不了场的话，你要受大罪的。"莲花说。我赶紧说："我家有个砚台，族长说挺值钱的。"

"好，你把它交来。"二杆子手指着我说。郭癞痢说："我带小孩儿去把东西拿来吧。"我们仨跑出来。郭癞痢对我说："泰精，你快去霍村找你能萍大姨来救你妈。我和泰晴回家拿东西。"

我朝霍村跑去。到了霍村，见人我就问："请问，工作队的能萍队长在？"一人给我指了路。我跑到门前，看见一个人站在那儿，我问："能萍队长在吗？"那个人说："她在屋里开会。"我一听不管不顾往屋里闯。他一把抓住我，说："你干什么？能萍队长在跟区里的领导开会呢。"我急得大哭起来。听到我的哭声了吧，能萍走了出来，看见我，问："泰精，你怎么来啦？"我哭着说："他们在斗我妈呢。"屋里又走出来一个年轻的男人，问："他家什么情况？"

"他家破落地主。"

"噢，不是罪大恶极的就不要斗了。"

"嗯。区长，罪大恶极的人员名单已经交给你了。过段日子我就走了，接下来的事，就交给你处置了。"能萍走过来拉住我的手说："泰精，不要哭了。我跟你去看看。区长，我去看看。"

"好。你去吧。"

我们跑到哑巴的屋，听见我姐在哭。我挤进人群，见我母亲脱了棉裤，只穿着一件内裤坐在水缸上。这是寒冬腊月啊。母亲咬着牙，可她的牙发出轻微的颤抖声，她的嘴唇乌黑，身体也微微颤抖着，像寒风中的衰草。额头上流着血。二杆子手中拿着我的砚台，说："我刚是轻轻碰的，你再顽固的话，我让你脑瓜开瓢，你信不信？"说着，举起手中的砚台。"住手！"能萍大喊。"队长，你跟朱昌惠有交情，你可不能包庇她啊。"

"群众的眼睛是雪亮的。她家是破产地主，孤儿寡母的，这大伙都知道吧？"能萍边说，边从地上捡了我母亲的棉裤，把我母亲从水缸上拉站起。母亲接过棉裤，腿颤抖着，站不稳。能萍扶着她，说："如果，以后你们发现她有什么私藏，再斗她不迟。"

## 二十七

这次挨斗后，母亲大病了一场。又是胃痛，又是伤寒，高烧不退。是能萍掏腰包拿钱请医问药，给我母亲治的病。

这期间，由能萍做主，给莲花和郭癞痢成了亲。

接下来，分土地。郭癞痢和莲花分到了五亩地。我们家还是原先的七八亩地。郭癞痢的地离我家的地不远，原来就是我家卖给族长家的地。刚分的地里都插着写有户主名字的牌子。郭癞痢和莲花不识字，郭癞痢把我拽到他们家地里，指着地里的牌子问我："这写的是我名字吗？"我看牌子上写的是"郭来子。"我说："上面写的是'郭来子'。"

"对对对，我现在就叫郭来子了。是周同志给我正的名。'郭癞痢'太难听了。"他从上到下，从下往上，来回轻柔地抚摸着牌子说，"感谢共产党！感谢毛主席！我郭癞痢有地了！郭来子，郭来子，老天再送我个儿子，我就圆满了。"

郭癞痢和莲花拿到了土地证，他们把土地证供在香案上，每天朝土地证作揖，口中念："毛主席万岁！共产党万岁！"

不久，能萍调到别的地方去搞土改，走之前，来跟我们告别。母亲紧紧抓住她的手，泪流满面。莲花也抓住她的手，说："能萍姐，你走了，我们依靠谁啊？"

"依靠党和组织。"能萍郑重地说。莲花一直把能萍送到渡船上，洒泪而别。

郭癞痢和莲花日夜在他们的五亩地里忙碌。母亲的病终于好了，可身体还很虚弱，她坐在田埂上指导我们姐弟仨干活。

一天，我们收工回家吃午饭。见汪家大院墙上贴了一张大红纸写的通告，围拢了许多人在看。泰换问："你们在看什么呀？"

"罪大恶极的要枪毙的人员名单。"我挤进人群去看。在那张红纸上写着几十个人名，人名旁打了红钩。我在上面看到了泰义和我姐夫费本龙的名字。

三天后，我们姐弟仨在地里拔草，看到络绎不绝的人朝河堤跑去。我好奇地跑过去拉住一个人问："你们干吗去？"

"今天枪毙恶霸啊，你不晓得？"我跑回地里对泰换说："哥，我们去看看。"

"我不去。地里这么多活要干呢。"

"看了回来再干嘛。"

"泰精，姐带你去看。"泰晴拉着我的手朝河堤跑去。到了河堤上，密密匝匝的人，围成了人墙。我个子矮，看不见前面在干什么。我想挤进人群，可我姐不想挤，她紧紧拽着我。我们在人墙边转悠，想找个缝隙，可没找到。人声嘈杂，远处有人在高声说着什么。过了一会儿，只听见一声接一声的枪响。接下来，人群骚动。人转过头往回跑。我被推挤着也掉转头往回跑。疯挤的人群像浪潮。我的鞋被人踩掉了一只，我无法顾及。等跑了好长一段路，人群稀松了，我和泰晴停住脚步，我喘着粗气对泰晴说："姐，我的鞋子被人踩掉了。"

"等会我们回去找。"泰晴说。

我和泰晴低头在河堤上搜索我的鞋。"喂，泰精，你干吗去？你要给泰义和费本龙收尸吗？"我抬头一看，是二杆子。我说："我的鞋跑丢了。"这时二杆子后面一个人说："小子，看看这里有没有你的鞋？"那人扛着一把红缨枪，他边说边把枪头调到身前，枪杆子上挂着一串鞋呢，我一眼看到了我的鞋。我指着我的鞋说："这只是我的。"旁边一个挎着盒子枪的人问泰晴："姑娘，这是他的鞋吗？"泰晴说："是的。"

"你叫什么名？"那人问泰晴。二杆子恭敬地对问话的人说："区长，她叫汪泰晴，汪家大院的。她家是破落地主。"

"噢。姑娘长得挺俊的。"

"嗯，汪家大院的一枝花啊。可惜了，跟瞌睡虫定了亲。"

"你说什么？"

"区长，她父母指腹为婚，给她定的那个人，整天只晓得睡觉，废物一个，人称瞌睡虫。"

"是吗？现在解放了，不兴包办婚姻了。你同意你父母给你定的亲吗？"区长盯着泰晴的脸问。泰晴红着脸摇了摇头。"不乐意，就解除婚约。"

"区长，你能帮我说话，退了这门亲吗？"

"行啊，只要你不乐意。"

"真的吗？你能跟我回家跟我妈说说吗？"我姐像溺水的人抓

到了救命稻草，眼里闪着期待的光。"今天——不行。我还有事要办。过几天我再来。"我姐的眼神黯淡下去。"放心吧，我李走说话算数。你在家等我几天，我肯定来，把你这事办了。"

过了几天，那个区长真的来了。二杆子陪着他来的。他跟我母亲说："解放了，要废除包办婚姻。"母亲也不乐意把泰晴嫁给瞌睡虫。以前是信守承诺，又是亲戚，不好意思退婚，现在由区长来为我姐撑腰，母亲乐得顺水推舟，答应了。区长说他现在住在华亭镇。问泰晴愿不愿意到华亭镇工作。他可以安排泰晴到华亭镇招待所当服务员。二杆子在后帮腔说："多好的事啊。每个月有几块钱工资。多少人想去去不了啊。当了服务员就是公家的人了。"泰晴说要帮家里干活。二杆子说："你挣了钱，帮家里，不是更好吗？"泰晴别看她是个女的，自小胆大聪慧，她答应了。于是，泰晴带了换洗的衣服，跟区长去了华亭镇，成了一名服务员。她在招待所打扫卫生，给客人冲开水。

二杆子看郭癞痢过上了幸福的生活，他眼馋了，也想娶婆娘了。他现在是农会主席，娶个女人不是件难事了。也有人为他说媒，可他眼光现在却高了。这个看不上，那个不入眼。没想到他瞧上我母亲了。让我迎凤大妈来说媒。母亲一口回绝了，说："我孩子都这么大了，我怎么能改嫁？"迎凤大妈说："二杆子现在可是农会主席，你别老眼光还是把他当下人看，瞧不起他。你不改嫁，可以让二杆子入赘。他不嫌你家孩子多。你们成了亲，你和孩子也有了个靠山。"母亲说："这个绝对不中！"

# 二十八

我们家没有牛车，也缺乏男劳力，所以我们只种些旱谷。我们种了荞麦、芝麻、山芋、西瓜、芋头、花生。

那天午后，我、泰换和母亲正在收割芝麻。一人多高的芝麻，密密匝匝，我们淹没在芝麻地里。泰换戴着母亲用旧衣做的布手套，挥着镰刀割芝麻，我把割倒下的七八根芝麻收拢成一束，母亲用草绳子捆扎住芝麻两头，我们埋头干着。忽然，听到有人叫："昌惠！昌惠！……"是个男人的声音。母亲直起腰，我也站起，见一个穿着绿军装的瘦瘦的男人站在田埂上。母亲看了一会儿，急步朝田埂走去，边走边说："立峰，是你吗？"到了那男人跟前，母亲回头朝我和泰换招手说："泰换，泰精，你们俩快来！"我奔过去。"泰精，快叫舅舅！这是你立峰舅舅。"泰换也跑了过来。"这两个都是你孩子？"

"是啊，那是泰换，这是泰精。"

"多大了？"

"泰换十八了，泰精十五了。你怎么到现在才回来呀？这么些年你在哪儿呢？"

"说来话长，我先在国民党军队，后来被共产党部队收编。最近在江苏搞土改，土改结束了，我要求回到老家工作。我现在在塘南镇工作，住在藏王阁。"

"你在藏王阁？昌英家就在藏王阁附近啊。"

"嗯，我见到昌英了。她告诉了你我的情况，我就寻来了。"

"唉，你怎么不早来一步呀！莲花等了你这么些年，今年刚和人成了亲。"

"她还好吧？"

"我们回去说吧。"

"不了，我还要赶回塘南去。你们邶桥现在也划归塘南镇了。我现在任塘南镇的书记。"立峰边说边从肩上背的绿军包里拿出两块衣料："这块给你的，这块给莲花吧。是我对不起她。你代我问莲花好。她现在的男人怎么样？"

"是个好人。"

"那就好，那就好。"

"立峰，你在外成家了吗？"

"成过亲，是我长官的女儿，可她38年生孩子时，难产死了。唉，我走了。昌惠。"

"这么急，吃了晚饭再走吧。"

"不了，下次吧，过几天我再来。"立峰朝我和泰换摆摆手，迈开大步走了。

晚饭后，母亲叫我把莲花舅母请来。我去请了莲花来，郭癫痢也跟来了。母亲把衣料交给了莲花。跟她讲了立峰来访的事。莲花听后就哭开了。郭癫痢劝她不要哭了，说："你自己拿主意吧，我不拦着你。"莲花说："可我现在已经怀了你的孩子呀！"

"孩子你想要，你带走，你不想要就丢给我。"郭癫痢勾着头说。

母亲也劝莲花不要哭了，说："你哭有什么用啊？别伤了胎气。你回去好好想想吧。等下次立峰来，我问问他的意思。"郭癫痢拿起衣料，拉起莲花，说："回去吧。"莲花跟在郭癫痢后面，边走边用衣袖擦着眼泪。

过了几天，一大早的，我们刚吃了早饭，准备下地去，立峰来了。我和泰换叫他"舅舅"。他从绿军包里拿出一双解放鞋递给我，拿出一套绿军装递给泰换，说："舅舅没什么好东西送给你们，只能送你们这个了。"我和泰换欢天喜地地接过。母亲招呼泰换倒茶，家里没有茶叶，父亲去世后，家里就没有买过茶叶，只倒了盏白开水递给立峰。母亲进房不知从哪里拿出点钱出来，吩咐泰换和我去买点肉、豆腐和干子。泰换接过钱走出门，我跟出门。可是我不想去买菜，我想母亲肯定要跟立峰舅舅谈莲花的事，我想早点儿知道立峰的"意思"，先知为快嘛。我对泰换说："哥，我肚子不舒服，我去茅房，你一个人去买菜吧。"

我在茅房门口站了会儿，蹑转身，悄悄跑到堂屋门口。果然听到母亲说："莲花男人说了，他不拦莲花，莲花肚子里怀了孩子，莲花想要，莲花带走，莲花不想要，生下来丢给他。你是怎么想的呢？"

我尖起耳朵听，可半晌没听到立峰的答复。

过了会儿，又听到母亲说："你打算什么时候跟莲花破镜重圆呢？你不好说，我替你跟他们说。"

"不不不，我不想跟莲花破镜重圆。"

"噢，你嫌莲花嫁了人啦？"

"不是的。"

"你心里有别人啦？"

"昌惠……"

"我知道你现在出息了，当官了，找个年轻漂亮的不在话下。"

"昌惠，我……"

"你有什么话就跟我直说。"

"那我说了。昌惠，其实，自从小时候你做了双鞋送给我，我心里就有你了。可我那时觉得自己高攀不上你，你又定了亲。现在你男人也不在了，我想和你……"

"你说什么？你怎么会有这想法？！你叫我怎么面对莲花啊？"

"莲花已经嫁人了呀。"

"这不是莲花的错哇，这么些年你一点音讯也没有。"

"我不是说她有错，我心里没有她，我心里一直有你。"

"这绝对不中！"

这段对话也大出乎我的意料。我像是听到了虎啸狼嚎，心发慌，赶紧逃离现场。我跑到我的房里，把自己扔在床上。闭上眼，心里琢磨起来：立峰不喜欢莲花，而郭癞痢稀罕莲花，郭癞痢是个大好人，他对莲花好，莲花又怀了郭癞痢的孩子，莲花应该跟郭癞痢。立峰喜欢我妈，我妈现在是寡妇，我家里也缺顶梁柱。母亲太累了，又要操持家务，还要干农活。如果立峰入赘我家，能帮我们，母亲有了依靠，我们也有了靠山。这是件好事啊。虽说母亲改嫁说起来有点不光彩，可现在新社会提倡寡妇改嫁。而且嫁的是镇里的书记，这不但不是件丑事，还有点光彩呢。我自小爱琢磨，人称"小琢磨"。我琢磨了会儿，觉得我得成全此事，我得把立峰留下来。可怎么办呢？

我看到床头边，我从族长家借来的我祖上写的——《台湾风情录》，计上心来。我拿起书，朝堂屋走去。"立峰舅舅，立峰舅舅！"我亲热地喊。"你买的菜呢？"我没理会母亲的问话，对立峰说："立峰舅舅，你能教我识字吗？这上面好多字我不认识。"

"哦，你读过几年书？读些什么书哇？"

"他族长大伯，教他和泰换识了几个字。只读了《三字经》和《百家姓》。"

"噢。乡里许多孩子不念书。我正想这个问题呢。孩子不识字怎么行？我想在镇里办个小学。让孩子们都来上学。"

"乡下人哪有钱供孩子读书？"

"政府办学，不收学费。"

"那太好了。"

"泰精，你愿意到学校读书吗？"

"读书，我当然愿意了。"

"那好，昌惠，你把泰精交给我吧。"

"他走了，泰换心里……"这时，泰换买菜回来了。他对母亲说："让泰精去吧。族长说——他是读书的料呢。他学会了回家来教我，一样的。"

"他走了，田里的活怎么办呢？"

"一个星期放一天半的假。放假时，我和泰精回来帮你们。"

## 二十九

于是，我兴高采烈地跟立峰去了塘南镇。我们拆财主家的院墙，把墙砖运到学校。学校是周家祠堂改建的，用砖把祠堂隔成一间一间的教室。招了四个教师，都是地主家的儿子，没法子，因为穷人家的孩子都没文化。来了一百多个小孩子，我们上午读书，下午师生去地主家拆院墙运砖，立峰和我们一道用箩筐挑砖，每天忙到天黑才歇工。我们在镇里的招待所食堂吃饭。晚上，立峰去办公或开会。我在他的单身宿舍里找书看。我看了《共产党宣言》、《呐喊》、《彷徨》。不认识的字我在字下画道杠，等立峰回来问他，这个样子我识了不少字。我在学校当起了"小先生"，教师们都夸我，立峰也表扬我，说要把我送到县城去读中学。

读书不要钱，可吃饭要花钱，立峰供我吃喝，每个星期还陪着我回来，帮我们干农活。我和他在塘南睡一张床，在家也睡一张床上，我觉得他好像就是我的父亲。死去的汪兴汉我已经忆不起他的面目，他给我的印象就是忧郁地躲在黑暗的屋子里。我已经把立峰当作家人了，可母亲非常不过意。每次立峰来她都对他十分的客气，说："小孩子拖累你了。家里的活我和泰换能干，你不要来了。"她把家里的鸡蛋都留着，立峰一来，她就给他做荷包蛋吃。她卖了芝麻，买了些黄糖，把芝麻捣碎了做成芝麻糊，装在瓷罐里，让我带去给立峰舅舅吃。可这香喷喷甜蜜蜜的芝麻糊大多进了我的肚子。

立峰很瘦，脸色灰暗，母亲觉得亏欠立峰，觉得应该给他补补。每次立峰来她都要杀只鸡。可鸡是有限的，母鸡还要留着生蛋。怎么办呢？母亲愁手里没有钱。

那天中午，一个叫花子模样的人挨门挨户"讨饭"。他不是真的来讨饭。到了人家门口，他小声说："我不是来讨饭的，我是来收东西的。家里有好东西吗？"母亲正愁手里没钱呢。她就拿出一个玉佩卖给收货的了。收货的进屋看到了我家的一个铜盆，两眼发光，说这个铜盆他也收，而且出的价比玉佩高。母亲心动了，把铜盆也卖给收货的了。

谁知有一双眼在窥视着母亲。铜盆体积大，藏不住，收货的从我家屋里出来，二杆子拦住了他，把他扭送到了农会，搜身暴打。

收货的乖乖招供。二杆子带了几个人直奔我家，要我母亲交出"私藏"，母亲不吭声。他们翻箱倒柜，没有找到他们期待的东西，只在针线篮里看到一捆民国时的纸币，那纸币比纸还便宜，母亲留着做鞋背骨子用的。二杆子气急败坏，抓起绳子和两个民兵把我母亲绑了，吊在屋梁上，叫嚣："好你个地主婆，今天你不交出私藏，别想从二梁坊上下来！"

泰换见状，赶紧跑到莲花家，想叫莲花去解救母亲。莲花说："二杆子哪会买我的账啊？"郭癞痢说："泰换，你赶紧去找你立峰舅舅，只有他能救得了你二妈。"

泰换跑到了塘南来找我们。邰桥距塘南七八里路。学校缺教师，那天立峰正在给我们上课。听说他打了报告——要辞去书记职务，来我们小学校当校长。

闻讯，我和立峰舅舅拼命往邰桥跑。二杆子他们听说立峰来了，鸟兽般散了。母亲已经被吊了两个多小时。立峰赶紧解绳子把母亲放下来。母亲手脚已经麻木了，站不住。立峰抱起母亲把她放到床上。母亲身体颤抖，嘴里直冒清水，脸色苍白，说她的胃又痛了。泰换给她拿药，可药瓶是空的。母亲的胃药、止痛药要到华亭镇才能买到。立峰听说后，说："我去买。"说完，急匆匆走了。

晚上八点多钟，立峰舅舅跑得一头的汗买药回来了，一到家，他赶紧给母亲喂了胃药。过后擦着脸上的汗说："我还没吃晚饭呢，家里有吃的吗？"

"有。"泰换说，"有锅巴。"泰换给他泡了一大碗锅巴。

母亲吃过药后，疼痛缓解了。她对我和泰换说："你们回房睡觉吧，我好些了，我有话跟你们立峰舅舅说。"

那晚，立峰一直留在了母亲房。我暗自高兴——母亲接受立峰舅舅了。我想：我以后该叫他什么呢？

可第二天一大早，立峰独自走了。我好纳闷。我问母亲："妈，立峰舅舅为什么起早走了，不叫我和他一道？"母亲淡淡地说："他有他的事。”

从这以后，立峰好像更忙了。他没有再陪我回过邙桥。我不知那晚母亲和立峰发生什么事了。我暗猜是母亲又拒绝立峰了。

可我的这次猜测是错的。一天晚上，二杆子来了。说是找占书记。我把他带到立峰的办公室。立峰叫我回宿舍看书，我没回去，我站在门外偷听。我听二杆子说：“占书记，昌惠说你要娶她，有没有这回事？你要是娶她，我就死了这个心了。”

“不，我原是有这个打算。可现在我不想这么做了。”

“为啥呢？”

“我腰上受了伤，我身体不行。我是个废人。”

“噢，那你不娶昌惠，我娶昌惠，你没意见吧？”

“只要你待昌惠好，我没意见。我希望她过得好。”

二杆子！我气得想冲进去，给二杆子一拳。我下意识地使劲踢了一下墙壁，一阵剧痛袭来。我龇着嘴一拐一拐回到宿舍，看看脚上青了一大块。我心里认可了立峰，不能接受二杆子做我的继父，那晚我第一次失眠了。

第二天，我到学校请了假，谎说病了，跑回邙桥。在家门口遇到气鼓鼓的泰换。他告诉我：“家里的花生被人铲了，葵花盘子被人割了。”我问：“谁干的？”

“肯定是二杆子。他昨晚又让迎凤大妈来说亲了。二妈没答应。说死也不会嫁给一个用砚台砸她头，把她吊起来的男人。”

听说母亲拒绝了二杆子，我心里好受些，可想到二杆子的刁难，我心里又不安起来。我决定不去读书了，在家保护母亲。泰换听了我的决定后，不以为然地摇摇头，说我不是二杆子的对手。谁能保护我们这个家呢？我想到了区长。我觉得区长对泰晴有意思。我决定去华亭镇找区长，让他来为我们撑腰，震慑二杆子。

# 三十

我到了华亭镇招待所，找到了泰晴。招待所原是大官圩圩董陈大章家的院子。我姐把我领到她的宿舍里，在招待所西边拐角。屋子很小，原是陈家花匠住的屋子，里面只有一张小床和一个小柜子。我跟泰晴坐在床上，我跟她讲了家里发生的事，要她跟区长说说，叫她带区长回趟邰桥，去镇一镇二杆子。泰晴摇了摇头，我求她一定要这样做，她发急地站起来说："我不会去找区长的。"我说："你就不为家里着想？"泰晴说："你别烦我了，我说不去就不去！"

我决定自己去找区长。我问招待所里的一个人：区长家在哪里？他笑嘻嘻地说："区长这两天不在家，他一回来肯定来招待所看你姐，你在招待所守株待兔好了。"

我就在招待所守株待兔起来。没想到我在招待所等到了出乎意料的比区长更大的兔子。

两天后的一个早上，泰晴去水锅炉子上冲开水。我帮泰晴在招待所打扫卫生。一个穿着军装的瘦高个男人走进招待所，问正在院子里扫地的我："喂，小同志，请问汪泰晴在这里吗？"找我姐的？我定睛看了看他，感觉好面熟，我问："你是谁？你找汪泰晴干吗？"

"我是她大伯。"

"你是我大伯汪兴春？！"我毫不怀疑他是我大伯汪兴春，因为他和泰换的面目像极了。"你是？"

"我是泰精啊。"他放下绿色旅行包，走过来拍着我的头说："我走的时候，还没你呢。"这时泰晴冲水回来了，我大喊："姐，姐，你快来！你看谁来了！"

"你是泰晴？我是你大伯汪兴春。"

"大伯？你没死啊？"

"我这不是好好地站在这儿嘛。"我这时真是有千言万语要跟我大伯说呀。我急切地说："大伯，大伯，我有话跟你说。"

"有话你就说呗。"我一时竟不知从何说起。我望着他军装上的胸章说："大伯，你是军官吗？"他笑着点了点头。我说："好极了，好极了！你是从哪里来的呀？你要回老家来工作吗？"

"我是从西安来的，来南京开会。会议结束了，我来看望你们。我昨天去芜湖看了你们的姑妈。你姑妈说泰晴在华亭镇招待所上班。"

"这消息还是我写信告诉姑妈的呢。"我说，"大伯，你回邰桥吗？"

"当然，我打算看了泰晴，就去邰桥。"

"太好了，大伯。我请个假陪你一道回去。"泰晴说。

兴春回来了！汪家大院轰动了。人纷纷跑来看兴春，问长问短。兴春大伯答复着众人的追问。

原来他确实是地下党。他的薪水和卖粮食的钱都资助了党组织。被内奸出卖事发后，他逃到了上海，在一个药房做账房先生，继续做地下工作。后来又出现了叛徒，党组织叫他转移到延安。他们在路上遭遇追捕，同去的人都牺牲了，他也受了重伤，昏死过去。他醒来时已是深夜，肚子饿得咕咕叫。他强忍着疼痛爬行，眼前直冒金花。他以为自己这回要进鬼门关了。可他这时爬到了一户人家，月光下，他看到了篱笆上挂着一个小南瓜，他用尽所有的力气把这个小青南瓜摘了，啃吃了。他的眼前不再冒金光，有了些力气。他说一个小南瓜救了他的命。他说他九死一生，身上受了许多伤，一到雨天身上就疼得厉害。

他在延安又成了亲。爱人姓徐，是个护士。在延安生了一个女儿叫延生，后来在西安又生了个女儿叫安生。

汪家的人也跟他讲了家里发生的事。说我父亲死前一直叫着他的名字。都夸我母亲贤惠不易，把三个房头的孩子都拉扯起来。兴春大伯当着众人的面给我母亲下了跪。我母亲慌忙把他拉起。

众人感叹他回来得迟了，如果早点回来，昌惠也不至于被斗。

说他人不回来，应该写信回来，这样我家就是军属了，昌惠何至于被逼坐水缸，被二杆子吊屋梁，受那么大的罪呢？兴春大伯说，解放后他写了好多封信，可都没有收到我们的回信，他的信也没被退回。我们说我们没有收到他的来信，问："你的信写给谁的呢？寄到哪里的呢？"他说："写给汪兴汉的，地址是乌溪镇郜桥。"

兴春大伯听说我读书好，他为了报答我母亲，说要把我带到西安去，好好培养我。我喜之不胜。可母亲没有答应。她说："他大伯，你要是真的敬重我，就听我的。你把泰换带走吧，他和你长得像一个模子里刻出来的。你收他做儿子吧。泰换也老大不小了，家里成分高，到现在也没说上个亲。你给他寻门亲，我也安心了，也好对他死去的爹有个交代。"

兴春大伯说："泰精的学业不能耽误了。我把他送到城里去读书，学费我来承担。"泰晴说："大伯，你放心，我现在工作了，泰精的学费我负责。"

"好，好样的。泰晴，你姑妈跟我说了你跟水生的事。她想让我站在她一边，我已经跟她说了，婚姻自由，这事得听泰晴的。泰晴，你不愿意这门婚事，大伯支持你退婚。"我说："太好了！大伯，我姐跟区长好上了。"泰晴说："才不是呢，你别瞎说。"

"男大当婚，女大当嫁，你也老大不小了，没什么不好意思的。什么人？喊来让我见见。"

"我还没想好。"泰晴低着头，露出躲躲闪闪的眼神。我觉得不对劲，她应该高兴才是啊。

# 三十一

第二天，母亲叫泰换陪着兴春大伯去了石桥，看望佛珠子和宝珠子。我们母子仨去地里拔草。母亲挨着泰晴拔草，边拔边跟泰晴说话。问："那个区长多大啦？"

"二十八了。"

"噢，这么大了。他还没成亲？"

"人家忙着干革命工作呢。"

"他对你有那个意思吗？"泰晴点点头。"你俩都老大不小了，婚事不能拖了……"

"妈，我不想跟区长。"

"为啥？"

"我，我看上别人了。"

"谁？干什么的？多大啦？"

"妈……"

"你说呀。"

"妈，我晚上跟你说吧。"

晚饭后，兴春大伯和泰换回来了。兴春大伯跟我母亲商定，明天就动身，把我送到芜湖去读书，带泰换回西安。要我母亲只收拾我的衣物，泰换的不需带，泰换进部队，吃穿在部队。

迎凤大妈和族长来邀兴春大伯去喝茶。趾高气扬的迎凤大妈现在头上包了块毛巾，一副低眉顺眼的地道农妇模样。兴春大伯跟他们去了，说，正要找二杆子说说话。我想跟他们去。可我知道母亲要问泰晴的事。泰晴看上谁啦？这个问题更让我好奇。看母亲和泰晴捡好了我的衣物，去厨房洗脚了。我赶紧溜进母亲的房里，躲在床背后。果然，母亲和泰晴进房了。母亲拉着泰晴的手坐在床沿上，问："你在华亭镇过得好吗？"

"好。那边人对我都挺好的。那边不瞎斗人，按政策办事。"

"那好。都怨我，不该指腹为婚，把你给耽误了。你老大不小，这事不能拖了。你在华亭镇看上谁了？"

"妈……"

"你说呀！"

"他叫丁咸基。"

"做什么的？"

"他家在镇上开布店的。"

"噢。他多大了？"

"二十五。"

"二十五还没成亲哪。"

"他，他成过亲了。"

"什么？"

"他离婚了。"

"为什么离婚？"

"现在不是提倡离婚嘛。"

"你为啥看上他？"

"他长得好看，二胡拉得可好听了。"

"好看不能当饭吃，二胡也不能给你撑腰。你为啥看不上区长呢？他可是区长，又没成过亲。"

"妈……那你为啥看不上二杆子呢？他是农会主席呢，也没成过亲。"

"你！"母亲没想到我姐这么回嘴吧，她站了起来。过了会儿叹了一口气："你要是真的看上他了，让他来家里提亲。"

"你同意啦？"

"我还要去访问访问。看他人品咋样，为啥离的婚。"

"据说是婆媳不和。那女的娘家是芜湖街上绸缎庄的，从小娇生惯养，好吃懒做。袖子筒就是糖果罐，嘴一刻不停。"

"他家里有些什么人？"

"他是独子。家里只有父母。"我姐隐瞒了一个重要的人——丁咸基的儿子。丁咸基有个四岁的儿子。后来母亲知道了，先是坚决不同意这门亲事。她不能让女儿做人家的后妈。可我姐更犟，她非丁咸基不嫁。最终母亲抗不过泰晴，怕泰晴成了老姑娘，心疼理解泰晴，同意了这门亲事。那是1952年的事了。

　　兴春大伯把我送到芜湖一中读书。途经乌溪镇，我们去了镇里的邮政所。在邮政所里找到了兴春大伯写给我父亲的信。兴春大伯一见这些信，瞪着眼，指着所长喝问："为什么不送信？"所长战战兢兢地说："邱桥不属乌溪镇了，又离乌溪远，我们问了人——说——汪兴汉已死。"兴春大伯捶了桌子："混账东西！汪兴汉不在了，他没老婆儿女吗？我们在外出生入死干革命，你们在家就这样干工作！"吓得所长单腿跪下了，双手合一连连作揖求饶。泰换举起了拳头说："你害得我二妈好苦啊！"那个所长弓着腰，老鼠般哧溜一下窜出邮政所的大门，跑得没影了。

　　通过检测，芜湖一中让我入了学。从此，我在芜湖一中读初中和高中，学费和生活费有泰晴和兴春大伯供给。我发愤学习，成绩在班上一直名列前茅。

　　母亲把佛珠子的大儿子费醇香接到身边抚养。她一人没日没夜地辛苦劳作。种的山芋、蔬菜吃不完，她舍不得扔掉，都制成了干粉，晒成了干菜。

　　泰换去了朝鲜战场，没多久战争结束，志愿军转业到地方工作。泰换去了湖北荆门，在那里参加了荆门炼油厂的建设。后来入了党，成了炼油厂的一名工人和基层干部。与那里一个在荒滩上放羊的漂亮姑娘相识相爱了。姑娘有个好听的名字叫彩云。泰换每年都回老家探亲一次，给母亲带些当地的糕点。第一年带新娘子回老家的时候，母亲拉着彩云的手给了她一枚戒指，做了一床新棉被让他们带回了荆门。

　　泰晴结婚前夕，来了一个女孩儿，在汪家大院打听泰换的消息。母亲把她领到家里问她是谁。原来她是兴萍的女儿，泰换同母异父的妹妹。她是奉母亲的命来打听泰换的。他们一家在南京生活。女孩儿留了地址给我母亲。母亲留她住了两天，还让她参加了泰晴的婚礼，走的时候送了几包喜糖给她。

　　我写信告诉了泰换。泰换年底探亲的时候，母亲对泰换说："你妈在南京，你去看看她吧。"泰换对我母亲说："二妈，你就是我的妈。我不会去南京的。"

"可她毕竟是你亲妈，她怀了你十个月呢。"母亲就是这样一个宽容待人的人。可她也不是无原则宽容一切的人。

二杆子对我母亲没有死心。可母亲见到他就远远躲开去。二杆子后来娶了一个北方来逃荒的寡妇。那女人长得瘦小，在二杆子跟前大气也不敢出，一年后生了个儿子，生下来脸上就有块青色胎记，所以得了个绰号叫"青面兽"。二杆子听过《水浒传》中杨志的故事，给儿子取名叫像志。他不知自己姓什么，当时无姓的人都姓"党"。因此，"青面首"的学名叫党像志。

1953年，上头号召组织互助组，我家没有男劳力，没有哪个组愿意要我母亲。母亲也自知这一点，没有入互助组，她一人单干。后来，二杆子要我母亲入他的组，他是组长，他说了算。可母亲拒绝了，她不愿欠二杆子的人情，不想跟他有所瓜葛。

莲花和郭癞痢入了互助组。入了组，男女都要按时上工，孩子没人带。莲花怕儿子玩水，把儿子锁在家中。没有玩具，把泾县的鹅卵石拿给儿子玩。小孩儿每天玩鹅卵石，鹅卵石被他玩得溜光发亮。有一天他竟玩上火了，结果把头发烧了，额头上烧了块疤，像个"大甲虫"。后来郭癞痢到哪都把他带在身边。小孩儿被火烧过后，胆子小了，也不敢离开大人了，大人做田，他就坐在田埂上玩泥巴，由此得了个外号叫"跟屁虫"。

# 三十二

1954年，连绵的雨从四月份就下个不停。七月份长江水位暴涨。看着不断上涨的河水，人心惶惶。学校早早地放了暑假，我从学校的图书馆里借了《三国演义》和《水浒传》，我背着书包往回赶。一路上看到许多人家在搭架子，大堤岌岌可危，人们都在做破圩逃生的准备了。

我回到家里，母亲正在家门口急切地盼着我回来。一见我神情激动地说："你可回来了。"

"醇香呢？"我问。"他回去了。他记挂他妈呢。唉，这孩子，人小心事重。他那死鬼父亲，让他在人前抬不起头啊。上代作了孽啊。可怜啊，这么乖的孩子。"

汪家大院地势高，人都在家里搭架子。我看到家里的客厅里搭了一个高架子，是用树棍、门板在屋柱子上搭的。母亲告诉我是立峰舅舅和昌英姨来帮着搭的。我从八仙桌上爬到架子上，伸手就摸到屋顶了。屋梁上吊着一袋一袋干薯粉和干菜，家里的荞麦面啊油啊酱啊咸菜钵、衣箱、被子都搬到架子上了。架子上还放着一个油灯，一个泥炉，一副丝网和一个竹竿绑着的大网兜。

母亲让我在家看书。她在菜地上忙活，每天从菜地里拎回一竹篮蔬菜——辣椒、豇豆、黄花菜。辣椒切碎腌起来，豇豆酱起来，黄花菜晒干。

七月底的一个深夜，大雨滂沱，狂风大作，电闪雷鸣。我在睡梦中忽然听到有人喊叫的声音。"破圩了——破圩了——"母亲点亮了油灯。我心慌地坐起身。听到外面好像有万马在奔腾。一会儿客厅的门发出吱吱的声音，一股股的水如小孩儿撒尿一般从门缝里浇进来，黑魆魆的水、亮晶晶的水不断往上涨。咔嚓一声，门闩断为两截，大门被水冲开，旋即一股阴风扑面，吹灭了油灯。黑暗惶恐笼罩着我，睡在另一头的母亲摸着我的腿说："别怕。"

天亮了，我看到架子下荡漾着的水，离架子只有一尺远，它们好像不甘心似的，想要爬到架子上来。我坐在架子上伸手就够着水了。水上漂着各种东西，树枝啊稻草啊鞋啊木板啊……架子上还蹲着几只老鼠。我挥手去赶老鼠，不料破了圩的老鼠疯狂了，竟像我扑来。母亲迅疾拿起网兜护着我，用杆子敲打老鼠的头，才把这些疯狂的老鼠赶下水去。

母亲捞浪脚子柴（水上漂浮物）烧锅。这些湿淋淋的柴火，我是怎么也点不着的，母亲用个小树枝在油灯里略微沾一下，就能点起火来，她烧的时候烟还不多。我试着在泥炉里烧过几次，不是烧不着就是烟熏得人眼睛睁不开。

破圩后蚊子特多，每晚我躺下后，母亲为我扇着扇子驱赶蚊虫。她几乎整夜不睡。凌晨时才合会眼。午后她睡一会儿。她最担心我被蚊子叮了，打摆子。她早起第一件事，就是跪在架子上向菩萨祈祷："菩萨，千万不要让毒蚊子叮泰精啊。保佑孩子们都平安。"

大水到十月份才退去。我们在架子上生活了两个多月。这两个多月，我的任务就是放放丝网，从水里网小鱼。这样每餐都有小鱼吃。等鱼上网的时间，我都靠在架子上看《三国》和《水浒》了。充裕的时间，让我细细品读了这两部典籍。这是我这一生中最闲暇的读书时光。母亲因为熬夜，脸色灰暗，人很消瘦，很疲惫。

54年破圩，让我最害怕的是一觉醒来，枕头边盘着几条蛇，那真是毛骨悚然啊。最恶心的是水里漂来浮尸，恶臭难闻。亏得母亲准备了艾草，她从屋梁上取下干艾草点燃，艾草的香驱走了恶臭。破圩淹死的人还没有得瘟疫死的人多。破圩后，人死了，只能进行水葬，毫无人的尊严可讲。最讨厌的是老鼠在卧铺上横行。最高兴的是水里爬来乌龟王八，漂来菱茉。菱茉菜是当时唯一能吃到的新鲜蔬菜，是最期盼的菜了。1954年破圩，我没有受多少苦。靠着母亲的智慧和未雨绸缪的辛勤积攒，我没有饿肚子。干薯粉、干菜、咸菜、酱菜、鱼虾填饱了我的肚子。是的，"那过去了的，将成为亲切的怀恋"，苦难的过去，成了亲切的怀恋。最让我怀恋的是母亲的酱菜。她用荞麦做的酱，酱辣椒、酱豇豆、酱莴苣、酱萝卜，是那么的精致鲜美带着甜丝丝的味道。那是母亲手制的酱菜特有的味道，没有人能够复制出来。

大水终于退了，一季的庄稼废了。半饥半饱的人们赶紧奔向田里，撒种些速生的庄稼、蔬菜来果腹。乘着灾后重建，上面号召——

成立合作社，发展农业生产。没有几个人愿意。因为每家的情况不同。有的人家添人进口了，有的人家人口减少了。有的人家劳力多，有的人家劳力少。成立合作社打下的粮食怎么分呢？劳力多的人家不愿白白给别人干活，田多人少的，情愿自己多受累，不愿把粮食分给别人。上面又来了工作队，他们走家串户大力宣讲成立合作社的好处。可人们不愿把手里的土地交出去，他们吵吵着，观望着。郭癞痢整天把土地证抱在怀里。田就是他的命啊。

上面召集互助组的组长们到镇上开会。会议传达的是县里的决议——灾后重建，发展生产，必须成立合作社。有人问：合作社打下的粮食怎么分呢？答曰：施行按劳分配的原则，按工计酬，多劳多得。二杆子问，人家不愿入社怎么办？答曰，田是共产党分给农民的，不是农民的私有财产。所有的土地收拢归集体。我们的目标是消灭私有制。共产党让穷人翻了身，我们的口号是——听毛主席话，跟共产党走。谁敢不听党的话？

通过二杆子的宣讲，老百姓统一了朴素的认识：天下是共产党打下的，土地是共产党的。共产党现在要我们走合作化道路，我们必须听党的。

地主们经过土改运动，已成惊弓之鸟，率先交出土地证。贫农们，原是没有田的，他们感念共产党，也把土地证交出去。只有中农们期期艾艾着，后来看大势所趋，也随大流了。只有几个像郭癞痢一样的顽固分子，死抱着土地证不愿入社，后架不住工作组苦口婆心的劝说和周围人的白眼，被包围在周围合作社田里的尴尬，最终也交出了土地证，入了社。郜桥合作社成立了，二杆子当上了社长。

合作社成立后，正如所宣讲的那样，它的优越性体现了出来。人多好干活，统一修建了水渠，不用担心没水浇灌了，原来种旱谷的田也可以种水稻了，水稻大量种植起来。在二杆子的督促催逼下，懒人也不敢偷懒。手脚慢的人跟手脚快的人在一起干活，也被逼快了些。

母亲一贯种旱谷，水田里的活不熟悉，手脚也没别人快。母亲干活精细，而二杆子要的是速度。二杆子当上社长后，对我母亲就光明堂皇地指手画脚，名正言顺地挑三拣四了。他格外地关注我母亲，母亲被他盯得十分不自在，时时提防着他，还要每天忍受他满含讥讽的话语，心里非常不痛快。

## 三十三

我昌英姨家出大事了。她的女儿常青自尽了。常青是昌英姨的小女儿，长相甜美，是我昌英姨和四姨夫的掌上明珠。她跟塘南镇的一个通信员恋爱了。通信员识文断字，长相清秀，跟常青站一起，是一对人人称道的"金童玉女"。不料，镇长的女儿也瞧上"金童"了。为了填饱肚子，为了今后更好的前途，"金童"变了心。对常青提出分手。常青受不了失恋的打击，十八岁的她跳河自尽了。这给了昌英姨和我四姨夫沉重的打击。昌英姨哭倒在地，四姨夫丢魂失魄。得信的亲戚们都来了，来安慰这两个可怜的人，白发人送黑发人啊。第二天晚饭时，不见了四姨夫，我们四处寻找不见。昌英姨从痛苦中走出，她想到她家藏粮食的夹壁间，急忙拉开夹壁间的小门，跑进去。

四姨夫歪在夹壁间，身体僵硬，已经闷死了。

这下，昌英姨成了寡妇。她家有个女邻居，娘家是华亭镇程家庄的。女邻居的娘家哥哥死了老婆。女邻居就有心给他哥哥做起媒来。她哥哥叫程顺棋，在程家庄当社长。程顺棋听他妹子说朱昌英识文断字，人挺能干，而且他也见过昌英，很是满意。他对我昌英姨上了心。让他妹子三番五次来说媒。昌英姨刚开始不同意。后来程顺棋得空就左一趟右一躺跑来，挑水、劈柴，见活就干。我昌英姨终于被感动。昌英姨家的儿媳妇土改时跑了，儿子在打光棍。程顺棋家有一个有点痴傻的女儿，说愿意嫁给昌英的儿子。这样皆大欢喜，这事就成了。1955年冬，朱昌英改嫁到了程家庄。程家庄离华亭镇只有两三里路。这样昌英姨离泰晴近了。她常去看泰晴，把对女儿的爱倾注到泰晴身上。这时泰晴已经怀了第二个孩子。

不久，泰晴产下老二，母亲去送月子。泰晴留母亲住两天。晚上，母亲跟泰晴、昌英姨聊天。母亲说入了社也蛮好，就是二杆子让她心烦不痛快。母亲一人在家生活，泰晴不放心。

昌英姨是个有主意的人，她听了后，想出办法来。她拉着我母亲的手说："现在全国一盘棋，按劳取酬，不如你到我们程家庄来，入我们的社。我们姊妹也有个照应，泰晴也放了心。"母亲说："这倒是好，可我住哪儿啊？"丁咸基说："妈，我家有空房子，你不嫌弃的话，我们把库房拾掇拾掇，你住进来。"

"好。这事就这么定了。我回去跟程顺棋说。"1956年，丁咸基和昌英姨划着船把我母亲接到了华亭镇，把家什也全搬来了。母亲入了程家庄合作社。

母亲住在华亭镇，听不到程家庄上工的哨子声。她怕误了工，每天起早就去了，在昌英姨家候着。她身上总是清丝丝的，这让一些人羡慕，也让一些人嫉妒。后来程家庄向别的合作社学习，捉了几只小猪，准备养猪，年终大伙分肉，开伙，改善伙食。谁来养猪呢？有个促狭鬼提议让朱昌惠来养猪。她想看看清丝丝的朱昌惠跟脏兮兮的猪打交道，身上还清丝不清丝。程顺棋觉得也好，养猪自由些，时间自己把握，不用听上工的哨子声。而且朱昌惠干事精细，把猪交给朱昌惠养，他比较放心。他就把养猪这个差事交给我母亲了。

成分不好的母亲，接了这个差事后不敢怠慢。猪要有个三长两短她就脱不了干系。她诚惶诚恐地把猪当作自己的孩子般养了。

她起早带晚地去田里割猪草，到河里绞水草，拌上稻糠喂猪。她唯恐猪生病，哪个猪吃食不力，她就心焦得不行。

猪吃喝拉撒在一块，身上臭烘烘的，脏得很。有点洁癖的母亲想让猪干净点。她竟想出了一个办法。社里还有个喂牛的，是个罗锅。大伙可怜他，让他喂牛看公房，给他记最高的工分。母亲有时也帮他割草喂牛，程罗锅对我母亲很是感激。

母亲跟程罗锅商量：把猪放出来，让程罗锅帮她看住。她把猪圈清理一下。程罗锅答应了。

母亲用了九牛二虎之力把猪圈的地一半填高，弄成个坡地。把猪槽放高地上。这样猪撒的尿就往低的地方淌下去了。吃食的地方比较干净了。程顺棋看到后明白了我母亲的用意。他在猪圈外挖了一个大坑，猪尿就由猪圈淌到坑里了。这样猪圈就干爽多了。母亲还天天到猪圈里把猪屎清理出来。夏天天热，每天拎水给猪冲澡；蚊子多，点燃艾草熏蚊子。冬天天冷，在猪槽边铺上厚厚的稻草给猪睡觉。听说有的社里发猪瘟了，母亲赶紧跑到兽医站，去问询。自掏腰包买了土霉素药丸，捣碎拌在猪食里。母亲养的猪一头也没死。社里的人说："朱昌惠养猪，比养小孩儿还精心，猪落在她手里，猪都享福了。"年终杀猪，分肉，开伙，社员们吃着肥嘟嘟的猪肉，都夸朱昌惠养猪有功。这样，母亲就一直当着猪倌。她几乎每天晚上都要换衣，擦身，洗衣。忙累得很。深夜她还就着油灯做鞋，给我，给泰晴，给立峰舅舅，还给程罗锅。她的手上满是厚厚的老茧、皲裂与洗不掉的青黑色草汁印迹。两鬓已经冒出许多银丝，可她的头发还是梳得那么一丝不乱。

# 三十四

"新社会、新国家，各人挣钱各人花。"新社会人人劳动，不养"寄生虫"。没有黄、赌、毒。女人翻了身，顶了半边天。社会主义好。是的，我们都觉得新社会好。

冬季农闲大兴水利，农业产量有所提高。

农忙时节，学校组织我们去附近的农村义务劳动，给合作社"抢收"，"抢种"。每个星期班里举行班会，进行政治学习。班长李

大个子给我们读《人民日报》的社论和一些重大新闻。党领导我们
埋葬了腐败的蒋家王朝，赶跑了美帝国主义，国家和平进步，我们
都深受鼓舞，感到长在红旗下的自豪。共产党好！新中国好！农业
合作社好！人人争先恐后要为新中国的建设贡献力量。1957年国家
形势一片大好，顺利完成了第一个五年计划。

　　为了尽快改变我国经济文化落后的状况，1958年，国计委提出
《第二个五年计划要点》，其中提出"五年超过英国，七年赶上美
国"，这个提议受到毛主席的首肯。毛主席在这个文件上批了一句
话——"这是一个很好的文件，值得认真一读。"于是，文件很快
传达下来。听了这个消息我们既兴奋又迷茫。兴奋的是赶超英美，
迷茫的是不知英美是何水平，如何赶超。不过我们都深信共产党。
共产党是伟大、光荣、正确的党。共产党会领导我们从一个胜利走
向另一个胜利。党叫干啥，我们就干啥。

　　1958年，开始大办人民公社。华亭镇成立了华亭人民公社。程
家庄成了华亭公社旗下的一个生产队。接下来，生产队办食堂。粮
食集中到生产队，放在新建的粮仓里。妇女派班烧锅。私人家里都
没有粮食了，不再养家禽和牲口。而生产队的稻糠多了，有人提出
生产队多养猪和鸡，既能改善伙食又能积肥。有的生产队建了大规
模的猪场，扬言要养万头猪。养万头猪，稻糠就不够了。怎么办？
有好消息传来，据说外地有一种草，长在水里，繁殖起来非常快。
可以把这个草当猪饲料。于是，公社派人去外地学习参观。去的人
带回了这种草。人们争相去瞧：这种草，外观像野苋菜。不同的是，
苋菜长在土里，而它长在水里；苋菜的茎是实心的，而它是空心的。
这种草投到水里后，果然繁殖非常之快。只要取一把茎叶放水里便
很快繁殖开来，茎下面长出须根。根上又生出许多茎叶，一大片一
大片漂在水面上向四周蔓延。堤岸边也能生长，潮湿的地方也能生
长。他们把这种草起了个响亮的名字叫"革命草"。很快革命草在
华亭镇的各条河沟里蓬勃生长着，取之不尽。许多生产队建了养猪

场。人们准备大养一场。可不久，人们发现猪吃了革命草还是嗷嗷叫，个头也不见长。猪也不爱吃革命草。倒是牛爱吃革命草。革命草都喂了牛了。程家庄生产队也扩建了猪舍，养了几十头猪。又增加了两个饲养员。三个饲养员整天割猪草，绞河里的水草喂猪。由于革命草的入侵，河里其他的水草长得不好。几十头猪每日嗷嗷叫着，狼虎一般。为了给这些猪增加营养，母亲想尽了办法。

那时，我昌英姨因为有点文化，为人又热心，能干，当上了大队的妇女主任。上面号召除"四害"。社员们都行动起来，连小孩子们也发动起来。每个生产队上报除"四害"的战果，进行评比奖励。为了公正，防止虚报，让生产队上缴捕获的"四害"。那时的"四害"是苍蝇、蚊子、老鼠和麻雀。苍蝇、蚊子太小，不好计数。要求只上缴老鼠和麻雀。被捕获的老鼠、麻雀小山般堆在大队部。母亲从昌英姨处得知这个信息后，她带了麻袋把这些老鼠、麻雀挑回家来。晚上，给老鼠剥皮，麻雀拔毛，放锅里煮熟后，用水桶提到生产队，掺在猪饲料中喂猪。为了长久计，母亲把老鼠、麻雀用盐腌了，像腌制腊肉、咸鱼一般，腌好后还放外面晒干。母亲每天弄这个，忙到深夜。可不久母亲转行了。

吃食堂，烧大锅饭。烧大锅饭菜很不容易。程顺棋的侄媳妇烧锅不行，轮到她烧的时候，饭不是生了就是煳了。菜不是焦了就是齁得不能进嘴。她轮班的时候，就央求我母亲帮她烧锅，她去割猪草喂猪。

母亲烧得饭不烂不硬香喷喷，菜烧得色香味俱全，味道好极了。人吃了后都夸。为了吃得好，后来大伙提议让我母亲专门在食堂烧锅，其他妇女轮班给我母亲打下手。刚办食堂社员们吃的非常好。

我在学校食堂吃，学校食堂不收伙食费了。大家吃的一样，反正吃的是公共的，大家都放开肚皮使劲吃。办食堂我们都赞成，感谢共产党让大家都一律平等，过上了共产主义的生活。吃饭不要钱，人人脸上都露出笑容，人人都意气风发，要为社会主义建设添砖加瓦，赶超英美。

1958年，我读高三了，我文科成绩很好。只物理成绩较差。我想再过几个月我就参加工作了。心情既激动又有点忐忑。因为我个头矮小，我不知做什么工作好。我去征询班主任徐老师的意见。徐老师说我成绩好，应该继续求学，考大学。可我已经急不可待地想投身社会主义建设了。我问母亲的意见。母亲让我去问立峰舅舅。

华亭镇开始建中学，立峰舅舅被调来担任华亭中学的校长了。他早就辞去了镇书记的职务，在塘南镇小学当校长。立峰舅舅让我自己拿主意。他希望我考大学，也欢迎我到华亭中学来当老师。我感到不管是继续求学还是当教师都很好。美好的未来在向我招手。

"社会主义好，社会主义好。社会主义国家人民地位高……"欢快的歌声响遍神州大地每个角落。到处能看到这样的标语——共产主义是天堂，人民公社是桥梁。鼓足干劲，力争上游，多快好省地建设社会主义。三年超英，五年赶美。一天等于二十年，共产主义在眼前。没有干不到的，只有想不到的。……

我字写得不赖，是学生会的宣传委员。这些个标语我激情澎湃地也写了不少。用粉笔写在宣传栏上。用毛笔写在红纸上，粘贴在学校的围墙上。学校多次组织了赛诗会，我写了几十首颂歌。我满怀热情歌颂党和新社会，憧憬着更加美好的未来。我的诗歌获得了好评，在赛诗会上得了奖。

## 三十五

在这样众志成城大干社会主义、实现共产主义的形势下，1958年8月17日，中共中央在北戴河召开了政治局扩大会议，提出了两年要赶超英国的计划。通过了一个全党全民为生产1070吨钢而奋斗的决议。1957年我国的钢产量只有535万吨。钢产量要翻一番，于是空前规模的大炼钢铁运动开始了。各级党委第一书记亲自挂帅负责炼钢。各部门、各地方要为"钢元帅升帐"让路。"以钢为纲，全面跃进"的大字标语，城乡可见。1958年9月，毛主席亲自来马鞍山视察马钢九号高炉，群情激奋，掀起了炼钢高潮。生产队身强体壮的男劳力大多支援马钢建设去了，还有一部分到县、市的各个山里，上山采矿、伐木去了。生产队只剩下妇女在做田。妇女们日夜奋战在田间，身疲力竭。缺乏劳动力侍弄的庄稼长势不好。

为了完成钢产量指标，各地纷纷建起了小高炉炼钢。我们学校也支起了一个小高炉，是拆文王庙和学校的围墙砖砌的。炼钢要矿石，哪来这么多铁矿石？没有原料我们四处收集。学生们都回家把家里的铁器搜寻了来，每个家里只留一口铁锅烧水。我们见了带铁的东西就眼红，甚至连缝衣针、妇女头上的铁发卡、手指上的顶针也不放过。没有煤炭，上山砍树做燃料。山上布满了各个单位的人，人们奋力砍树，翠绿的树呻吟着呼啸着一棵棵倒下，山上的大树被砍光。

我们高中生放下课本和老师一起大炼钢铁。可我们炼出来的"钢"像个豆腐渣。人们称这样的钢叫"土钢"、"土铁"。我们称了重量也上报、上交了。长江边的一个空地上，芜湖市炼出来的土钢、土铁堆成了山。我们炼的"钢"也堆在其中。这些钢后来怎么样了，谁也不知道。据统计1958年我国的钢产量达到了1108万吨，超额完成了计划。据小道消息说：质量达标的钢只有800万吨。800万吨也是个辉煌的成果啊。这800万吨钢，是钢厂的工人们加班加点，放弃公休日，竭尽所能炼出来的呀。可以说是用心血和汗水浇铸的。工人们的劳动强度达到了极限，许多人累趴下了。完成了计划人们稍微松了口气。

学期即将结束，我想去当老师了。可班主任要我报考大学。我决定写封信给兴春大伯，问问他的意见。我已经大半年没收到他的来信了。他原来每隔两个月就给我汇来生活费，并给我写信。吃公共食堂后，我写信告诉他吃饭不要钱了，要他不用给我寄生活费了。

从那以后，他就没给我写信、汇款过。我想他是觉得不用管我了。

过了一个星期，我收到了西安的回信。信是延生写的。读完信，我仿佛被雷震了。延生在信中说，我大伯在大鸣大放中说了错话。1957年成了右派，到农村下放劳动去了。上个月，他患了严重的肺炎，不治身亡。信末尾说，要我读完信赶紧销毁这封信。不要让这封信影响了我。要我夹紧尾巴做人。不要走白专道路，还是早点工作为宜。我引以为豪的大伯竟成了"右派"！我心惶惶。这信成了烫手的山芋。怎么销毁？我更怕别人看见我销毁。晚上，我做贼似的偷偷跑到江边，把信撕成雪花般的碎片，握在手里，把手浸在冰冷的江水里，沤化了它。

我战战兢兢思虑再三，决定听延生的，早点工作。我把想法跟徐老师说了，在徐老师的推荐下，我留校任教，教初中部语文，李大个子教体育。

1960年，食堂的饭菜越来越差。不是尽着吃了，每人定量。早上，一碗稀饭，两个馒头。稀饭是一碗水，下面沉着几粒米饭。馒头像小包子，一口就吞下了。这点吃食对于正在长身体的我们来说，哪够一点点啊！两节课一上我们就饿了。有一天，这么小的馒头还没发起来，黑黄黑黄的，硬邦邦的。李大个子和几个饭量大的老师爆发了，他们认为是学校克扣了我们的口粮，去找学校总务主任理论。总务主任一听说，赶紧地溜之大吉。李大个子他们没有找到躲藏的总务主任，就一气冲进了校长室。他们把馒头扔在校长的办公桌上，责问校长为什么克扣教师和学生的口粮。校长说："现在自然灾害，粮食供应紧张。学校也没办法。"

闻讯的高中部学生们纷纷赶来。起哄的学生掀掉了校长的办公室桌子，馒头滚落一地。学生们冲进食堂把炊事员们暴打一顿。女炊事员们哭着气愤地去报了警。警察来了，事情闹大了。

学校的党支部书记紧急召集各班班主任开会，斥责班主任工作不力，要班主任彻查此事，严惩带头闹事者。徐老师为学生们说了话。他说根源在食堂供应不足。书记大为光火，又召开教师会议，让每个教师都表态对此事的看法。教师们纷纷自我检讨，李大个子死不认错。我说："学校应该管好食堂，保障供应。"

接下来，学校早餐，每人增加了两根胡萝卜。宣传说胡萝卜具有丰富的维生素，对身体健康有利。李大个子吃不饱，被饥饿煎熬的他去附近的生产队偷西红柿，结果被社员们抓了。李大个子被学校开除了。他在走回老家的路上，活活饿死了。

徐老师把扔弃的胡萝卜缨子收集起来，吊在宿舍的屋檐下晒干，有人问他："徐老师。你这是干吗？"他说："备荒，怕以后连胡萝卜也没得吃了。"他的举动和话语有人报告给了学校书记。书记认为他谣言惑众，诋毁社会主义。结果一夜间，他被打成右派，劳动改造去了。教师会上人人声讨徐老师，我没有。我说："徐老师没什么错，他只是杞人忧天罢了。"结果有人说："汪泰精跟徐老师关系密切，站在右派一边。"综合两次事件我的态度，我被打成了"右倾"，我被孤立了。学生们则对我指指点点，我的课上不下去了。

## 三十六

我回到华亭镇，回到母亲身边。母亲已经不在生产队食堂烧锅了。因为这时已经不烧干饭了，改为餐餐煮粥了。煮粥谁不会呀？炊事员偷饭吃，成了公开的秘密。半饥半饱的妇女们，吵着要去烧锅，所以又轮班烧锅了。听说有的生产队，一些妇女不惜出卖肉体，去贿赂生产队长，为的是进食堂烧锅。据说，二杆子凭此把郇桥的妇女都睡了。

我成了无业游民。吃饭成了问题。好在母亲有办法。她带着我去挖白草根，白草根一排排，白白的，远看上去真像白米饭。母亲把白草根和老鼠肉、麻雀肉放蒸笼里蒸熟了，给我当饭吃。母亲不再养猪了，生产队的猪有的得猪瘟死了，有的被杀了，现在生产队一头猪也没了。这些母亲早先储备的猪饲料，填饱了我的肚子。感谢"除四害"！感谢母亲寸物寸用的思想！可白草根不扛饿，老鼠肉、麻雀肉是有限的，我得去上班。我去找立峰舅舅。立峰舅舅这时也不说欢迎我了，他也做不了主了。现在每个单位粮食供应都很紧张。谁都不愿再增加一张吃饭的嘴。"粮食去哪儿啦？"我问立峰舅舅。他笑了笑说："都放卫星，升天了呗。"我不解："我们在报纸上看到，粮食大丰收哇。怎么回事呢？"立峰附在我耳边小声地对我说："下面的干部为了政绩和乌纱帽虚报产量，粮食大多交了公粮，入了国库了，都换外汇去了，支援兄弟国家去了。唉，上面的出发点是好的，鼓足干劲，建设社会主义，可定的指标过高。下面的一些人只想着自己的政绩和乌纱帽，一味迎合上面的意图，弄虚作假。这些人自以为领会了上级的意图，他们没有真正领会共产党高层领导的意图啊。中央是想为人民大众谋幸福的呀！唉！"

唉！我怎么办呢？我这一小舟该驶往何处呢？我现在明白徐老师他不是杞人忧天了。

泰晴也为我着急。她领着我去找了李走区长。

李走区长这时娶了丁咸基的堂嫂。他堂嫂原是丁家的童养媳，解放后鼓励妇女离婚。徐氏跟丈夫离了婚。徐氏积极追随李走区长，投身革命工作，对李走嘘寒问暖。泰晴跟丁咸基结婚后，李走接纳了徐氏。李走给徐氏起了个大名，叫徐红霞。徐红霞当上了公社的妇女主任，风光得很。

区长这时好比是太后，并不临朝执政。但还是有话语权的。公社的干部们都尊敬地称李走为"老首长"。李走已经发福，样子更加威猛。没有具体工作的他到处巡视，成了乡间调解员。哪里出了纠纷就请他去主持公正。谁是谁非，他秉公评判，令人信服。哪家吵嘴了，他不请自到，义务调解，化解矛盾，或把双方都臭骂一顿，令人敬畏。

泰晴跟李走说了我的情况。李走沉思了一会儿，说："我有个战友在丹阳湖渔业大队当书记，那个地方有些偏僻，但不愁饿肚子，那里的鱼尽着吃。你愿不愿去呢？"能有的吃就好，我赶忙点着头说："我愿，我愿。"

我有了着落，母亲放下心来。她对李走很是感激，说："李走区长真是好人啊。唉，你姐没那个命。"她把家里的布票、肉票、糖票都送给了徐红霞，感谢李走对我的关照。

于是，我去了丹阳湖渔业大队。大队书记对我也很关照，我当上了大队的会计。我和渔民们吃住在船上，日出而渔，日落而息。这里真是个世外桃源啊！茫茫的水域，莽莽的原野，水天一色。晴天天是蓝的，水也是蓝的；阴天天是灰的，水也是灰的。正如范仲淹在《岳阳楼记》中所描写的那样："上下天光，一碧万顷。沙鸥翔集，锦鳞游泳。岸芷汀兰，郁郁青青。"这里的渔民身上一股鱼腥气，男人们捕鱼，女人们织网。他们很粗野也很直爽，他们有话就说，有屁就放，从不藏着掖着。在这里你不用担心背后有暗箭。夏天，男人们都光着身子在湖里捕鱼。女人们竟也光着上身。这让我面红耳赤，眼睛躲闪不及。渔民们朗声大笑，他们捉住我，扒了我的"皮"，我也一丝不挂了。刚开始，我非常的不适应。慢慢地也就见怪不怪，入乡随俗了。近朱者赤，近墨者黑，环境对人的影响不容小觑啊。我被他们同化了，不再别别扭扭着身子羞涩着。在这赤裸相对的环境里，穿着衣服反倒成了另类，不好意思了。光着身子在船上自如地走来走去。天、水、人合一，河风是那么的凉爽！我喜欢上了这里。

深秋后，就不美了，湖上的风如刀子般拉割着脸颊。一个冬季，渔民们不洗澡。身上爬满了跳蚤，身上痒乎乎的，被跳蚤咬得尽是红包。好多渔民患有风湿病，冬季手脚就疼了，我给他们熬姜汤驱寒。

逢年过节，我回华亭镇探望母亲。捕获的鱼是公家财产，能吃不能带。但渔民们善良，知道外面没得吃，饿死人，我回去的时候，他们叫我带点干粮在路上吃，带点晒干的小银鱼回去。银鱼用荷叶包着小心地分散揣在怀里，不能让路上的人发现，以免被抢。

在路上，我看到倒在路旁饿死的人，他们骨瘦如柴，大睁着眼。路旁一人家的墙上画着一头大肥猪，猪背上骑着仨孩子，画旁写着一行字——"肥猪大如牛"。另一家的墙上画着两捆稻穗，硕大的稻穗上坐着四个欢笑的孩子，画的左边写着——"农业大跃进"，右边写着——"社社放卫星"。

到家见到母亲我就忍不住落泪了。母亲干瘦得厉害，眼窝深陷，头发枯黄。我把银鱼交给母亲，母亲接过，抓了几根就塞进嘴里，她饿坏了。她叫我也吃，我摇摇头。母子难得相见，可我不敢在家多耽搁，因为没得吃。我把银鱼留给母亲，又急急地赶回渔业大队。每次走的时候，母亲都叮嘱我："在那好好干，听干部的话。"

1958年到1961年，大炼钢铁，粮食放卫星，原是想着跑步进入共产主义社会，没想到重重摔了一跤。钢产量是有所提高，可粮食产量大滑坡，"共产风"三年，女人们饿得断了月经，子宫下垂，不再生娃。到处饿死人，安徽省饿死的人最多。人们把土里、水里但凡能吃的东西都寻来吃了。营养好的留给儿子吃，女孩儿们饿死得多。饭量大的、嘴刁的、体弱的都饿死了。郭癞痢的女儿饿死了，昌谓姨饿死了，迎凤大妈也饿死了。

这个自古被誉为"日出斗金"的丹阳湖，用它丰盛的渔产和水菜哺育了这儿的渔民。我每日吃着活蹦乱跳的鱼虾，吃着鲜美的水菜，心里感激着李走，牵挂着母亲。

# 三十七

60年，支援马钢去当工人的人，纷纷回乡了。厂里吃不饱，他们怕饿死在外乡，以为回到农村蔬菜总是有得吃的。回乡的工人拿起锄头、挖锹又当起了农民，食堂供应更加紧张。原来还有一碗一吹九条沟的粥喝，到后来全部吃糠咽菜了。

稻种放在生产队仓库里，队长和会计两把锁锁着。可队长和会计沆瀣一气，两人晚上约好一块开锁偷粮。偷的稻种回来不敢烧着吃，就在水里洗洗生吃了，舌头被戳得粉破，可也顾不得了。昌英姨把程顺棋偷的稻种偷偷送了两把给母亲。母亲用捶衣棒捶碎生吃了。饥饿让人疯狂，人们把油菜种子都撒地里发芽，一发出小芽蜂拥而至拔食光光。岸上的草也吃光光了，最后向水里进军，连湖里的水藻都捞吃了。

1961年初，食堂再无果腹的东西，宣布解散。食堂散了，人心也散了。吃不饱的人无力耕种，土地撂荒。

这时，中央也意识到了——下面在弄虚作假。中央开始纠错了。保命要紧，不再提"大跃进"了，不再要求大炼钢铁了。可怎样度过饥荒，恢复生产？据说，抓经济工作的刘少奇主席听说全国饿死了上千万的人，流下了眼泪。他提出了"三自一包，四大自由"的政策。61年夏天，华亭镇开始实行包产到户的政策。其实就是分田到户。每家先分了自留地种菜。母亲分到了两亩水田和几分自留地。可没有种子。好在瘪瘪的毛茸茸的黄萝卜种子和浑身是尖刺的小小菠菜种子没人吃，大家都种了黄萝卜。黄萝卜当粮，在那个时期救了无数人的命。母亲在田里种了黄萝卜，在自留地上种了菠菜，她日夜看守在田里和自留地里。

农业生产慢慢恢复了。这时，基层干部们失去了他们的威势。群众的眼睛是雪亮的，"共产风"，干部们没有饿死一个，家属、孩子也都活得好好的。从饥荒里挺过来的百姓，对那些虚报产量，作威作福，偷吃暗拿的干部们充满了怨恨。人嘴是扎不住的，尤其是饿死了人的人家。他们忍不住要说。受父母怨恨语言灌输的孩子们，心里种下了对干部们仇恨的种子，干群矛盾恶化。

在这样的形势下，中共中央发动了"社会主义教育运动"。百万干部下乡进厂，进行"四清"——清工分，清账目，清财产，清仓库。清理那些在"大跃进"中的腐败干部。群众积极响应配合，欢喜雀跃。"四不清"的干部们这下可遭了殃了。程顺棋被免了生产队长的职务，在家咬着笔头写检查。二杆子被队里的青壮年捆绑在树上，交代自己所犯下的错误。他不知悔改，说自己是睡了好多女人，可都是她们自愿的。结果可想而知，被戴了绿帽子的男人们，正好借此出气，二杆子被打得遍体鳞伤，昏死过去，醒来后发现腿被打断，伤口上爬满了蛆虫，苍蝇围着他飞。他老婆怨恨他一贯蛮横，在外乱搞女人，也不管他。儿子党像志同情母亲，也恨二杆子，也不搭理他。二杆子疼痛难忍，捶胸骂娘，恶声恶语，老婆、儿子见状，闻声，逃之夭夭。二杆子在深夜爬行到村边的池塘，一头栽进池塘。第二天，人们在池塘里看见了他的浮尸，看见了从他家到池塘一路斑斑的血迹。

"四清"运动越演越烈，扩大化了。后来发展为大四清——"清政治、清思想、清历史、清经济"。人们相互揭发，人人"洗手，洗澡"。丁咸基被人揭发了！"丁咸基是三青团的。"原来，丁咸基在南京读书时，学校号召热血青年加入抗战组织三青团，在课堂上举手加入。丁咸基看同学都举了手，他也随大流举了手。他这样如实交代了。可没人信他。工作队的干部说他不老实。民兵们把他抓到公社的禁闭室，揪住他的头发往墙上撞，要他老实交代自己的历史问题和特务行径。

生性怯懦胆小的丁咸基，颤抖着说："我确实交代不出来啊。"他在禁闭室被关了两天。第三天，民兵们打开禁闭室的门，想告诉他：现在对国民党时期的团体组织有了明确的政策——惩治首犯，从犯不究。三青团员不予追究，他没事了。可他们在禁闭室见到的是丁咸基的吊挂着的冰冷尸体。丁咸基用自己的裤腰带把自己吊在床架子上了，他的脚离地面只有几寸。

我知道这个消息是在丁咸基死后的第二天。那天傍晚，"夕阳无限美"，微风荡漾，面对浩渺的湖水，我诗兴大发，我正吟着诗呢。李走区长从落日的余晖里向我健步走来。我以为他是来巡视，顺道来看望我的，我高兴地迎上前。李走面色沉重地握住我的手说："泰精，你姐姐家出事了。我已经给你请好假了。快跟我走吧！"

"出什么事啦？"我心里一惊，手一抖。"边走边跟你说吧。"

"区长，你还没吃晚饭吧？"

"我带了锅巴呢。"

我们连夜赶回了华亭镇。走进丁家：堂前昏黄的油灯，黑黑的棺材，匍匐在棺头悲痛欲绝的泰晴，歪躺在地上痛不欲生的丁咸基的母亲。

泰晴看到我来了，拉住我撕心裂肺地哭起来，一下又哭晕了过去。在房间里照顾晓媚和太平的母亲跑出来，按压泰晴的人中，按了好一会儿，泰晴的手脚才动。太平和晓媚吓得哇哇大哭。见此情景我也肝肠寸断。母亲的脸像竹纸般苍白，她的胃病又犯了。好在有立峰舅舅在这儿照应着，他又给我母亲买了胃药。

在立峰舅舅和李走区长的帮衬下，我们料理了丁咸基的丧事。料理完丧事，母亲要我回去上班。可我怎忍心丢下病中的母亲？怎忍心丢下痛苦中的姐姐？怎忍心丢下两个年幼无依的小外甥不管啊！我落下泪来。立峰舅舅说："泰精，你还是回来吧。你妈和你姐需要你。"他的话说到我心里去了，我点点头说："好，我回来务农。"李走说："这事交给我吧。"

## 三十八

要告别富饶美丽的丹阳湖，我是多么留恋不舍啊。可我不得不走，我要承担起家庭的责任。渔民们也舍不得我走。可善良的他们听我说了我家里的情况后，就催促我回去了。他们煮了一条20斤的大青鱼为我饯行。临别送给我一袋银鱼干，一袋虾仁干。再见了！纯朴直爽的渔民大哥；再见了！渔船；再见了！芦蒿；再见了！能干漂亮的渔家妹子，你用蒲草给我编的手套我会把它留作永久的纪念。饥肠辘辘的我来了，你们豪爽地接纳了我，忧家思亲的我要离开了，你们毫无怨言，慷慨相送。我感谢你们！愿你们在这方宝地生活得幸福。

我担着鱼干、行李回到母亲身边。母亲苍老许多，两鬓斑白，眼角与额头上烙下了深深的岁月痕迹。一双老树皮般的手，粗糙、粗壮，沟壑纵横。她穿着旧式的本装衣裤，衣裤上打着补丁。补丁很平整，针脚很细密，这是她跟别的农妇唯一的区别了。自从土改后，她没做过一件新衣。母子相望，我们一句话也没说。我鼻子酸了。母亲默默地给我整理床铺。她把虾仁干送给了徐红霞，把银鱼干拎到泰晴家。

祸不单行，承受不住失子之痛的丁咸基的父亲，脑子坏了。一天到晚嘴里嘀嘀咕咕不知在说啥。丁咸基的母亲神思恍惚，她去河边淘米，滑了一跤，竟把大腿骨跌折了。泰晴忍着悲痛照顾公婆。她听婆婆的话，让丁咸基的大儿子丁太宝顶了她的班。这样家里六口人只靠丁太宝的工资生活了，这哪里够呢？母亲把太平和晓媚接过来抚养，我们四个人在一起生活。

华亭镇新办了粮食加工厂，购置了碾稻机和面条机，给镇里的居民碾稻子，加工面条。在李走区长的关照下，我被安排进了加工厂，在加工厂当会计，也帮着晾晒面条。我终于能自立养家了。

我也老大不小了，我的婚事被提上了议事日程。可人家一看我家里的情况，看到还有两个拖油瓶的外甥，就摇头熄火。1965年，我已经28岁了，不能再拖了。泰晴把太平和晓媚接回家了。她四处打零工，给医院洗血染的绷带。母亲菜烧得好，人家家里做红、白喜事，都请母亲过去掌勺。每次母亲把泰晴也带着，这样泰晴的厨艺大长，泰晴也能掌勺了。她青出于蓝而胜于蓝，后来人家办席都请泰晴掌勺了。公社开干部会，也请她去烧锅。

这时，黄顺棋的一个堂姐的女儿看上了邻队的一个吴姓小伙子。可小伙子家穷。准丈母娘不太同意，提出了一个条件，要小伙子家盖三间房，她才同意把女儿嫁过去。吴家也有一个漂亮女儿，只有十八岁。吴家放出话来，谁给他家出盖房的钱，就把女儿嫁给他。昌英姨得了这个消息，就来跟我们说。我不同意，因为我大她整整十岁。再说，我家哪有盖房的钱！可这次母亲很坚决。说钱的事不用担心。她把我赶出她的房间，与昌英姨在房里嘀嘀咕咕了好久。她拜托昌英姨一定说成此事。

一个星期后，泰换回来了。原来母亲竟背着我让昌英姨给泰换写了信。让泰换来想办法，这不是给泰换出难题嘛。我不想让泰换背包袱。我说："我不想结婚，我这样子挺好的。"母亲说："不孝有三，无后为大。你不能做不肖子。"泰换送给母亲一套衣料和两包锅巴糖。母亲打发我把一包糖和她做的一双棉鞋给立峰舅舅送去。泰换要跟我一起去，母亲拉住了他，说："下次回来你再去。"

我跟立峰舅舅说了家里为我张罗婚事的事。我叫他去劝劝我母亲。我不想因为我的婚事让泰换和家里背上沉重的经济负担和思想压力。没料到立峰舅舅却对我说："你近三十了，再不成亲，也不像话了。你不成亲，你母亲心里不安啊。我知道你是个孝顺的孩子，千孝不如一顺，这次你顺了你母亲吧。你母亲不易啊，你以后好好孝敬她就好。"我明白母亲的心。我无话可说，怪自己不争气：我整天瞎琢磨啥呀！不敢大胆去追求姑娘。丹阳湖的那个渔家姑娘多么好啊！漂亮、直爽又能干，对我有情有义，可她的泼辣劲让我顾虑，我心中的妻子是温婉文雅型的。我犹豫不决，错失良机。现在的她早已经为人妇，为人母了。

第二天一早，我还没起床，泰换没跟我告别就悄悄动身走了。我想他是不是为难了，不高兴了。心里暗暗责怪母亲不该这样。我给泰换写信，跟他说："我不想成亲，你不必为我的事为难。只希望我们永远是好兄弟。"

春节前，泰换又回来了，彩云嫂子和孩子也一同来了。他们脸上都挂着笑，我的一颗心才终于放下来。

泰换竟带来了几百块钱！他把钱交给了母亲。母亲跟昌英姨去吴家提了亲。吴家正愁没钱给儿子成亲呢，见到钱，一口答应下来。我母亲不放心，说："我儿子大了，等不得了。我们一手交钱一手交人。"吴家也等不得了，说："行。日子就定在正月里。"

我问泰换："到底弄了多少钱来？这么多的钱从哪里弄来的？"他笑了笑说："你什么也不要管，只等着做新郎官好了。"我心里非常愧疚。我要打欠条给他。他说："二妈，已经给我打了。"

于是，他们忙碌起来。把我们住的仓库用土基隔成三间。最大的一间给我做新房，用石灰水粉刷了房子，请木匠打制家具。打制了一张大床、一顶大衣柜和一顶矮柜。购买了布料，母亲裁剪，泰晴和彩云嫂子缝制，她们日夜赶工，给我做了一套新衣。给新娘子做了一件红棉袄嫁衣与两套新衣。把泰换买给母亲的一套衣料送给了我丈母娘。正月初十，立峰舅舅、李走区长都来恭贺我成亲。当时提倡节俭办事，反对铺张浪费，家里只办了简简单单两桌酒，宴请了亲朋。我迎娶了吴家妹子。新娘年轻漂亮，皮肤白皙，身材匀称，花骨朵一般，我一见倾心。

# 三十九

我在加工厂积极工作。我们是"全天制"，白天、晚上都上班，早上七点钟上班，晚上下班不定时。我们的口号是"全心全意为人民服务"。农民们白天忙，一般到晚上才有空来碾米。有时忙得没时间回去吃晚饭，母亲用茶缸装了饭菜，给我送来。送走最后一个来碾米的人，我锁上加工厂的门，走回家，时间往往已是十一点多了。母亲在昏黄的油灯下纳鞋底，等着我。每晚见我进门她总是盯着我问："饿不饿？"然后，递给我一个碗，碗里有几片薄薄的香香的脆脆的锅巴。那时工作虽然忙累，可新婚燕尔的我有娇妻的陪伴，有母亲的关爱，我觉得非常幸福。

　　我们加工厂订了三份报纸：《人民日报》、《光明日报》和《安徽日报》，上面要求每个单位都要看报，搞政治学习。三份报纸归我管。报纸一到，我工工整整夹在报架子上。我们加工厂机器轰鸣，尘灰飞扬，面对面讲话都听不清，三份报纸上落满了厚厚的灰尘。后来，厂长在加工厂拐角给隔了一小间，放报纸，兼做会计室。我因此而沾光，能在比较干净的噪音少点的地方，给来碾米，用小麦换面条的人，开票据收费。遇到没人来碾米的夜晚，我们就搞政治学习。所谓的政治学习，就是我读报纸上的消息和社论给厂长与职工们听。过期的报纸，都由我裁成三寸宽的条子，用来箍面条。

　　大字报开始流行起来。李走是看大字报的常客。一天，他对我们看大字报的人说："伟大领袖毛主席又要搞运动了。"我问："你怎么知道的？"

　　"我天天听收音机，我感觉到的。"

　　"毛主席又要搞什么运动？"

　　"你小子不看报啊？去加工厂好好看看报纸！还是个高中生呢！还是个小琢磨呢，不如我这个大老粗。"

　　我到加工厂仔仔细细把报纸看了个遍。我在心里琢磨：赫鲁晓夫夺权篡党，竟挖了我们敬仰的斯大林的墓！共产党内有没有修正主义呢？会不会夺权篡党，换了旗帜？我们的信仰是实现共产主义啊。人人平等，人人有饭吃的共产主义社会啊。怎能走资本主义道路呢？怎能复辟呢？怎能搞贫富差距呢？干部是人民的公仆，应该全心全意为人民服务啊。哪能搞特权？哪能摆架子耍官僚主义作风呢？毛主席肯定又要整风了。

　　果然没多久，运动来了！这次运动叫"破四旧，立四新"。

# 四十

　　既然中央号召"破四旧"，我们就应该响应党的号召，拿出行动来。破除就是除掉。怎么除掉？最直接的方式就是砸碎，砸烂。于是，血气方刚的红卫兵小将们行动起来了。毛主席说："马克思主义的道理千条万绪，归根结底，只有一句话——造反有理。"

"造反有理，革命无罪。"红卫兵小将们要做毛主席的忠诚战士，要捍卫毛主席思想，清除封建余孽。砸烂旧世界！停课造反，闹革命，破四旧。于是，学校的红卫兵"战斗队"如雨后春笋般冒了出来。华亭中学组建了几支战斗队。其中镇上街道上的初、高中生组建了"向太阳战斗队"。队长是徐红霞的侄子徐和平。他仗着李走是他的姑父而趾高气扬，有了人脉，成了领头羊。镇上的孩子们追随着他。副队长叫车贵金，他爷爷是养蜂人，来此养蜂染病而亡，丁咸基的母亲收留了养蜂人的老婆、孩子。车贵金的奶奶原是丁家的老妈子，父亲是丁家的小伙计。解放后，分得了丁家的两间房。他们对丁家怀着感恩的心，现与丁家为邻，两家的关系很好，两家的小孩儿从小一块玩大的。

丁太平继承了丁咸基懦弱的性格，话不多。加之家庭的变故更加沉默内向。他孤僻不合群，放学后躲在阁楼上，默默做作业看书，不跟镇上的红卫兵们伙在一起。丁晓媚在读小学五年级，她集中了父母的长相优点，一笑两个醉人的酒窝，一双乌溜溜忽闪的大眼睛，长得人见人爱。她活泼伶俐，歌唱得好，舞一学就会。她银铃般的嗓子，被称为"金嗓子"，"百灵鸟"。车贵金对晓媚呵护有加，有点好吃的都送给晓媚吃。他成了副队长后，拉还是"红小兵"的晓媚入了"向太阳战斗队"。晓媚是向太阳战斗队年龄最小的一个，虚岁12岁。

在晓媚家临河的后院里，向太阳战斗队的十几个队员让晓媚领着唱《造反有理歌》。歌词很简单——

马克思主义的道理千头万绪
归根结底就是一句话

造反有理造反有理
遵循这个道理
于是就反抗
就斗争
就干社会主义

　　就这几句话，重复N遍。歌不难唱，一学就会了，难的是边唱边配上动作，动作要整齐划一。战斗队的队员们头戴绿军帽，身穿绿军衣，手握红宝书。他们一遍一遍跟着晓媚的动作练着：或手指前方，或握紧拳头高举，或挥舞宝书过头顶，或作劈杀状，或左转或右转或前行……不厌其烦，对河的老头、老太太们好奇地看着他们。有的笑小孩子们滑稽；有的赞年轻人精力旺盛；有的叹学生们跟好人做好人，跟乌龟学王八。

　　战斗队员们唱得口干舌燥，跳得腿酸脚疼了。徐和平宣布："立正！稍息！解散！"队员们散开，都嚷着要喝水。晓媚带他们去她爷爷房里喝水。晓媚的爷爷是入赘丁家的，姓洪名容。孩子们现在叫他洪老头，洪老头什么都忘了，可喝茶的习惯保持着。开水瓶都放在他房里。早上一起来他就要喝茶。家里没有茶叶，是泰晴撸了柳树叶子，焙了焙权作茶叶。洪老头整天独自喝着茶，嘴里嘀嘀咕咕。他见来人了，傻笑着，把他喝得紫砂壶里的茶水倒在六个小杯子里，端给来客。待客的习惯礼仪根植在他的血液里吧，成了定式。不知这算不算"四旧"之一的"旧习惯"？车贵金曾说洪老头喝茶的习惯是"旧习惯"，要破除。可洪老头听不懂他的话。谁也没有法子破除洪老头喝茶的习惯与待客的礼仪。

　　队员们也不客气，抓起杯子喝起来。喝完茶，徐和平说："这个地方好。以后我们议事就来这里。洪老头傻了，不会泄露我们的机密。"小喽啰们纷纷点头。他们觉得在这还有一好——没人干预他们。徐和平说："我看到有战斗队弄了队旗，我们也弄一个吧。

我们举着队旗造反多有气魄。你们说好不好？"

"好！"

"可到哪搞红绸子呢？"

"红绸我负责。"徐和平说。"谁来做旗子呢？还要标上我们的队号。谁字写得好呢？"队员们都你望我，我望你。感觉队里没有这样的人。过了会晓媚站到凳子上说："我有办法。我舅字写得好。我请他写字。我家奶奶（外婆）针线活好，你把红绸拿来，我叫我家奶奶做旗子。"

"好，这事就这么定了。"

徐和平找他姑妈徐红霞借钱，借布票，说要买红绸子做队旗。徐红霞知道所谓的"借"就是"拿"，有去无还。她不以为然地说："凭什么你一个人掏腰包呢？你能什么能！"有职无权的李走正闲得慌，他对徐和平闹革命的劲头很是赞赏，说："他是队长嘛。队长就应该这样。"李走亲自给买了红绸，还给买了两张蜡光纸。徐和平太高兴了！他拿了红绸与蜡光纸找到车贵金和晓媚。三个人兴高采烈地来到我家，请我给他们剪字，请晓媚的外婆给他们做旗子。我没剪过字，不敢轻易动剪。我先用毛笔在报纸上写字。写好后剪下所写的字。然后把字按在蜡光纸上，沿着字的边沿剪下，可我笨手笨脚，剪不了两下，报纸写的字就移动错位了。多么宝贵的蜡光纸啊，可不能浪费了。我的手心出汗了。晓媚试着去剪，也是一样。母亲见了，说："我来剪吧。"她剪好了字，做好了旗子。我用面粉冲了糨糊，把"向太阳战斗队"六个大字小心翼翼粘贴在旗子上。母亲给了一根晾衣的竹竿给他们做旗杆。"我们有战旗了！"三个战斗队的队员，你抢我夺，你追我赶着，挥舞着他们崭新的战旗鹿奔而去，一路撒下晓媚银铃般的笑声。"疯丫头！"母亲怜爱地望着三个欢跳的背影，"小家伙弄旗子搞什么把戏哦？"她笑着摇了摇头。

母亲以为小孩子们是闹着玩，她以为自己只是做了个玩具给孩子们。她不知她做了一面战旗。她小看他们了，现如今他们可是响当当的小闯将啊。母亲再也不会想到她会死在她亲手做的旗子下吧，做梦也不会想到她从小看着长大的孩子会置她于死地吧。

## 四十一

红卫兵们打着战旗，唱着《造反有理歌》，开始"破四旧"。向太阳战斗队以华亭中学为起点，由西向东，由北往南挨家挨户进门破四旧。小将们手里都举着武器——铁锤、砍刀、棍棒、火把。凡是他们认为是封建主义的东西都砸碎，砸烂，焚毁。有争议的带回去，上缴公社革委会。那天，红卫兵们到了我家。他们挥舞着红宝书，远看上去仿佛他们的头上长出一片红色犄角，他们喊着震天口号——千万不要忘记阶级斗争！造反有理，革命无罪！砸烂旧世界！

在徐和平的带领下，小将们鱼贯进入我家。母亲和玉珍吓得赶紧缩在墙角。斗志昂扬的小将们目光炯炯地扫视了一遍堂前。徐和平很快发现了"四旧"，他指着我家八仙桌子的腿，说："桌子腿上雕着龙，四旧，砸！"他用铁锤敲，车贵金用砍刀砍，桌子是用梨树料做的，很结实。砍砸了几下只出现几道疤痕。"挺顽固啊，老子不信弄不断你，砸不烂你。"徐和平气咻咻地说。我母亲说："你们这样子弄不断它。我拿锯子给你们锯。"母亲找来锯子，徐和平一把夺过去，狠命锯起来，他头上几根立着的毛发，随着他的动作一扬一俯着。锯齿下掉下一线一线的锯木屑。徐和平手酸了，停了下来。母亲见状，说："我来锯吧。"徐和平恼怒地扔下锯子。"去房里！"他命令道。

红卫兵们涌进房里。在房里看到一面穿衣镜框上画着两只凤凰，"砸！"徐和平指着凤凰。噼里啪啦镜子很快成了碎片，散落一地。看到两只花瓶，瓶上绘着青花图案。"这是什么花？"车贵金问。"牡丹花吧。"一个红卫兵答。玉珍赶忙跑过去对他们说:"不是牡丹,是芍药花。"

"芍药花?算不算四旧?"车贵金问。徐和平说:"先没收,带回去。不是四旧再还给他家。"他把花瓶放到一个红卫兵挑着的箩筐里。箩筐里是没收的有争议的东西。玉珍看到他们把花瓶放在一副骨制的麻将牌上。晓媚后来告诉我:这对花瓶徐和平拿回家了。麻将牌占立峰校长叫他们在水泥地上磨去麻将上的花字,占校长将麻将雕成了一副扑克牌,交给了他们。小将们造反累了,休息的时候,他们就玩这副骨质扑克牌,这牌玩起来很过瘾——摔起来啪啪作响。千摔百打竟完好无损。

最后他们光顾了厨房。灶上有一只金边小碗,是母亲用来喝水的。碗很精致。一个女红卫兵捧起小碗,晓媚说:"这上面什么也没,不是四旧吧?"女红卫兵说:"你不要包庇你家亲戚。"徐和平看了看说:"这不是四旧。"这时母亲把锯下的桌子腿,抱进厨房。"把这四旧桌子腿烧掉!"徐和平对举着火把的红卫兵说。母亲说:"放锅堂里烧吧。"她把桌子腿塞进锅堂,举火把的红卫兵,点燃了桌子腿。母亲往锅里舀了半锅水。

"集合!向后转!"徐和平发出指令,"去下一家。"红卫兵们风风火火走了。母亲和玉珍去收拾碎玻璃。那个女红卫兵反转队伍,又悄悄跑了来,她拿了那个她喜爱的金边小碗,迅疾开溜了。

从此我家的桌子就比凳子矮了。饭菜不端桌子上了,就放在灶上。我们在锅里盛了饭,在灶上捡了菜,端着碗,坐在矮桌上吃饭。真的是破了旧习惯,立了新习惯。

一些被抄家的人去李走家告状:要李走管管徐和平,管管这些红卫兵。不要把好东西毁了,把没收的东西还给他们。李走听后立马竖眉瞪眼,显出他的钟馗样来,他指着他跟前的"小鬼"怒喝:"他们砸你家饭锅了吗?烧你家粮食了吗?"

"没……"

"你们现在有吃有喝的，还想怎么着？想想红军两万五千里长征是怎么过来的。'破四旧'是中央的号召。你们想留着那'四旧'干啥？难不成你还想当地主老财？"被责问的"小鬼"翻了翻眼睛，吓得缩了脖子转身溜了。

有李走的支持，向太阳战斗队造反的劲头更足了。他们每天挥舞着旗子，唱着歌，喊着口号，出入各家各户，闯进各个单位机关，成了镇上的一道风景，一道红色恐慌。旗子不堪劳累，旗子上的字破损掉落了。他们在洪老头的房里用米饭粘掉下来的字，来打扫房间的泰晴看到了，对他们说："这样粘上去也不牢，很快又会掉下来。"

"是啊。字也破了，不好看了，怎么办呢？"晓媚发愁。

"我给你们把字绣在旗子上吧。这样就牢靠了。"泰晴给了一块粉饼给晓媚，让她把字描在旗子上。她用黄丝线绣好了字。绣的字果然牢靠，不管小将们如何折腾，总能安然无恙。

8月18日毛主席在天安门接见了各地来京的红卫兵们，那是小将们盛大的节日啊。从此造反浪潮席卷全中国每个角落。很快各个单位的年轻人都组立了战斗队。都要做队旗。李走告知他们汪泰晴会做旗子。向太阳战斗队的队旗成了一面广告。李走帮泰晴接了很多做旗子的活。我写字，晓媚排字，描字，泰晴绣字，缝旗边。做一面旗一块五，泰晴一个月做旗子竟挣了三十六元！我一个月工资只有十九元。我暗自为泰晴高兴。

那天我在加工厂上班，李走又来了，站门口向我招手，我以为又是告诉我成立了什么战斗队，让我写字。我走出去笑着问："这次叫什么战斗队？"李走说："这次不是战斗队了，是兵团了。塘南、石桥、华亭的几个战斗队联合起来成立了兵团，叫'全无敌'兵团。乌溪、黄池、马桥的战斗队联合起来成立了'丛中笑'兵团。"

"噢。"

"这次不光来叫你写字。还给你们加工厂送来了东西，你瞧！"

我随着他手指的方向望去，他的左边停着一辆满载着书的板车。"哪来这么多书？"

"我今天随红卫兵们去了邰桥。你们汪家藏书真多啊！红卫兵们把你们汪家的藏书都弄到泥巴凼子里，我拉了一板车来，说给加工厂包面条用。他们在那烧书呢，还有你家祖宗像、族谱、书画都放泥巴凼子里在烧呢。"

我想到了我小时候看的那本《台湾风情录》，那时我没看懂，现在我应该能看懂了。那是文物，是史料，是我们家族的荣光啊。我赶忙对李走说："你给我们厂长说一下，我去邰桥再弄些书来包面条。"我心里想着把那本《台湾风情录》给抢救出来。

我心急火燎地赶到邰桥，远远地就看到一堆大火。我朝大火奔去。

热浪灼人，火堆边守着红卫兵们。我请求他们灭火，把书籍给我们加工厂包面条。他们的头子青面兽党像志用粗棍指着我说："天下，我们的天下！你是不是想私藏这些书？这些可都是毒草。"

"不敢。烧了可惜。"

"量你也不敢。火太大了，灭不了。就是灭了，纸也弄脏，弄湿，弄化了，不能包面条了。"我眼见着火舌吞噬着一本本书籍，心里绞痛着。这把火烧了整整三天三夜！汪家大院所有的藏书变成了厚厚的轻轻的黑灰，之后成了庄稼的肥料。

## 四十二

为了庆祝国庆，公社革委会决定在国庆期间举行文艺汇演和批判会。镇上几个单位都要上报节目。于是各单位都积极准备起来。华亭小学成立了文艺表演队，晓媚是其中的台柱子。她跟着老师学唱"样板戏"。她扮演《红灯记》中的李铁梅和《白毛女》中的喜儿。她很入戏，唱着《白毛女》中的唱词，眼泪就流了下来，情真意切，很打动人。华亭小学这次就上报了芭蕾舞剧《白毛女》选段，想以此夺魁。我们单位没有歌舞人才，厂长抓了我的丁，让我朗诵毛主席诗词。我决定朗诵毛主席的《沁园春·雪》，这首词气势豪迈，我非常喜欢，在读高中时就已经烂熟于心了。

一日，下工后，厂长叫我朗诵给他听，他听后觉得少点味，觉得不够气势。他叫我加大动作力度。觉得配上音乐效果会更好些。他叫我去找个伴奏的人来，弄成个"配乐诗朗诵"。

我去找立峰舅舅，想通过他找个音乐老师来给我伴奏。现在老师都成了"臭老九"，靠边站，弄不好就挨学生的批斗。只有音乐老师还比较吃香，有用武之地。母亲听说我要去找立峰舅舅，她叫我等一下。她从灶间柴禾堆下的秕谷稻里，费劲地掏出一对铜铃铛递给我，说："把这交给你立峰舅舅。听说他会雕花，叫他把这上面的花跟字磨了，重雕一句现在时兴的话。"我看了看这对小小的铜铃，这是给小孩儿戴脚上的。铜铃上刻着"长命百岁"四个字和鲤鱼跳龙门的图案。"告诉你，玉珍怀上了。"母亲笑容满面地说。"真的吗？"我喜出望外。母亲点点头："这对铃铛你姐和你小时候都戴过呢。等孩子会跑路的时候给孩子带上。不管跑到哪，一听响声就知道在哪儿。"

"好。肯定给戴上。"我喜滋滋地说。"把这双鞋带给你立峰舅舅。"

我去了华亭中学，把母亲做的鞋给了立峰，把铜铃铛重新刻字的事托付给了立峰舅舅。立峰夸母亲聪明。说肯定不负所托，叫破四旧的无话可说。他给我找了个音乐老师，说好到时给我伴奏。这样的事这个音乐老师他已经做过好几回了，对他来说小菜一碟。

要当爸爸了，我心情愉快。母亲也很高兴，说：等孩子生下来，她就不去生产队上工了，在家专门带孩子，做家务。我和玉珍点头同意。一家人沉浸在幸福的憧憬中。

那天很晚下工，我回到家。见母亲身边摆着好多竹片，她正在编着什么。我问："妈，你在编什么呀？"

"你猜猜？"

"编篮子？"母亲笑着摇头。"编箩筐？"

"傻呀，你。"母亲微笑着说，"我在给宝宝编摇篮呀。"

"你怎会编摇篮？"

"想想就会了呗。"

"你哪来的篾片？"

"我今天给生产队修稻箩，去了农具厂。以生产队的名义在农具厂买的。"

"你付钱了吗？"

"当然付了。"

"妈，你真聪明啊！"母亲自豪地说："我还会编柳条筐呢。生产队的筐子都是我编的呢。稻箩都归我修呢。"

"我怎么不知道？"

"你不知道的事多呢。老早，我看见生产队的筐子坏了，我就去修。后来队长就把这修修补补的事交给我了。"多么聪慧的母亲啊！我打心底佩服她。我要好好孝敬她。等积攒够了钱，我就起屋子，造个大窗户的房子，搬离丁家仓库。让母亲住在向阳的房间里，安度晚年。这是我的心愿。可母亲没有等到这一天。

国庆临近了。又是新一轮的大字报铺天盖地。人们已经见怪不怪了，都懒得去看了。红卫兵们仿佛打了兴奋剂，激奋地穿梭着，沸沸扬扬着他们的口号、信仰、活力与青春。在他们的观念中只有黑与白，不允许"灰"的存在。多么稚嫩的心啊！他们年轻的血液澎湃着。他们想打造一个水晶般纯洁的社会，实现大同社会。人人平等，没有高低贵贱。他们的出发点是好的。可现存的社会秩序被打乱，人人自危。打倒"权威"，打倒一切"牛鬼蛇神"，社会统治陷于瘫痪，几乎成了无政府状态，混乱一片。"不许压制红卫兵的行动"，红卫兵手拿着这枚尚方宝剑，成了无冕之王。他们斗志昂扬，"砸烂公、检、法"，警察对他们也畏惧三分。

成群结队后，人多势众，人的野性与贪欲被充分激发了出来。人被斗红了眼。号称一颗红心的年轻的他们，连自己的心都掌控不了，如何能掌控这个世界呢？战斗队与战斗队之间也产生了摩擦与冲突。全无敌兵团与丛中笑兵团为了争地盘，为了斗某人与不斗某人而争执了起来。丛中笑兵团的头子费亚男是个姑娘，是烈士费向东的孙女，她自恃是烈士后代，根正苗红而趾高气扬，全不把全无敌兵团的头子党像志放在眼里。而党像志岂能甘心败在一个女娃手里？两个兵团就斗起来。先是口水战，再是拳头战，最后升级为武器战。斗的结果是两败俱伤。谁都想着好好给对方点颜色瞧瞧，把对方的气焰压下去。

党像志听徐和平说：李走有支手枪。他就寻思着，想把这支枪弄来，显显他的威风，震慑一下费亚男和丛中笑兵团。可他们都不敢跟李走要。不知为何，在这个他们称雄称霸所向无敌的世道，当权派都被他们踏上了一只脚，可他们对李走却心生畏惧和景仰。红卫兵们也尊敬地叫李走为"老首长"。把做战旗等重大的事托付给李走。

党像志自封司令，跟他的先锋徐和平，狗头军事"跟屁虫"商量：怎样把李走的枪弄来。跟屁虫说："这事得智取。"为了弄枪，党像志下血本了。把他家那只跟随他多年的老狗勒死了。跟屁虫去自家菜地弄了些蔬菜。他们把狗肉、蔬菜交给徐和平，徐和平拎到晓媚家，拜托泰晴给他们烧制酒席。党像志带着跟屁虫又去医院，抢了一小瓶酒精来。他们把酒精装在两个酒瓶里，兑上水。然后拎着酒瓶去了李走家。黄昏时分，李走正在家边听收音机边喝酒呢。党像志很恭敬地说："弄了两瓶好酒来，请老首长喝酒。"李走端着酒杯斜了他俩一眼，说："无功不受禄。"跟屁虫说："我们想请老首长给我们讲讲革命故事。"

"那行。明天你们集合好队伍。我去讲。酒就免了。"

"我们已经在丁晓媚家准备好了酒席。我们司令把自家的狗都宰了。老首长赏个光吧。"

"那好吧，我就去赴赴你们的狗肉席。"

三人轮流敬李走酒。很快一瓶酒下肚了。李走说："这酒烧劲大啊。不能喝了。"说完扶着头站起，欲离开。党像志一摆头对徐和平和跟屁虫说："上！"三人从三面饿狼般扑向李走。李走一个鹞子翻身，撞倒了跟屁虫，一个扫堂腿扫趴下徐和平。党像志死死地抱住李走的腰，李走顺势向后倒退，党像志脚步趔趄着被带着往后退，说时迟那时快，"轰！"党像志的后脑勺和后背被撞在墙上了。"松开！不然再让你尝尝撞墙的滋味。"党像志可不想再尝第二次了。他的头已经被撞晕了。他松开手。那两人爬起来，又包抄过来。"你们想跟老子斗！还嫩了点。"李走怒目圆睁。

跟屁虫流着鼻血，瓮声瓮气地说："老首长我们只是想借你的枪玩玩。"

"枪是玩的吗？想使枪去部队当兵啊。在老子跟前放规矩点！"

两年后，这三个人入伍参军去了。

三年后，晓媚随车贵金下放农村，接受贫下中农再教育去了。这是后话。

## 四十三

国庆前夕，我们去公社大礼堂排演文艺节目。观看的是公社的干部和各战斗队的造反派头头。他们看后，把一些节目枪毙了，对一些节目提出了改进完善的意见。给我的意见是：服装要换，要穿军装。我本有套军装，是泰换送给我的。可晓媚要去了。泰晴改小了，只能给晓媚穿了。不过这好办，到时我跟哪个红卫兵借穿一下就行了。晓媚他们的节目也是遇到服装问题。那个演黄世仁娘的年轻女教师穿着花格子上衣，这哪像个旧时的地主婆呢？要弄个绸缎棉袄来穿，才符合剧中的人物身份。可到哪里去弄绸缎棉袄呢？晓媚说：

"我家奶奶有个绸子面的棉袄。"革委会主任一听说："好啊。你们去把它弄来。我有个两全其美的办法。我给你们呢，弄一套军装，你们用军装去换棉袄。这样汪泰精不用去借军装了。"晓媚一听连说："好啊好啊。"我心里犯嘀咕。军装换棉袄，有点不划算。我怕母亲不同意。我说："这，这怕不行。我妈只有这一件棉袄。"

"我告诉你们，这次我们从中选拔好的节目，跟其他镇里好的节目汇总，然后到各乡镇巡回演出。"革委会主任沉下脸说，"这是革命需要，你们去做工作嘛。"

"那我们去求求你家奶奶吧。"女教师对晓媚说。

我带着晓媚和女教师回到家。跟母亲说了用军装换棉袄演戏的事。母亲说："这棉袄我穿了几十年了，我舍不得呢。"晓媚说："家奶奶，你答应了吧。旧的不去，新的不来。你再做件新的吧。军装舅舅演完后，给太平穿吧。太平没军装呢。"女教师说："晓媚奶奶，请你看在晓媚的面子上，答应了吧！"母亲说："现在还没到穿棉袄的时候啊。"

"我们只是演戏的时候穿一下。"

"我知道了，你们只是穿着做做样子。这样吧，我把棉袄里面的丝绒取些出来。你们穿着也舒坦些。我也得些丝绒。你们明天来拿吧。"晓媚说："我们明天就正式演出了，家奶奶你现在就弄吧。"母亲说："你们明天起早来，不会耽误你们的。现在我还有别的事要做。"

"你不会反悔变卦吧？"女教师担心地说。"不会的。我说话算话。你们要是不听我的，我真的要反悔了。你们走吧！不要耽误我做事。"

女教师拉着噘着嘴的晓媚离开了。她们走后，母亲把玉珍叫进她房里。她从箱子里取出她的棉袄。用剪刀拉开棉袄里子的一条缝，从棉袄里面掏出一副玛瑙手镯和一副小孩儿戴的银锁，交给玉珍，说："只剩下这两件不值钱的东西了。值钱的东西都交给泰换换钱了。"

"我们成亲花的钱不是朝泰换借的？"我问。母亲点点头。"这两样东西交你保管吧。"母亲对玉珍说，"以后留给你们的孩子吧。泰精我也交给你了。你们要好好的……"母亲有些哽咽地说。不知为何，我的心被揪痛了一下。"妈，你放心。"玉珍说。"唉，家里没值钱的东西了。你们以后会养好多孩子，孩子以后住哪啊？你们要攒钱造屋子啊。"

"妈，面包会有的。以后的日子是——楼上楼下电灯电话。"玉珍最近晚上在扫盲班识字，这是她们的教员对扫盲班的人说的。

"唉，不知何时能有那一天。我最担心太平和醇香。太平胆小，醇香忠厚。他们会过上好日子吗？"母亲锁着眉，担忧地说。

第二天，我还没起床。窗外传来人走动说话的嘈杂声。一会儿，听见有人在咚咚咚擂门。"谁呀？"母亲问。我赶紧披上衣服从床上爬起，刚把门闩拉开。门一下从外面撞开了。我还没看清来人，被人推了一个趔趄。一伙红卫兵如洪水般涌进屋里。"把地主婆棉袄交出来！"有人高喊。母亲从房里走出来。为首的一个指着母亲说："地主婆，你以为你换个地方，就没人知道你的底细了吗？你知道我是谁吗？"母亲摇摇头。旁边一个手里握着鹅卵石的红卫兵说："这是我们司令——党像志。"

"噢，果然是青面兽，是二杆子的儿子。长得有点像你老子。"

"地主婆，你知道我是谁吗？"母亲望了望问话的年轻人。"你是莲花的儿子吧？这鹅卵石还是你妈从泾县带回来的呢。"

"哼！地主婆，我妈把你的事都告诉我了。"

"地主婆，听说你不愿交出你的地主婆棉袄？那是剥削来的。快交出来！"

"在我房里。我这就拿给你们。"

"不用了。我们自己去拿。我们要对你实行无产阶级专政。来人！把她带走！"党像志手指着母亲的鼻子，发出命令。过来几个红卫兵，反剪住母亲的双臂，把她往门外推搡。这时晓媚进房拿了棉袄出来。这伙红卫兵押着母亲雄赳赳走了。我心惶惶地跟在他们后边。"向太阳战斗队"、"全无敌兵团"的旗子飘扬着。字是我的手迹呢，旗子是母亲和泰晴做的。

他们把母亲关进小学校的一个教室里，让她面壁思过。教室的讲台边堆放着一摞麻绳和装肥皂、灯泡的大纸盒子。一个人正在课桌上裁纸盒。一个教师站讲台上拿着毛笔，往裁好的长方形纸板上写着什么。陆续地各路战斗队纷纷押来了"牛鬼蛇神"，都关在教室里。我不敢多逗留。我还有我的任务，我要参加大汇演和批判会，这是政治任务，不能有丝毫懈怠。否则，说不定就会被扣上反革命的帽子。

母亲被抓我心慌不宁。我无心吃早饭。我跟玉珍说了声母亲的情况，然后拔腿去了加工厂。

七点钟，我们加工厂集合队伍，举着红旗朝华亭小学走去。今天的汇演与批判会的地点安排在华亭小学。

路上水泄不通。镇上各单位的人都朝华亭小学前行。一队一队的人马，摩肩接踵，红旗招展，一会儿唱着革命歌曲。一会儿高喊着口号。

公社干部们和各单位的头头们在学校维持秩序。小学操场上人头攒动。高音喇叭在播放着《运动员进行曲》，我们仿佛是参赛的运动员，一队一队进入开幕式赛场。走在我们前面的是医院代表队，我们紧跟着他们进入操场，前面的人席地而坐，后面的人站着。人挨着人，各种体味冲鼻，热气拂面，我的眼镜上蒙上了水汽，模模糊糊一片。我摘下眼镜，用衣角擦拭清楚，重新戴上，看前面：操场前头新砌了一个高台，高台西侧散落着没用完的石头。台上拉了一个深绿色布幕。布幕上方粘贴着一排方方正正呆头呆脑的红纸黑字——庆祝国庆文艺汇演既批判会。正中间粘贴着一幅毛主席巨幅照片。前台正中间放着一张课桌，桌子上放着一个话筒。台东侧坐着些拿着乐器的人。给我伴奏的音乐老师在其中。

革委会主任站到桌子跟前，拿起话筒，话筒一下发出尖利的啸音，仿佛要刺破人的耳膜。我们赶紧捂住耳朵。一会儿啸音息了。"请表演节目的人坐到台前来，坐到台前来！"一些人站起身，往前走。我也走上前去，在台前坐下来。

## 四十四

八点钟，革委会主任站到台上，对着话筒，气运丹田，大声宣布："庆国庆文艺汇演跟批判会现在开始！"

锣鼓响起，十个穿着绿军装，臂裹红袖章，胸挂毛主席像章的红卫兵骑马状上台，他们面对着毛主席像，屁股对着观众，跳起忠字舞。我看他们那雕塑般的舞姿，觉得又帅又滑稽。跳完，他们从口袋里拿出红宝书，挥舞着说："毛主席，万岁！万岁！万万岁！林副主席健康！健康！永远健康！"骑马状退场。

接下来，四男四女八个红卫兵，旋风般出场。他们唱着《造反有理歌》，旋转着身子，右手做着劈杀的动作。唱完，把左手中拿的一张白纸展开，八张纸在他们的头顶绽开，每张纸上写着一个大字，连起来是"文化大革命就是好"。革委会主任领头鼓起掌来。我们也跟着鼓掌。

革委会主任振臂高呼："文化大革命就是好！"底下的观众跟着喊："文化大革命就是好！"

"造反有理，革命无罪！"红卫兵们响应一片："造反有理，革命无罪！"

"带反革命分子牛忠于上台！"两个红卫兵一左一右押着一个中年男人上台了。他脖子上晃悠着一个纸牌，纸牌上写着"反革命分子牛忠于。"名字上打了一个大大的红叉。那男人胡子拉碴儿的。穿着补丁打补丁的衣服。"牛忠于，老实交代你的罪行！"

"我，我不是故意的。"

"故意的，你就该枪毙了。"

"我，我的褂子烂了。"

"你把毛主席像章落在粪桶边，你是怎么爱戴我们敬爱的毛主席的？你还不认罪？"

"我，我谢罪。"牛忠于转身跑到毛主席像前跪了下来。

"下面，请听大合唱——《社会主义好》，表演单位华亭医院。"一个漂亮的姑娘报幕道。华亭医院的几个医生、护士，你拉我，我拽你地上了台，他们合唱了一首《社会主义好》。

"下面批判坏分子吴祖贵。"一个矮个子男青年被红卫兵押上场。他脸色惨白，头发枯黄，穿着一双破布鞋，两个大脚趾露在外面。"吴祖贵，你晚上放地笼偷生产队的鱼，你知罪吗？"

"我，我认罪。"

"你这是在挖社会主义的墙角！"吴祖贵颤抖着身子对着观众跪了下去。"押下去！"

"下面欣赏《智取威虎山》选段。表演单位华亭中学。"

"原来他们把文艺表演和批判会交叉进行，这设计好！"我对我边上的人小声说。两个人点着头。

京剧唱腔字正腔圆。"杨子荣"的机智勇敢令人敬佩。我们大声叫好。

"带两面派、特务占立峰上台！"我一惊。不会听错了吧。没错，立峰舅舅脖子上挂着牌，被跟屁虫和党像志押上了场。"占立峰，老实交代你的特务行径！"

"我不是特务。"立峰昂着头说。"你敢说你不是特务？你是国民党的军官，又娶了国民党高官的女儿，你不是特务，谁是特务？"

"我是拥护共产党的。"

"坦白从宽，抗拒从严！"党像志从立峰的后面踢着立峰的腿弯："跪下！"立峰稳如石柱。"我们是诚心起义，归顺共产党的。我没有做对不起党和人民的事。"

"群众的眼睛是雪亮的。你想隐瞒，办不到！"跟屁虫从口袋里掏出鹅卵石。这鹅卵石伴着他长大，小时候，是他寂寞时的玩伴，现时，成了他的革命武器。他边说边用鹅卵石砸着立峰的头。砸了几下他停止了，因为鹅卵石上沾了血——立峰的头破了。鹅卵石看上去仿佛是条蛇张着血盆大口。"你是地主的孝子贤孙。你跟地主婆穿一条裤子。"跟屁虫接着说。有人闻言后不怀好意地笑起来。这笑声像针芒扎着我。"老实交代你跟地主婆做了什么见不得人的勾当。"

"睡觉呗。"有个伴奏的人嬉笑着说。"我们是兄妹关系。"

"你想顽抗到底？给他坐喷气式飞机！"又上来两个红卫兵。他们按住立峰，给他"坐了喷气式飞机"。"我的腰，我的腰……"立峰痛苦地喊道。

"接下来欣赏《白毛女》选段。表演单位华亭小学。"

晓媚端着把竹椅，踮着脚尖上场了。"喜儿"哭诉着她在黄家的悲惨境遇。一会儿扮演黄世仁娘的女教师穿着母亲的绸子棉袄上场了。她颐指气使地在竹椅上坐下，示意"喜儿"给她捶腿。"喜儿"蹲下给她捶腿。一会儿，"喜儿"打了一个哈欠，她太疲劳了吧。然后闭了眼睛，头一点一点地打起瞌睡来。黄母狞笑着拔下头上的簪子，恶狠狠用簪子扎"喜儿"的手背。"喜儿"惊醒了，喊疼，欲跑。但看到地主婆凶狠的样子，忙跪下求饶："饶了我吧，饶了我吧。"地主婆咬着牙说："贱丫头，看你还敢不敢偷懒！"

"不敢，不敢了。""喜儿"摇着手可怜巴巴地说。

"打倒地主婆！"有观众激愤地喊道。有人捡了地上的石子朝"地主婆"扔去。扮演地主婆的女教师大惊失色，慌忙朝后台奔去。

"下面批判地主婆朱昌惠。"我的身子一抖。心抖得更加厉害。徐和平与车贵金押着母亲上台了。母亲的背勾着。像是油锅中的虾米。我心惶惶，不忍去看。"朱昌惠，你作威作福的时代一去不复返了。老实交代你是怎样欺压穷苦人的。"母亲闭着眼一言不发。"快说！"革委会主任声色俱厉。母亲石雕般沉默着。跟屁虫跑上场，说："我来揭发她。我妈跟我说——"他手指着母亲："可恶的地主婆，她让我妈睡地上，她自己睡床上。她还给特务占立峰做鞋。"

"把占立峰带上来！"立峰又被推上了场。"占立峰，你的鞋子是朱昌惠做的？"立峰点点头。没料到党像志一个扫堂腿过去，立峰猝不及防，被扫趴在地。党像志迅速踏上一只脚在立峰的腰背上，他用力扯下立峰颈子上挂牌的麻绳，吩咐跟屁虫："脱下他的鞋！"跟屁虫拽下立峰的两只鞋。"拿过来！"跟屁虫把鞋递给党像志，党像志把鞋拴在麻绳的两头，又递给跟屁虫，跟屁虫会意。这种把戏他们做过好多次了。他坏笑着把系着鞋的麻绳挂在母亲的双肩上，两只鞋分别垂挂在母亲的左胸和右胸，好像给纸牌镶了一个边。母亲睁开了眼。不知她哪来的力气，她挣脱开抓握她的四只手，把徐和平、车贵金推倒在地，她抓住拴鞋的绳子，"啪！"鞋子被扔落在地。跟屁虫又颠颠地跑去捡起鞋，奸笑着又朝母亲逼去。母亲摇着手："别，别，别过来……"脚步朝后退去。人们哄笑着，开心地看着这一场恶作剧。我感觉我的心要蹦跳出来，要离我而去。我忽地站起身。说时迟，那时快。我站起，台上已不见了母亲的身影。"摔下去了！"有人惊呼。母亲一脚踏空，仰面从台上跌落下去了。

## 四十五

"昌惠！"只见立峰一个鲤鱼打挺从地上跃起，他跑到台西侧，跳了下去。人群炸锅了，纷纷往台西挤去，想一看究竟。他们是好奇，而我是担心。人们推搡着，像起伏的波浪。台西据我不过十几米。可我看不见，够不着。人墙挡着我，人潮裹挟着我。"请各单位保持好秩序。"可没人听他的了。"上午的文艺汇演与批判会到此结束，下午一点继续。"

我使出全身的力气蛮横地朝人缝里挤。终于挤到台西了。我站到一块石头上。一个人拽了我衣角一下，说："你看，你妈的头摔破了。"我朝他手指的方向看去。在一石头上有一块紫色的状如灵芝的血迹。"我妈呢？我妈呢？"我大喊。"占立峰抱着你妈往后台走了。"我艰难地在台西高低不平的石头上行走。终于走到台子的尽头了，我到了后台。后台站着许多红卫兵，台子上站着两排"牛鬼蛇神"。"我妈呢？我妈呢？"我狂喊。一个挂着"走资派"牌子的人指着东边说："在那边。"我绕过后台，看到一个人光着脚在吃力奔跑，人群自动让开了一条道。我从后面只看到被抱着的人的脚与脑袋。脚上穿着黑布鞋。头发披散着，在飘扬着。脑后一个写着地主婆字样的牌子随着跑动钟摆似的来回摆动着。那肯定是母亲了。我朝前追去。路上有水滴般的血迹，这是母亲的血。有块状的血，那是立峰舅舅脚底板上的血。忽然，立峰一个趔趄，摔倒在地。我赶到了母亲面前。母亲脸色惨白，紧闭着眼睛。我大喊："妈！妈！"立峰爬起，对我大吼："闪开！快送医院。"他满脸的汗水，气喘如牛。这时，人群围拢了来。"让王院长看看，让王院长看看！"王院长把了母亲的脉，又翻看了母亲的眼睛。然后他摇了摇头说："没救了。"不，不可能！我伸出手去，欲抱母亲。忽然一阵昏晕向我袭来。

"他醒了，他醒了！"我睁开眼睛，发现玉珍在我身边哭。"妈，妈呢？"我问。"他们把她抬走了。"玉珍抽泣着说。"泰精，你妈出事了，你可不能倒下呀。"有人说。"我们回家吧。"玉珍拽着我的胳膊，又过来两个人把我扶起。我浑身像散了架，由玉珍搀扶着往家赶。

玉珍的娘家人都来了。昌英姨和程顺棋急吼吼跑来了，泰晴哭着跑来了。一些好事的人跑来了，一些热心的人跑来了。屋里屋外，挤满了人。李走下了门板，把一些人哄到屋外。门板靠墙一边放着，另一边作为过道。他们把母亲安放在门板上。把她编的摇箩拎到屋外。老天啊！老天！母亲就这样离我而去了吗？她编的摇箩还没完工呢！她昨晚削了两根篾，把它弯成了漂亮的圆弧，告诉我这是安在摇篓上支蚊帐的。她已经开始关爱她的孙儿了。她还没见到她的孙儿面呢。她还没住到我设想的大房子里呢。她就这样走了？我痛哭失声。我丈母娘拿着黄纸要盖在母亲脸上。"不！不！"我一把抓住她的胳膊："我妈，她只是摔昏了，一会儿会醒来的。"李走扶着我的肩说："节哀顺变吧。"这，这是一个噩梦吧？梦醒了一切照旧。母亲又坐在门前编摇篓。"妈！妈！"我哭喊。"妈，你快醒来吧！"泰晴抱着母亲的头痛哭。母亲的头发蓬散着，有血块板结住几缕头发。母亲的头一贯梳得一丝不乱。她身上总是清丝丝的。我对泰晴说："你给妈洗洗头。给她换身衣服。"我丈母娘擦着眼睛说："飞来横祸，飞来横祸啊。唉，人死不能复生。你们要节哀啊。还有好多事，等着你们料理呢。泰精，你作为儿子，要拿主意安排丧事啊。泰晴，你作为女儿要置办老衣、寿鞋。玉珍，你别光顾着哭了。你去烧点水。洗头和换衣的事交给我。"这时晓媚怯生生挤了过来。泰晴一见，抓住她的辫子，朝她劈头盖脸打过去。人们拉开疯狂的泰晴。"你干吗打孩子呀？"

"就是她，就是她作妖害的呀。"

"这哪能怪晓媚呢，这是一个意外呀。"

"一个女学生不拿笔，不拿针，整天在外游街，唱戏。看我不收拾你！"泰晴又朝晓媚扬起巴掌，扑过去。人们护住晓媚，抱住泰晴。"现在的孩子都这样啊。"晓媚哭着跑走了。这是我第一次看泰晴发怒，第一次看她打孩子。

人们叫泰晴去准备老衣、寿鞋给母亲装殓。老衣就是一套棉衣。泰晴哭着说："我没有棉花啊。"我把泰晴拉到母亲的房里。母亲把她从绸子棉袄里扯出的丝绒装在一个布袋里。她昨晚对我说：这丝绒留着给她的孙儿做枕头用。老天啊老天！言犹在耳，母亲却去了！我把装着丝绒的布袋交给泰晴，说："就用这个吧。"泪水模糊了我的双眼。

　　泰晴哭哭啼啼去供销社扯了棉布，央求一个老裁缝给母亲做老衣。老裁缝二话没说。赶紧地做了一套简易的老衣。车贵金的奶奶把她的寿鞋拿出来，给了泰晴。跟泰晴说：以后做一双还她就是了。她的寿鞋还是我母亲给她做的呢。

　　熙攘的人群散了，他们回去吃午饭了，下午还要继续参加活动呢。只家里的亲戚留了下来。李走也没离开。他对我说："你要安排人去给亲友报丧啊。你母亲身上有哪些人？"我想了一下。母亲姊妹七人。老大昌和在解放前夕被猖獗的土匪绑架撕票了。老三昌谓在共产风时，饿死了。老五昌旗难产死了。老六昌采土改时自杀了。老七早在跑鬼子反时就失踪了。"只有昌英姨在。其他的我们早就没有来往了。"

　　"你父亲身上的人呢？"

　　"老家的人也没联系了。"

　　"佛珠子、宝珠子还有泰换要给信。"昌英姨说。"可派谁去呢？"这时蹲在门外墙根的立峰闻言，他站起身对屋中的我们说："我去吧。你们把地址告诉我。"我跟他说了两家的地址。他转身走了。

# 四十六

　　昌英姨催我去给泰换发电报，丈母娘叫我去买点菜，要给亲戚和帮忙的人开伙。程顺棋提醒我去买棺材。我的工资都交给母亲了。我进到母亲房里，找到放钱的盒子，打开盒子，见一沓一沓的纸票用橡皮筋扣着。原来母亲是按月把积攒的工资用橡皮筋分扣着。每月十几块钱，她很少动用。母亲，你没享到我的一点福啊！唉，树欲静而风不止，子欲孝而亲不在啊！我现在深切地尝到这种悲情的滋味。我用手掌抹去满脸的泪水，把钞票装进口袋里，走出房门。我拿了两沓票子交给程顺棋，拜托他主事，找几个人去购棺材。我去邮局发电报，然后去食品站买菜。我不愿承认母亲亡故这个事实。

我给泰换拍的电报内容是：母病，盼归。弟泰精。

我到了食品站，祈求食品站的胡主任能卖点肉给我。他说："肉早就卖光了。不过，我知道你家出了事。我们食品站最近收购了一批鸡蛋，准备外调的，可以卖一箱给你。你买不买？"

"我买。"

胡主任搬出一个纸箱。上面写着"小心轻放"的字样。"小心抱着哦。"他嘱咐我。

我小心翼翼地抱着一箱鸡蛋，走得很慢很慢。不仅仅是因为怕打碎了鸡蛋，而是我不愿面对接下来的事。

回到家，棺材已经买回来了——黑黑的薄木棺材。现在农具厂只打制这种棺材。不论什么人死后都睡这种棺材，人人平等，没有高低贵贱。她们已经给母亲洗了头，擦了身，用被单裹着遗体，只等泰晴的老衣、寿鞋来，好给母亲装殓入棺。

有几只苍蝇停息在母亲的遗体上。我找来把蒲扇把它们驱赶走。"泰精，你妈的遗像准备好了吗？"

"没有。我们什么都没准备。"

"那你快找张照片，请画像的去画呀。"我这才意识到这么些年母亲从未进过照相馆。我该死！我捶着自己的大腿。"我在妈的梳妆盒里见过妈的一张照片。"玉珍说。"快拿来呀。"昌英姨催促。

玉珍拿了一张发黄的纸出来。我接过一看，是张鬼子时期的良民证。良民证上有张发黄的照片。照片上是张年轻的脸。脸上没有一丝笑意。昌英姨凑过来看了看："只有这一张？"我点点头。"这张就这张吧，比没的强。赶紧找人去画。"

"画像的朱伯亭是右派，今早上被红卫兵抓走了。下午肯定要斗他。"程顺棋说。"这事我来办吧！"李走说。"好好好，拜托你了李区长。"昌英姨边说边从良民证上揭下照片。李走接过照片出门了。

"吃饭吧。"玉珍端了一碗饭来对我说。我摇摇头。"吃点吧。"

我坚决地摇了摇头。

远远地传来高音喇叭的声音。下午的文艺汇演和批判会又开始了。

傍晚时分，泰晴拿着老衣、寿鞋来了。李走拿着画像来了，他还去农具厂给画像配了画框。大家对李走感激不尽。都说今天得亏李区长了。按照习俗要在棺材前供奉画像和长明灯。家里的桌子被锯了腿，怎么办？昌英姨从母亲房里搬了一个春凳放在棺前，把画像供奉在春凳上，点了一个罩子灯，也放在春凳上。他们七手八脚把灵堂布置起来了。没有挽联，大家叫我写。可我不知写什么。我握住毛笔，手抖了，我说："我今天写不了。"昌英姨豪爽地拿起毛笔写起来：节俭一生；劳碌半世。众人点着头，把这副挽联挂在棺两旁。

"你准备把你妈葬在哪里呢？葬在这里还是葬回老家郜桥？"丈母娘问我。"我，我……"我的脑子一片空白。葬回老家，要用船运过去。可现时船都属于生产队的，谁敢做主拍板动用生产队的船运一个地主婆的遗体呢？昌英姨站起来说："运回老家不便。就葬在这里吧。你们以后上坟祭祀，送饭也便当些。三年后把你父亲的遗骨移来跟你妈合葬。你看好不好？"这样是最简单易行的。大家都说好。我也点点头。程顺棋找了他本家几个老人去程家庄的河堤上挖了墓坑。

第二天，宝珠子、佛珠子带着家人来上了祭。宝珠子、佛珠子哭得两眼红肿。

第三天早上出殡。丈母娘求了又求，他娘家的四个兄弟看在我丈母娘的面子上，才勉勉强强地来抬棺。

天阴沉沉的，刮着东南风。送葬的人不多。只有泰晴、宝珠子、佛珠子、昌英姨、程顺棋、我大舅子、丈母娘、玉珍和我。一路上只听到："妈呀……"、"二妈呀……"的嘤嘤哭声。

墓地在河堤上，那里杂草丛生。有两只水鸟见我们来，惊慌地拍起翅膀跃进河中，潜入水里。

棺材被放入墓坑中。泰晴哭倒在墓旁。他们拖拉开泰晴。一锹锹黄土朝棺盖飞去。

出殡后的第二天，玉珍催我去加工厂上班。在路上，我遇到了李走。他喊住我，交给我一样东西——是两个铜铃。铜铃上雕着向日葵图案和一句话，分别是"跟共产党走"、"为人民服务"。李走告诉我：这是他今早起来跑步锻炼身体，占校长交给他的。占校长今天穿着一双新鞋，拎着个旅行包。李走问他去哪出差。他对李走鞠了躬，拜托李走关照我和泰晴。

从此后，我们再也没见着立峰舅舅。十年后，听说有人在外省的一个矿山见到了他。

我到了加工厂，邮递员交给我一张汇款单。留言栏里写着：生产任务重，无暇。年底归。祝早日康复。我左手握着铜铃，右手拿着汇款单，泪水再次模糊了我的视线。

三年后，我去邰桥，准备拣了父亲的遗骨，来给父母合葬。我来到邰桥的河堤上。曾经坟茔座座的河堤，如今平坦如砥，没有一座坟！上面跑着汽车，河堤被修成公路了！

我站在河堤上，看着碧水盈盈的河面，想到我读过的一篇李大钊先生的文章——《艰难的国运与雄健的国民》。是啊，中华民族生命的进程就像一条长江大河，它不管受到何种阻抑，总会冲过去的。因为中华民族不乏雄健的国民。他们壮志凌云，为国为民，上下求索。共产党中不乏精英，他们中有刚直不阿的忠臣良将，有务实求真的智囊谋臣，有全心全意为人民谋幸福的领袖……历史的长河虽回环曲折，但它总会浩浩荡荡地向前流行。不管经过何种磨难，社会在前行发展。是的，历史的车轮滚滚向前，谁也挡不住。邰桥已经通车了！

讲到这眼袋鼓肿的父亲眼里闪着光。他抬头看了看墙上挂着的我的祖母的画像，喃喃地说："母亲，你放心吧，太平和醇香都过上了富足的生活。"我也朝画像看了看，原先觉得墙上的那个画像只是个画像，陌生而遥远，现在觉得她是个活生生的人，距我是那么近切。祖母编的摇箩就在父亲的卧房里，我走过去摇了摇，问："这摇箩后来是谁编完工的？"父亲的神色又黯然下来："是泰晴啊，能干可怜的泰晴啊……"

第三章
# 酒窝美人

一

　　我姐汪泰晴属羊，出生于1931年。那是个黑色的年份，八月长江发生特大洪水，全国十六个省受灾，中下游死亡人数达十四万人。那年，中国东北发生了九一八事件，日本占领了东三省。那一年天灾人祸双至。泰晴出生在洪灾久雨后的一个晴天，故而我父亲给她取名晴。那一年为避水患，我姑父带着即将临盆的我姑妈，来到我家。姑妈、姑父与我父母指腹为婚。泰晴未出世就定亲了。她的未婚夫是比她早半个月出生的表哥水生。水生是破圩后的第二天出生的，所以我父亲给他取名水生。我姑妈把一个玉菩萨挂在泰晴的脖子上，这门亲事就算板上钉钉了。

　　水生小时候很乖，吃了睡，睡了吃，很让人省心。大人们都说这孩子方头大耳的，像是个有福气的人。

　　泰晴的长相集中了我父母的优点，从小就是个美人胚子。她头发黝黑发亮，皮肤白嫩，桃形脸，柳叶弯眉，杏仁眼，两只眼珠像两个亮晶晶的黑葡萄，两个迷人的小酒窝在白里泛红的脸颊上活跃着，人见人爱。

　　水生大了，还是吃了睡，睡了吃。有时吃着饭就打起了呼噜。家里人才觉得不对劲。姑父带他到南京马林医院诊治。老外医生诊断为"嗜睡症"。并说这种病无法治愈。这种病闻所未闻，姑父不信老外医生的话。他四处求医问药，让水生吃了数不清的偏方，结果还是一如过往。人说水生是瞌睡虫下凡。这事姑父、姑妈一直瞒着我们家。过年、过节时，只姑妈来看望我们，送来礼品。按风俗，定了亲，水生应该在年节时来我家拜年，拜节。可我姑妈说，现在外面兵荒马乱的，不放心让小孩儿出来。过年时，要我们也不要去她家拜年，至已的亲戚双方多包涵。我父亲点头认可。他不来拜舅老爷兼老丈人的年，我们当然也不用去拜姑父的年了。而且路上确实不太平。

可纸是终究包不住火的。我父亲去世了。姑妈、姑父带着水生来吊唁了。这时鬼子已经投降了。我们知道了水生的真相。我们汪家大院的人都认为水生配不上泰晴。泰晴嫁给水生，那是乌龟吃大麦——糟蹋了。这时水生和泰晴十五岁了。泰晴已经出落得非常俊俏，要脸蛋有脸蛋，要身材有身材，花骨朵似的，仙女似的，是公认的汪家大院一枝花。人送美号——酒窝美人。

泰晴秀外慧中。针线活在同龄人当中也是拔头筹。说话的声音也好听。我和我哥泰换晚上去族长家识字，泰晴也想识字，非常想去。可我母亲不让。家里这么多人要穿鞋呢。母亲强留她在家做鞋。

人都夸她长得俊。可她却常常哀叹自己是女儿身，说下辈子一定要向阎王讨要——不做女儿身，做个男儿身。

三年守孝期满，姑妈、姑父来到汪家大院，跟我母亲和族长商量，要求把泰晴娶过去。这一年是1949年，刚解放。族长的儿子我堂哥泰义，带着兵丁仓皇出逃。据说被解放军抓了，关在宣城的牢房里。族长这时如热锅上的蚂蚁，哪有心思管我家的事？他对我姑父说："泰义生死不明，我现在头疼得很。解放了，我不是什么族长了。你们两家商量着办吧。"说着起身走出我家的堂屋。

姑妈要我母亲嫁女，母亲虽然不情愿，但也无法。母亲说："那就腊月里把喜事办了吧。"在房外听她们谈话的泰晴跑进房，对我姑妈说："今年绝对不行！我弟泰精才十二岁，我走了，家里这么多活，谁来做？"姑妈说："不是还有泰换嘛。"

"泰换是我堂弟，也才十六岁。家里七亩多地呢。我得在家再待两年，帮我妈干活。等泰换说上亲我才出嫁。"

姑妈知道泰晴不情愿。她叹了口气说："你和水生都已经十八了，不小了。我知道我家水生配不上你，委屈你了。你嫁到我家我把你当女儿待。"

"不行！"泰晴果断而执拗地说。"我不逼你，你想什么时候嫁，就什么时候嫁吧。在家多待两年帮帮你妈也好。唉！"

姑妈、姑父怏怏不乐地走了。他们走后，泰晴取下她脖子上戴的玉菩萨，丢给母亲，说："妈，我不同意嫁给水生。你把这门亲退了吧。"母亲说："这怎么行呢？说出去的话，泼出去的水，我们两家还是至亲，怎么能悔婚呢？这是你的命啊。"

"我怎能嫁给瞌睡虫？"

"憨汉娶美妻，这是常有的事啊。"

"你就忍心看着你女儿被人笑话吗？"

"谁笑话你呀？"

"你没看到我泰莲姐，嫁给那个结巴，我们都在笑话那个结巴，我泰莲姐多没面子啊！"

"唉，这是各人的命啊。悔婚人家更要说三道四呢。"

"我决不嫁给瞌睡虫！我就在家做老姑娘！"泰晴跺着脚，抹着泪说。

"唉，男大当婚，女大当嫁，一辈子在娘家做老姑娘，这哪行啊？"母亲愁苦地说，"我这是哪辈子做了孽哦。"

二

1950年冬，土改工作队来了。他们不仅主持分田地，斗地主，让穷人翻了身，也带来了许多新思想。他们宣传《婚姻法》，提倡女权，提倡男女平等。禁止包办婚姻，禁止养童养媳，鼓励妇女们离婚，鼓励寡妇再婚。许多大地主家的童养媳都解放了，许多倒了势的大户人家的媳妇都离开婆家重新生活了。婚姻自由的思想开始蔓延，妇女们欢喜雀跃。

泰晴看到了希望，要母亲去退亲。可母亲还是一味摇头。

那一天，在枪毙恶霸的现场会上，泰晴遇到了区长李走。李走是北方人，四方脸型，浓眉大眼，身材魁梧。据说他九岁时，就尾巴似的跟着部队行军，部队上的人叫他回家，他坚决不回。他说："我就要跟着八路军走。"他成了一名编外战士。后来够年龄了，正式入了伍。他姓李，没有大名，部队的领导看他跟随着部队一路走来，给他起名——李走。李走作战勇敢，乐于助人，多次立功受奖。后来成了南下的干部。这时他已经二十八岁了。李走对泰晴一见钟情。他从农会主席二杆子口中知道了泰晴的情况。知道了泰晴对其包办婚姻的态度。他在二杆子的陪同下，亲自来到我家，亲切地对我母亲宣讲《婚姻法》，要我母亲解除泰晴的婚约。母亲原是怕不好对我姑父、姑妈交代，这会子有区长撑腰，乐得顺水推舟，答应了。她说："我是个没文化的妇女，什么也不懂，跟不上形势。区长说咋办就咋办吧。现在婚姻时兴自由，泰晴的婚姻就由她自己做主吧。我不管她了。"泰晴听后如释重负，她长长地舒了一口气，灿烂地笑了。那是发自心底的微笑，那是多日阴霾后的晴阳，那是鸟儿脱离樊笼后的畅快。她的酒窝更加醉人。李走说：可以安排泰晴到华亭镇招待所当服务员。二杆子从中撮掇着。泰晴就跟随李走区长去了华亭镇。李走住在华亭镇。泰晴成了招待所的一名服务员，成了公家的人，每月拿几块钱工资。我们汪家大院的人都为她高兴。上了年纪的人说，泰晴遇到贵人了，她的命运改变了。年轻人说，凤凰怎会落鸡窝里呢？酒窝美人哪甘心落在瞌睡虫手里呢？凤凰迟早要飞上高枝的。

1951年，多年音信全无的立峰舅舅回来了。他回到老家来工作，任塘南镇的书记。他开始在塘南镇建小学校。他把我带在他身边。我在塘南镇就读小学。跟立峰舅舅识了不少字。我给我姑妈、姑父写了信，告诉了他们家里发生的事。告诉他们泰晴在华亭镇招待所上班了，是区长安排的。告诉他们新社会妇女解放了，包办婚姻不作数了，泰晴跟水生的婚约解除了。我把信拿给立峰舅舅看。立峰舅舅把信中几个错别字改了，帮我把这封词句不够通顺的信寄发了。立峰舅舅跟莲花成亲不到三天就离家出逃，到了黄埔军校。后来跟他长官的一个女儿成了亲。他妻子1938年难产死了。1947年，他所在的部队起义归顺了共产党。他一直孑然一身，没有子女。他面色苍白，身体精瘦，身上疤痕累累，腰上有残留的弹片未取出。一到雨天腰就疼得厉害。他回来后，我母亲以为他要跟莲花复合。这时莲花已经跟郭癫痫成亲了，并且有了身孕。郭癫痫听说立峰回来了，忠厚的他同意退出。母亲问立峰的意思。立峰跟我母亲道出了他的心里话。没想到他从小心仪我母亲。可他出身小户，觉得配不上我母亲。而且我母亲当时已经定亲了。他心里一直有我母亲，没有莲花。这次回来，他知道我父亲汪兴汉已逝，他荣归故里，想跟我母亲组立家庭。可母亲断然拒绝了他。

这时，曾经是我迎凤大妈男仆的二杆子，也看上我母亲了，遣迎凤大妈来说媒。母亲更是断然拒绝。二杆子求婚不成，怀恨在心。他现在是农会主席，是人人惧怕的凶神。他盯着我母亲，找茬，斗我母亲。夜里，把我家的花生刨了，把葵花盘子割了，为难我们家。我们孤儿寡母孤苦无依。二杆子人高马大，又有权势。母亲的心朝立峰倾斜了，她需要个靠山。可这时立峰因为身体不好，怕耽误了母亲，竟没有接受母亲。谁来保护母亲？谁来维护我们这个风雨飘摇中的家？我想到了李走区长。凭直觉我认为李走对我姐泰晴有意思。我决定去华亭镇找泰晴，找李走来为我们撑腰。

我到了华亭镇，找到了泰晴，跟她说了家里的情况，要她去找李走，要她带李走回趟邰桥，震慑一下二杆子。可我姐却没有答应我的提议。我决定自己去找李走。我向一个招待所的职工打听李走的住处。他告诉我：李走去省里开会了。李走一回来，就会来招待所看泰晴。要我在招待所守株待兔。我从他的口中确信——李走心里有泰晴。我暗自高兴。

我就在招待所守株待兔起来。我帮着泰晴干活。泰晴在招待所扫地，抹桌子，给入住招待所的客人提供开水。开水要到苏记染坊去冲。苏记染坊早就破落不染布了。一个老婆婆带着一个弱智的儿子用大焖锅烧开水出售。老婆婆烧水，儿子担水。苏记染坊还库存了些染料，谁要染衣服也去那购买染料。我姐泰晴看我穿的灰布衣服褪了色，她对我说："你衣服上的色掉得灰不灰白不白的了，我们去冲开水，顺便找苏大妈买点染料，我来把你衣服给染一染。你看，我这件裤子染了后，就像新的一样。"我看她裤子染得碧蓝碧蓝的，果然像是新的。我说："那好吧。"

晚饭后，我拎着热水瓶跟着泰晴从招待所出来，由东往西，去苏记染坊冲水。到了街心，听到沉郁的二胡声，泰晴的脚步慢了下来。到了一个挂着"丁记布庄"的门前，泰晴停住脚步，扭头往店里看。我也随着她的目光朝店里看去。已是黄昏，店里光线很暗，我隐约看到一个男人坐在柜台后在拉二胡。我看了一眼继续往前走。泰晴迈着皮影戏中木偶般的小碎步走着，那二胡声拉住她的脚步了。"姐，走啊。"我站在离她几米远的地方催她。她小跑着走向我，眼睛忽闪忽闪着，脸上的酒窝也忽闪忽闪着，她微笑着说："泰精，你听，他拉的二胡多么好听！"

"有啥好听的。"我对这二胡声不感兴趣。"你没看清店里的人吧？"

"没。"

"他长得可好看了。是街上公认的华亭三大美男之一。"

"他是卖布的？"

"嗯。"

"他叫什么？"

"丁咸基。"

冲好开水，买了染料往回走，走到丁记布庄，泰晴又放慢脚步，侧脸朝布店里看。好像猫儿闻到了鱼腥。"姐，你这么喜欢听二胡哇！"泰晴收回目光瞟了我一眼，那目光里含着羞涩，她红着脸，对我点了点头。

三

给客人送去开水，回到泰晴的宿舍，泰晴对我说："泰精，把你外衣脱了，我来给你染衣吧。"我说："衣染了，我穿什么呀？"

"你先穿我的衣吧。"我不愿穿女孩儿的衣服，磨蹭了一下，说："算了吧，你把染料给我带回去吧，回去我让妈给我染。"

"也好。看你穿的都是泰换的旧衣，没穿过新衣。你现在是个学生了，也该穿得体面点了。姐现在有钱了，姐给你买套衣料，让妈给你做套新衣。"

"你的钱自己留着买嫁妆吧。"

第二天一大早，泰晴把我从睡梦中唤醒。拉着我去丁记布庄。街上只有几个早起卖菜的人，有的店铺还没开门。我揉着惺忪的双眼说："姐，店铺还没开门呢。"

"他家店铺开门早。"泰晴说。走到丁记布店见店门果然开了。泰晴拉着我的胳膊兴奋地说："你看你看！门开了。"走到布店门口，见店里有两个男人。一个在捧着紫砂壶喝茶，一个拿着抹布低着头在抹柜台。"丁掌柜！"泰晴喊。两个男人都抬起头。两人面目上有相像之处，喝茶的是中年人，抹柜台的是青年人，一看就是父子俩。"噢，小汪啊。你早啊。吃过早饭了吗？"中年男人说。青年人朝我姐微笑着，那双眼睛温情脉脉的。我猜他就是昨晚拉二胡的那个人了。因为他果然是个美男子——高挑的身材，国字脸，高鼻梁，大眼睛，嘴巴适中。最迷人的是那双眼睛，那双眼睛满含无限温柔的气息。一看他那双眼睛，人的心就变得柔软起来。泰晴拉着我走进布店说："这是我弟弟。"

"噢。"

"我想给他扯身布料。丁掌柜，你看要扯几尺布？"

"这个我知道。"年轻男人抢着说。他放下抹布，边说边用柜台边的干毛巾擦了手，走出柜台客气地说："小弟弟，你来看看你喜欢什么布？"他是个水蛇腰，走路的样子很帅气，让我想到"玉树临风"这个词。"你给推荐一下吧。"泰晴对年轻男人微笑着说，她脸上的酒窝迷人地闪现着。"给我弟扯好一点的。"

"那好那好。你看这块布咋样？"

拿着布料走出丁记布庄，我问泰晴："他就是昨晚拉二胡的那个人吧？"泰晴点头。"这人长得是好看。"

"姐没骗你吧？"

"他叫丁什么？"

"丁咸基。姐昨天不是跟你说了嘛。"

"他那双眼睛不像是男人的眼睛。你跟他很熟吗？"泰晴摇摇头又点点头。"你们怎么认识的？"

"天天冲水路过认的呗。"

午后，我百无聊赖地在招待所瞎逛游。不时朝门口望，期盼看到李走的身影。泰晴看我无聊，对我说："你在这儿没劲吧？等天擦黑的时候，我们去冲水，顺道去找丁咸基，问他借两本书来给你看看。"

"为什么要等到天擦黑呀？"

"人家……人家白天要做生意呢。"

傍晚时，我和泰晴又拎着热水瓶去冲开水。又听到二胡的声音。泰晴又是那老一套。二胡声拉住了她的脚步，我催促着她。我们先去冲了开水。回来的时候，泰晴走进了布店，我跟进去。"咸基！"泰晴喊。二胡声停了，丁咸基站起："泰晴，你来了。"

"咸基，我弟弟在这儿没劲，你能借两本书给他看看吗？"

"行啊。他要看什么书？"

"你随便拿两本给他看好了。"

"小弟，你喜欢看什么书？"丁咸基看着我问。我把拎的水瓶放在柜台上说："随便。你的书呢？"

"我的书在我家阁楼上呢。你随我去，你自己挑选吧。"

"去你家不好吧？我们就在店门外等你吧。"

"不要紧的。"丁咸基走出柜台，拉着我的手说："走走走。"泰晴说："我就在这等你们吧。你把店门关上。"

"没关系的，你坐店里看门吧。"

"这，这……"

丁咸基拉着我的手走进他家堂屋。堂屋的陈设跟我们邰桥一般的人家没有区别。对着大门的墙上挂着中堂、对子，下面是一个香案，放着两个花瓶。靠香案放着一张八仙桌。桌子上有一个紫砂壶，几个茶杯。拐角有个楼梯，我们朝楼梯走去。忽然，楼梯边一扇房门开了，一个四五十岁的妇女探出头："咸基！"她喊道。我们闻声立住脚。"妈，这是泰晴的弟弟。"

"他来做什么？"丁母冷冷地问道。"他来借两本书。"丁母走出房门打量着我。我也朝她看去。她驴型脸，鹰钩鼻，三角眼。丁母嘟着薄薄的嘴唇，向我射来两把利剑般的眼光，我不由缩了身子，朝后退了一步。"走，走，上楼去。"丁咸基拽着我。"上楼轻点！宝宝刚睡。"我们踏上木板楼梯。咚咚咚……好响啊。身后有双冷剑似的眼睛在盯着我呀，我害怕地拎起脚，轻轻放下，可楼梯还是发出咚咚咚惊人的声音，惊得我头皮发麻。好容易走到了楼梯尽头，丁咸基推开阁楼的门，说："进来吧。"我站门口朝里巡视了一下：阁楼低矮，有个小窗户，窗户边有张藤椅，阁楼中间有张条桌，旁边放了一把竹椅。条桌上放着两本书。我朝条桌走去。阁楼地板也是木制的，一迈步又发出咚咚咚的声音。我害怕地踮起脚，用脚尖走。"阁楼和楼梯上原来铺着地毯的，上楼没声响。解放后地毯被没收充公了，现在上楼响声大。"丁咸基说。

阁楼里很整洁，纤尘不染。我小心地拿起条桌上的两本书。看了一下封面上的书名与作者。一本是《啼笑因缘》，一本是《八十一梦》，作者都是张恨水。"就这两本书？"我问。我奇怪就这两本书，拿给我就行了，干吗要我来挑选呢？"书在这儿呢。"丁咸基拉开墙边一个布帘，露出一个竹子编的书架来，架子上整齐地立着一本本书脊朝外的书。我走过去。丁咸基指着书架上的书对我说："这两层是武侠小说，这两层是情感小说。下面两层是我原来的课本。你小孩子不懂情感，小孩子一般喜欢看武侠小说，你喜不喜欢看武侠小说？"我没有看过武侠小说，我不置可否。我在立峰舅舅那看了鲁迅的小说集《彷徨》和《呐喊》，立峰说：鲁迅是伟大的革命家、思想家、文学家。我问："你这有鲁迅写的书吗？"

"没有。"丁咸基摇摇头。我在那些书脊上寻找我所知道的名家，可我一个没看到。我看到那边还有一个布帘，我以为那边也放着一个书架，我走过去拉开布帘。呈现在我眼前的是——墙上钉着一排排钉子，钉子上挂着一只只鞋，鞋都是很新的，有布鞋，有皮鞋。一律鞋底朝外，鞋尖朝下。总共有十几双鞋吧。"这都是你的鞋？"

"是啊。"

"你的鞋真多呀！"

"我喜欢买新鞋。我还喜欢弄头发。我每隔两三天就去吴师傅那理发，掏耳朵。我只去吴师傅那，华亭镇只他的手艺好。"我看了看丁咸基的头发，他的头发不长也不短，平整光亮。

我从书架上随便拿了两本书，小心翼翼地紧张兮兮地下了丁家阁楼，走出丁家，我舒了一口气。我姐站店门口望着我们呢，见我们出来了。她拎起四个水瓶吃力地走过来。

我们回到招待所，我睡在泰晴的宿舍里，泰晴找招待所的空房睡了。我翻了翻我借来的那两本书，都是武侠小说，内容没有一点现实性。写得神乎其神。主人公武功了得，一跳就跃上了山顶，双手一推高山夷为平地……这怎么可能呢？如果有这种高强的神人在，地球上哪还会有其他的人在？世界岂不到了末日？我对这些写得假而又假，神而又神的，漏洞百出的，天马行空凭空想象的东西不感兴趣。每本看了几页后就放下了。十几岁的我已经意识到——名分、权力比武功更有威势。我急切地盼着李走快回来。祈祷二杆子不要再为难母亲。

四

我做梦也没想到我在华亭没等来李走，却等来了一个比李走更大的"兔子"，更亲的人。我的大伯汪兴春回来了！他现在在西安某部工作，是团政委。这次来南京开会。会议结束了，他顺道回老家看望亲人。他先去芜湖看望了我姑妈。姑妈跟他讲了泰晴和水生的婚事。说泰晴悔婚了，要他站在我姑妈那边，劝泰晴回心转意，要他主持泰晴与水生的婚事。兴春大伯真是有见识的人，他没有听我姑妈的，说新社会婚姻自主，这事不能照老黄历办了。他说强扭的瓜不甜，不能害了泰晴。他支持泰晴悔婚。我姑妈抓的最后一根救命稻草落了空。我和泰晴在招待所听了兴春大伯的讲述，欢喜地跳起来。泰晴请了假，我俩簇拥着兴春大伯回到邰桥。汪家大院沸腾了。人人以为兴春已死，没想到他还活着。他竟是地下党！他竟是大军官！照这么说来，我们家也是军属了。军属是拥戴的对象，谁敢欺负我们哪！族人们跺脚唏嘘兴春回来得迟了。

兴春大伯回邰桥的第二天，母亲叫泰换陪兴春大伯去看他出嫁在石桥的两个女儿。我、泰晴和母亲在地里拔草，母亲挨着泰晴，一边拔草一边问她在华亭镇的情况。泰晴承认李走对她有意思。母亲催她赶紧跟李走成亲。因为李走和泰晴都已经老大不小了。母亲怕夜长梦多。可泰晴却嗫嚅着不肯。在母亲的一再逼问下。泰晴才终于说出：她看上丁咸基了。母亲问她为什么，泰晴说，丁咸基长得好看，又会拉二胡。母亲询问丁咸基家的情况。泰晴告诉母亲：丁家是开布店的。家里只有父母，没有兄弟姐妹。她隐瞒了一个重要的人——丁咸基的儿子，丁咸基有个四岁的儿子。丁咸基成过亲，因婆媳不和，不久前离了婚。母亲说：你傻呀，李走多好哇，又是区长又没成过亲。泰晴回嘴道："二杆子是农会主席，也没成过亲，你为什么不答应他呢？"母亲没想到泰晴会这么说，这句顶嘴重重地敲在母亲的心坎上。过了好一阵，母亲才叹了口气说："唉，有其母有其女呀。女人菜籽命啊。落肥田长得壮，落瘦田活得惨啊，你呀你呀，你要落到哪里呀？你是什么命啊？好看不能当饭吃，二胡不能撑你的腰啊。你要想好了呀。"

"跟他在一起吃菜咽糠，我也愿意。妈，你就同意了吧。"

"他真的是因为婆媳不和离的婚？我还要去访问访问。"

母亲去华亭镇做了访问。把丁家祖宗八代的事都访问清楚了。

丁家发家的老祖据说是清朝云南巡抚。他是科举进士，聪慧圆滑，步步高升。去云南前，他衣锦还乡，辞别父母族人。几个族人投奔他。他带着这几个人去云南上任了。其中一个是他的堂侄。堂侄的父亲是巡抚的堂兄，曾资助巡抚读书，对其有恩。巡抚安排堂侄做了他的管家。另外几个人安插进衙门里，成了他的亲信爪牙。堂侄自恃他家曾有恩于巡抚，趾高气扬。他狗仗人势，狐假虎威，在当地为非作歹起来，不料激起民怨。众怒难犯啊。丁巡抚当众把他的侄儿抓来，列数他的罪行，打入大牢。判决发配安徽清水。云南的人不知安徽清水是何地，问：清水何地也？丁巡抚一本正经地说道：清水乃蛮荒之地。清水的蚊子大如鹅，打其三扁担，它还飞过河。把这混账发配清水喂蚊子去也！

人都伸出拇指赞巡抚铁面无私，大义灭亲。云南人不知清水就

280

是这位巡抚大人的老家。巡抚的履历上写的是祖籍安徽芜湖，云南人连芜湖都不清楚，哪知清水小镇呢？

执刑那天，巡抚亲自给侄儿戴上特制的粗重镣铐。斥责他咎由自取，要其改过自新。派遣衙役押解其堂侄服刑。衙役押着犯人先是游街示众。深夜后将其押到一个偏僻的河岸边。河里有艘吃水很深的船在等着他们。巡抚也在船上等着他们。衙役押着犯人登上船，巡抚交给衙役一封信，然后拱手离去。这条船由珠江出发一路北上进入长江。犯人出了云南后镣铐就打开了，犯人、衙役仰天大笑。他们在船舱里沿途观赏风景，好吃好喝着。船到了芜湖码头没有停，衙役没有去府衙交差。一直驶到清水镇，衙役去了丁家的族长家，他们把巡抚的信交给了族长。族长看后大喜，烧毁了那封信。连夜带着几个族人，把藏在船上的白花花的银子搬到祠堂。犯人把镣铐呈上，这镣铐竟是乌金。他们把这副镣铐熔化了打造了一只香炉，摆放在祠堂里烧香用。用这些千里迢迢运来的银子在清水及其周边县镇买田置地，置办产业，那个堂侄一脉在华亭买了地，开了布庄。还在华亭镇镇东建造了一个很气派的十几米高的三层戏楼。丁家戏楼曾名闻大官圩。每年过春节时，丁家戏楼都请戏班来唱戏。丁家戏楼1938年毁在日本鬼子手里。丁家子孙在华亭镇繁衍开来，有的成了地主，有的成了商人，有的成了败家子。他们早就分了家，各自谋生。布庄规模越办越小。

# 五

丁咸基的祖父母只生养了一个女儿，就是丁咸基的母亲。丁咸基的父亲是入赘丁家的上门女婿。姓洪名容。洪容曾是丁家的伙计，成亲后虽名分变了，但依旧是芹菜籽苋菜花，做不了主，当不了家。丁母在家里独掌大权。丁咸基的前妻是芜湖绸缎庄娇生惯养的女儿，好吃懒做，丁母看不惯她，没有好脸色对她。受气的丁妻长期赖在芜湖的娘家不愿回丁家。新中国成立后鼓励离婚，她跟丁咸基离了婚。

母亲了解到这些情况，知道丁母不是盏省油的灯，婆媳不好相处，让她最不能接受的是丁咸基有个四岁的儿子。她坚决反对这门亲事，她不能让泰晴去当人家的后娘，后娘难当啊。母亲急切地跑到华亭招待所，斥责泰晴糊涂，竟然向她隐瞒了丁咸基的儿子。告诉她后娘难当，丁母又是个厉害角色。要她不要往泥潭里跳，不要再跟丁咸基往来了。说李走条件多好啊，上无公婆管着，下无小孩儿绊着，赶紧跟李走成婚。

泰晴也知李走的条件好，可她的魂给二胡声给抓走了，丁咸基的身影占据了她的心。她的心里再也容不下别的人。她哭着拒绝了李走的求婚。魁梧挺拔的李走脚步踉跄地离开了她。泰晴孤身在外，母亲鞭长莫及，只能在家干着急，没办法。泰晴非丁咸基不嫁。母亲最终屈服了。她怕泰晴成了老姑娘，怕泰晴万一有个什么闪失。她心疼理解泰晴，最终同意了泰晴的选择。她对泰晴说："命啊，命啊，看来这是你的命啊，搞来弄去的，原来丁咸基才是你的冤家啊。"

1952年冬，泰晴与丁咸基在人们不解与鄙夷的目光中结婚了。有的人说她傻，有的人说她鬼迷心窍，有的人说她忘恩负义。李走把泰晴从郜桥弄进华亭招待所，这是秃子头上的跳蚤——明白着的。泰晴也明白李走的心，对李走怀着感恩的心，她每晚给李走做鞋。人人都等着喝李走区长和汪泰晴的喜酒了，不料，她一个鹞子翻身，投进了丁咸基的怀抱。没有人去恭贺祝福他们的婚事。只有李走去了，送给二婚头丁咸基一对枕头。枕头上绣着漂亮的百合花和一行字，两只枕头上的字合起来是——听毛主席话跟共产党走。这原本是李走为他自己准备的。是他请当地的剪纸艺人花从根画的花样写的字，请徐红霞为他绣的枕头。

丁家只置办了两桌喜酒，连他家女婿家也没通知。只我家几个人，外加李走和车南生，凑起来两桌人。车南生是丁咸基家的隔壁邻居。原是丁咸基家的小伙计，他妈是丁家的老妈子。土改时，分得了丁咸基家两间房，分得了丁咸根家几亩地。

我们沉闷地吃了喜宴。洪容陪李走喝了不少白酒。宴罢，洪容架着李走把他送回了宿舍。李走的住所和丁咸基家相隔不过五十米。原先是丁咸基堂兄丁咸根家的房产。丁咸根也是家里的独子，他上面四个姐姐都已出嫁，空出来的房子分给了李走两间。洪容扶李走在床头坐下，拎起水瓶往绿色军用茶缸里倒了大半缸子水，放在床头柜上。李走指着洪容大声说："我酒没喝多。你们家好生待汪泰晴，不然的话，小心你们的狗头！"洪容嘴里含混地答应着，赶紧转身离开这个炮仗筒。走出来，拉上门。

洪容离开李走的住所刚踏进自家门，一个身影轻轻推开李走的门，闪了进去。这人是谁？为何黑夜闪进李走的房间？

进去的是住李走隔壁的徐红霞。徐红霞何许人也？徐红霞原是丁咸根的老婆，是泰晴的堂嫂，她比泰晴大两岁。

徐红霞是个苦命人。她的娘生下她未满月就得产后风死了。她的父亲腿上青筋暴突，人唤徐粗腿。徐粗腿早晚挑着馄饨担子在镇上四处叫卖馄饨。他家住在与华亭镇隔河相望的一个村子里，家里很贫苦。徐红霞是徐粗腿用面粉糊糊饱一餐饿一顿喂大的。丁咸根的母亲喜欢吃馄饨，是徐粗腿的常客，知道了徐粗腿家的情况，同情徐粗腿，可怜无娘的孩子，把她家小孩儿穿剩的旧衣拿些给徐粗腿。徐红霞小时候穿的都是丁家小姐们的旧衣。徐粗腿对丁太太很是感激。徐红霞那时没有名字，徐粗腿唤她丫头。丫头很小的时候，徐粗腿出门卖馄饨，把她放在铺着稻草的地上，系在床腿上。到了六七岁，丫头跟在徐粗腿的馄饨担子后面走街串户。她也不惧人，小嘴很甜，徐粗腿叫他喊谁她就喊谁，叫她喊什么她就喊什么。她见着丁太太就喊："太太好！"丁太太被她喊得高兴。一天，见她蓬着头，头上爬满了跳蚤，丁太太生出恻隐之心，把她牵回家，给她洗头。洗完头，给她编了小辫，瞧瞧小丫头——微黑的皮肤，大大的眼睛，瓜子脸，长得倒也清秀。逗弄丫头说："你爹把你送给我家了，你就留在我家了，你愿意吗？"不料，丫头竟点点头说："愿意。"丁太太把这话说与徐粗腿听，徐粗腿听后鼻子就酸了。他想：丫头跟着他风吹日晒，吃苦受穷。既然她愿意待在丁家，丁太太待她又好，不如送给丁家。他对丁太太说："这孩子跟您有缘啊，如果你不嫌弃的话，你就收下她吧。"

于是，丫头就留在丁家了。丁老爷可不愿养闲人，他跟徐粗腿讲好：丫头做他丁家的童养媳。长大后跟他儿子丁咸根圆房。徐粗腿同意了。

有人说丁太太好算计，用几件旧衣换了一个儿媳妇。徐粗腿不这么看，他认为丁太太好心收留了丫头，帮他卸下了一个包袱。认为丫头到丁家享福去了。

丫头在丁家并没有享福。童养媳在家里没有地位。吃饭不能上桌，站边上给公婆盛饭。等家里的人吃完后，她收拾好碗筷，蹲在灶间吃点剩菜、剩饭。丁咸根家是小地主，靠收租子过活。家里过着温饱生活。过年、过节才见荤腥。荤腥丫头能看见，却吃不到一筷子。她吃得最多的菜是烂咸菜。她到了丁家后，他公公捉了几只鸭养着。每天叫丫头去河里摸河蚌摸螺蛳来喂鸭，不管寒暑，不论刮风下雨。犁田的时候叫她去田里捡蚯蚓。夏天叫她烧锅，冬天叫她下河洗衣，晚上叫她做鞋。反正从鸡叫忙到月上西天，一刻不让停。吃最差的饭菜，干最苦的活计。小孩子做的活哪能尽如人意，遭打挨骂那是家常便饭。她的头上总是疱疱鼓鼓的，全是被她公公用烟枪敲的。遭打了还不能哭，哭了打得更凶，丫头的泪只能往肚子里咽。人告诉她怀了崽就好了。她等着圆房，等着怀崽。终于圆房了，可她的肚子没有动静。丁咸根在南京读书，一年只寒、暑假回来。她盼星星盼月亮，盼着丁咸根回来，可丁咸根却嫌弃她夏天脸上长了疖子，冬天手上生了冻疮，嫌弃她牙黄。那次她拿丁咸根带回来的牙粉站院子里刷牙，不料她公公从她背后使劲一脚蹬她，她身子朝前蹿去，摔了个嘴啃泥。下巴正好戳在竹扫把上，破了一块皮。公公指着她骂："你个小蹄子，也作妖弄这个，你也配？"她的下巴上从此留下个黑疤。

丫头就像那野地里的草，没人经管呵护，任由人践踏，在凄风苦雨中坚韧地生活着，顽强地成长着。解放了，土改了，丁咸根家多余的田分给无田的佃农了。政府留了十亩地给他家，他们必须通过自己的劳动来生活了。他家人何曾做过田啊？养尊处优惯了的丁咸根，只站田埂上望了望，毒辣的太阳已经让他受不了了，他借口要帮人修钢笔，搓搓手，转身跑了。两个老的干不了几下，就腰酸背痛，要坐下歇歇。繁重的农活一下全压在丫头身上。丫头起早贪黑地干活，身子累散了架。回家还要烧锅做饭洗衣。丁咸根啥活也不干，却指手画脚地责备丫头这事没干好，那事没做好。接受了些新思想的丫头终于忍不住了，跟丁咸根回了嘴，说："新社会了，你不是少爷了。人人都要干活。难道你只长了嘴，没长手？你别什么事都指望着我去做，我不是你家的用人。"丁咸根没想到一贯低眉顺眼的丫头会回嘴，他扑了过来。他干活不行，打人不尿。他扇了丫头两个嘴巴子。丫头脸上留下了五个手指印。这次丫头反抗了，她往丁咸根脸上抓了一把，气愤地说："现在是我在养着你了，你凭什么打我？"

"你，你个臭娘们儿，你敢打我，反了你了。"这下可不得了了，丁家两个老的闻言跑过来，帮衬儿子，三个人一起抡拳打丫头。打得丫头抱头鼠窜，大喊救命。李走闻声跑过来，一家人才住了手。李走见丫头被打得鼻青脸肿，老婆婆手里还揪下了儿媳妇的一缕头发。他火了，拍了桌子："妈了个巴子，三人打一人？"丫头向李走求救，向李走哭诉。李走听了，怒目圆睁，用枪指着丁咸根的脑袋："妈了个巴子，混账东西，新社会了，还欺负妇女。老子崩了你！"丁家两个老的慌了，赶紧跪下求饶，说：再不打丫头了。请区长饶命。

"你们还想有下次？对你们这些地主阶级就是不能心慈手软。你们等着吧。土改时，我没让人斗你们，这次看样子要给补上。"

第二天，李走去找了农会的人。跟农会的人说了丁咸根与他老子娘不干活还欺负丫头的事。农会的人都火了。说非修理修理地主阶级不可。农会的人带着几个民兵闯进丁咸根家，把丁咸根与丁家两个老的都绑了。让丫头诉苦。丫头声泪俱下，指着身上的伤与脸上的疤，诉说了她在丁家所受的苦，说了公公对她的虐待，说了丁咸根对她的嫌弃。群情激愤，农会的人每人上前给了这三个恶人每人两耳光。然后押着他们去接受劳动改造，让三个人上水车车水。这三个人哪里受过这种累呀？干了一会儿蹬不动了。一停下，民兵就用枪把子敲他们。蹬了半天水，浑身散架，瘫软在地。民兵再敲打也起不来了。民兵们笑他们是三泡臭狗屎。李走说帮他们脱脱胎换换骨，明天继续来车水。

三个人咧着嘴咬着牙，相互搀扶着，挪回家，看看脚上尽是水泡。饭也没吃，倒床上睡了。丫头也不敢喊他们起来吃饭。第一次大着胆子先吃了饭。下午她去地里干活，傍晚回家，见饭菜吃光了。她又烧了晚饭，战战兢兢先吃了。然后把饭菜掇到客厅的饭桌上。晚上，她不敢回房，在灶间睡了，睡在柴草上。夜里听见丁咸根走动的脚步声，她吓得赶紧爬起，把灶上的菜刀抓在手里。她听见窸窸窣窣的声音，听见丁咸根说："妈，我走了。"听见她婆婆哭哭啼啼的声音："到了你三姐家，好好跟你姐夫、姐姐说。"一会儿听见开门、关门的声音，脚步声远了。丫头舒了一口气，重新躺下。

早上起来，丫头照例扫地，拎水，喂鸡，喂鸭……忙着她的活。早饭后，民兵们来了。丫头告诉民兵："丁咸根跑了。"民兵们骂骂咧咧，说非对寄生虫施行无产阶级专政不可，问："那两个老的呢？"丫头说："在他们房里。"民兵冲进房里，见到的是两具挺在床上的穿戴整齐的嘴唇乌黑的硬邦邦的尸体。

丁咸基到丁家的女儿们家去报了丧。刚到县城的丁咸根又返了回来。丫头吓得不敢进家，躲在街旮旯里哭，她哭得比丁家的女儿们还伤心。她是为自己哭，哭自己命苦。早就有农会的人劝她离婚。那时她没答应。因为她娘家没人。她生父徐粗腿早在1939年被鬼子打死了。娘家的土屋茅草房早就倒了烂了。离了丁家她住哪儿啊？现在这情况，非离婚不可了。她怎么办哪？她跟农会的人哭诉，跟李走哭诉。

最终李走拍了板，说离婚后丁家的房子分她一间。安排她进招待所上班。招待所只有胡师傅一人烧锅，忙不过来。

丧事结束后，在李走和农会的仗胆下，丫头跟丁咸根摊了牌，提出离婚。丁咸根闻言很平静，只淡淡地说："到了这一步，离就离吧。我在这也生活不下去，我去投奔我三姐。你好自为之。"丁咸根的三姐夫在太平县县城。家里是开钟表店的，维修钟表，还帮人雕章。三姐夫接纳了丁咸根，丁咸根在钟表店里开始了学徒生涯。

丫头进了招待所，跟泰晴在一个单位。李走给她取了一个好听的名字叫徐红霞。徐红霞跟在胡师傅后面帮他洗菜切菜烧锅。胡师傅原是大官圩圩董陈大章家的厨子，烧得一手好菜。李走一日三餐在招待所食堂就餐，徐红霞对李走感恩戴德，格外照顾。她总是给李走留好饭菜。不论多晚，李走不来吃饭她是不回去的。她就住在李走隔壁，她常常到李走宿舍，主动给李走洗衣，洗被子，嘘寒问暖。李走想撮合徐红霞和车南生，跑去跟车南生说。不料车南生已经被预订了。也是丁家的一个地主，看上车南生母子能吃苦干活，主动要把女儿嫁给他。条件只是以后农忙时来帮他家干农活。现在纨绔子弟倒了势，穷人吃香了。徐红霞听说后，更加失落。她对李走说："区长，人都说我命硬，克死了父母和公婆，我这辈子就一个人过了。"李走说："这都是迷信话，你不要信。我一定帮你找个好人家。"

李走请徐红霞绣枕头，徐红霞知道了李走跟泰晴的关系。她对泰晴说："小汪啊，你好福气啊。"没想到枕头绣好了，泰晴却拒绝了李走的求婚。得知泰晴跟丁咸基好上了，徐红霞比李走还难过。

她流着泪指着泰晴说："汪泰晴，你猪油蒙了心，你不知好歹啊。"
泰晴说："红霞姐，要不——你嫁给李区长吧。"

"我配不上他啊。区长若看上我，我立马嫁给他。"

徐红霞知道泰晴跟丁咸基结婚，李走肯定伤心。她关注着李走。
看到李走被洪容架回宿舍了，她猜李走定是喝多了，她不放心，悄
悄走进李走的宿舍。

李走和衣仰躺在床上，嘴里冒着酒气。徐红霞从热水瓶里倒了
些水到脸盆里。水是李走早上冲的，已不烫了。李走每天早上起得
很早，洗漱后第一件事就是冲开水。然后去跑步锻炼。这是他多年
养成的老习惯。"多么好的人啊。"徐红霞想，"他怎么能被女人
甩了呢？"她把毛巾放脸盆里，把脸盆端到床头，拧干毛巾，给李
走擦脸擦手。然后脱了李走的解放鞋，撸起李走的两个裤脚，给李
走洗脚。洗完脚费力地搬起李走的两只腿，把腿往床中间放。李走
嘟囔着说："别……别……别管我。水……水……我要喝水。"徐
红霞端起茶缸，可李走躺着没法喝。徐红霞只得放下茶缸，用力来
拽李走的胳膊，想把他拽起。可李走一把抓住徐红霞的手说："泰
晴，你好狠心啊！"他把徐红霞给拽趴下了。徐红霞趴在李走身上，
说："区长，你别伤心了。我扶你起来喝点水吧。"徐红霞挪着身
子来搂李走的脖子，她的柔软温暖的胸挨着李走的脸，李走一下紧
紧抱着徐红霞，把他的脸埋在徐红霞的胸间，他泪流满脸。徐红霞
拍着李走的背，像母亲哄着委屈的孩儿。可在魁梧的李走怀里，瘦
小的徐红霞更像个孩子。

这晚徐红霞留在了李走的房里。躺在了李走的床上。

不久，李走和徐红霞结婚了。两家并成了一家。招待所的人都
吃到了徐红霞送的喜糖。徐红霞一跃成了区长夫人。人都对她刮目
相待了。徐红霞工作积极，为人热情，人缘挺好，口碑不错。招待
所的人都尊称她为徐大姐。徐大姐积极追随李走干革命工作。那时
宣传新婚姻法，提倡破除包办婚姻，鼓励妇女离婚，翻身做主人。

一些饱受丈夫、公婆欺凌的妇女想离婚可又不敢迈出离家的脚步。徐红霞跟李走去做工作，徐红霞现身说法，那些个可怜的女人，跟徐红霞共鸣了。榜样的力量是无穷的。徐红霞这个榜样让她们看到了希望，坚定了决心，她们鼓起勇气跟旧婚姻决裂了。

华亭镇52年与53年，离婚的人数在县里排名第一，这归功于徐红霞。徐红霞调离了招待所，被提拔为镇里的妇女主任。她四处做报告——控诉旧社会的苦，宣讲妇女解放与独立。风光一时。

六

泰晴结婚后，仍旧在招待所上班。我这时在芜湖一中读书。学费和生活费原来是靠我兴春大伯和泰晴供给。泰晴结婚后，母亲叫她不要供钱给我了，泰晴听从了母亲的话，把每月的工资都如数上交给了她婆婆。泰晴自己不花一分钱。可我还是零星地收到泰晴的汇款。钱是丁咸基汇的。他节省了他的零花钱给我。丁咸基跟泰晴相敬如宾，这让我和母亲宽心。泰晴的工作不是八小时制，白天上班，晚上也要留守在招待所，有客人来就要接待。晚上十点钟后才能下班回家。晚上留守的时候，她就给家人洗衣，做鞋。深夜水跳上传来阵阵捶衣声，人都知道那是汪泰晴在洗衣。泰晴给公婆做了四季的鞋子，爱屋及乌，对公婆很是恭敬，家里一切都听从婆婆的安排。不比不知道，一比见分晓。跟前任的媳妇一比较，更显泰晴的勤快与贤惠。丁家人对泰晴很是满意。婆媳关系也很好。不久，泰晴怀孕了。可她依然忙碌着。

忙累着快乐着，这一段日子是泰晴一生幸福的时光。

1953年底，泰晴产下了她的长子——丁太平。孩子的名字是洪容起的。泰晴对孩子的名字有点不满意。她对丁咸基说："我叫泰晴，儿子叫太平，听上去好像姐弟俩，能不能把'太平'的'太'字换个字？"丁咸基就去跟他父母商量。丁母说："'太'字是丁家的辈分啊，是老祖宗定下的。女孩子就算了，男孩子怎么能不带辈分呢？"丁咸基很为难。泰晴退让了，对丁咸基说："辈分是不能乱改。我两个堂姐，一个叫佛珠子，一个叫宝珠子。我随她们也叫珠子吧。在家的时候你们就叫我珠子。"丁咸基说："好好好，我们就叫你爱珠子吧。"从此丁家的人叫泰晴为爱珠子了，对外说这是泰晴的小名。渐渐地爱珠子这个名字叫响了。泰晴这个名字被人淡忘了。

孩子满月后，泰晴依旧去招待所上班。丁母带着太平。泰晴抽空回来给孩子喂奶。她在招待所和家之间穿梭着。

1954年夏，长江特大洪水暴发，破圩了。洪水阻断了交通，叫停了所有的行业。

我和母亲栖息在架子上，泰晴一家蜗居在阁楼上。母亲非常担心泰晴和太平。大水一退，就命我去看望泰晴。

泰晴在后院给太平喂奶。见我来了，高兴地抱着太平站起，迎过来说："泰精，你来了。妈呢？"

"妈忙着做田呢。"我见她形容消瘦，面容憔悴。眼睛瘦凹进去了，显得更大，没有了往日的神采。她脸上的酒窝成了一个小小的顿号。"姐，你瘦得厉害呀。"

"唉，破圩嘛。有钱也买不着东西。"

"你是不是没得吃？"我心疼地问。"也不是啦。稀饭还是有得喝的。只是太平要喝奶，营养都给他吸去了吧。"泰晴朝我笑了笑。"宝宝，来看看舅舅。泰精，你来看，太平长得好像你哦。"太平埋头在她怀里吮吸着，拒绝离开泰晴的乳头。"小贪吃鬼。"泰晴怜爱地说，"告诉你，泰精，为了你这个外甥，姐现在什么都敢吃了。"

"你吃什么呀？"我急切地问。"还能是什么呀？破了圩，老鼠和蛇多嘛。"泰晴指了指阁楼说，"老鼠和蛇往阁楼上爬，我打老鼠和蛇吃呢。你看，你姐厉害不厉害？"我心酸得要落泪。我背过身去问："姐夫呢？"

"去打扮店了。破了圩，店沤得不成个样子。老是坐吃山空不行啊。一大家子人呢。"泰晴黯然地说。那个曾经光彩照人的酒窝美人啊，落色了。我心里顽固地闪现着她往日的容颜，我不忍多看她。唉！

七

1955年，泰晴怀上了第二个孩子。她的腿脚浮肿得很厉害。她穿着丁咸基的布鞋，迈着肿得像馒头的脚，依然穿梭在招待所、苏家染坊和家之间。母亲很担心泰晴，可也没办法。那时农业已经走合作化道路了。母亲要按时出工参加合作社的劳动。她不能逃工去看泰晴。好在这时，昌英姨改嫁到了华亭镇的程家庄，离泰晴只有两里地。昌英姨常去看泰晴，把对女儿的爱倾注到泰晴身上。昌英姨的小女儿常青因为失恋自尽了。我四姨父也因此事深受打击，自尽了。现任的四姨父叫程顺棋，是程家庄合作社的社长。他有个痴傻的女儿，而昌英姨的儿媳妇解放后跟昌英姨的儿子离了婚。程顺棋建议"老配老，小配小"，昌英姨同意了。结果皆大欢喜。程顺棋待我昌英姨很好。弄点好吃的，他们自己不舍得吃，给泰晴送来。程顺棋水性很好，晚上常常出去捉鱼摸虾。有次在河滩上捡到了几枚鸟蛋，有次捉到了只乌龟，程顺棋都让昌英姨蒸熟了给泰晴送来。泰晴对程家人很是感激。礼尚往来嘛，泰晴就熬夜给程顺棋做鞋。后来得知程顺棋的女儿，也是昌英姨的儿媳怀孕了，她就拿了布店卖剩下的零头布脑，忙着做小衣、小鞋。人家还以为她是给自己腹中的孩子做的。

1955年11月，一个阳光灿烂的黄昏，没有客人，泰晴坐在招待所的客房里，正做着小衣呢，肚子疼了。她赶紧起身，往家跑。路上，她的羊水破了，淋淋漓漓的羊水往下淌，湿透了她的两只裤腿与两只鞋。有人见到，赶紧去告诉了丁咸基。丁咸基跑过来，泰晴已到了家门口。丁咸基见状吓慌了，颤抖着手说："你，你，你……"

泰晴却镇静地说:"快,快拿草纸。我要生了。"丁母牵着太平跑过来,说:"快,快躺床上去。我去叫接生婆。"没等接生婆到,泰晴产下了她的第二个孩子,是个漂亮的千金。

小婴儿哭了一阵后,停下了。她竟朝面对着她的手足无措的丁咸基笑了一下。"她笑了,和你一样有两个酒窝呢。"丁咸基惊喜道,"长大了肯定是个漂亮的姑娘。"他搓着双手,"接生婆咋还没到呢?"他扭头看到西窗外一轮红红的夕阳。"今天是个好日子,阳光明媚。孩子就叫晓媚吧。明媚的小姑娘,妩媚的大姑娘。"丁咸基喜滋滋地说,"我就想得个可爱的女儿,打扮得漂漂亮亮的。"丁咸基从柜子里拿出泰晴做的小衣、小鞋来。泰晴虚弱地说:"你快放回去。把太平穿过的宝宝衣拿出来。"

"干吗穿旧衣,做的新衣不给穿?"

"这些是给昌英姨的孙子准备的。你知道的……"

"我家开布店的,布有的是啊。你把这些先给晓媚穿,再做就是了。"

"吃奶的孩子,整天躺摇箩里,穿新穿旧一回事嘛。等长大了再打扮她吧。"

"那你给你昌英姨的孙子送旧衣穿。"

"这,这哪行呢?我这是做人情的,做人情的哪能送旧衣呢?"

"我不是说让你送旧衣。我家开布店的,用得着穿旧衣吗?你自己也做两套新衣穿穿吧。"

"布店的布也是花钱进的呀。家里能节省的就省点吧。一大家子人要生活呢。布店的生意现在也不太好。要想长远呢。"丁母领着接生婆到了。接生婆赶紧剪了脐带,把孩子的肚脐眼包扎好,问:"胎衣出来没?"

"没呢。"

"你们还有闲情聊天啊!"接生婆慌张地轻揉泰晴的肚子,嘴里不停地祈祷:"菩萨保佑,菩萨保佑……"一会儿胎衣出来了,接生婆松了口气。丁母埋怨丁咸基啥也不会干，就会花钱。

这回丁母站在我姐一边，对丁咸基说："爱珠子说得对呢。你从小手敞得很，不是当家的料。以后我不行了，这个家看样子要交给爱珠子管呢。"

"听说外面做生意的也伙在一起，合作化了。以后不知会咋样呢。"

"店铺要充公吗？"

"早晚的事。"

"那我们这一大家子可怎么活？"丁母忧心忡忡地说。

果然，1956年春，上面来了人，宣传对资本主义工商业施行社会主义改造。他们对华亭镇所有的店铺的固定资产进行了评估。改造有两种，一种是公私合营。一是买断。两条路摆在丁母的跟前。丁母如热锅上的蚂蚁，她心神不宁，茶饭不思。两条路她都不想走。她只想把布庄牢牢掌控在自己手里。可世事由不得她了。李走陪着工作组的人多次来丁家问讯结果不成，最后工作组做了决断。丁家布庄以店铺入股，按照现时流行的"四马分肥"的惯例，年终分红，丁家分享销售利润的四分之一。"可年终才分红，平时用度从哪里来呢？丁氏父子都闲在家里，这怎么行呢？"李走提出异议。工作组的人说："根据上面的精神，工商业者有劳动能力的安排他们工作。"最后他们把丁咸基安排到临近的黄池镇的一个供销社去上班。洪容年纪大了赋闲在家带孙子。

丁咸基去距家十五里的黄池镇上班。一天来回跑三十里地呀。他从未步行过这么远的路哇。第一天上班，他脚底板跑起了泡，受不了了。第二天鸡叫时，泰晴喊他起来去上班。丁咸基叫苦连天不愿去，在家磨蹭着。可不去又不行。泰晴心疼丁咸基，焦急地跟丁咸基说："你去招待所顶我的班，我去黄池上班。"说完她急忙走了，时间不早了，还要赶十五里路呢。丁咸基去了招待所，遭到招待所人的耻笑。泰晴到黄池供销社被供销社领导训斥了，因为她不熟悉业务。晓媚因为没奶吃，不愿喝米汤，把嗓子都哭哑了。李走知道了这件事，来丁家把丁咸基和泰晴都责骂了一顿，骂丁咸基——尿包。骂泰晴——瞎胡闹。骂完后，他推来自己的自行车，说借给丁咸基骑去上班。

后来丁母不好意思让儿子长期借用李走的自行车，咬牙出资让李走代买了一辆自行车。自行车在那个年代可是稀罕物啊。丁咸基天天潇洒地骑着自行车早出晚归。让华亭镇好多的人羡慕。

## 八

丁咸基在黄池供销社做售货员兼会计。早出晚归，疲累得很。没有闲情拉二胡了。泰晴要上班，要给一家子人做鞋，打线衣。整天也不得闲。那把发出让她痴迷的音乐声的二胡落满了灰尘，后来被束之高阁了。婚前让泰晴无比痴迷的二胡音乐在婚后的生活中没有现身过。

丁家的布庄与别的店铺合并了，改名为华亭供销社。不再参与分红。按股资取息，年息五厘。上面规定付七年的年息，然后资产就收归集体所有了。丁母闻听这个规定，坚决不同意，他跑去跟供销社的主任吵。主任说，这是上面的政策，不是他的主意。丁母说，不分红她就搬供销社的东西。主任说："你不同意也没用。就是年年分红，你也分不到什么了。现在供销社进了这么多的人，除去人员工资，哪有结余？"

"干吗进这么多的人呢？"

主任耸耸肩说："我做不得主，都是上面领导安排进来的。"丁母大吵大闹，要砸柜台，说柜台是她家的。还扬言要收回布庄。结果，被民兵抓了起来。关在乡政府的一个仓库里。晚饭时，人还没放回来。以前抓人批斗，晚饭时都放回。洪容焦急地站在门口张望。泰晴决定去乡政府送饭外带探听消息。她提篮到了政府门口，门卫不让她进去。泰晴只好折转身，硬着头皮来找李走。

李府堂屋里没人，室内弥漫着一股中药味。这会子徐红霞正在后院里熬中药呢。后院里有石桌、石凳，这原是丁咸根父子夏天吃饭、喝茶的地方。现在成了徐红霞熬中药的所在。她把一个小泥炉放石桌上，药罐架在泥炉上熬中药。她正往泥炉里添木柴呢，泰晴站堂屋里喊："李区长，李区长！"李走抱着他的宝贝收音机边听边在院子里转圈儿散步，没听见喊声，徐红霞听到喊声把木柴丢到炉子里，起身走到堂屋，见是泰晴，不高兴地说："你来什么事？"

"我婆婆……"没等泰晴说完，徐红霞打断说："我知道。你家丁咸基呢？"

"还没到家呢。"

"家里出了事，要让男人出头。"

"我，我给我婆婆送饭去，可门卫不让我进去。我心里急。"

"你急什么呀！待会儿我陪你去，等我把中药熬好了。你瞧你都有俩孩子了。"

"嫂子，你，你也不用太着急。"

"我，我能不急吗？真是站着说话不腰疼。饱汉不知饿汉饥。你看李区长多么喜欢孩子呀。我生不出孩子，我怎么对得起他？"

"嫂子，你把身体调养好了，生孩子是早晚的事。"

"唉，人家都说我气血亏，说吃枣补血。我天天熬红枣吃。中药也不知吃了多少服了。什么法子我都试过了。可总是不见效。我那东西，每次来只一点点，还痛得我腰直不起。人家每月来一次，我二十天就来一次。我真是命苦啊。唉，我的身子就是被他们丁家人摧残坏了……"徐红霞现在特能说，满嘴都是新词。控诉起丁家来那是咬牙切齿，滔滔不绝。泰晴听她这样说，极不自在。因为她现在也算是丁家人了。她躲开徐红霞的目光，侧目看墙上。她看到墙上贴了许多奖状。她转移话题说："你家这么多奖状啊。"徐红霞自豪地说："是啊。你看，这两张是我得的呢。"可惜泰晴不识字。"是吗？"

"那还有假。你小看我？"

"不是，嫂子。你真能干。"

"你先回去吧，等我熬好了药，我喊你。"

"嫂子，太麻烦你了。"

"不客气。"徐红霞趾高气扬转过身朝后院走去。

没等徐红霞来喊。丁母擦着眼泪回家了。洪容见到忙迎过去问："你还好吧？没事吧？领导怎么说？"

丁母吸着鼻子瘪着嘴说："书记说——现在是人民当家作主，哪能你说收回就收回？你要再闹就对你实行无产阶级专政。布庄没收充公，连五厘的年息也没得给你。"

"唉，我说你闹没用吧？"

"我还不是为了这个家嘛！"

"你就不要逞强了。"

"看样子只能认戾了。我不甘心啊。"

"不甘心的事多了去了。别人都不吱声。这年头，你就不要惹事了。"

"我怕以后的日子难过哦，家里人越来越多，越来越大。我们没田没地，开门七件事，哪天不要花钱？要是再有个生灾害病的……"

"妈，你别多想了。人家的日子能过去，我们也能过下去的。"泰晴安慰婆婆说，"妈，我们快来吃饭吧。身体要紧，家里还要靠你呢。"

"嗯，我可不能倒呢。我得帮你们带小孩儿呢。现在新社会老的都不吃闲饭呢，老头、老太太都在家带孙子呢。你看看那些家里没老人的，小孩子拴在家里没人管。多可怜哪。"

"嗯，妈，我们家情况算是好的。还有七年的年息呢。我们就靠自己的双手凭劳动吃饭。我们节省着过日子。"

　　从此，丁咸基只有吃饭的钱，没有零花的钱了。梳头不涂油，而用水了，再也没买过皮鞋和书了。

　　1958年大炼钢铁，每个单位的男劳力基本都被抽调到市里或县里炼钢去了。丁咸基也被抽调去县里了。招待所的胡师傅也被抽调去了。招待所也没什么客人了。食堂烧锅的事也落在泰晴身上。丁咸基因为有文化并没有参与炼钢，他在那当会计和食堂管理员，干些采买等杂事。他大半年都没有回家。泰晴非常记挂他。她想去看望丁咸基，可她手里竟然没有一分钱，她去跟她婆婆说，问婆婆要买船票的钱。她婆婆一口回绝了，说，男人在外干事，女人家不要拖后腿，不要不颠不实的，更不要疑神疑鬼的。

　　可泰晴放不下心来，她去跟母亲说。母亲因为不堪二杆子的骚扰，1957年春已经由程顺棋做主，由邵桥迁入华亭镇的程家庄。那天刚好我放假，从芜湖一中回来了。母亲叫我代泰晴去看望丁咸基。我不清楚他们炼钢的具体地点，冲天的烟柱成了指南针，我瞅着烟柱找到那，已经是下午两点了，饿得前胸贴后背。正好丁咸基扛着一捆木柴过来，我顾不得说其他话，直叫饿。中饭早就过点了，怎么办？好在有锅巴。丁咸基放下木柴，给我泡了一大碗锅巴。我急急坐在他的地铺上埋头吃锅巴。丁咸基蹲我边上连珠炮似的问："你从华亭镇来的吗？家里好吗？我娘好吗？太平好吗？晓媚好吗？"我没嘴说话，直点头。"那你来干什么？"我不高兴了。他怎么就不问"你姐好吗"？吃完锅巴我不悦地说："你就不问问我姐好不好。"丁咸基立马变了脸色，站起来睁大眼睛盯着我问："你姐出事啦？"看他那紧张的样，我高兴了，说："没事。我姐就是担心你，让我跑过来专门看你。"

　　"我挺好，我当食堂管理员，活不累，有吃有喝的。你看。"我打量了一下丁咸基，他眼睛红肿，头发倒伏在前额上，褂子上一块块油污，裤子上还粘着几根茅草。"你回去跟你姐说——我挺好的，叫她放心。我不能回家，钢炼好了，我们才能回去。"他从茅草地铺里掏出一根青色的笛子，递给我说："这是我做的，你带回去给太平吹着玩。"

## 九

城乡处处大炼钢铁。那些个花费了大量人力物力的小高炉炼出来的土钢，土铁，堆积成山。大跃进，共产风，越刮越烈。这时我已经在丹阳湖渔业大队上班。丹阳湖的鱼虾、水菜填饱了我的肚子。农民和城镇居民可没有我这么好的境遇了。母亲在程家庄生产队吃食堂。每餐喝的是一吹九条沟的稀粥。华亭招待所的食堂停了。因为购买不到米粮和菜蔬了。原来在招待所就餐的职工与干部们都买个煤油炉自煮自吃了。城镇居民的粮食本有定量，每月按时发放粮票。1959年不能按质供给，买的米是碎米，陈米，霉变的米。60年不仅不能按质供给也不能按量供给了。1961年，难得见到米了，山芋、黄萝卜等代食品代替了大米。肉、蛋、糖等也是凭票购买，可在供销社和食品站难见其踪影。丁母手里攥着钱和一堆票证，却买不到吃的东西。

泰晴每天天蒙蒙亮就起床，拿着自制的探网去河沟里捞螺蛳、河蚌与小虾。去野地里寻野菜。最远跑到十几里地的青山。摘了山里红回家煮汤吃。那苦涩的汤汁，只有泰晴和洪容拧着眉毛喝。晓媚吃多了黄萝卜恶心反胃，吐了。后来见到黄萝卜就反胃，就掉眼泪。怎么办呢？泰晴愁得要死。恨不得割自己的肉喂孩子。可她自己已经瘦得皮包骨头，脸上的那对迷人的酒窝竟也受不了这种日子，飞走了。

母亲捉到了只老鼠，扒了皮，蒸熟了，给晓媚送去，谎说是小鸡仔。晓媚香甜地吃了。后来母亲跟泰晴就疯狂地四处捉老鼠和癞蛤蟆，给丁家的三个孩子吃。我从丹阳湖带回来的一点银鱼干，母亲不舍得自己吃，也都送给了丁家。泰晴一条小鱼都没吃，鱼干都进了丁太宝、丁太平和丁晓媚的肚子。

　　晓媚长得白净清秀，她遗传了泰晴的两个酒窝，人又活泼伶俐。李走非常喜欢晓媚。看到晓媚就笑眯眯地走过去，摸摸小丫头的头，从他的绿军装的大口袋里，掏出一两粒水果糖来。后来聪明饥饿的晓媚每天傍晚都候在李走家门口，一见李走就欢喜地蹦过去叫："李伯伯好！"李走从口袋里掏出一粒糖来，或是两粒炒熟的黄豆。这让一直没生养的徐红霞心生妒意。她一见晓媚就横着眼骂她"小妖精"，叫她不要站在她家门口。丁母听到后，生气地把晓媚拉回家，打了晓媚的屁股，呵斥她再不许去李伯伯家门口。

　　可甜甜的香香的糖豆在晓媚小小的心里萦绕。糖果之于小孩儿，犹如美女之于光棍。一到傍晚时分，肚饿的晓媚就不断咽口水。糖豆在向她抛媚眼呢，小小的她岂能抵挡住糖豆的诱惑？不让站"李伯伯"门口，聪明的小丫头眨巴眨巴眼睛，想出了办法。她在几百米长的街道上来回跑，以期路遇下班的李走。这种路遇是常有的事。李走牵着晓媚的手，晓媚嘴里嚼着糖豆，两人父女般在街上溜达，成了街上一景。李走和晓媚脸上都荡着喜悦。这种喜悦却如针芒扎着徐红霞的心。她发誓一定要生出个孩子来。她对李走说："我一定要生个孩子出来。"李走说："没孩子，我不怪你。周总理不也没孩子吗，他说全中国的孩子都是他的孩子。我们向周总理学习，把华亭镇的孩子都当成自己的孩子。"

　　"我可没这么高的境界。我要去大城市医院瞧。"

　　"你想去哪儿？"

　　"上海、北京。我一定要生出个小孩子来。"

　　"现在是荒年啊。你看现在到处都饿肚子，哪个女人生出孩子啦？等过了荒年再看吧。要不我们领养一个孩子？"

　　"不，要财自挣，要儿自生，我一定要为你生个亲骨肉。"

　　共产风刮过去了，"三年自然灾害"结束了。农业生产慢慢恢复了。吃饱饭的女人们也渐渐恢复了元气。下垂的子宫回到了原位。

女人们又能下崽了。可徐红霞的肚子还是没有动静。偏方她也不知吃了多少。凡是听说有助于生孩子的法子她都试过了。她决定请假去大城市瞧她的不孕症。没出过远门的徐红霞要李走陪她去。可李走不同意。

这时"四清"运动开始了。李走陪着上面来的工作队在大官圩各乡镇各单位进行"四清",清账目,清工分,清仓库,清财物。他忙得很。晚上也不回家。三个月徐红霞连李走的影子也没见到。好容易回来了,他倒头就睡,天没亮拿了点换季的衣服又急匆匆走了。徐红霞去上海、北京瞧病的愿望落了空。失落的徐红霞去找"余巧嘴"。她现在跟接生婆余巧嘴成了忘年交。她多么希望余巧嘴能给自己接次生啊。

余巧嘴四十多岁,在华亭镇一带给人接生。她自己生了六个儿子。有四个是自己给自己接的生。徐巧嘴是个能干的女人。村里的人对她的评价是"拳头、巴掌、嘴"。她身强体壮干活是把好手,嘴也特会说,哄起人来能把死人哄活、活人哄死。她的信条是"哄死人不偿命,但人要犯我,我绝不手软"。她的男人是个半截子木匠。三年学徒,他因为家里穷,学了一年半,未出师就回家做田了。他只能干些装挖锹柄、锄头柄之类的上不了台面的木工零活。干完了活,人家请他喝顿酒完事。半大小子吃坏老子,家里六个儿子,常常为了抢一碗饭而狼烟四起。徐巧嘴为了填饱这六个"狼崽"的肚子,大着胆子给人接生。她接生不要钱,态度又好,随产妇家给米、给油、给几个鸡蛋都行。因此她接生的营生越做越红火,邻近的乡镇人家不惜多跑路也请她去接生。

求子心切的徐红霞常跑到余巧嘴家,问她生孩子的诀窍。余巧嘴被多子所累,她倒羡慕徐红霞无子一身轻。她见什么人说什么话,她夸徐红霞苦尽甘来,命会越来越好。她迎合徐红霞,瞎编了许多得子的诀窍与偏方。她给人接生,留下胎盘,原先她炖着给家人吃,现在送给徐红霞。她说胎衣是极好的补品,有助于妇女怀孕。紫怪

怪的血渍渍的一股腥气的胎盘，徐红霞一见就恶心，可为了生个孩
子，她咬牙煮了，发狠吞吃了。她把胎盘当中药吃了。每次余巧嘴
送她一副胎盘，她就送给余巧嘴一瓶白酒。余巧嘴曾对徐红霞说：
如果她能点土成米，点水成酒就好了。那她就是世上最快活的女人
了。余巧嘴的男人最喜白酒了，见了白酒那是馋猫见了鱼腥，饿狗
见了肉骨头一般，见了就流口水。可家贫不能常得。余巧嘴的男人
喝了白酒就眉开眼笑，对余巧嘴百依百顺，余巧嘴叫他做啥他都干，
叫他给她洗脚他也乐意，叫他舔她的脚指头也不在话下。

　　徐红霞到了余巧嘴家，这天余巧嘴正好接完生，她一见徐红霞
就笑眯眯地拿出一个荷叶包来。徐红霞一闻就知道是胎盘，她对余
巧嘴说："唉，胎盘我也吃了不少了。什么法子都用了，为什么还
怀不上啊？难道真是我命里无子？"余巧嘴说："还有一个法子你
没用。"

　　"什么法子？"

　　"押子。"

　　"押子？"徐红霞疑惑地问。余巧嘴点点头："这事我见得多了。
有的人十几年怀不上，从人家那抱上一个孩子就怀上了。有的人非
得押子不可。得借别家的子孙气来旺自家的子孙气。"

十

　　余巧嘴提议让徐红霞领养她的小儿子。可徐红霞不乐意。她觉
得余巧嘴太精明势利了，自己不是她的对手。她只想余巧嘴帮她生
孩子，她可不想跟余巧嘴有这种共儿子的关系。别人的肉怎么可能
贴到自己身上呢？她可不愿意给别人养孩子。不过，她嘴上没这么
说。她说："我要抱养的话，要抱个我喜欢的。你看看你家那个鼻
涕虫，我可受不了他整天挂个鼻涕罐子。而且他已经六岁了。我想
抱个小的，不懂事的。"徐红霞的拒绝，让余巧嘴不痛快。从此，

她对徐红霞的态度一百八十度大转弯，由和煦艳阳变为寒霜冷露。受到冷落的徐红霞，肚子里也憋了一股气。这股气搅得徐红霞食不甘味，睡不甘寝。家里只有她一个人在，连个让她撒气的猫狗都没有。她的这股怨气往何处撒呢？她正憋着气，窝着火，在屋里焦躁地走来走去。正这时，一个让她撒气的人来了。

来人是徐红霞的堂兄徐有机。这次徐有机来，是听说徐红霞想抱养个孩子，他也想把自家的小儿子过继给徐红霞，好减轻些自己的负担。徐有机跟徐红霞虽是堂兄妹，却多年一直没有过来往。现在突然登门，拿什么做觐见之礼？拿什么做敲门砖呢？这让徐有机煞费了一番心劲。终于他想出了一样东西。他熬了三个夜晚，在河滩草地里寻挖乌龟蛋，苍天垂怜，好不容易挖得了十六枚乌龟蛋。这天晚饭后，他用布袋小心翼翼地提着这十六枚无比金贵的乌龟蛋来到李府。他站门口喊："徐主任，徐主任在吗？"徐红霞闻声走到门口，见是一个红肿着双眼，胡子拉碴儿的中年男人，她耷拉着脸问："你谁呀，找我干吗？"徐有机讪笑着介绍了自己的身份。徐红霞正气不顺呢，正想找个出气筒呢。她一听，指着徐有机说："你现在跑来干吗？我当童养媳时，你咋不来认亲？我落难时，你咋不来看我？我知道你们这些人，无利不起早。你是不是想来借钱的？我告诉你，我可没钱借给你。"徐有机听了徐红霞的指责也不恼。他把布袋口打开，对徐红霞说："妹子，我不是来向你借钱的。你看，你看！"他把布袋恭恭敬敬捧到徐红霞跟前说："我得了几个乌龟蛋，听说这是个好东西，特意给你送来。"

"你咋有这好心？"

"这不——听说乌龟蛋对女人身子好，就……"徐红霞伸手摸了摸乌龟蛋。光溜溜的乌龟蛋，让徐红霞动了心："难为你了。进屋吧。"

"妹子，听说你一直没怀上孩子，哥哥我也为你着急啊。"这句话戳到了徐红霞的痛处，打开了徐红霞的心扉。她心中的怨啊，气啊，恨啊，一下雪片般全飞了出来，乘着杂七杂八的话语，朝眼前的这个"亲人"飞去。徐有机是个有心机的男人，善于察言观色。他像个箩筐默默地承受着徐红霞愤激的倾倒。他从她林林总总前言不搭后语的倾诉中，听出徐红霞心中窝着一团气。她气丁家人，气余巧嘴，气李走跟晓媚亲热，气李走对丁家人好。现在要想亲近眼前这个女人必须跟她站一条线上，必须帮她出气。他顺着徐红霞，骂丁家人不是个东西，说李区长不该跟丁家人好。说气大伤身，气滞血瘀，徐红霞不怀崽就是被丁家人气的。说丁咸基骑着个脚踏车上班，许多人看不惯。"他丁咸基不当官，不是邮递员，凭啥骑着脚踏车上班？他骑个车像什么样！"

"像个汉奸特务。"徐红霞气咻咻地信口说道。"我看说不定真是呢，他哪来的钱买的车？"这句话点醒了徐红霞。她想起丁咸根曾说起过，他们在南京读书时，学生们都加入了三青团。"你知道三青团吗？"徐红霞问。徐有机摇摇头。"丁咸根和丁咸基都是三青团的人呢。"

"丁家人都不是什么好人，妹子，你好好养息身子，哥一定帮你出了这口恶气。"

丁咸基被抓起来了，有人举报他是三青团员。这时的"四清"运动由清工分、清账目、清仓库、清财物的"小四清"演变成清历史、清政治、清思想、清经济的"大四清"。人人都要"洗澡"、"洗手"。丁咸基不久刚被"洗澡"过，供销社职工批评他"资产阶级情调"，被"铁刷子"刷过澡的他如惊弓之鸟，这会子又被人举报是三青团员，他感觉大难临头了。民兵们把他关在公社的一个仓库里，要他交代自己的历史问题和特务行径。他哪里交代得出来啊？玉树临风的他一下变成了寒风中佝偻的衰草，蜷缩在墙角瑟瑟发抖。

公社的干部去汇报"四清"成果，去请示上级领导如何处置三青团员。上级给的批示是：三青团是国民党领导的青年抗日组织。惩治主犯，普通成员不予追究。得到指示的公社干部决定释放丁咸基。可打开门来，他们见到的是丁咸基僵硬冰冷的尸体。丁咸基用自己的裤腰带把自己吊死在床桄上了。他的脚离地面只有两寸。

丁咸基的死，犹如晴天霹雳，犹如夏天突降一场大冰雹，丁家这只鸟巢从树荫葱茏的枝头一下被打落到阴暗的深谷。泰晴看到丁咸基的尸体一下昏死过去。她在棺头几次哭晕过去。洪容精神崩溃了，嘴里说些谁也听不懂的话，整天蜷缩在他的房里。丁母也是痛不欲生，一向强势的她也神思恍惚。她跑去河边淘米，摔了一跤，竟把大腿骨摔断了。

这时晓媚九岁，太平十一岁，太宝十六岁。晓媚和太平读小学，太宝念初中。家里一下陷入瘫痪状态。泰晴只能从痛苦中走出，强打起精神来照顾老小。丁母瘫了，要人侍候。丁母跟泰晴商量，要她不要去上班了，让太宝顶泰晴的班。看看家里这个情况，泰晴同意了。小小年纪的太宝上班养家了。可仅靠太宝一个人的工资怎能养活一家六口人呢？愁云笼罩着这个家，阴霾布满泰晴的脸。那对刚回来不足两年的迷人酒窝承受不了这种悲苦，再次从泰晴的脸上匿迹。

# 十一

为了照顾泰晴和母亲，我离开了丹阳湖渔业大队，回到母亲和泰晴身边。李走安排我进了华亭镇粮食加工厂。

母亲和我想接济泰晴，我们拿了点钱塞到泰晴的口袋里，可这钱不久就出现在我的枕头底下。母亲把晓媚和太平接来跟我们生活，以减轻泰晴的负担。可我这时也老大不小了，母亲开始为我张罗亲事。那些世故的姑娘了解到我有两个拖油瓶的外甥，就知难而退了。泰晴为了不耽误我，把晓媚和太平强行接回去了。不久，丁母抑郁而亡。死前一再叮嘱泰晴要给太宝娶上媳妇。泰晴含泪答应。是啊，太宝也大了，要娶妻生子，将有他自己的小家庭。要养家糊口，不能指着太宝的那点工资。泰晴开始四处找零活干。别人不干的脏活累活她兜了干。

招待所胡师傅的一个女婿是粮站职工，他给泰晴介绍了一份在粮站"装稻糠"的活。把碾碎的稻糠装进麻袋里。这是个粮站家属们都不愿干的脏活。干这活得戴着厚厚的大口罩，眯着眼睛干活。一个不小心飞扬的稻糠粉尘就把人眼给眯了。干不一会儿人像是从灰堆里钻出来似的，全身上下连眼睫毛上都落满了黄白色的厚厚的稻糠灰。虽戴着口罩，半天下来鼻子里也进一层灰。泰晴为干这活专门用纱布做了个眼罩。一天八小时干下来腰酸背疼，挣三角钱。每次干完活都要换衣，洗澡，洗头，很是麻烦。为了不耽误孩子们吃饭，她干这活选择在下午和晚上干。中午把晚上的饭菜都烧好了，叫太平放晚学回来把饭菜热热。她自己则带几片锅巴在粮站将就着当晚饭。

泰晴还打了一份长期零工。每个星期去唐医生家打扫一次卫生。唐医生医道高明，已经退休了。可遇到疑难杂症和重症病人，人们还是请他出山。先前丁母摔断了大腿骨，华亭医院的医生都不敢弄，只得请他来诊治。唐医生二话没说来了，悉心诊疗。丁母和泰晴对唐医生很是感激。

唐医生是个残疾军人，他原是国民党的军医，他的一条腿丢在了抗日的战场上。淮海战役后他所在的部队被解放军收编，渡江战役时，他随渡江大军来到我们华亭镇。解放后，他参与华亭医院的建设，从此就一直在华亭医院工作。他老婆是个护士，据说是四川人。她说着抑扬好听的外乡话，可却很少跟唐医生以外的人多说话，她从不蹿门，也不欢迎人到她家去。因为她有洁癖。据说她早上刷个马桶要刷半个小时。哪个不知趣的人去了她家，客人一离开，她就急忙把客人坐的凳子拿到河里反复冲洗，放院子里晾晒。她一下班就是打扫卫生。把家里打扫得一尘不染。唐医生的这个洁癖老伴不久去世了。唐医生已经习惯在他老婆营造的洁净的环境下过日子。老婆的离去让他很不适应。洁癖老婆没有给唐医生生下一男半女。

看到泰晴悉心照顾婆婆，他很感慨。哀叹自己老了后将无人照顾，哀叹自己家现在脏得不成个样子。说者无心听者有意，泰晴正为无法感谢唐医生而心生愧疚。听了唐医生的话，她就去唐医生家给他打扫了两次卫生。重获洁净的家让唐医生备感舒适。他感叹家里没有女人就是不行。有邻居、同事闻言，同情只有一条腿的唐医生，热心给他张罗起老伴来。唐医生找老伴的标准就是让其打扫家里的卫生。可那些女人搞的卫生没有一个中他的意。听说泰晴在找活干，他就请泰晴给他家打扫卫生。泰晴把他家角角落落都打扫干净了，令唐医生很是满意。唐医生给了泰晴五角钱。这在当时算是很高的工价了。手艺好的木匠工价也不过这个价。并约定以后每个星期去他家打扫卫生一次。

后来唐医生凭借自己跟医院的关系，又给泰晴介绍了一份在医院洗床单，洗血纱布的零工。那些血纱布看着就让人恶心。那些浸透纱布里的血渍甭提有多难洗了。还非得用冷水洗不可。寒冬腊月里泰晴在河边凛冽的寒风里，一遍遍搓洗着那些血纱布。她的双手红肿得像胡萝卜。唐医生同情泰晴给她买了冻疮膏。泰晴要付唐医生冻疮膏的钱，两人推让拉扯了一阵。流言出来了，像肆虐的蚊虫，嗡嗡嗡四处飞舞鸣叫。它传到了昌英姨的跟前，传到了母亲的耳中。母亲叫泰晴不要去给唐医生家打扫卫生了。母亲去唐医生家代泰晴回了唐医生。

失了这份经济来源，泰晴的手头又紧张起来。医院的清洗活泰晴还继续干着。

母亲菜烧得好，附近人家做红、白丧事，都请母亲去掌勺。母亲把泰晴带着帮厨。母亲不收工钱，让人家给些宴席剩下的饭菜，给泰晴带回去。帮了几次厨后，聪慧的泰晴也能掌勺了，渐渐地她青出于蓝而胜于蓝了。人家办事时，请泰晴去主厨了。泰晴到人家主厨期间，家里烧锅做饭的事就交给太宝了。太宝图省事，熬一锅稀饭带着弟弟、妹妹和爷爷吃。餐餐喝稀饭就咸菜。稀饭不扛饿，

　　太平懂事没怨言，晓媚就不乐意了，跑李走跟前叫苦。李走怜爱晓媚，每次都给晓媚弄点糖果、饼干之类的给她充饥解馋。李走跟晓媚的亲热状，让徐红霞非常不舒服，可她惧畏李走不敢吱声。

　　那天，恰逢中秋节，泰晴又当大厨去了。放晚学归来的晓媚等到下班归来的李走，又一头扑进李走怀里叫肚子饿。李走刚买了一块大月饼，他掰下一半递给晓媚，晓媚欢喜地接过去。李走慈爱地拍拍晓媚的头，说："带回去给你哥吃点。"晓媚雀跃地朝家走去。这一切恰被徐红霞看到，这天她爆发了，她疯了般冲过来，一下夺走晓媚手中的月饼，骂道："小妖精，你个不要脸的小妖精！吃了我家多少白食？饼子我自家还没吃，你倒先吃上了。吃饼子套颈子，我要勒你的颈子。"说着用右手狠命地掐晓媚的脖子，晓媚奋力挣脱开徐红霞的爪子，欲跑，徐红霞一把拽住晓媚的辫子，晓媚惊慌地大哭起来。李走闻声折转身，吼道："松手！"

　　"看你个小妖精下次还敢吃白食！"徐红霞咬牙切齿地说着，恶狠狠地拽着辫子不松手。李走闪电般奔过来迅疾扇了徐红霞一个耳光和一个脑瓜。徐红霞的半边脸一下红肿了起来。徐红霞捂着脸哭起来，她也火了，站街上骂起来："好你个李走，是不是跟唐医生一样，跟爱珠子有一腿？"

　　"放屁！"

　　"你为这个小丫头片子，打我，你敢说你心里没爱珠子？"

　　"我跟汪泰晴是清白的。"

　　"丁咸基死了，你现在的机会来了。"

　　"我不会犯生活作风问题的。"

　　"你说呀，你心里是不是还想着那个酒窝狐狸精？"徐红霞跺脚大嚷。

　　"你再嚷，有本事你再嚷！"李走怒睁圆目朝徐红霞扬起铁拳。徐红霞缩了她的细脖一溜烟鼠窜了。

# 十二

　　"饼子事件"被好事者津津乐道添油加醋迅疾传播着。传到了晚归的泰晴的耳中，如毒蚊一般在泰晴疲累痛苦的心上又叮咬起一个血泡。"往我身上泼脏水呀，泼脏水！"气闷愤激的泰晴无处发泄，她把晓媚按在床上，狠揍了晓媚一顿屁股。勒令晓媚答应：下次再也不跟李伯伯好了，再也不吃李伯伯家的东西了。晓媚哽咽着，泪水涟涟。她的双眼和屁股都红肿了，脖子上有五个红红的手指印。泰晴心疼了。她趴在打晓媚的床边流泪了。这顿暴打和泪水在晓媚的心里划下了一道伤痕。她开始躲着李走和同学，和太平一样一放学就独自回家躲在阁楼里。晓媚的变化让李走失落伤心，他怨恨起徐红霞来，整天气不顺，看到徐红霞眼睛就横着她，弄得徐红霞战战兢兢起来。她感到了某种危机。而要化解这场危机只有靠孩子，可她的肚子不争气，生不出孩子来。她每天晚上偷偷跪在院子里祈祷上天给她一个孩子。可老天一点都不可怜她，李走碰都不碰她一下。她又想到徐巧嘴的话，她不信押子之说，不想给人家养孩子，不过，这次一定要抱养个孩子了，为了化解这场危机。

　　恰逢县里开妇女代表大会。徐红霞出席了妇代会。在这次妇代会上，竟有一个女代表带着一个五岁的女孩儿来开会。女孩儿叫亚男，很乖巧。开会的时候，女孩儿就在大礼堂门外独自玩耍。徐红霞跟这母女攀谈起来，得知女代表是塘南镇的妇女主任，她的丈夫患肝硬化去世了。丈夫是公社的通信员。通信员工作性质比较自由，孩子、家务原来都是通信员丈夫管着。现在丈夫没了，妇女主任忙得焦头烂额。她家里还有两个女儿在读小学。徐红霞也把自己的情况讲了。两个女人相互倾诉，相互同情，最后达成了一个意向——徐红霞抱养亚男。一个想抱，一个愿送，这事就成了。三天的会议结束后，徐红霞跟亚男也混熟了。徐红霞用糖果收买着小亚男，她忐忑不安地抱着亚男回来了。

徐红霞到家后，跟李走说要抱养小亚男。李走张开双臂说："好啊，小亚男，你愿意待在李伯伯家吗？"亚男嘴里嚼着糖，手里拎着一包水果糖，她走过去偎在李走的怀里也不认生。"瞧，瞧，有缘哪！真像父女俩。"徐红霞急切地巴结着说。她唯恐李走不同意。没想到李走跟小亚男早就认识。李走跟亚男的父母是熟人，去过亚男家。通信员背着亚男去乡下送达文件，李走还曾打趣过通信员。原来亚男的父亲就是我昌英姨的女儿常青为其自杀的那个男人。因为这层关系，泰晴严厉告诫晓媚不要去找亚男玩。而徐红霞知道后，更加得意：抱养亚男这事自己做得对，做得值——挽回了李走，阻隔了晓媚，排掉了泰晴。亚男成了徐红霞的护身法宝，徐红霞不再患得患失，愁眉苦脸了，她整天春风得意，笑容满面，把亚男捧在手心里。李府阳光灿灿，欢声笑语。

丁家阴风习习，愁云惨淡。乖巧可爱的亚男代替了晓媚在李走心中的位置。李走十分宠爱这个养女。经常下班后让亚男骑在他的肩上，他带着亚男在街上闲逛。这让晓媚嫉妒又伤心。她常常躲在门背后看着李氏父女在街上游走而落泪。这一切没有逃过一个男孩儿的眼睛，隔壁车家的孩子车贵金的眼睛。车贵金比晓媚大两岁，两人是打小的玩伴。晓媚变得郁郁寡欢，银铃般的笑声与歌声没有了。晓媚的变化让车贵金心疼。一天傍晚，李走又带着亚男欢乐游街了，车贵金跑过来对含泪的晓媚说："晓媚，你别伤心了。我会对你好的。"失去老鸟呵护的小鸟，听到同伴的呼唤自然向同伴飞去了，晓媚靠近了车贵金。从此车贵金有点好吃的，他自己不舍得吃，总是塞给晓媚吃。晓媚放学后就去车家，跟车贵金一块做作业。车贵金的奶奶感念丁家，喜爱晓媚，对晓媚也很好，车家做点好吃的就有晓媚的一份。

李走给亚男买了一条轻盈盈的红纱巾。红纱巾在亚男的脖颈间跃动着，吸引着晓媚的眼球，系挂在了晓媚的心上。晓媚要泰晴也给她买一条红纱巾。泰晴把自己的那条长围巾从箱子底拿出来，那是丁咸基给她买的定情物。长围巾在晓媚的脖子上绕了几道，晓媚对着镜子照了照，长围巾沉重着晓媚的脖子，更沉重了母女俩的心。"妈，这是大人的围巾，我不要。我要亚男那样的。"

"长围巾暖和。不要跟亚男比。"泰晴沉着脸说。

上课的时候，红纱巾还在晓媚的心里飘动着，蹂躏着。老师喊她到黑板上去听写词语。晓媚没听见，老师连叫了两声，她还是无动于衷。同桌急了，用脚踢了一下晓媚的腿，晓媚感觉到了，不满地说："你干吗踢我？"同桌用眼睛示意着老师，意思是告诉晓媚是老师在叫她，可晓媚还不解地愣着，端坐着，不起身。老师知道晓媚分神了，她来火了，跑过来用书脊敲了晓媚的脑袋两下，铁青着脸批评晓媚上课思想开小差，罚晓媚抄写课文五遍。自尊心很强的晓媚哭了。

晓媚含着泪在车贵金家抄课文。车贵金和车阿婆知道了事情的原委。车阿婆叹了口气，她买了几副白纱线手套，拆了，用钩针织了一条三角形围巾，把白围巾用染料染成了红色。她把这条费时三天三夜织成的三角形围巾送给了晓媚。这条围巾勾着花边，虽不及红纱巾漂亮，但也蛮好看的了。晓媚喜滋滋围上了它。可泰晴却不许晓媚无缘无故地接受人家的礼物，勒令她退回。无奈的晓媚跟车贵金达成了一个协议——车贵金替她收着这条围巾，晓媚在车家时围着，回家时就除下来。小小的晓媚有了一个小小的秘密。

## 十三

公社开三干会议。干部们在招待所就餐。因为人多，胡师傅一人忙不过来。他跟公社书记说，要请个人来帮厨。书记同意了。胡师傅请泰晴来帮厨。泰晴帮着洗菜，切菜，烧锅。人多烧饭要用大焖子锅烧。这大锅饭可不是好烧的。弄不好不是烂饭就是夹生饭。可泰晴第一次烧大焖子锅，饭烧得不烂不硬刚刚好。胡师傅和招待

所的人都夸泰晴。说泰晴是当厨子的料。那天收拾了两条十几斤的
大青鱼。泰晴舍不得扔掉鱼内脏。她谎说带回去喂猫，在招待所找
了两张报纸把刮下来的鱼鳞和剔出来的鱼内脏包了，干完活后，她
把纸包带回家。把鱼内脏收拾干净，把鱼鳞清洗了。先把鱼鳞放锅
里红烧了，然后用笊篱捞出鱼鳞把鱼内脏再放进锅里红烧。烧了一
锅鱼汤。那是冬天，鱼汤很快冻成了鱼冻子。很久未见荤腥的一家
人，吃着这鲜美的鱼冻，直夸青鱼冻子好吃。泰晴欣慰而心酸地笑
了。她在心里发誓有朝一日一定要让孩子们吃上真正的青鱼冻子。

后来公社开会，胡师傅就请泰晴来帮厨。晓媚活泼，每次泰晴
去烧锅，晓媚中午放学后也跑去。她甜甜地叫胡爷爷好。胡师傅喜
欢晓媚，同情孤儿寡女，每次晓媚去，胡师傅都抓两把锅巴塞进晓
媚的口袋里。晓媚雀跃地跑回家，跟太平、车贵金分享香香的脆脆
的锅巴。

爱珠子的锅烧得好，泰晴由此出名。第二年的夏收后，油坊开
始炸菜籽油，油坊的主任来请泰晴去油坊当厨子。这是一个长期的
临工，夏收后开工榨油，所以上半年歇业，下半年上工。泰晴一年
可在油坊烧半年的锅，而且工价是最高的，一个月三十六元。我在
加工厂的工资只有十九元。泰晴同意了。可这活不是好干的。前面
请了几个人都没能干下来，不是烧得饭菜不能进嘴，就是到了饭点
饭菜还没烧好，惹得榨油工们发脾气。这是一个既累人又要手艺的
活。接了这活泰晴就顾不了家里了。家务活全部交给了三个未成年
的孩子。每天天一亮泰晴就去油坊，先是担水，烧开水。炸油工出
汗多，喝水非常厉害。烧完水，泰晴用开水泡点锅巴，吃点昨天的
剩菜，匆匆扒拉完早饭。早饭过后，油坊的主任和会计买菜回来了。
泰晴得赶紧收拾菜。她最怕的就是收拾鸭子了。两只鸭子拔毛开膛
收拾就要费一上午的时间，这怎么行呢？好在聪明的泰晴有办法。
她跟我说了她收拾鸭子的绝招。她先是用适合的水温烫鸭，褪去鸭
子身上的大毛，然后给鸭子开膛破肚。她把开了膛的鸭子放锅里水

煮,煮了几滚后,再拔鸭子身上的小毛,用手快速推揉,鸭毛就滚滚掉下了,费时很短。而且煮过的鸭子少了鸭的腥气。收拾好菜后要切菜,挑着菜篮去河边洗菜,淘米。接下来烧菜又煮饭,两口锅同时进行。大焖子锅烧饭,铁锅烧菜。泰晴在灶上灶下穿梭,一刻不能停。烧的柴禾是枯叶子草,枯叶子草是稻草爽下来的叶子。枯叶子草不发火,要不断用铁叉拱火,否则就歇了火。泰晴就非常想有个人能帮她在灶下烧火。

午饭后,泰晴要洗锅刷碗。收拾好锅碗后继续担水烧开水。烧好开水后戴上手套爽稻草,稻草茎给榨油工箍油饼,草叶烧锅,这是油坊的惯例。每天手脚不停地忙到下午六点才下班回家。人累得不行。

晓媚在读三年级,太平在读五年级。小学校靠着油坊,两家都是在丁家戏楼的地基上建的。小学校十一点半放中学,油坊十二点半开饭。这一个小时是泰晴烧锅最紧张的时候。泰晴跟太平说让他放中学后来油坊帮她烧火。太平腼腆,怕见生人,不乐意。晓媚却主动请缨了。因为她在胡师傅那多次尝到去食堂的好处了。于是,每天放中学后,晓媚就跑到油坊帮着在灶下推柴禾,拱火。油坊的人都喜欢晓媚。晓媚也留在油坊午饭了。晓媚下午一点半上课,榨油工午饭后也稍事休息。有个榨油工特别喜欢逗小孩儿,他就逗晓媚玩。要晓媚唱歌跳舞,晓媚是学校宣传队的,学了不少的歌舞,她也拿得出,午饭后就给榨油工们唱歌跳舞。那个榨油工特喜欢晓媚,要认晓媚做干女儿。他自己的儿子是个傻子,不好玩。他回家跟他老婆说要收晓媚做干闺女,夸晓媚多么漂亮,多么可爱。他老婆听着生心了:"你是不是嫌我长得丑?嫌我生的儿子傻?你是不是打着认干女儿的幌子,想跟酒窝美人来一腿?"

"我倒想跟人家来一腿呢,不知人家看不看得上我。"

"你看你看,说实话了吧。你被那狐狸精迷住了吧?"说着黑瘦女人随手抄起一个笤帚朝男人砸去。榨油工缩了脖子,伸手接住了甩来的笤帚，笤帚未打到他，可笤帚的篾丝子戳破了他的手指，他来气了，举起笤帚朝女人扫去。女人张牙舞爪，在男人脸上抓了几道指甲痕。这更激起了男人的火气，他丢下笤帚，对女人拳打脚踢起来。结果女人的腿被踢紫了，肩上和背上被捶青了。

女人哪里是榨油工的对手呢？

被打的女人气不过，第二天跑到油坊去闹。她要把气撒在泰晴身上。泰晴正在油坊的河边埋头洗菜，泼辣女人走过去从泰晴的背后一把揪住泰晴的头发。往下死死按住泰晴的头。泰晴没防备，站不起身，看不清来人。头皮被揪得生痛，还莫名其妙。她龇着嘴说："快放手！快放手！你谁呀？你认错人了吧？我是爱珠子。"

"找的就是你，老娘今天来就是给点厉害给你瞧瞧的。看你还敢不敢勾引男人？"

"你疯了吧，你说什么疯话呢。"

"你敢骂我！"女人左手给了泰晴一个耳光。泰晴放下菜篮，用双手猛抠女人揪头发的右手，女人撒开右手，泰晴迅速站起，一个转身拼力把女人推开。女人往后趔趄着。油坊的会计看到了这一幕，他赶紧跑去告诉榨油工，榨油工飞奔了来。两夫妻又干了一仗。女人旧伤又添了新痛。她哭骂着去油坊主任那告状。说酒窝狐狸精勾引他家男人。把身上的伤露出来给主任看。要主任给她做主，要求把爱珠子开了。主任说："开了爱珠子，谁给油坊烧锅呢？"被这话逼住的女人逞狠劲说："我来烧。我是油坊的家属，本来就应该我来烧。离了胡屠夫还吃带毛的猪了？离了这个狐狸精还吃不成饭啦？"

## 十四

这一场闹剧，成了华亭镇人们茶余饭后的谈资。泰晴成了人们花花说说，指指点点的对象。泰晴被逼辞了油坊的烧锅工。她深刻体会到这么两句话——寡妇门前是非多。树欲静而风不止。她不想惹是非，可是非却找着她。她恨哪！她恨榨油工，恨榨油工的老婆，恨那些好事多舌者。可她没办法对付他们。恨意充满她的心。追根溯源，她把所有的恨意对准了丁咸基。就是这个没有担当的男人，一走了之，抛下妻儿不顾，才弄成如今这个局面。她歇斯底里一口气跑到丁咸基的坟旁，责骂丁咸基，气愤地踹了坟头，掀了坟帽。她开始后悔自己的选择。她开始感到男人最可贵的品质是勇毅和担当。她把对丁咸基的爱与怀念化成了恨和不屑。她的心变硬了。

气愤上火，她的口腔溃疡了，舌头疼得厉害。不能吃硬饭只能喝些流食。她自己剪了两小块膏药贴了脸颊，说是牙疼。母亲拉她去唐医生那瞧了。原来不是牙疼。唐医生给开了治溃疡的药，要她揭去脸上的膏药。她说："我就是为了盖住酒窝，把自己弄丑点。我现在听不得'酒窝'这两个字。"唐医生摇摇头说："那会把皮肤粘坏的。"母亲强行揭下她的膏药，被膏药遮盖后的皮肤更加雪白，酒窝更加明显。唐医生说："天生丽质难自弃啊，美不是罪过。走自己的路，让别人说去吧。"

"他们的话和眼神像锥针啊，唐医生，我实在受不了。"

炸油工的老婆烧了两天锅，干不了这活。灰土黑脸地辞了工。油坊主任又来请泰晴去烧锅。可恰在此时，先油坊主任一步，丁咸基的一个堂姐回家省亲，听说了泰晴的事，过来看望泰晴。堂姐在芜湖县的一个粮站工作。她此次回来除了省亲还有一个任务——受邻居魏大爷所托，给魏大爷家寻一个保姆。魏大爷是粮站的老职工，现已退休，他患有青光眼，看东西模糊。最近他老伴摔断了腿。两人一生未育，没有子女。魏妈摔断了腿，不能动弹。而她又是极爱干净的人。魏大爷做家务不行。魏妈受不了邋遢，心里非常着急。所以他们想寻个保姆来做家务，照顾魏妈。堂姐跟泰晴说了魏大爷家的情况，问她愿不愿去当保姆。去芜湖县，照顾不了家里。泰晴有点放心不下家里的孩子们。正犹豫着，主任到了。两条路摆在泰晴的面前。油坊的工钱比保姆的工钱高许多。而且每天还能见到孩子。可泰晴不想进入是非之地了。她毅然选择了去芜湖县当保姆。她托付母亲和我关照孩子们，跟着丁家堂姐去了芜湖县。

芜湖县距我们这儿不远，只有四十里路，可当时交通不便，来回只能乘船。泰晴隔一个月才回家一趟。一般是星期六晚上到家，星期天起早就匆匆离开了。

泰晴把两孤老照顾得很好。半年后魏妈能下地活动了。可她已经舍不得让泰晴离开了。家里有了泰晴有了生气。泰晴一离开家里就死气沉沉的，老两口的嘴已经吃刁了，非吃泰晴烧的菜不可，否则两人吃不下饭。泰晴继续在魏家做着保姆，还兼了一份工，晚上去粮站打草包。这样子过了一年多，粮站一个看仓库的四十多岁的残废军人，听说了泰晴的情况，看上了泰晴，他拿了他的军功章和残废军人证书，托丁家堂姐来说亲。泰晴在粮站经常见到这个人，听人说起过他。这个人断了一只胳膊，一只袖管耷拉着，常年穿着绿军装。据说他工资不低，生活节俭，存下了不少钱。人很挑剔，一般的人他看不上。不是嫌人家长得丑，就是嫌人家性格不好，还顾忌人家图他的钱，所以挑挑拣拣的，就把婚事耽误了。泰晴未等堂姐说完，张皇地摇着她的双手说："不行！不行！我家里老的老小的小。我不能出丁家门的。姐，你知道的呀。我不想再惹麻烦了，我只想过点清静日子。"

那残废军人不死心，又亲自跑到魏大爷家，说他不嫌弃丁家人多，让泰晴再考虑考虑。泰晴当下决定辞工回家。

魏妈拉着泰晴，流着泪，泰晴也舍不得一下离开魏妈。泰晴邀魏大爷和魏妈来华亭镇住几日。两人随泰晴来到丁家。在丁家住了一个星期。老两口非常喜欢晓媚，认晓媚做了干孙女。给三个孩子每人做了一套衣服。到照相馆拍了合影照，留作纪念。那照片看上去就是全家福。泰晴把这张照片摆在她的卧房里。魏妈把这合影镶在镜框里，挂在堂屋墙上，她每天都对着这合影叨咕着。逢年过节泰晴带上晓媚去看望老两口。每次回来泰晴神情落寞而疲惫。而晓媚兴高采烈，她满载而归，书包里装满了糖果、铅笔与本子，手里拿着新手绢，头发上扎着崭新的蝴蝶结。

## 十五

1966年，"文化大革命"席卷全中国。到处成立战斗队。华亭中学也成立了几支战斗队。其中有一支叫向太阳战斗队。主要是由街道上的孩子们组成的。晓媚是这个战斗队中年龄最小的队员，她还在读小学五年级，只是个红小兵，可她歌唱得好，舞跳得棒，她破格进入战斗队了。副队长是车贵金，对她格外关照。队长徐和平，是徐红霞的堂侄，就是给徐红霞送龟蛋的那个堂哥的儿子。徐红霞堂哥想让徐红霞收养他的小儿子，巴结着徐红霞。后徐红霞抱养了亚男，觉得有点亏欠她堂哥，她也没什么亲人，就认了这门亲，两家频繁走动起来。李走喜欢上堂哥家三小子徐和平，说要培养徐和平，供徐和平读书。从此徐和平经常出入李走家，或在李家小住。徐和平的学费和学习用品及穿着都由李家供给。徐和平长得精神，胆子大，不惧人，敢作敢为。有次，队长家的鸡吃了他家的菜，他追了两小时硬是把鸡逮着了，抓起鸡扔河里淹死了。现在有了李走区长这个靠山，他更加英雄气十足，且具了人脉，一呼而百应。向太阳战斗队经常在丁家院子里练唱《造反有理歌》，在洪容的房间里，商议决定他们的"下一步革命行动"。小将们澎湃着青春热情，激昂着崇高的信仰。他们宣扬要砸烂旧世界，要打造一个水晶般的理想社会。

徐和平看到一个战斗队打出了队旗，他也想弄面队旗。李走给他买了红绸和蜡光纸做队旗。可他们战斗队的人没有人大字写得好，晓媚举荐了我。我给他们写了六个大字——向太阳战斗队。可我剪不了字，母亲给剪了字，并给他们做好了旗子。他们整天打着旗子停课造反，出入华亭镇每家每户"破四旧"，凡是他们认为是四旧的东西都砸烂了，烧毁了。丁咸基的藏书烧了，我家的雕着龙的桌子腿锯了、烧了，绘着凤凰的镜子砸碎了，花瓶没收了……有点古东西的人家都心惊胆战，有点好东西的人家都惶恐不安。闯将们整天游走着，呼喊着，砸着，烧着，斗着……热血沸腾，气冲斗牛，耀武扬威，不知疲倦，仿佛打了鸡血。人们惊叹年轻的红卫兵们主宰着世间的沉浮。那面战旗受不了如此的炫耀折腾，有的字掉了，有的字破损了。徐和平、车贵金在晓媚家粘贴那些缺胳膊断腿的蜡光字。泰晴那些天没打到零工，因为所有的单位头头们都受到冲击，医院、粮站、招待所……都陷入瘫痪状态。她在街道捡拾大字报，卖废品。看到孩子们在用糨糊粘字，她说："这样粘上去迟早还是要掉下来，而且破损了也不好看了，不如我给你们绣字吧。"她用黄丝线绣好了字。战斗队员们举着这面绣字的旗再怎么折腾，字也不会掉下来了。其他战斗队看到了也纷纷效仿，来请泰晴绣字。新的战斗队如雨后春笋般纷纷冒出，李走给泰晴接了许多做战旗的活。我写字，晓媚剪字、排字、用粉饼描字，泰晴绣字、缝旗边。生意很红火。一个月收入三、四十元，相当于招待所两个人的工资。我为能这样帮到泰晴而高兴。但战斗队终是有限的，战旗也是有限的，一阵风过后，没有人来做战旗了。

　　但不久商机又降临到泰晴头上。这回出现的新事物是宝书台。每个单位、家家户户都建宝书台。宝书台用泥土和砖砌成，四面刷上石灰水。三尺见方的台面上供着毛主席像和红宝书。每天，人们都要站在宝书台前对着伟大领袖毛主席的像"早请示、晚汇报"。我帮泰晴建了宝书台，请了主席像。在家做家务的泰晴和我们一样，每天恭敬地站宝书台前早请示，晚汇报。华亭镇的庙宇、神龛全都被红卫兵拆毁了，砸碎了，毛主席成了人们心中唯一的神。泰晴早请示神通的毛主席给她指明前进的道路，让她得遇贵人，能打到一份零工。晚汇报她一天的所作所为所思所想，祈求毛主席保佑她一家平安。她觉得应该进献点什么给毛主席以示她的虔诚。她别出心裁用铁丝和皱纹纸做了几枝花，献给毛主席。可花插在哪呢？花瓶都叫红卫兵没收了，砸碎了。她到供销社要了两个纸盒子，往纸盒子里填了土，把花插在土上。可土黑漆黑漆的不好看，她用纸盖了土。这样做成了两个花盆供在主席像两边。我们看了，都说好看，夸泰晴手巧。泰晴就又做了两个花盆，送给我家一个，车贵金家一个。这次的花盆更好看，土上不是纸，看上去是草地。我仔细一看是篾丝子。原来泰晴看到隔壁的农具厂（就是丁咸根家的屋子，公私合营那会，成立了农具厂）在往外清运篾匠师傅们刮下来的篾丝子，篾丝子毛茸茸的青青的，远看像小草，她灵机一动，问农具厂的师傅能不能给些废弃的篾丝子给她。农具厂的师傅以为她要了烧锅，反正这东西不值钱，拉到生产队也是烧灰，还费劲，说："都给你烧锅吧，你拿簸箕和火钳来扒吧。要戴手套小心戳了手。"

泰晴戴着手套小心翼翼把篾丝子铺在纸盒的土上，看上去像草地，她为自己的发明而欣悦。

李走看到了泰晴做的花盆，竖起拇指直叫好。他买了些皱纹纸叫泰晴也给他家做一对花盆。泰晴精心地给李走做了一对花盆，一个花盆里盛开着鲜红的梅花，一个花盆里盛开着粉红的杜鹃花，花下是青青的草地。这次的草地更加逼真，泰晴用染料把篾丝子染成了碧绿的草青色。李走问泰晴："你做花手艺跟谁学的？"泰晴摇摇头，说："我自己心里想的。"李走啧啧称奇。是的，她无师自通，这是老天的赐予。李走给了泰晴工钱，泰晴不要，李走瞪着他的铜铃眼说："你不要，不是在骂我贪人便宜吗？你不要，花——我也不要了！"李走逢人便说汪泰晴做的花好看。也有人买了皱纹纸自己来做，可做出来的花，没有泰晴做得逼真好看，花样丰富。陆续地有单位，有人来找泰晴做花。泰晴又忙碌起来。她在心里万分感谢毛主席，认为这一切都是毛主席的福泽。她早请示晚汇报得更加虔诚。泰晴做的花都供在宝书台上，伴在毛主席像边，这让她自豪。她脸上的酒窝又重现出活泼迷人的姿态。

　　但好景不长，又是一阵热风过后，泰晴又歇业了。她又苦于生计了。怎么办哪？

　　祸不单行，烦恼接踵。

　　丁太宝恋爱了。太宝长得越来越帅，像极了丁咸基。而且遗传了丁咸基的音乐天赋。那把尘封多年的二胡，被红卫兵从阁楼上拿下来，红卫兵没有破这把二胡，因为它算不得四旧，二胡侥幸地留在了丁家。丁太宝拨弄了几回，竟弹出了当时流行的革命歌曲。公社的文工团把他招了去。在文工团他跟团里一个唱歌的姑娘好上了。姑娘叫吴宗英，长得俊俏。姑娘跟太宝到了丁家，问题出来了。太宝一直跟他爷洪容住一个房间。吴宗英一看这情况不乐意了。太宝也觉得有爷爷在，恋爱不方便。泰晴说："把你爷爷挪到阁楼上去，跟太平住吧。"太宝和泰晴就把洪容往阁楼上拉，可洪容上去了，一会儿又下来了，他认死了他的房间。"爷爷脑子坏了不挪窝，这可怎么办？"太宝着急了。吴宗英噘着嘴用不高也不低的声音说："后妈，就是后妈呀，要是亲儿子她能不管吗？"这句话针扎一般刺进泰晴的心里，她痛心地问："我咋管？"

　　"爷不挪窝，你不能挪窝吗？"吴宗英毫不客气地说，说完头也不回地跑出门去。

　　泰晴决定挪窝给太宝。她叫太平跟爷爷住一个房间，她跟晓媚搬到阁楼住。太宝把家里的这个决定告诉了吴宗英，原以为吴宗英会高兴了。不料吴宗英却甩着脸子说："我可不想落个逼后妈挪窝的恶名。我妈说了——你要想跟我结婚，得起三间房。否则免谈。"起三间房谈何容易！太宝嗫嚅着说："我们成亲后慢慢攒钱起房子。"吴宗英鼻子哼了一下："我可不想跟后妈一起生活。"不久，邻镇的一个领导看上吴宗英了。吴宗英转身雀跃飞上邻镇的高枝了。太宝失恋了，痛苦地畏缩在家里。泰晴把太宝的失恋归罪于自己，也痛苦着。这时镇上一个对太宝暗恋的丑姑娘乘虚而入了。她对太宝嘘寒问暖，关怀备至。帅气的太宝怎么可能看上她呢？她癞痢头，红眼皮，眯缝眼。可太宝最终接受她了，不知是出于感动还是认命，太宝入赘女方家了。人们认为太宝做了上门女婿，肯定跟泰晴有关，人们又在背后指指点点，认为是后妈逼走了继儿。泰晴又不敢抬头见人了。

太宝与丑婆娘婚后相敬如宾，相濡以沫，育有二子，家庭和睦，携手至老。令镇上的人瞠目：极不般配的人却极为和谐。这是后话。

太宝走了，家里失去了经济来源。泰晴承受着经济与舆论的双重压力。只有母亲知道女儿的苦，母亲常常去接济安慰泰晴。

## 十六

十月国庆节，举国欢庆。红卫兵的斗志更为昂扬，新一轮的大字报铺天盖地。不幸的人再次遭遇不幸。公社革委会举办了迎国庆文艺汇演和批判会。在这次批判会上，母亲遭斗了，因为她曾是地主婆。更为不幸的是母亲竟从批斗的高台上"失足"跌落而死。而批斗母亲的是徐和平、车贵金、晓媚等一伙红卫兵。我与泰晴心如刀绞。泰晴用剩下的皱纹纸给母亲做了个花圈。她做的花圈比街上两家冥器店做的花圈好看。她从中悟出了她谋生的法子。她开始做花圈卖。她做的花圈花样丰富，上面还贴着她剪的蝙蝠。方圆十里路的人家吊丧都来购买泰晴做的花圈。这样镇上那两家的花圈卖不出去了。那两家人勾结到一起，他们一伙十几个人冲进丁家，按住泰晴，不由分说，把泰晴做的花圈砸得寸寸碎，把做花圈的皱纹纸撕得满屋子飞。泰晴欲哭无泪。她去公社找领导评理。领导找了那两家，要他们赔偿泰晴的损失，向泰晴赔礼道歉。那两家人说："赔损失，赔礼都行，不过，要汪泰晴罢手歇业。我们两家一直靠这个生活，汪泰晴抢了我们的饭碗，让我们两家这么多人喝西北风啊？要不，我们就去你们领导家吃喝。"领导怕了，劝泰晴歇业。泰晴说："那我们一家靠什么生活呢？我们一家扎上颈子吗？"领导说：我们研究研究。研究的结果是把泰晴下放到农村去。

泰晴说："我下放到农村，可我一人的工分，养不活一家四口人啊。"领导搔了会头皮说："这样吧，让太平进建筑队吧。"

"可他才十四岁啊。"

"他年纪小，先在建筑队做做小工，我跟建筑队队长说声，让他关照太平些，你看可行？"泰晴无法可想，含泪点头同意了。领导口中的建筑队，我们称之为搬运队，是公社组建的，队员主要是街上的无业游民，搬运队由街道主任带队，每人一辆板车，开赴马鞍山市，在市里承包搬运工程。马鞍山是新兴的钢铁城市，在大力建设中，工程很多，搬运的活很多。

泰晴为太平打点行李，准备送他去建筑队。就在这时又传来一个噩耗，魏大爷去世了。泰晴泪水涟涟地跑来嘱托我送太平去马鞍山，她带着晓媚去芜湖县奔丧。

泰晴从芜湖县回来，跟我说：她决定去马鞍山。我猜她不放心太平，安慰她说：太平在那挺好的，孩子早点出去历练历练也好。

泰晴说："我这次去奔丧，见到了魏妈的侄子，魏妈的侄子在马鞍山当工人。他说——他们单位有一对夫妻，夫妻俩原在上海工作，现在支援马鞍山来了，男的是技术员，女的是会计，女的刚生了双胞胎，想找个保姆带孩子。问我愿不愿去。我想去当保姆，这样离太平也近些。太平人小，胆子也小，一人在外我不放心。"

泰晴嘱托我关照晓媚。她去马鞍山做保姆了。她一个月回来一趟，买些吃食，丢点钱给晓媚。穷人的孩子早当家，年幼的晓媚自立了，照顾着痴傻的老洪容。车贵金帮衬着晓媚。

三年后，"文化大革命"的浪头渐趋平息，上面号召知识青年上山下乡，初中毕业的晓媚响应号召，决定到农村去。去哪里呢？我问她。她说：想去新疆。年轻人的心哦，向往着远方，扑棱着稚嫩的翅膀想远走高飞。可她的翅膀上坠着重物，腿脚上套着绳扣。

老洪容要她照顾，车贵金牵着她前行的脚步。最终，她听了车贵金的话，下放到邻近的车贵金家所在的丁村生产队。每天，她跟着车贵金一道上工，下工。农村不是她想象的那么美好。第一天上工下来，她累得腰酸背疼，第二天手上磨起了水泡，第三天，白嫩的皮肤晒黑了……没干过农活的晓媚，割稻、插秧都落在人后，每次都是车贵金帮着她。繁重的农活过后回到家身子散了架，可还要烧锅做饭，车阿婆心疼晓媚，帮着她烧锅做饭，照顾老洪容。

那天，家里包了饺子，我给晓媚送了点去。我看到车阿婆在晓媚家灶前烧锅，车贵金担了一担水来。晓媚跟我说如果没有车家人帮着她，她不知自己能不能度过这苦累的日子，她欠车家太多太多了。她对车家人充满感激。两颗年轻的心越靠越近。天时地利人和，晓媚与车贵金的恋情瞎子也能看得出来。车阿婆说，这俩孩子青梅竹马，有情有意的，等晓媚达到结婚年龄，就把俩孩子的婚事办了。我没有异议。车贵金是个踏实勤劳的孩子，他一直呵护着晓媚，他对晓媚的情意是不容置疑的。我认为晓媚嫁车贵金那是水到渠成，板上钉钉的事了。

## 十七

五年后，街道主任光荣退休了。我因为工作勤奋，又是高中生，在那个年代算是高学历了，众人口中有文化的我被举荐当上了街道居委会主任。我在华亭镇与马鞍山两地跑动，得以经常见到太平与泰晴。泰晴带的一对双胞胎蹦蹦跳跳上幼儿园了。泰晴与雇主一家相处得非常好，女主人童海星跟泰晴亲如姐妹。泰晴脸长圆了，脸上笑意盈盈，酒窝比先前大、圆又深。晓媚20岁了，车家准备明年迎娶晓媚了。更加可喜的是太平的婚事也有了着落，同在搬运队的老庞看太平忠实老好，决定把女儿许配给太平。他找人跟我和太平说了他的意思，问我们的态度。庞家姑娘是个好姑娘，太平是小狗落在茅坑里，吃了狗屎运了，他一百个答应。我呢，喜之不胜，跑去把这好事告诉泰晴。泰晴闻说高兴地流下泪来，欢悦地把她与太平这么些年积攒的工钱统统拿给我，拜托我操办太平的婚事，说：明年正月里把太平的婚事办了，明年腊月里把晓媚的婚事办了。等太平有了孩子，她就回家带自己的孙子了。我在心里感谢老天，感谢老庞。老天有眼！老庞好人！感觉泰晴犹如那风中飘荡的柳絮，这下能尘埃落定了。

可世事的风雨啊，吹打着命运的小舟。人生的航程上河汉纵横，被世事的风雨刮进另一片陌生水域的小舟，飘摇着迷失了预先的航向。

在泰晴知天命的年纪，月下老人竟意外地抛来了红线。

又是一个星期六，照例童海星与泰晴带着双胞胎去职工澡堂洗澡。她们每次去都叫上斜对门的"胖子"。胖子的男人崔欲富在马钢可是声名赫赫的人物，他是全国劳模，去过北京，党和国家领导人曾接见过他。他原是马钢九号高炉的炉前工，为马钢立下过汗马功劳。现在岁数大了，在厂里开行车。崔欲富和胖子生有两儿一女，大儿子崔得田，二儿子崔得地，在学校时都是赫赫有名的造反派头头，现都下放到农村接受贫下中农再教育去了。大儿子去年已经在下放的农村与当地一个农家姑娘结婚了。小女儿叫霞子，十五岁了，是个脑瘫儿，智力低下，不能走路。每次去洗澡，胖子都跟童海星一家搭伴去。胖子背起霞子，童海星帮她拎着她递来的两个袋子，小袋里是洗漱用具和换洗的衣物，大袋是脏衣服。职工澡堂对职工和家属免费开放，脏衣服拿到澡堂里洗省了自家的水费，胖子很会过日子，节俭得很。她家烧锅的煤炭都是她从煤渣堆上捡的。胖子没有工作，专职侍候霞子，做家务。

到了澡堂，泰晴先在外间脱了衣服进里间去洗。童海星给大双脱衣服，然后大双进澡堂里，泰晴给大双洗澡。胖子跟童海星做对子，把霞子搬进澡堂里。泰晴出去穿衣，然后把小双的衣脱了，让小双进去找她妈妈。大双出来，泰晴给大双穿衣。一会儿胖子跟童海星把霞子搬出来了，胖子给霞子穿上内衣，嘱咐大双跟霞子姐玩，她自己再进去洗澡。小双出来了，泰晴给小双擦身穿衣。忽然听见里间到外间的门口那轰的一声响，接着听到有人惊呼："噢！胖子摔倒了！"

"胖子！胖子！"童海星在喊。

泰晴抬头望去：童海星与一个中年妇女一个抬头一个抬脚，把胖子从里间抬到外间，放在榻榻米上。"胖子！胖子！"童海星大喊。胖子大张着嘴，像个死鱼，没有反应。"快，快送医院！"有人喊。泰晴赶紧给胖子套上外衣，内衣也没给她穿。两个洗好澡正要离开的女人跑过来，一头一尾把胖子抬了出去。童海星匆匆穿好自己的衣服，对泰晴说："我去看看。你在这守着孩子。"

泰晴给霞子穿好衣服，等了好半天，童海星也没来。她背起霞子，招呼大双、小双回家去。

霞子虽是脑瘫，可身体发育正常，长得又高又壮。泰晴背了一段路，浑身冒汗了。她体会到胖子的不易。胖子曾说：她原先没多大劲，现在劲很大，都是侍候霞子练出来的。"胖子啊，你可不能倒下呀，霞子离不开你呀。"泰晴默念。又走了一段，气喘吁吁，实在走不动了。好在一个男职工过来了，他好心地替泰晴背起了霞子。事后泰晴跟我说：那会子，她的心不知为何就慌得不行。

崔欲富不在家。泰晴在家照顾着三个孩子，焦急地等着童海星。一直等到夜里两点钟，童海星才回来。泰晴见她眼泡红肿，脸色不对。知道不好。不安地问："胖子怎么啦？"童海星吸着鼻子说："她走了。"

"走啦？"

"嗯，突发脑溢血，没抢救过来。"

"霞子怎么办？"

"她什么也不懂。崔劳模说了——让我们先照顾下霞子。汪姐，这两天你多辛苦了。我要去帮崔劳模料理丧事。"

"嗯，你放心吧。赶快休息吧。"

丧事结束后，崔欲富的二儿子崔得地来接霞子，他对童海星和泰晴表示了感谢，显得很有礼貌的样子。他轻轻地摸了摸霞子的脸，说："霞子，以后，哥来照顾你了。"泰晴的眼圈红了。童海星拍了拍崔得地的肩膀说："你们兄妹情深，很好。"

厂里考虑到崔家的情况，霞子需要人照顾，把崔得地调回城里了。安排他在厂里的食堂先做临时工，等过两年老崔退休，就让崔得地顶职。

崔得地上白班，崔劳模上晚班。霞子得以有人照顾。可一段时间过后，崔劳模受不了了。他白天做家务，晚上上班，睡眠严重不足。有次，上厕所，蹲在厕所里竟扯起了呼噜。

开行车，眼睛睁不开。而这时，霞子的月事来了。崔欲富一个大男人，一个战高温创高产不惧生死的劳模，一个一心干革命工作，把家务全抛给妻子的硬汉，他看到女儿裤子上的斑斑血迹，他知道怎么回事，可他却束手无策了，他竟孩子般号啕哭了。左邻右舍的人都上班去了。只泰晴出来晒衣服，她听到哭声，跑过去问："崔劳模，你怎么啦？"崔欲富指指霞子。泰晴明白了，她叹了口气说："唉，崔劳模，你别急，没事的。这事交给我吧。"泰晴默默地把霞子侍弄好了，把换下来的血污衣服洗了，对老崔说："霞子要解手时，你就来叫我。"

# 十八

崔欲富意识到：家里没个女人不行。这样下去，自己很快被拖垮，上班非出安全事故不可。想到这，他像被拖上岸的大鱼，惊恐地一跃而起。他不怕死，可他要的是英雄般的死，不是这种不光彩的死法。他疾风般奔到厂领导和工会主席的办公室。跟领导们诉说了自家的困境。要领导帮他解决困难。事关劳模的安全问题，谁敢怠慢？领导说："你的困难我们知道了。你想叫我们怎么解决呢？你有什么要求你提出来。"崔欲富站起挺着身子说："我说话不绕弯。我有两个方案：第一个方案，找个轻松的活儿给我干，上晚班能打盹儿的，第二个方案给我找个婆娘。"领导一听都笑了。崔欲富来火了，他猛捶一下办公桌，厉声道："你们笑什么？这不是开玩笑的事，得尽快给我解决。从今起我请事假了，你们什么时候解决了，我什么时候上班。"

领导们为难了。研究来研究去，找个什么轻松的活给崔欲富干呢？轻松的都是白班，坐机关的。崔欲富是个文盲，大字不识一个，不合适。让他看大门吧，他又是鼎鼎有名的劳模。开行车他是把好手，而且还是车间主任，在车间里很有威信，可以说是车间里的灵魂人物，车间里少了他不行。最后决定还是尽快给他找个婆娘。领导们开始行动起来，到处打听哪有寡妇。全厂大动员为崔劳模找婆娘。也找到了几个，人家初听说是个劳模很是乐意，可来家一看霞子那状况，头就摇成拨浪鼓了。

老是请假不是个事啊，工会主席叫身为女工委员的童海星帮着崔劳模做家务，让崔劳模养精蓄锐晚上去上班。童海星烧锅不行，她让泰晴帮着去烧锅。崔劳模吃了泰晴烧的菜那是赞不绝口。崔劳模就跟童海星打听泰晴的身世。得知泰晴是个寡妇，他兴奋异常，说，踏破铁鞋无处觅，得来全不费工夫啊，天赐良缘，天赐良缘啊。他拜托童海星给牵线。童海星跟泰晴说了老崔的意思。泰晴的手摇得如疾风中的芭蕉叶："我儿子、女儿都要成亲了，我哪能出门子呢？"童海星把泰晴的话原原本本传达给了老崔。老崔的心如盛开的喇叭花，忽遭霜打，一下萎靡了。他开始食不甘味，睡不甘寝。人很快消瘦下去。他对泰晴产生了某种情愫了吧。他可不是个认输的种。他的牛脾气上来了：谁说儿女大了，老的就不能改嫁啦？他又跑到领导那儿，要领导关心他的疾苦。领导说："我们正在发动全厂的人给你物色对象呢。"崔劳模说："对象我物色好了。"

"谁呀？"

"就是童海星家的保姆汪泰晴。"

"那好哇，什么时候办事？"

"人家不同意呢！"领导搔着头皮说："那就不好办了，崔劳模，你稍安勿躁。我们给你重新物色。"

"我就要汪泰晴了。"领导看了看崔欲富布满红丝的眼睛，说："崔劳模呀，你最近瘦得厉害啊，莫非你得了相思病啦？"

"我就是得了相思病了。请领导成全。"

"我们可治不了相思病哪。"

"没有拿不下的山头，就看你们出力不出力了。"

"我们咋出力呀？"

"你们去做汪泰晴的工作呀。"崔劳模从蓝色工装口袋里掏出两枚军功章和一枚劳模奖章一字排开放在领导的桌子上，梗着粗脖子说："我从没有向组织提出过什么要求，这是第一次，也是最后一次。"

领导拿着奖章去了童海星家，亲切地问候泰晴，跟泰晴拉家常。话题很快转到崔劳模身上，对泰晴帮助崔家表示感谢。然后开始介绍崔劳模的身世，宣扬崔劳模的光辉事迹。崔欲富的身世确实具有传奇色彩。他出生在横山，在家排行老五，家里很穷。七岁时他给地主家放牛。放牛无聊时，他喜欢哼唱当地的莲花落。饿了跑到山上，爬树掏鸟窝寻鸟蛋吃。十三岁给地主家打长工。十五岁那年，他在河边车水车时被抓了壮丁。后来进攻延安时成了八路军的俘虏。八路军收编了他们这些俘虏后，给他们进行思想教育。让他们忆苦思甜，说说自己以前受的苦。崔欲富想起自己小时候受的苦，他大倒苦水。他就用莲花落的调子诉了自家所受的苦——"穷人的日子比黄连苦啊，吃不饱穿不暖，大冬天的还赤双脚……"部队领导发现他能唱歌，就配给他块快板，让他做了文艺兵。后来又发现了他的专长——擅长爬树与登山。猿猴般噌噌几下就爬到了大树梢，猎犬般嗖的一下就登上了山头。又让他转行做了侦察兵。他作战勇敢立了两次二等功，入了党，荣升到连长，可惜他是个文盲。不然他的军衔会更高些。解放后他留在上海军管所。他请人给家里写了封信，报了平安。1950年冬土改运动，横山按人口分田，崔欲富的父亲请人写信给崔欲富，叫他回家来分田。崔欲富不习惯上海的生活，这个花花世界让他头晕目眩，他觉得上海的菜淡而无味，上海人说的话像怪鸟叫。不打仗了，他在上海闲得难受，正好接到老家的来信，他想不如回家种田。他就向上级提出请求，要求回老家种田。他回到了老家横山，分到了田。在老家娶妻生子。1958年，大炼钢铁，支援马钢建设，他来到了马钢，找了党组织，主动要求干最艰苦的活，他做了一般人干不了的炉前工。他工作积极玩命，60年被评为全国劳模。老婆孩子随之也接来马市生活。

厂领导把三枚奖章拿给泰晴看。夸奖崔劳模是个英雄。说：现如今崔劳模遇到了家庭困难，希望泰晴能伸出援手，不要让英雄落难。工会主席说："我们不绕弯子吧，崔劳模看上你了，他得了相思病了。我们都希望你能走进崔家。我们今天是当红娘来了。你给句话吧。你有什么要求提出来。"

泰晴听他们说崔劳模的事，就知道这些领导来访是怎么回事了，她同情老崔，可她没有改嫁的想法，她缓慢地字斟句酌地说："崔劳模是个好人，确实不易。家里需要个女人帮他。可我孩子都要成亲了……"书记怕事情搞僵了，不待泰晴把话说完，他忙说："这事你先考虑考虑，跟孩子们商量商量也好。想好了，你给童海星传个信，我们来听你答复。"

## 十九

此地不可久留，三十六计走为上策。晚饭后，双胞胎照例给泰晴表演她们在幼儿园学的歌舞。泰晴已无心观看。表演结束后，泰晴忘了鼓掌。大双噘着嘴说："汪妈妈，你怎么不鼓掌啊？"小双不满地扭着身子。泰晴歉疚地搂过俩孩子，在两人脸上一人亲了一口说："汪妈妈累了。我给你们洗脸洗脚吧。洗好了上床，汪妈妈给你们讲故事。"

泰晴把双胞胎哄睡了。然后来到童海星的房，跟童海星说她打算明天就回老家去。童海星以为她是回家跟家里的人商量，说："你早去早回呀。"泰晴摇了摇头说："我不回来了。我明天把大双、小双送到幼儿园我就回去了。"

"这怎么是好？"童海星慌了，"你不能就这么走了，大双、小双离不开你呀。这月的工钱我还没给你呢。你一定要回来哦。"

"我也舍不得离开这两孩子呢。唉！"

早饭后，泰晴送大、小双去幼儿园。童海星走进孩子的房间，见房间里收拾得很整洁，两个鼓胀着肚子的旅行包靠床脚放着，童海星预感不妙，她拉开一只旅行包拉链，见里面放着四季的衣裳。"不好，她真的要走了。"童海星飞速跑到崔欲富家。把下晚班后刚入梦乡的崔欲富摇醒："汪泰晴要回老家了，不回来了。"

泰晴送完孩子回来，见童海星站在屋门口，她掏出大门钥匙递给童海星："记得十点半去接孩子。"泰晴进屋挎起两只旅行包，对站在门口的童海星说："我走了。你快去上班吧。"

"泰晴，你能不走吗？我求求你了。"童海星大声说。"我对不住你了，小童。"泰晴勾了头疾走。走了一小段，有人从后面拽住了她的旅行包，"小童——"泰晴以为是童海星。"汪泰晴——"传来一个男人的声音。泰晴扭头一看——是红着眼睛的崔欲富。"汪泰晴，你能留下来吗？"泰晴果断地摇了摇头。"我求你了。"

"不行。"

"我给你跪下，行吗？"说完崔欲富单膝跪下了。"你快松手！"泰晴歪着身子拉了拉旅行包，崔欲富两手铁钳似的攥着旅行包。他

的另一只膝盖也着地了，泰晴随着包的高度下降身子向崔欲富靠近，
"你快起来！"

"不，你不答应，我不起来。"

"你……小童，小童——"泰晴向童海星求救。童海星也没料
到发生这一幕，她像被惊起的鸡张着翅膀，她慌张地张开两只胳膊，
好在她没飞离，而是飞近了来。"崔劳模，崔劳模，有话好好说。
你这个样子被人看见了不好。"

"我不怕人笑话，我豁出去了。"崔劳模布满血丝的眼睛有些
湿润。"我们进屋里说吧。"泰晴撂下这句话，撂下被拽的旅行包，
折转身。崔欲富拎起包尾随泰晴进了童海星的家。"你们好好聊，
我去上班了。"童海星没进屋，她把空间留给了崔欲富与泰晴。

在事隔两年后的一次酒后，老崔跟我大谈他的"当年勇"。他说：
"阻止你姐回老家，那是我生平打的一场最艰苦也是最漂亮的一场
阻击战。"我问他："你是怎么跟我姐谈的？是怎么让我姐改变主
意的？"笑起满脸褶子的崔欲富说："嘿嘿，我文武两来，十八般
武艺全用上，才攻坚克难占领了山头，我胜了，扭转了战局。"

"你扭转了命运之舟的航向。"我纠正道。崔欲富朗朗大笑："我
那天脑子特管用。"

两天后，泰晴还是回华亭镇了。看得出她心事重重。因为晓媚
不断抱怨：她妈烧的菜不是忘了放盐，就是盐齁得不能进嘴。我问
泰晴有什么心事，她皱着眉摇头。我预感有什么事要发生。

果然，十天后，两男一女来到泰晴家。男的是崔欲富和马钢的
工会主席。女的是童海星。三来客在丁家住了一宿，那晚丁家的灯
光到深夜才熄。

第二天的晚上，泰晴来了。要我给晓媚开一张"户籍证明"，
我问："为什么开这个？"

"老崔说——他的职给晓媚顶。"

"这能行吗？"

"他们领导答应了——能行。"

"你要嫁给老崔？"

"嗯。为了晓媚。"

"晓媚她同意吗？"

"她先不同意，我让她看看李亚男过的是什么日子，再看看自己过的是什么日子，想想自己是不是要让以后她的孩子跟她一样过这种苦日子。她不说话了。"

"不说话不等于默许了呀。"

"谁不想成为城里人呢？谁不想当工人呢？多好的机会呀。她想走我的老路吗？我绝不允许。"这个曾经爱情至上的女人啊，在历经了世俗的磨砺后，已经淡视了爱情，迷失了自己的本性。

一个星期后，晓媚送给车贵金一个牛筋编的红红的虾子（那是那时流行的钥匙扣装饰物），围着红红的三角形围巾跟泰晴去了马市，言说是给太平买结婚用品。红红的虾子在车贵金的裤腰带上晃悠，我见了，心也随之晃悠。我尽量回避见到那只"虾子"。可虾子没有放过我。一个星期后，虾子游过来："舅舅，晓媚怎么还没回呀？"两个星期后，虾子跳过来："舅舅，晓媚怎么啦？她为什么还不回？"三个星期后，虾子气势汹汹地奔过来，伸着他的螯对着我："舅舅，你们瞒了我什么？"一个月后，虾子去了马鞍山，找了太平。太平告诉他真相：晓媚已经顶了老崔的职，成了马钢工人。在渣山上倒铁矿渣。这活不累，等矿渣车开来了，她一按按钮就行了。得知真相的车贵金要太平带他去见晓媚。可晓媚躲了不见。

回到华亭镇的"虾子"，成了一只死虾，他静静地坐在门槛上。三日后，他离开门槛，用一根长长的白线系了牛筋虾子的长须拖着它在地上游走，嬉笑着。佝偻着身子如灰色大虾米的车阿婆盯着那只系线虾子，手抖了几抖，一头栽倒在地，停止了她的泪水与叹息。

从此在华亭镇大路小径上经常会见到一个嬉笑的疯子在游走，

嘴里说着:"我傻呀,我傻呀……"他的身后拖着一根长长的线,线上是一个沾着厚厚泥土的虾子,虾须上露出点红色。

## 二十

太平宣布推迟他的婚期,这让老庞很不高兴。他不满地对我说:"主任,你去问问汪泰晴,她究竟啥意思。"我知道这不是泰晴的意思,这完全是太平一个人的意思,太平不想紧跟在车家丧事后办他的喜事。

但我还是决定去问问泰晴。我来到那个巨大烟囱对着的住宅区。听到崔劳模屋里传出稚嫩的儿歌声。大门开着,客厅里没人。我走进去,儿歌声从房间里传出,房门是虚掩的。开着一条缝,我推开房门,看到了大、小双在一个铺着新床单的大床上蹦跳,每人手里拿着一条黄灿灿的枕巾,床头叠放着两床崭新的被子,被子上放着一对绣花枕头。霞子躺在对面一张小木床上,泰晴正在给霞子擦身。

"泰精,你来了。"泰晴见到我显得有丝慌乱,她把手里的毛巾丢进脸盆里,"你坐啊。"她指着大床,大、小双停止了歌唱和蹦跳。泰晴从盆里捞着毛巾绞着,毛巾上的水没落入脸盆而是落在盆外的地上。"老崔呢?"我问。"去上班了。"

"他不是退休了吗?"

"病退。"泰晴纠正道,一面继续绞着毛巾,"他说——那是公家照顾他。他不能不知好歹。他还去上班,拿退休工资。他说——过两年他正式退休。"

"劳模就是劳模啊。"我感叹,"晓媚呢?"

"跟得地去看电影了。"

"你跟老崔何时办酒呢?"

"酒不办了。领证那天老崔给单位的人散了喜糖。我给你倒水去。"泰晴端了脸盆走出去。我尾随而去,环顾了一下屋内,堂屋

332

里有张八仙桌和几条凳子，墙上贴着几张毛主席画像，画像下写着"向光荣的军烈属退役军人致敬"的字样。两个房门上贴着"福"字。"两室一厅？"我问。"嗯。"

"你们咋住的？"

"我、老崔、霞子住一间，得地住一间。"

"晓媚住哪儿？"

"你来看，我们给晓媚接了一间。"客厅北边是个小厨房，在小厨房后，依着厨房的一面墙，用钢板、芦席搭了一间低矮的棚屋。撩开绿帆布门帘，见里面放着一张钢丝床，床上放着一件织了一半的毛线衣。床下放着晓媚的两双花布鞋。"喝口水吧。"我接过泰晴递过来的茶缸，茶缸口沿搪瓷掉了不少，茶缸上印着两行大红字"毛主席是我们心中最红最红的红太阳马钢"。"晓媚顶了老崔的职，得地他没意见？"我问。"他——他没说什么。只说我们对霞子好就行。我和老崔的意思是——我们老配老，小配小。"

"那两个小的同意吗？"

"得地非常同意。他一见晓媚就喜欢上了，他对晓媚很好。"

"晓媚同意吗？"

"那由不得她了。"

"你这话什么意思？"我直视着泰晴的脸，她垂下眼睑用蚊子哼的声音断断续续地说："生米——已经——煮成——熟饭了。"

就在这令人窒息的板棚里，在这张矮小窄窄的钢丝床上，晓媚失掉了她的童贞？我的心猛烈抽动了一下。"我傻呀，我傻呀……"我的耳旁响起车贵金的声音，眼前浮现出那只红牛筋虾子，那只在泥地上拖行的虾子。"我想等太平的喜事办了，就把晓媚的事办了。这样我的心就定了。"

"汪妈妈，汪妈妈……"双胞胎在叫喊。"我去弄孩子。"

"好吧，我走了。"

"别急！"泰晴从厨房拿了两袋酸梅糖塞到我手里，"晓媚单位发的。"

"给晓媚喝吧。"

"家里还有，老崔也发了。"

太平的婚礼办得很风光。家具是从马市购的，用大卡车运来的，最新款的凹凸式家具，那些橱柜的腿都做成了大象腿，最让众邻啧啧称道传扬的是那台17英寸电视机。整个镇上这是第二台，第一台是粮站的那台14英寸电视机。为看电视粮站的家属每晚都挤破了头。这台电视是老崔出资购买的。有了这台电视机太平的新房里每晚也是人头攒动，水泄不通。太平成亲那天，牵着虾子的车贵金也跑过来抢喜糖。结果疯挤着抢喜糖的人们踩断了那只系虾子的线。车贵金发现他的虾子不见了，开始拼命撞人。"疯子打人了！"人们惊恐地一哄而散，车贵金手里抖着线，像个猎狗一般，低着头在地上搜寻，我知道他在搜寻什么，我走过去。"舅舅，你干吗？"太平大嚷。"找虾子。"我道。太平也跑过来，我们三人在门前的街道上猎犬似的搜寻。"找到了！"太平在鞭炮碎屑中抓起那只浑身泥垢的虾子，车贵金一把夺过去，三两绕就系在了线上。我怕他再次弄丢了，把虾子放进他上衣口袋，他固执地掏出来，轻轻地放在地上。

太平婚礼后两月，晓媚的婚礼接踵举行。婚礼很简单，啥仪式也没有，只宴请了随礼的亲友。女方的亲戚只有我和我的妻、太平和他的新婚妻子。酒宴安排在饭店里。宴罢，老崔、得地单位的年轻人去闹新房，新房就是得地的房间，用石灰水刷了白，墙上贴了几张画子，门窗上贴了几个红红的"囍"字。老崔让他的侄子打了一顶大衣柜与两个小矮柜，得地向人借钱买了一台电视机放在矮柜上。泰晴购置了一床新床单，新被子。新房窄狭，好多人挤不进去，只得待在客厅里。闹不成新人的人悻悻离开。我招呼太平准备回板车队。泰晴拿了几包喜糖，两袋酸梅糖递给她的儿媳妇，送我们出来。她拉着新媳妇的手说："妈照顾不了你们，你们自己好好过活。等你们有了孩子，送来，妈给你们带。"新媳妇高兴地点着头。太平低着头一声不吭。

一路上两个女人兴高采烈地呱呱拉着闲话，新媳妇羡慕晓媚工作清闲，嫁入城里，成了城里人了。"你屋子比晓媚的大，房里的家具比他们多呢。"

"我妈说——结了婚，厂里会分新房给晓媚的呢。"

我和太平一路闷闷地走着。"你俩咋不高兴呢？"

"有啥高兴的？"我和太平异口同声地说。"马钢工人啊。再也不用泥里一把，屎里一把，弯腰折背，累死累活了。挣得工资还多。你们不为晓媚高兴？泰晴这着高啊。"

"你少胡咧咧！"我对妻少有地吼道。

泰晴、晓媚，你们幸福吗？但愿你们幸福。我对着夜空中的星星暗道。不知怎的我的心隐隐地不安。我感觉心里装着"善和怯懦"的太平和我一样，我走过去搂住太平的肩。老天，请宽宥世人的错，请赐福给孩子们！

# 二十一

老崔把收的礼钱给了儿子，让得地还了买电视机借的钱。晓媚每月把工资交给泰晴，作为伙食费和日常开销。得地的工资自己留着。半年后，晓媚分到了新房。小两口搬到新房住，吃喝还与老两口在一起。得地的钱都用来陆续添置家什了。泰晴日臻完善着她的厨艺，每天换着花样烧饭做菜，精心侍候着家里三个忙于工作的人。老崔的体重与日俱增，国字脸长成了南瓜脸。一年后，晓媚怀孕了，一家人都十分高兴。老崔期盼着能生个孙子，大儿子已经给他生了个孙女。

可事与愿违，晓媚产下的是个千金，传宗接代观念很强的老崔有些失望。但得地很高兴，一下班不管孩子是醒着还是睡着，用抱被裹着孩子抱着在住宅区转悠，满世界宣扬：瞧，我的女儿多漂亮。

他给女儿取名叫崔璨，女儿成了他的掌上明珠。有了外孙女儿的泰晴日夜照看孩子，侍候产妇，还要照顾霞子，做家务，忙得头发也没空梳。老崔见状，正式退休了，在家帮着泰晴看孩子，买菜。孩子的满月酒办得异常丰盛，泰晴亲自掌勺，我第一次吃了十五个菜的宴席。泰晴忙碌着，酒窝里满载着喜悦。我心释然，泰晴"老配老，小配小"这着棋走对了。年过半百的世故能干的她终于过上了她想要的好生活了。

好消息不断传入我的耳中。得地凭借他的好人缘转正了；得地在食堂干采办了；得地当食堂管理员了；得地入党了；得地去党校学习了；得地调到食品公司当主任了……

要过年了，我要带着板车队的人回去了。我和太平去崔家辞行。老崔热情留客，我们在崔家晚餐喝酒，崔氏父子与我轮流碰杯。厨房里不断传出滋啦啦的声响，泰晴在厨房招呼着太平上菜。我第一次吃了不掺一粒糯米的肉圆子，我说："你们真舍得呀。用纯精肉炸肉圆子。"崔得地说："这叫狮子头。"老崔骄傲地说："得地单位发的肉，舅舅你没吃过，你多吃点。"我第一次吃了鱼圆子，我问："这是什么东西做的圆子？"

"用鱼做的。"我惊讶地说："鱼？能做圆子？那鱼刺呢？"

"这叫鱼丸，舅舅。大鱼做的，没小刺，只有大卡。把鱼煮烂了，搛掉大卡搓成圆子。"

太平在厨房与客厅之间穿梭着，一盘一盘的菜不断上着。"你们要上多少菜呀？"

"舅舅，今天让你见识见识。"我喝得晕晕乎乎："你们总共上了多少菜呀？"

"我也不知。数数盘子不就知道了。"太平数了数盘子："十八个，十八个菜。"

老崔喝得满头冒汗，大了舌头："他舅舅，不是我夸我儿子。得地能干啊，在单位混得不错。全国各地地跑。你瞧，你瞧，晓媚的房间现如今成了我家的食品仓库了。"

崔得地从口袋里掏出两串珍珠项链，递到我和太平跟前："给舅母，给嫂子的。小意思，戴着玩儿。"他嬉笑着说，又从另一个口袋里掏出两包香烟摔到我跟前，我说："我不抽烟。"

"这是川烟，我去四川进货时，人家送我的。你不抽，带回去做人情。"

我跟跟跄跄着告辞离去。泰晴把几串香肠和两条咸鱼递给我："这是海里的黄鱼，带回去给家里的人尝尝鲜。"

"你们留着自己吃吧。"我客套地推辞。"单位发的，家里还有不少。舅，叫你拿你就拿着吧。人生苦短，不要亏了自己。"

"恭敬不如从命，城里人就是城里人啊。"我笑纳了。我看太平手里也拎了一大串东西。崔得地搂着太平自傲地说："哥，你妹跟着我不亏吧？"

晓媚抱着孩子从里屋走出来嗔怪着说："哥，他就会做人情，我亏呢。他三天两头的请人吃饭，把他单位人的毛衣活都揽了来，叫我打，我胳膊都打断了。"

"那不是发挥你的特长嘛。"

"别说了，别说了。"泰晴打断话头，"都喝多了，你们赶紧回去休息吧。把宝宝给我。"泰晴从晓媚手里抱过孩子，"你搀着点得地。"

月满则亏。膨胀强大起来的崔得地不仅成了单位的舵手，也坐上了家庭这艘小舟舵手的位置。男人的权势与贪恋啊，使停泊在宁静港湾的幸福小舟，偏离航向，驶向扑朔迷离的汉港。

崔得地去四川农村采购生猪、肉牛，认识了一个农家女。这个川妹子外号叫水蜜桃，是当地的村花。那桃形脸长得真是水灵啊。白嫩嫩的肌肤，红润润的嘴唇，圆鼓鼓的胸，水蜜桃，真是水蜜桃啊。崔得地见到她就想走上前去啃一口。崔得地拿她跟晓媚比，两个女人都美，但是不同性质的美。晓媚的美是清秀的美，而水蜜桃的美是丰润的美。晓媚好比池中的睡莲可远远观赏；而水蜜桃勾人馋涎，非握在手中不可。水蜜桃甜美的笑容和山歌钻入了崔得地的心中，水蜜桃性感的身姿进入了崔得地的梦境。崔得地的荷尔蒙大肆分泌，崔得地向水蜜桃发起了进攻。他认水蜜桃做了干妹子。聘了干妹子做了临时工，付当地最高的工钱。下乡收猪、收牛都带着干妹子。他每天带着两个下属与干妹子下馆子，向这个川妹子宣扬城里的好，吹嘘他崔得地的能耐。两个下属也捞了不少油水，马屁拍得啪啪响。水蜜桃感觉自己遇到贵人了。泼辣辣的川妹子抓住干哥哥的手："我要跟你去城里。"崔得地捧住落入怀中的水蜜桃，撕开表皮，畅饮甘甜果汁。他美了，他醉了，他甜言蜜语，他信誓旦旦。

　　崔得地带着干妹子回马市了。在崔得地的安排下，水蜜桃成了食品公司的临时工。食品公司在城郊有个屠宰基地。待宰的猪都圈养在那里。水蜜桃的工作是喂猪，烧开水。那里原有个喂猪兼看门的老光棍，也是个临时工。老光棍是个结巴，怕人笑话他说话结巴，一直少言寡语。水蜜桃去了后，把一间堆放杂物的房间收拾了，崔得地给买了日常生活用品，水蜜桃住了进去。水蜜桃要分担老结巴的工作。老光棍结结巴巴说："这样——吧，你——不用——喂猪，你——帮我——烧烧锅，可好？"因此水蜜桃的工作只剩烧开水了，烧开水给屠宰师傅烫猪用，这个工作不重，可每天要起早。这儿充斥着臭气和血腥气，一年四季除了寒冬，苍蝇满天飞，工作环境差，而且工资又少，所以这个工作也算不得好工作，城里人没人愿干的。

　　可外来的川妹子却心甘情愿地驻扎下来了。崔得地的柔情蜜意冲淡了空气中难闻的气味。再说，久在芝兰之室不闻其香，久在恶臭之地也不闻其臭了。这朵艳丽的山花在臭烘烘的猪圈旁，在血淋淋的屠宰场绽放着。

# 二十二

　　水蜜桃每天闹钟一响就起床去伙房烧开水。屠宰师傅们宰好当天定额的猪后，开着货车去销售部了。水蜜桃开始洗漱，吃早饭，打扫卫生，过后准备烧午饭。她懒得烧两份锅，干脆跟老结巴合伙了，还省了自己去买米买菜。老结巴在猪圈旁开了一块地，种了许多蔬菜。至于荤菜，每天唾手可得呀。水蜜桃和老结巴俨然成了父女俩，在这屠宰基地过着世外桃源般的日子。

　　可这日子不是年轻的水蜜桃想要的日子。她要成为城里人！远处的汽车声、火车汽笛声时时提醒她，城市就在不远处。而连接基地与城市的纽带是眼前的这条公路和崔得地。漫漫的午后闲暇时光，她嗑着瓜子，站在基地通往城里的那条公路上眺望，期盼看到食品公司那辆蓝色小货车的影子，看到崔得地从货车上微笑着跳下来的样子。

　　每次崔得地来基地，视察下猪圈，就钻进干妹子的房间，递给干妹子一包瓜子或者饼干。崔得地和水蜜桃都适应了在这恶臭之地，在嗡嗡的苍蝇围绕伴奏下，挥洒他们年轻的激情与浪漫。

　　老结巴把什么都看在眼里，虽然他什么也没说。但崔得地与水蜜桃的桃色绯闻还是像是长了翅膀的鸟儿，飞出了基地，四处飞翔停息。群众的眼睛是雪亮的，人嘴是扎不住的。泰晴、晓媚从人们隐约的话语中感觉到了，老崔也听人说了。得地的工资一直是他自己把着。泰晴让老崔去查问一下得地的工资与花销。一天晚饭后，老崔把儿子叫进房，问他的工资去向。崔得地明白老崔问话的意图，他勾下头略忖一下，再抬头两句话就把他老子打发了："都送礼了。我从一个临时工混到现在这个位置，不送礼行吗？"

　　"工资都送礼啦？"老崔当然不信这话，"你是不是在外面胡来？你跟那水蜜桃究竟是啥关系？"

　　"老爷子，你少管我的闲事。"

"你是我儿子我能不管吗？"

"我妈尸骨未寒，你就找女人了。我说了什么没有？"

"你……"老崔一下被噎住，"你要是在外胡来，我打断你的腿。"崔得地右嘴角上扬，小眼睛眯成一条缝，轻蔑一笑，拍拍屁股跑了。他现在是一匹脱了缰绳的成年野马。谁能管住他呢？

半年后，水蜜桃怀孕了。甜蜜蜜的水蜜桃成了烫手的山芋。崔得地想把水蜜桃转手他人，他四处为水蜜桃物色对象，可好好的人家谁要二手货呢？只找到些难讨上老婆的残疾人。可水蜜桃又怎能瞧上这些歪瓜裂枣呢？

水蜜桃放出话来：她非崔得地不嫁。崔得地开始领教了川妹子的泼辣劲。这边水蜜桃热情似火，死缠烂打。这边晓媚冷若冰霜。崔得地在冰火两重天间周旋。终于他选择了温暖的火。他向晓媚提出离婚。晓媚啥也没说。可老崔和泰晴坚决反对。老崔跑到屠宰基地想教训下这个不要脸的四川女人。可他没想到年轻轻的川妹子却给了他下马威。水蜜桃毫无惧色地把一把铁锹递到老崔手里，说："我生是你崔家的人，死是你崔家的鬼！我肚子里怀着你崔家的种。你不同意我跟得地结婚，你就当刽子手吧，杀死你孙子吧！"老崔无语，落败而归。

食品公司辞退了水蜜桃的临时工，撤了崔得地的行政职务，让崔得地接替老结巴和水蜜桃的工作，去基地养猪，烧开水。崔得地灰溜溜地贬到基地，迎接他的是水蜜桃灿烂的笑容和温柔的怀抱。

崔得地净身出户，与水蜜桃在基地安家生活了。满城风雨之后一切归于平静。可这平静是暂时的。世事的风雨不会停歇。平静的河面下暗流涌动。

1982年，经过多方治疗，多年不育的小庞怀孕产子了。泰晴欣喜万分，赶到华亭镇去侍候月子。可不久就发现新生儿不对劲。新生儿身体疲软，嘴唇乌黑，吃奶不力，静静躺着很少哭泣。

到医院一检查，医生说孩子是先天性心脏病。等大些才能做手术。手术费估计要十几万元。十几万元！这对于当时的普通家庭来说，简直是一个天文数字。泰晴闻言，一夜间头顶的头发白了巴掌大的一块。

为了给孙子筹治病的钱，泰晴在菜市场摆了个早点摊子。每天天不亮起来做糍粑，炸油条。她的眼睛红肿，头发掉得厉害，能看见一块一块的头皮了。眼角、额头道道褶子，这是那个酒窝美人吗？她一下苍老得让我不敢看她。

我劝慰她不要为孙子的事过于焦心。她含泪无语。我知道她的坚强与执着。我祈求老天能让孩子出现奇迹。可祸不单行，崔得地那边又出状况了。

崔得地与水蜜桃的儿子崔辉已经五岁了，要上幼儿班了。基地在城郊，离学校远。崔辉上学成了问题。要在城里租房的话，崔得地那点工资养一家三口，本就捉襟见肘。想来想去，水蜜桃想搬到老崔那住。这么些年，父子形同陌路，老崔没有公开认孙子。只在某个黑夜偷偷跑到基地，从门缝里塞点钱去。水蜜桃断定钱是老爷子塞的，她知道老崔心里有孙子。她逼崔得地去跟老爷子说，可崔得地死也不去说。她就自己上阵了。

泰晴闻言，坚决不同意，说家里没地方给他们住。水蜜桃说："我们就住得地原来的房间。"泰晴说："霞子住那儿了。"

"让霞子住储藏室。"他们回来，这不是给晓媚和崔璨添堵吗？泰晴气愤地说："你们休想！趁早死了这条心。"水蜜桃说："崔辉可是老崔家的亲孙子，凭什么你们只管崔璨不管崔辉？我明天就把崔辉送来，看你们把他怎的。老爷子你说句话。"老崔无力应对这种局面，他默不作声。"黑心的后娘，黑心的后娘啊……"水蜜桃在崔家门口大声嚷嚷，引得众人跑来围观。

老崔息事宁人跑到基地，跟崔得地说，让他们去学校附近租房，房租由他来付。水蜜桃胜利地笑了。不过，她转瞬拉着老崔诉了一大堆苦。是的，基地不是个人待的地方，不能苦了孩子。老崔心酸酸地回到家。他开始克扣伙食费来补贴孙子，菜蔬越来越差了。崔璨不高兴了，泰晴也不满了。老崔因为她们的不满而不痛快。夫妻心生芥蒂，同床异梦。

## 二十三

1985年，市场经济的大潮席卷全中国，一些国营单位和集体企业被遍地开花的个体户击垮。食品公司垮了，崔得地下岗了。下了岗的崔得地无所事事，和一些同样无所事事的下岗老同僚们打牌赌钱。输了钱的崔得地急眼了。他问老崔要钱，次数多了，老崔不给，他竟死皮赖脸向晓媚要钱了。晓媚为了清静给他些钱打发他走。后来他竟认为这是理所当然了。每次输了钱他都跑去问晓媚要钱。晓媚不给他了，他竟动手了。晓媚被打得鼻青脸肿，泰晴心疼不已，责怪老崔。老崔去骂儿子，水蜜桃把崔得地骂得狗血喷头，扬言要跟崔得地离婚，闹得地动山摇。老崔吓得噤声不敢多言。崔得地对晓媚和泰晴恨得咬牙。

一次晓媚又被崔得地暴打了，泰晴跑来泪如雨下地对我说："泰精，我做错了吗？我糊涂啊，我害了晓媚啊。"我问："怎么啦？"

"我悔不当初啊。"她无力地摇摇手，伛着腰走了。

那个黑色的日子，崔得地又输钱了，他已经欠了一屁股赌债，他听人说贩卖钢材能赚大钱。可他手头没有本钱。他决定还是去向晓媚要钱。已是傍晚时分，晓媚要交班了。崔得地偷偷摸摸来了。这次他狮子大开口，问晓媚要五千元钱，说他要做生意做本钱用，要晓媚无论如何拿给他。晓媚说："我哪有那么多钱给你？"

"这么多年，你不可能不存钱。"

"你好意思？这么多年你一分钱抚养费也没给我们，你管过崔璨吗？"

"我管得过来吗？崔璨有老头子和你妈管着，宠着。你们的日子比我们好过得多。我做生意发了财，一定好好补偿崔璨。"

"我不要你补偿，你给我滚，我一分钱也没的给你。"晓媚举起早就准备好的一根铁棍。"好好好，我走，我走。"崔得地走了，他没走远，他绕到渣山后面。一会儿，接班的跛脚同事来了，晓媚走出值班室。

崔得地窜出一把从身后抱住晓媚，两人扭打起来，晓媚哪是崔得地的对手？晓媚被崔得地死死按在地上。"你给不给？"

"我凭什么给你？"

"你那马钢工人的职顶的是我老子的职，那本该是老子我顶的，你所有的工资都归老子我都不过分。你们住得好，吃得好，我们住的是什么房？过的是什么日子？"

"那是你咎由自取。"

"你妈把我们老崔家的钱都弄到你哥那儿了，老崔家的钱都姓丁了，你说你该不该，该不该给老子钱？"跛脚同事去劝架，崔得地说："你个跛子你少管，你管我连你一起打。"跛子跑回值班室给老崔打电话。

老崔那天午后推霞子去公园散步了，走在回家的路上，还没到家。泰晴正在灶上炒菜，电话响了，她关了煤气，接了电话，听说崔得地又在打晓媚，她放下电话，急急忙忙往渣山跑，身上的围裙也没解下来。

她到了渣山，看到崔得地揪着晓媚的头发把晓媚往煤渣上按。"你放手！你个畜生！"

"不答应给钱，老子我就不放。"他拽着晓媚头发拎起晓媚的头，晓媚紧闭着眼，脸上满是矿渣，有几块大的矿渣从脸上落下，脸上现出被挤压成的凹坑。"不给钱，老子让你破相！"

"你，你，你……"泰晴拿起那把她交给晓媚的用于防身的铁棍，她举起铁棍朝崔得地的腿打去。崔得地放开晓媚，他没跑开，忍痛让铁棍落在胳膊上，伸手一把抓住铁棍。两人各执铁棍的一头拼命拉扯着，崔得地忽地一松手，惯性让泰晴朝后倒去。说时迟，那时快，崔得地一把夺过铁棍："老妖精，跟我斗？哼！你儿子结婚是我老崔家出的钱，你现在又要拿我们老崔家的钱给你那该死的孙子治病。"

"你胡说！"泰晴抓起一把渣子朝崔得地掷去。渣子迷了崔得地的眼。"老妖精，我劈了你！"崔得地举棍朝泰晴打去。"妈！"

"晓媚，你快走……"

"妈——"

我正在清账，板车队也要解散了，没有几个人愿意拉板车了，摆摊、开小店、贩鱼、贩虾都比拉板车轻松而且来钱多，太平已经回华亭镇了，在家里开了一个小杂货店了。忽然，头顶上方纷纷飘落下白色纸屑，怎么回事？我仰头看上面——白白的天花板，什么也没有。往下看，地上是干干净净的水泥地，纸屑呢？我幻觉了？我心里一惊。丁零零，急促的电话铃声响起。我心神不宁地拿起电话，传来晓媚的哭泣声："舅舅，你快来呀，我妈被崔得地打死了，呜呜呜……"

"什么？"

"在我上班的地方，你快来呀！"我飞速地骑上自行车朝渣山奔去。

跛子搂着号啕大哭的晓媚。泰晴直挺挺躺在渣山边，大睁着双眼。额头上的血蜿蜒流在脸颊上与酒窝正好形成了一个巨大的问号。"姐！"我扑过去跪在泰晴的身边，试试她的鼻息，没有一丝呼吸，摸了摸她的酒窝，冰凉冰凉，我伸手抹下她的眼皮。"崔得地呢？"我怒吼。"他跑了。我报警了。"跛子大婶说。我望着泰晴脸上那个鲜红的问号，泪流满面。姐，你要问什么？问什么呀？泪眼蒙眬中我想起——她曾问我："泰精，你说是感情重要还是钱重要？"我知道她问这话的意思。当时我未置可否。我明白她内心的犹豫与煎熬。姐啊，姐，没有物质，爱情无所附着，生活无法维系。可有钱没有爱情的婚姻是不牢靠的，是没有幸福可言的啊。姐，婚姻中物质和感情缺一不可啊。姐呀，姐，可惜你不识字，如果你识字，我会建议你去看鲁迅的《伤逝》，看张爱玲的《金锁记》。历经坎坷聪慧能干的酒窝美人啊，你制造了一场爱情悲剧，最终你成了悲剧人物。你参不透婚姻的真谛。有几人能参透啊！婚姻是一道复杂的方程式，未知数与变数很多很多——物质、感情、人的品性，等等。大师说：只有爱情才能使婚姻变得圣洁，只有被圣洁化了的婚姻才是真正的婚姻。没有爱情的婚姻是不道德的。你明白了吗？我解下她身上的围裙，擦拭她脸上的血迹。

　　警车呼啸着来了，一个警察抓住我擦拭血迹的手："保护现场……"


　　父亲哽咽，我抓住他颤抖的双手。"可怜的泰晴，可怜的晓媚啊！"

第四章

# 马钢工人

## 一

　　丁晓媚，我的外甥女，出生于1955年，属羊。其父丁咸基看着呱呱落地的她，看着窗外一轮明媚的夕阳，喜上眉梢。他给他的掌上明珠起名为晓媚。希望他的千金长成明媚的小姑娘，妩媚的大姑娘。正如丁父所愿，晓媚从小聪慧伶俐，活泼可爱，再加上天生的一副好嗓子，人称小百灵，人见人爱。从小学一年级起她就是学校的宣传队队员。她能歌善舞，是学校宣传队的台柱子。没有子女的邻居李走区长对其宠爱有加。

　　"四清"运动时，成惊弓之鸟的丁咸基上吊自尽了。那时晓媚九岁，在读小学二年级。丁咸基的死给了丁家巨大的打击。晓媚的爷爷悲伤过度脑子坏了，整天躲在房里说些谁也听不懂的话。晓媚的奶奶精神恍惚，摔了一跤，跌断了大腿骨。晓媚的妈妈我的姐姐汪泰晴也是痛不欲生，可面对家中如此的惨景，她只得打起精神来侍候公婆，照顾孩子。她让年仅十六岁的长子丁太宝顶了她的职。家庭的变故让一贯胆小少言的老二丁太平更加沉默寡言，他一放学就躲在阁楼上。而天性活泼的老小丁晓媚依旧活跃着。每天放晚学后，她在街上唱着歌来回地跑，以期遇到下班的李走，见到李走她雀跃地奔过去，李走逗弄着给她一粒糖果。她嘴里嚼着糖和李走牵手而归，俨然父女俩。这成了街上一道风景。成了晓媚最快乐甜蜜的晚餐。可这快乐甜蜜很快被剥夺了。李走的夫人抱养了一个女孩儿——李亚男。李亚男占据了晓媚在李走身旁与心里的位置。晓媚伤心啊！一天，李走又让小亚男骑在他的肩上快乐游街，晓媚站门边默默地瞧着。她流下两行伤心的泪。隔壁的车贵金看到了，他对晓媚说："晓媚，你别难过，我会对你好的。"他从口袋里掏出两粒小糖塞到晓媚的手里。这糖是六一儿童节学校发的，在他的口袋里躺了半个月了，他一直不舍得吃。从此，晓媚放学后就到西邻车家跟车贵金一道做作业，车贵金读四年级，成绩不错，年年被评为三好学生。车贵金的奶奶也非常喜欢晓媚。车家做点好吃的，就有晓媚的一份。

李走给亚男买了一条红纱巾，晓媚羡慕，向她妈妈提出要求——给她买一条亚男那样的红纱巾。泰晴没有同意女儿的要求。红纱巾在晓媚的心里飘呀飘。上课了，晓媚还在想着那条轻盈盈的红纱巾。老师叫她起来去黑板听写词语，她没听见。老师来火了，用书脊敲她的头，罚她抄写课文。晓媚捂着被书脊敲痛的脑袋，含着泪在车家抄写课文。车阿婆得知原委后，买了几副白纱线手套，给晓媚织了一条三角形围巾，织成后用染料染成了鲜艳的红色，车阿婆把红三角围巾围在晓媚的脖子上，红围巾衬着晓媚白皙的脸庞，"好俊的丫头！"车阿婆赞道。晓媚高兴地跑回家，向她妈妈显摆，可泰晴不允许她无缘无故接受别人家礼物，喝令她退回。晓媚撅着嘴解下脖子上的围巾，退还给车贵金。车贵金附在晓媚的耳朵上说："我替你收着，在我家你围着，回家解下来。

"文化大革命"开始了。华亭中学成立了几个战斗队。车贵金在向太阳战斗队，队长徐和平任命车贵金为副队长。红卫兵小将们停课造反，破四旧。活跃的晓媚尾随着他们。车贵金向队长徐和平提出——让晓媚加入。晓媚在读五年级，是个红小兵，不合格。可晓媚歌唱得好，舞跳得棒。在车贵金的一再请求下，徐和平同意了，破格让晓媚加入了向太阳战斗队。晓媚教战斗队员们唱《造反有理歌》，唱"样板戏"，成了向太阳战斗队的核心人物。战斗队经常在晓媚家聚会，研讨下一步行动。晓媚放下课本融入造反的洪流中去了。

1969年，"文化大革命"接近尾声。上面号召知识青年上山下乡，到广阔的农村去接受贫下中农再教育。晓媚响应号召要下乡去。她跑来告诉我她的决定。我问她去哪儿。她说去新疆。多么稚嫩年轻的心啊！小鹰向往着远飞。可最终她选择了临镇的丁村。因为她稚嫩的翅膀上坠着两个重物。一是她的爷爷，当时丁太宝已上门入赘，丁太平去马市上工，泰晴去马市当了保姆。痴傻的爷爷要人照顾；二是车贵金，她不忍负了车贵金的情义。她随车贵金下放到附近的丁村务农。可农村不是她想象的那么美好。

第一天锄草，多么长的田垄啊，何时才能锄到头啊！锄头越来越重。她累得腰酸背疼。第二天她的手磨破了，远远地落在别人身后。草没锄干净，菜被锄了好多棵。她泪汪汪了。第三天她不锄草了站田里拔草。妇女们笑话着她。好在队长制止了妇女们的嘲笑："笑，笑什么笑！会拿个锄头就得意啦？人家还会拿笔杆子呢，你们能吗？"回到家，身子像散了架，还要烧锅做饭，侍候爷爷。好在车贵金和车阿婆帮着她。

队长同情她，让她给生产队放牛。

紧张的双抢到了，所有的牛被套上了笼头，所有的社员投入到抢收抢种中。烈日当空，热浪滚滚，挥镰割稻。人都割到头了，割到头的人坐在田埂上歇息，晓媚才割到一半。割到头的车贵金从田垄的另一头帮着晓媚割。两人会合了，相视一笑。"快，喝口水！"车贵金递给晓媚一瓶水。汗水从脸上滚滚而落，腌了晓媚的眼睛，她用手背去擦。车贵金安慰晓媚："别急，有我呢，千万别哭。"终于，稻割完了。晓媚的脸晒黑了，手臂上晒脱了一层皮。洗澡的时候痛得钻心。

　　第一次下到秧田里拔秧，没多久，晓媚吓得尖叫起来——蚂蟥叮在她白嫩的腿上。车贵金跑过来给她拍打蚂蟥，啪啪啪啪啪！几个恶心的嗜血的蚂蟥终于被拍打下来了，腿上流着血。晓媚再也不敢下到水田里。队长骂她娇气："叮了就用手拍，有什么大不了。这么娇气！下放到农村能干啥！"软塌塌黏糊糊的往肉里钻的蚂蟥啊！晓媚又哭了。

<h2 style="text-align:center">二</h2>

　　晓媚怕蚂蟥，不愿下田拔秧，队长说，不拔秧就跟男劳力去挑粪。晓媚到生产队公房拿了筐子、扁担，去粪堆上担粪，粪堆臭气熏天，苍蝇嗡嗡，她恶心得想吐。她剧烈地咳嗽了几声，捂住鼻子。铲粪的社员看她可怜，知道她担不了一担粪，给她铲了两个半箩筐粪，晓媚拿起那根别人都不用的木制的沉重的扁担，担粪上肩，她努力站起，趔趄着脚步，人看她那样都笑了。她脸上发烧，勾着腰，担起粪往前跑。肩膀压得好疼啊。痛感压倒了嗅觉，她也顾不得臭了，只想着快点运到地头。两趟下来，她的肩膀磨破了皮，钻心地痛。她实在干不动了。只能担一小段路，歇一下。再咬牙担一小段路，她感觉身上的汗都流尽了，她快不行了。她多想扔了担子跑啊。队长见她还在半路上，人家已经来回两趟了。骂她干不活，磨洋工。说扣她的工分。在生产队她的工分是最低的，队长说像她这样，年底分红她一毛钱也分不到，搞不好还超支，得拿钱出来才能分到口粮。

　　站田埂边放牛的小孩子，用手指刮着脸，羞她：丁晓媚，干不了活，丁晓媚，干不了活……晓媚羞得想有个地缝钻进去。

　　她丢了担子，躲茅房里哭。怎么办哪？这苦累日子怎么熬下去呀？

　　车阿婆知道后，用家里的破衣给晓媚做了一双齐膝的布袜子。

晓媚穿着布袜子去拔秧，真的不用怕蚂蝗了。可秧拔了，接下来就要插秧了。秧田板结，穿着袜子坐在小板凳上拔秧行。可稻田深耕过了，用水浸泡着，一脚下去，没到膝盖。晓媚手脚本来就没别人快，穿了布袜子，陷在泥里，移动脚步就更慢了。晓媚被远远甩在后面。看着一排远离她的屁股，她想努力赶上，她手忙脚乱地插着秧，还要顾着布袜子不被泥巴拉下来，秧插得东倒西歪。队长又骂她了："丁晓媚，你娇气个啥？你见谁插秧穿个布袜子的？"晓媚不好意思，也觉得布袜子太碍事了，只好脱了布袜子。她害怕蚂蝗又叮到她腿上，不时看看腿上有没有蚂蝗。车贵金插到头了，没有跟别人一样坐田埂上休息，从另一头来帮着晓媚插秧。两人会合了，车贵金对晓媚说：不用怕蚂蝗，看到蚂蝗爬腿上了，你就用泥巴擦它。晓媚点点头。这个法子挺管用。时间长了，晓媚不在心悸那恶心钻肉的蚂蝗。她的注意力又转移到腰上，因为腰酸得不行。一趟到头后，她简直直不起腰来。几天秧插下来，晓媚的胳膊被晒破了皮，午间滚烫的田间泥水腌破了腿上的皮，腰酸痛得仿佛要断了，右手指甲插烂了，手指插破了，火烧火燎得疼。这时的晓媚已经欲哭无泪了，躺下睡觉是她最大的渴望。

我给晓媚买了膏药和绿豆送去。望着黑瘦了一圈的晓媚，我忍不住落泪。晓媚却笑着说："舅舅，我的秧插得越来越好了。我现在一点都不怕蚂蝗了。"

车贵金担了一担水来了，晓媚把绿豆分了一半递给车贵金。两人默默推搡了两把，车贵金收下了，说："让我奶奶煮了，我们一道喝。"

"要是没车贵金帮我，我真挺不下来。"晓媚对我说，"还有车阿婆，她帮我烧锅做饭。我欠他们家太多了。"生活的重担过早地压在晓媚稚嫩的肩上，身为舅舅的我在加工厂加班加点，什么也帮不到她，我心疼又无奈。真是远亲不如近邻。我对车家也充满了感激。

中秋节到了，我给晓媚送去月饼。见车阿婆正在晓媚家灶下烧锅，晓媚坐在车阿婆旁边在补袜子。真像祖孙俩。"好香啊！烧什么好吃的？"我问。晓媚放下手中的活计，高兴地说："舅舅，你来得正好，我们在烧鱼呢。车贵金从河里钓了几条鱼，你在这吃晚饭吧。"

"不了，你舅母叫我喊你去我家过节呢。"

"我们也叫晓媚去我们家过节呢，她不肯。"车阿婆说。"我还有爷爷呢。"晓媚说。"这孩子，对他爷爷真是好呢。老洪容虽说没了儿子，孙子们对他都好呢，也算有福啊。"车阿婆说。"车阿婆啊，谢谢你哦，晓媚他们一家亏得你们一家帮衬哦。"

"应该的应该的。他舅舅啊，你看两个孩子挺投缘的。"

"嗯。"

"我想等晓媚达到结婚年龄了，就把两个孩子的事办了。"我点了点头，我没有异议。傻子都能看出车贵金对晓媚的情意，车贵金的人品也毋庸置疑，车贵金是个好孩子，晓媚交给车家我放心。

冬季农闲的时候，晓媚坐在墙根下晒着太阳，手里飞快地织着一件蓝色毛线衣。过年时，蓝色毛线衣穿在了车贵金的身上。

车家只等着晓媚这株青苗成熟了，收进自家仓内。晓媚成为车家人在所有人看来都是水到渠成，板上钉钉的事了。

晓媚虚岁二十岁了，几年的贫下中农再教育，已经把她锻炼成了地地道道的村姑了。她干农活已经不落人后了，出工，家务，风风火火，爽快利索。晓媚不惧人，落落大方，歌唱得好，手也巧，能用钩针给人补袜子，补得像新的一样。人缘很好，姑娘们都听她的，以她为中心。

车家把门前的大树都砍倒了，拉到农具厂剖开了，剖成了一块块散发着木香的白木板，放屋檐下阴干，准备着打家具了，准备着明年迎娶晓媚了。车贵金脸上漾着笑，漾着对美好生活的憧憬。晓媚眼睛闪着光，就像春日下的湖面闪着粼粼的波光。晓媚躲在屋子里绣枕头了，我看到花还没绣，一只枕套上绣好了四个字——春风得意。"另一只枕头上啥字？"我问。晓媚红着脸不好意思地拿出另一只枕套递给我。雪白的布上用红色粉饼画着繁花图案与四个字样——花好月圆。

三

好事成双，恰在此时，晓媚的哥哥丁太平也有了对象。同在板车队的老庞看太平忠厚老好，愿意把女儿许配给太平。我做了个现成的媒人。我把这好消息告诉了晓媚和车贵金，他俩为太平高兴。车贵金提议他和太平同时举办婚礼。晓媚害羞地说：听妈妈和哥哥的安排。我去跟我姐泰晴商量。泰晴听了这个好消息，异常兴奋，她把她和太平这么些年打工积攒的钱都交给了我，拜托我操办太平的婚事，她说："哥哥和妹子同时婚嫁不好，又不是换亲。"我俩商定腊月里太平娶亲，正月里晓媚出嫁。泰晴说：晓媚出嫁后，她就回家找点事做做，侍候老洪容了。等太平有了孩子她就专职做家务带孙子了。

我把泰晴的决定告诉了晓媚、车家和庞家。大家都说好。真是皆大欢喜，双喜临门。可天意弄人。半路杀出个程咬金。事情的发展出乎所有人的意料。

泰晴帮工的人家斜对面是马钢著名的崔劳模家。崔劳模的老婆突发脑溢血，撒手人寰。丢下了一个十五岁的脑瘫女儿无人照管。崔劳模要上班，要照顾女儿，身心疲惫。为了照顾崔劳模的生活，厂领导把下放在农村的崔劳模的二儿子崔得地安排进厂子，当了临时工。还发动全厂职工给崔劳模找对象。崔劳模名声响当当，寡妇们趋之若鹜，可她们到崔家一看到崔劳模的脑瘫女儿，头就摇成拨浪鼓了。谁愿意整天围着个瘫子转，侍候她拉屎拉尿呀？

崔劳模看上泰晴了，缠着厂领导说服泰晴。泰晴不同意，跑回老家来。崔劳模竟说动领导，让领导陪着他来到华亭镇丁家。

崔劳模和厂领导在丁家抛出来一个诱人的饼子——老崔提前病退，他的职给丁晓媚顶。马钢工人啊！多么诱人的香饼！历经生活磨难的泰晴心动了。这是一个多么好的改变命运的机会啊。晓媚在农村吃了多少苦啊！她不想女儿再苦下去，不想女儿跟她一样过苦日子。当了马钢工人退休还有工资拿，到老生活有保障，多么好的事！多少人梦寐以求的事啊。泰晴答应了老崔的提议与条件。她说服晓媚离开华亭镇去当马钢工人。晓媚乍听不同意。泰晴让晓媚看看人家李亚男过的是什么日子，自己过的是什么日子。"你想让以后你的孩子过和你一样的日子，还是过李亚男一样的日子？"这番话刺进了晓媚的心里，和李亚男一对比，天壤之别啊，红纱巾又在晓媚的眼前飘忽。想到将来，想到自己受的苦，丁晓媚动摇了。她说跟车贵金商量一下，精明的泰晴阻止了她，说：现在八字还没一撇，不要闹得沸沸扬扬的，万一不成让人笑话。先不要告诉车贵金，不要让任何人知道，等事情办妥后，再告诉车贵金，也免得节外生枝。

晓媚听从了她母亲的话。她买了红色的细牛筋，凑在昏黄的油灯下编织。两天后，编成了一只红色的虾子。她把这凝聚着她满腔爱意的栩栩如生的虾子递到车贵金手里，对这个蒙在鼓里的男人说："我跟我妈去城里一趟，给我哥买些结婚用品。"车贵金欢喜地接过牛筋虾子，把它安在他的钥匙扣上，挂在腰间。他从他的枕头底下拿出那条红色三角形围巾，围在晓媚的脖子上，对晓媚说：一路顺风。早去早回！

一个星期过去了，晓媚没回。虾子游过来问："舅舅，晓媚怎么还不回呀？"两个星期过去了，没见到晓媚的影子，虾子跳过来问："舅舅，晓媚要在马市待多久啊？"三个星期过去了，还没晓媚的踪影，虾子气汹汹地奔过来，举着他的螯钳问："舅舅，你们有什么事瞒着我吗？"一个月过去了，车贵金去了马市，他找到了太平。太平告诉他：晓媚当上马钢工人了，在渣山倒矿渣，这个工

作挺轻松，等运渣车开来，一按开关就行了。车贵金叫太平带他去
见晓媚。可晓媚躲了起来。泰晴对车贵金说：晓媚成了马钢工人了，
不会回去了，让他不要再找晓媚。车贵金赖在崔家，死活要见晓
媚。后来晓媚让一个工友带给车贵金一封信。车贵金读了那封信后，
指着泰晴的鼻子说："你们……你们……"他猛捶自己的脑瓜。他
把信撕成了碎片，朝天扬去，碎片雪花般飘落，车贵金对着那雪花，
傻笑不止："我傻呀，我傻呀……"

回到华亭镇的车贵金没有出工，手里拿着牛筋虾子，呆坐在他
家的门槛上三天，三天后他用一根白线系了虾子，拖着它在镇上四
处游走。

车贵金疯了！心病要用心药医。我去马市找晓媚。我到了崔劳
模家。看到了崔家在厨房后面为晓媚搭建的棚屋。从泰晴吞吞吐吐
的话语中我明白了一切。为了日后家庭的稳固与关系的和谐，泰晴
答应了老崔又一提议——老配老，小配小。泰晴对老崔的二儿子崔
得地有好感。崔得地身板像老崔，长得很魁梧，脸像他死去的妈，
总是挂着笑，对人很热情，对泰晴一口一个"阿姨"地亲切地叫，
很有礼貌的样子。对瘫子妹妹也好，一回家就蹲在妹子身旁陪着他
妹子玩。晓媚来了后，他殷勤地搭建棚屋，吃饭时不时给晓媚夹菜，
小眼睛闪着光。老崔看出儿子喜欢晓媚，晓媚多清秀的姑娘啊，谁
不喜欢呢？老崔也喜欢。他的脑子里兴奋地闪出一个新的念头。他
跟泰晴说了他的打算。泰晴点头同意了。

崔劳模每天往厂医务室跑，谎说自己睡不着觉。医务室的人笑
话他是得了新婚兴奋症。每天给他两粒安眠药。

一个星期后棚屋搭好了，老崔买了钢丝床和床上用品放进棚屋
里，晓媚入住棚屋。为了庆祝棚屋落成，老崔叫崔得地买了电影票，
陪晓媚去看场电影。泰晴炖了红枣莲子汤，看完电影的崔得地和晓
媚回来后，泰晴端给他俩每人一碗红枣莲子汤。晓媚喝下这碗浓甜
的汤后，连连打着哈欠，泰晴把晓媚扶进棚屋，一会儿晓媚倒床熟

睡了。

　　醒来后的晓媚发现她竟睡在崔得地的房间里。她跑回棚屋，看到钢丝床上红红的一大块血迹，她什么都明白了，她失声痛哭。

<h1 style="text-align:center">四</h1>

　　晓媚跟崔得地结婚了。一年后，晓媚在单位分到了新房，她跟崔得地搬到新房去住。一日三餐还与老的们在一起吃。晓媚每个月把伙食费交给老崔。老崔负责买菜购物，烧锅做饭自然是泰晴的事。崔得地的工资自己留着。他们陆续添置了新的家具。晓媚怀孕了。一家人欣喜万分。泰晴每天换着花样精心改善伙食。晓媚生产了，老崔、泰晴紧张万分。晓媚产下了一位千金，已有一位孙女的老崔有些失望，他期盼着晓媚给他生下个孙子，这样他就圆满了。可崔得地欣喜：女儿是爸妈的小棉袄。我有小棉袄咯，有酒喝咯。女儿给老爸买酒喝哦。崔得地给女儿起名崔璨。把女儿视为掌上明珠。

　　崔得地转正了；崔得地当上食堂主任了；崔得地进党校学习了；崔得地调进食品公司了……好消息不断传到华亭镇来。春节时，崔得地拎着大包小包的东西来到华亭镇给我和丁家人拜年。晓媚没来。晓媚的嫂子小庞问：晓媚跟崔璨怎么没来？"乡下的路差劲得很，车颠得很。这一路我屁股都颠疼了。小孩子怎么受得了？晓媚在家看孩子。女儿是我的小福星啊。我可不能让我的福星受一丁点苦。"身为食品公司二把手的崔得地扬扬得意地戏说。崔得地的到来成了小镇上的热议：你瞧，晓媚的男人穿的啥衣呀？皮衣呢。不用洗，用毛巾擦擦就行了。镇上的女人们都羡慕嫉妒恨啊。羡慕晓媚成了马钢工人，嫉妒晓媚——孩子有上人管着，不用操心，工作轻松，丈夫优秀。真好命啊！人人说道汪泰晴"老配老小配小"这招棋走得妙。恨自己怎么就没那好机遇，没那好命呢！可我心里有些许的不安。我知道晓媚不回娘家的真正原因。她怎么面对牵着"虾子"的车贵金啊？怎么面对车贵金的父母那两双泪眼啊？晓媚此生怕是不能回华亭镇了，我暗忖。

祸福相依。两年后，坏消息传来了。晓媚跟崔得地离婚了。离婚的原因是崔得地有了外遇。他在四川收购生猪，结识了一位美艳的川妹子。崔得地认了川妹子为干妹子，把她带回马市，安排她在食品公司做了临时工。干哥哥和干妹子的绯闻很快在食品公司传得沸沸扬扬。崔得地为了平息绯闻，他四处为干妹子拉纤保媒。像样的男人怎会要二手女人呢？只找到些歪头短腿的次品，川妹子如何看得上这些个歪瓜裂枣呢？川妹子怀孕了。崔得地带她到医院做人流。上了手术台的川妹子反悔了。她要留在这里，留在城里，她不愿再回到那个大山里去，她要做城里人！她对崔得地更加浓情蜜意。而得知崔得地出轨的晓媚对崔得地冷如冰霜。在冰火两重天之间徘徊的崔得地最终提出跟晓媚离婚。晓媚缄默不言。泰晴、老崔坚决不同意小两口离婚。崔得地坚决要求离婚，他净身出户。老崔声明与崔得地断绝父子关系。崔得地的官职免了，去食品公司在城郊的一个养殖基地喂猪了。崔得地在臭烘烘的养殖基地，在嗷嗷叫的猪声中跟他的干妹子水蜜桃成家了。

几个月后，水蜜桃产下一个男丁。崔得地为儿子取名崔辉。老崔知道后，没有公开去看望孙子。在一个风高月黑的夜晚，他偷偷跑到养殖基地，从门缝里塞进两百元钱。从此，每年孙子的生日和除夕夜老崔都会溜到八里之遥的养殖基地，从门缝里塞进几百元钱。崔得地和水蜜桃知道这定是老崔塞进来的。老爷子虽面上不认他们，可心里记挂着孙子。

转眼，崔辉五岁了，要上幼儿园了。养殖基地附近没有幼儿园。水蜜桃跟崔得地商量，想搬到老爷子处住。崔得地十分为难，他怎么面对晓媚与崔璨呢？水蜜桃说："我和崔辉去住，你住养殖基地好了。"勒令崔得地去跟老爷子说，崔得地摇头。父子这么多年没有往来，他开不了这口。崔得地不去，水蜜桃挺起腰板说："为了崔辉，刀山火海也得下。你个尿鸟不去，只得老娘我亲自出马了。"

　　水蜜桃到了崔家，说明了自己的来意。泰晴听说她要搬来住，坚决不肯。结果吵得沸反盈天。老崔息事宁人跑到养殖基地跟崔得地讲：要他到学校附近租房住，房租由他来出。

　　老崔克扣伙食费来补贴孙子。家里的伙食越来越差。崔璨和泰晴不满。家里的气氛越来越沉重。夫妻心生芥蒂。

　　在这当儿，多年不孕的小庞，经过医治怀孕生子了。可产下的却是一个病秧子。新生儿患先天性心脏病。医生说等孩子大一些做手术，费用要十来万。这一个晴天霹雳把得子喜悦不久的太平和小庞打蒙了。十来万这对当时的普通家庭来说，简直是天文数字！晓媚把自己这么些年来积攒的一点钱全给了嫂子。可这简直就是杯水车薪。

　　泰晴也心焦得夜不能寐。为了给孙子筹钱治病，她在菜市场弄了个早点摊子。天不亮就起来做早点，卖早点。晓媚心疼母亲也早起帮着干。晓媚为了多筹钱，又想出一个辙，一有空就在渣山上拨拉，捡没燃尽的煤渣。捡满一麻袋，晓媚用自行车拖回交给我，我帮她廉价代销这些散煤。可怜晓媚整天勾着头在矿渣中寻宝似的找黑煤渣，她走路都直不起腰了。她说她现在看见黑的东西就以为是煤渣，非捡起来不可。

　　厄运接踵，二十世纪八十年代末九十年代初，市场经济冲击着国营企业。崔得地所在的食品公司被挤垮了。崔得地下岗了。下了岗的崔得地无所事事，整天与他同样不思出路的下岗待业的哥们打打牌。后来玩上钱了。输了钱的崔得地无法向水蜜桃交代，向老崔要钱，次数多了，老崔也承受不起，不给他钱了。水蜜桃知道后吵着要跟他离婚。崔得地病急乱投医，竟跑到渣山上向晓媚讨钱。晓媚看他可怜又嫌烦，给了他点钱，打发他走了。从此崔得地输了钱就来纠缠晓媚，晓媚被纠缠不过，只得给他钱。次数多了，晓媚也厌弃至极，坚决不理睬他了。

# 五

　　晓媚坚决不给崔得地钱了，输急了的崔得地动手了。晓媚被崔得地打得鼻青脸肿，晓媚回家谎说是骑车摔的。可再次被崔得地暴打后，晓媚知道瞒不住了，她投进母亲的怀抱，母女抱头大哭。泰晴心疼啊！她责怪老崔没教育好儿子，受了气的老崔火冒三丈去骂儿子。崔得地没有认错悔过，反而咬牙切齿地骂泰晴和晓媚。家里充斥着怨气、火气，谁能得安宁呢？

　　泰晴知道晓媚的劫难来了，她给晓媚准备了一个铁棍防身。晓媚把铁棍放在值班室里。那天，那个黑色的日子，天阴惨惨的。崔得地又输了钱。他垂头丧气地说："老子走背运了。干啥都背啊。唉，到哪搞钱去？"一个牌友跟他说：现在贩卖钢材赚钱。可崔得地没有本钱。他不想回家被水蜜桃骂。他习惯地跑到渣山上。晓媚要交班了，接班的跛脚大姊到了。晓媚把捡的煤炭拎进值班室，正准备走出来，一眼看到了崔得地，晓媚赶紧插上门闩。"晓媚，你开门，我有话跟你说。"崔得地拍打着门。"我跟你没什么好说的。"

　　"晓媚，是我对不起你和崔璨。我想补偿你们。"

　　"算了吧。你别来烦我就行。你滚！"

　　"好好好，我滚，我滚。"崔得地耷拉着脑袋走了。晓媚打开门，见崔得地走远了，她拿着铁棍走出值班室，把铁棍插在自行车后座上，骑上自行车。她没料到崔得地折转身躲在渣山边。晓媚骑车过来，崔得地从矿渣堆边窜出来，从后拉住自行车，车歪斜了，崔得地一把搂住晓媚。"你放开，放开我！我给你钱。"

　　"晓媚，我现在找到了一条来钱的路子。"

　　"拦路抢劫吗？"

　　"不是，贩卖钢材。我没有本钱，你借五千块钱给我吧。"

　　"什么？五千块？我没有。"

　　"这么多年，你不可能不存钱。赚了钱我好好补偿你和崔璨。"

"没有！"

"你给老子乖乖把钱拿出来，不然给你好看。"

"你个无赖！这么些年你连一分钱抚养费都没给崔璨，还来讹我们的钱，你是人吗？"

"崔璨有老爷子、老妖精宠着，不缺穿，不愁吃的，你们过的是什么日子？老子一家在养殖基地过的是什么日子？"

"那是你咎由自取。"

"看你嘴硬，不给你点厉害瞧瞧，你不知道老子的厉害。"听到打斗声，跛脚大婶跑过来拉架。"滚！你个跛子，你过来老子连你一起打。"跛子跑回值班室，给崔家打电话。正在烧晚饭的泰晴关了煤气，放下锅铲，接了电话。听说崔得地又在打晓媚，泰晴放下电话就往渣山跑。她身上的围裙也没解。她气喘吁吁跑到渣山，看到崔得地揪着晓媚的头发正一下一下把晓媚的头往矿渣上按，嘴里叫嚣着："给不给？臭娘们儿！"晓媚紧闭着眼，脸上黑乎乎的，有矿渣从脸上落下来，脸上有一个个被矿渣挤压的小坑。"畜生！你放手！"泰晴大吼。"给我钱，我就放！"

"凭啥给你钱？"

"她那马钢工人的职，本是老子的，给她顶了，她所有的工资给老子都不过分。"

"她的工资是她劳动所得，凭啥都给你？你还是个男人吗？"

"老妖精！你把我崔家的钱都往丁家搬，你以为老子不知道！你以为你那短命的孙子能活得长？"

"你胡说！"泰晴气得发抖，环视了一下左右，看到自行车上她给晓媚预备的铁棍，她从自行车后座拽下铁棍，朝崔得地的腿上敲去。崔得地放开晓媚，他没有跑开，他朝泰晴扑过来，忍痛让铁棍落在胳膊上，他抓住铁棍的一头。泰晴和崔得地各执铁棍的一头，两人使劲拉扯着，谁也不撒手。忽然，崔得地猛一撒手，惯性让泰晴朝后倒去。说时迟那时快，崔得地一个健步过去夺了铁棍，泰晴抓了把矿渣朝崔得地掷去，崔得地扬起铁棍朝泰晴劈去。"老妖精，跟我斗！"血从泰晴的额头上涌出。"妈！妈！……"

崔得地扔了铁棍跑了。

跛子大婶拨打了报警电话。警车呼啸着来了。

推着霞子遛弯的老崔回到家，没见到泰晴，看到锅中没炒熟的菜，他正纳闷呢，接到派出所打来的电话。他心急火燎地往渣山赶，在半路上头一昏，摔了一跤，等他醒来，他再也站不起来了。他中风了。

崔得地被抓起来了。

在泰晴的葬礼上，一个男孩儿凄厉的哭声引起众人的关注。原来是崔辉！他背着书包，离他不远的墙角边放着一个大布包，布包里是他的衣服、鞋子。水蜜桃把他强行送来后，跑了。从此后，在马市再也没见到水蜜桃的踪影。

老崔握着孙子的手，潸然泪下。他眼望着大儿子说："得田，你没有儿子，你把崔辉收了吧。"崔得田为难地看着他的老婆。"你们好的时候，我们可没享到你们一点好处。现在落难了，想到我们啦？带孩子，哼！我们可负不起这个责任。"老崔的大儿媳气愤愤地说。"现在这个状况，我、霞子、崔辉谁来管？"老崔捶着自己的腿说，"养儿防老，养儿防老，你们不管，谁管？"

"管你可以，你是上人，管崔辉我们没有这个义务。"老崔从椅子上滚下来，对大儿媳说："算我求你，我给你跪下！"

"你跪得了吗？"大儿媳不屑地说。"闭嘴！"得田朝他老婆吼，奔过来扶老崔，老崔拂开大儿子的手不满地说："你去买包老鼠药，把我、霞子、崔辉都毒死算了。"

"亏你想得出！你想把得田也送进监狱呀！"

"那你说怎么办？"

"你跟领导说说把我和得田也安排进厂里，我和得田来侍候你和霞子。"

"崔辉咋办？"

"送人或送孤儿院得了。"

"他是我崔家的一条根啊！你滚，你们滚！"老崔指着大儿媳吼道。"滚就滚，谁稀罕留在这。"晓媚过来扶老崔，老崔一把紧紧抓住晓媚的手，眼巴巴看着晓媚，晓媚落下一行泪："爸，你放心，有我呢。孩子是无辜的。崔辉是崔璨的弟弟，崔璨不会赶她弟弟走的。"

# 六

为了照顾两个瘫痪在床的病人和两个孩子，晓媚要求由上白班改上小夜班。小夜班原是男同事上的。小夜班由下午五点半上到夜里十二点半。

晓媚白天在家做家务，照顾老崔和霞子，手不停息。没事就赶织毛衣。吃过晚饭交代崔璨照看爷爷和姑姑，她骑车去上班。深夜她拖着困乏的身子骑车下班。夏天还好，沿路有明晃晃的路灯和下夜班或乘凉的人们。冬天深夜，寒风刺骨，路上少有行人。晓媚顶着寒风奋力骑车回家，心怦怦跳，感觉她自己就是寒风中的一片落叶，不知何时就会飘落泥潭。最让她心悸的是梅雨时节夜逢雷雨，黑漆漆的夜，她不敢骑车回家，弃车步行，顶着慑人心魄的响雷，冒着夺人魂魄的闪电，颤抖着跑回家，解开雨衣，浑身汗湿透。

为了省钱，她不用管道煤气，起煤炉燃她捡来的煤炭烧锅。长期的劳作与睡眠的不足，销蚀了她的花容。她的脸上过早地出现了累累黄褐斑，头发枯槁。三十几岁的她看上去已有四五十岁。邻居童海星积极张罗为晓媚找可靠男人。可哪个可靠男人愿意要这样一个拖累众多的黄脸婆呢？菜场——家——渣山，晓媚陀螺似的在这三点一线间旋转，她的苦与累，可想而知。

晓媚对崔辉说不上好，也说不上不好。两个孩子在离家不足百米的子弟学校上学。按时回家午饭晚餐。放学回家，老崔与孙子絮叨。晓媚管着孩子们吃饱穿暖。其他她也无暇无心去管。

一天，崔辉放晚学未归，这是从未有的事。要崔璨去找，崔璨噘嘴不去。晓媚只得急吼吼跑到学校去找。没找到。四处问崔辉的同学，有人告诉她，崔辉跟高年级的大、小双去公园玩了。大、小双是童海星的双胞胎女儿。到点了，晓媚急于上班，扒了两口晚饭急匆匆上班去了。到了晚上七点半，接到老崔打来的电话，说崔辉还未回来。只得临时调班，让上大夜班的人来接班。回家找了童海星的两个女儿，问她俩：崔辉呢？两人神情不对，闪烁其词，说：不知道，也许在公园呢。晓媚拿着手电筒去雨山湖公园寻找，扯着嗓子喊崔辉。找遍了公园的角角落落，终于在一个假山后面找到了蹲坐在草地上的蜷缩的崔辉。晓媚拉起他，见他脸上有伤，衣服上尽是泥巴，衣服口袋也撕破了。"你！"晓媚来火了，"不学好，跟人打架了吧？这么晚还不回家！"她狠狠地揍了崔辉的屁股。崔辉哭了，晚饭也没吃。晓媚气呼呼扒下崔辉脏兮兮的外套，气呼呼出门了。她还要去上大夜班呢。她的生活秩序被打乱了。

上完大夜班已是第二天的早上八点。晓媚昏沉沉回到家，老崔告诉她，童海星送来了早点，两个孩子已去上学了。她倒头就睡。沉睡中有人在叫唤摇动着她。"快醒醒！丁妈妈！"她睁开惺忪的眼，一个小姑娘在跟前。"你——"

"丁妈妈，崔辉发高烧抽筋了，被老师送到马钢医院了。老师叫我来喊你去医院。"

"嫂子——我要撒尿！"霞子在喊。晓媚把霞子架到特制的高高的马桶上。递给老崔一个痰盂。"丁妈妈快走呀！"小姑娘催。"你快去上学吧，我一会儿就去医院。"

"你可来了，丁师傅。崔辉烧得厉害呢。人我交给你了，我还要去上课。"崔辉的班主任焦急地说。一个白大褂对晓媚投来带刺的眼光："孩子烧成这样了，你还不管？"晓媚见崔辉手上扎着吊针，他的嘴唇烧破了，肿得像个猪唇。"烧成了这样？"晓媚惊讶。"四十度呢。"白大褂说。"我没事的。"崔辉虚弱地说，"大妈，你回去烧中饭吧。"晓媚的鼻子酸了："别说话，你嘴破了呢。"

"没事的，大妈，你回去吧，家里离不开你。"晓媚的眼泪夺眶而出。旁边一个输液的老太太说：多懂事的孩子呀。

"老人家，拜托你帮我看着点孩子。我回去下点面条就来。"

"行吧。你可快去快回。"

"嗯。崔辉，大妈去趟家就来。"

后来童海星逼问了双胞胎女儿，"公园事件"的始末浮出水面——

童海星同情晓媚，在家常念叨崔得地害了泰晴，害了晓媚，骂崔得地不是人。她的两个双胞胎女儿是泰晴一手带大的，跟泰晴感情好。小姊妹对崔得地恨得牙痒痒。这次小双出了个馊主意，她们惩治不到崔得地决定报复一下坏人的儿子。放学路上，她俩拿饼干跟崔辉套近乎，故意说公园里多么好玩。没去过公园的崔辉心痒痒了。她俩假意带崔辉去公园玩，把崔辉带到僻静的公园一角，推倒崔辉，姊妹俩合力把崔辉暴打了一顿，骂他是杀人犯的儿子。崔辉被打，衣服扯破，不敢回家。

童海星带了水果愧疚地来看望崔辉，向晓媚道歉。得知原委的晓媚对崔辉也心生愧疚，孩子是无辜的，可怜的。她决定以后好好待崔辉，不再让孩子受委屈。

崔璨的学习成绩很好，而崔辉的成绩很差。晓媚要崔璨帮弟弟学习。崔辉沉默少言。他对教他做题的崔璨说："姐，我不想上大学，我想早点上班挣钱。"老崔听后老泪纵横。心酸不已的他，那一夜在床上辗转反侧不能成眠，一直等到晓媚下夜班回来，他喊：晓媚，晓媚！晓媚以为他要解手，拿了痰盂过来，他激动地摆着手说："我有话要跟你说，我要给你磕个头，拜托你把崔辉抚养成人。"他边说边从床上滚下来，不待晓媚扶住，他笨重的身子已经重重摔倒在地上。他的耳朵在水泥地上撕裂了一个大口子，血喷涌而出，瞬间流了一地。晓媚慌了，喊醒崔璨、崔辉，三人费了九牛二虎之力，把老崔扶起到轮椅上，老崔的肩上，晓媚的前胸衣上满是血迹。血还在流……晓媚身颤心抖。她喊了童海星来。深夜里怎么把老崔送到医院里去呢？童海星唉声叹气，束手无策。

老崔的脸色越来越惨白，童海星见状不妙，她顾不得了，挨家拍门，叫醒了沉睡的邻居们。大家七手八脚把老崔抬上竹床，送去医院。未到医院，失血过多的老崔大张着嘴，停止了呼吸。

# 七

崔璨以优异的成绩进入马市二中就读。崔辉没有考取高中，晓媚要他考技校。他没有去考。领导看在崔劳模的份上，答应等他满十八岁时，安排他进厂当工人。初中毕业后的崔辉在家待业。待业的日子无聊透顶。他昼伏夜出，白天在家看电视睡觉，晚上出去寻衅滋事。他尾随情侣们，出其不意用矿渣袭击他们。把路灯个个击破。有次遭到一对强悍的情侣的追打，被打得鼻青脸肿，脚脖子肿得像馒头。他向晓媚要了钱去医院看脚。可他这次竟黄鹤一去不复返，杳无音讯。三天后，晓媚报了警。警察也没找到他。

过年崔辉也没回。人言四起。说什么的都有。有人猜测：也许水蜜桃把崔辉带走了，晓媚以这样的结果安慰自己。

三年后的一个炎热的午后，晓媚正在给霞子擦身。一个姑娘站在门口，怯生生地问："请问这是崔辉家吗？"晓媚以为是崔璨的同学，赶紧跑过来问："崔璨发生什么事了？"崔璨在读高三，正在备战高考。"你是崔辉的大妈吧？"姑娘问。晓媚一时没反应过来，仍然心焦地问："崔璨怎么啦？"

"不是崔璨，是崔辉。"

"崔辉？"

"嗯。"女孩儿忽然双腿跪下，流着泪说："大妈，崔辉病了，不行了。"

"你说什么？"

"大妈，你救救崔辉吧。"

"崔辉？崔辉在哪儿？"

"我把他送进医院了。你看这是医院的病危通知书。"

"你，你是谁？"

"我是崔辉的朋友。我们一起在无锡打工的。大妈，你去看看崔辉吧！"

崔辉脸色蜡黄，瘦骨嶙峋，落在白色床单上的手指像螃蟹的爪子。他已经神志不清。晓媚见状，忍不住落下泪。"他这是怎么啦？"她问一个白大褂。"你是他什么人？"

"我，我是他大妈。"

"他父母呢？"晓媚摇摇头。"你要有思想准备啊。他得了肺炎，又得了急性黄疸型肝炎。雪上加霜，怕是挺不过去了。"

"医生医生，这孩子命苦啊。你可得费心救救他呀。"

"不是我不救他。他没有及时就医，耽误了病情。"

"医生，求求你，求求你……"

"我听说我们医院有个退休的老中医，有个偏方。要不你去求求他，兴许还有救。"

"行行行。他在哪？"

"在住院部后面住宿区。他姓王。你去那问人，就说找王老中医。"

住宿区是筒子楼。筒子楼走廊里堆积着各家摆放的杂物。仅容一人侧身而过，密不透风。汗水争先恐后地从晓媚的脸上身上披洒下来。晓媚用手臂擦拭脸上的汗水。她的手臂撞翻了一个纸箱。纸箱里的杂物滚落一地。晓媚心急火燎去捡，她的腿又撞翻了一个纸盒。她没有捡拾干净散落物，往前跑去，屋里出来一个满头夹着卷发器的胖女人，喝骂道："你这人怎么回事！"晓媚抱歉地说："对不起，我有急事。"

"急着去投胎啊。"

"我找王老中医。"

"不管你找谁，你不把我东西还原，你别想走！"

"我真的有急事。"

"你捡不捡？"胖女人抄起门边的一把扫帚朝晓媚扑打过来。晓媚捂着头跑，又陆续撞到盆啊钵啊的什么上，乒乒乓乓一阵响，牵出筒子楼里的多个人头。一个人拦住了晓媚的去处："你瞎跑啥？你找谁？"

"我找王老中医。"

一个屋里走出一个瘦女人，她对晓媚说："我家老王正在午休呢，你别吵着他。再说他现在退休了，他不会给人看病了。"晓媚急走过去："阿姨，求你求你……"没待晓媚把话说完，瘦女人嘭的一声关上了屋门。胖女人过来在晓媚的腿上狠命地踢了两脚，晓媚一个趔趄，蹲在走廊上。她不由哭了起来。"你哭什么哭！不要在我家门前哭。晦气！"一个尖厉的声音说。晓媚想挪步，想止住自己的哭声，不知为何，她的腿发软，她瘫软在地，她没能止住哭声，她歇斯底里地哭起来。

崔得地强暴她，她只是默默地流泪。崔得地背叛她，她没有哭，母亲死她没有哭。这十几年来，她好像忘记了哭，现时，一向内敛的她哭了。好像翻滚的岩浆突然遇到了裂缝口，积压在她心里的悲苦如火山喷发般喷射而出，无法遏制。耳边有骂声，有劝声，有鄙夷声，她全然不顾。

闷热、馊气、霉味、哭声在走廊里回荡发酵。终于，无了无休的号哭声把一个清瘦的老人给牵出屋来。"别哭了，别哭了！你要找的人来了。"晓媚全然听不见，一个人走过来猛烈摇晃她的肩膀。"再过来一个人，把她拽起来吧！"老中医缓缓命令道。

被拖拽起来的晓媚像是被上了发条的玩具人，发条到了终点，动作停止。她茫然而疲软地看着眼前的人抽泣着。"带我去看看你家的病人吧!"

老中医看了看说着胡话的崔辉,把他的螃蟹爪子握在手里搭了一下脉,对晓媚说:"我可以试试,不过我不敢保证。一会儿我把草药敷在他手腕子上,你日夜守着他,如果手腕上滴黄水了,你不要心慌,来告诉我。"

"好好好。"

老中医给崔辉手腕上敷了黑乎乎潮叽叽一股冲鼻的中药味的草药膏子。

"敷在手腕上能管用吗?"崔辉的女朋友质疑。晓媚也怀疑:"死马当活马医吧。试试看吧。看他的造化吧。"

"唉,崔辉你可要挺过去呀。你说的要一辈子陪着我,对我好的。"女孩儿的话打动了晓媚。"孩子,你叫什么?你哪里人?你怎么认识崔辉的?"

"我叫沈春芝,我是芜湖县的,我和崔辉在无锡一个做服装的铺子里打工。他做熨烫,我踩机子。我俩在外面算是老乡吧。我俩就相好了。"

"噢。你俩相好的事,你父母知道吗?"晓媚盯着女孩儿稚嫩的小脸问。女孩儿眼里闪着泪光摇摇头。

原来女孩儿出生后被遗弃在菜市场。沈春芝的养父母当时因为养父的精子少,结婚多年没有小孩儿,他们抱养了这个弃儿。不料五年后,他们生育了自己的孩子。有了亲儿子后,他们对沈春芝态度一百八十度转变,原先被捧在手心里的沈春芝动辄挨骂受气。养父母恶劣的态度让她伤心,初中未毕业她就辍学去了无锡打工,在无锡遇到了崔辉。两个可怜孩子同病相怜。

恶劣的工作环境毁坏了崔辉的健康,崔辉患上了肺炎,后又患上了肝炎,崔辉以为是感冒,老板娘为赶工期不让崔辉去医院瞧病,买点感冒药给崔辉吃吃。直到崔辉昏倒在地,她才放行。崔辉感觉不好，他要求沈春芝把他送回马鞍山。结果贻误病情。

<h1 style="text-align:center">八</h1>

　　晓媚嘱咐沈春芝陪护崔辉，她要赶回去，家里还有一堆事等着她，她还要去上班呢。护士对她说：这种病有很强的传染性，也许沈春芝被传染上了。她问晓媚家里还有其他人吗。最好不要回去了，因为她接触了沈春芝，身上也许带了病毒了。晓媚惊悚焦躁：她哪能不回去呢？霞子等着她照顾。崔璨正处在高考的关键时刻。这可怎么办哪？我非回去不可呀。她向护士说了自家的情况。护士叫她洗了手，在护士站拿给她一双手套。叫她戴着在家里做事。

　　晓媚跟崔璨说了崔辉的事，崔璨怕被传染上了，她说她这期间在学校食堂吃了，晚上她去新屋住了。自从崔得地被抓后，晓媚母女一直住在老屋，跟老崔、霞子住在一起，方便照顾他们。晓媚愧疚地看着女儿，叫女儿多拿些钱，在食堂吃好点。天热自己照顾好自己。晓媚一万个不放心，千叮咛万嘱咐的。崔璨嫌烦，皱着眉转身跑了。那个曾经无所畏惧的小闯将，那个从不信鬼神之说的红卫兵，如今心生敬畏，她跪在老崔和泰晴的像前，虔诚祷告。对着虚空一遍遍忏悔：玄妙的命运之神啊，在这个节骨眼上，难道又来一次磨难吗？难道是对她背信弃义，贪慕马钢工人这个好职业的惩罚吗？

　　第二天早上，崔辉的手腕子上开始滴黄水，晓媚告诉了老中医。老中医面带微笑说："你侄子有救了。"他以为崔辉是晓媚的侄子。

　　崔璨不在家吃，晓媚做的饭菜不减反增，她更加忙碌起来，一日三餐她要给崔辉、沈春芝送去饭菜。做得最多的菜是猪肝汤。崔辉吃着中药喝着猪肝汤一天天好起来。崔璨参加了高考。晓媚没去送考，只在家一遍遍祈求祷告。

　　崔辉出院了，崔璨的高考成绩出来了。崔璨榜上有名。

当崔璨兴高采烈告诉她这一喜讯时，晓媚抱着沈春芝喜极而泣。沈春芝不解地问："大妈，你哭什么呀？舍不得崔璨姐离开你吗？"

"大妈这是高兴的。"崔辉理解，"崔璨姐，你志愿想好了吗？"病痛如砥，高考如炼金炉，经过这一场磨砺与锻炼，崔辉、崔璨迅速成长成熟起来。崔璨看了看崔辉孱弱的身子，点了点头："我决定填医学院，我将来当一名医生。以后你们谁病了，不用去求人了。"

崔璨被安徽医科大学录取。

晓媚去找厂领导，解决崔辉的工作问题。老领导已经退居二线，接待她的是新面孔。新领导说：现在马钢的效益不如从前。马钢正准备削减人员，一批人要下岗分流，哪会再安排就业呢？晓媚说：这是前任领导答应的，早就说好了的。

新领导了解到晓媚的家庭情况后，出于同情，征得了班子同意后，拿出了一个方案——晓媚提前退休，岗位让给崔辉。晓媚拿百分之八十的退休工资。问晓媚同意不同意。晓媚同意了。

退下来的晓媚帮助沈春芝支了个早点摊。两人天不亮就起来蒸馒头、包子、烧麦。崔辉早上也帮着卖早点。晓媚让崔辉住在新屋。跟沈春芝说好，一年后，崔辉身子完全复原后，给他俩举办婚礼。

崔辉告诉家里人一个有关渣山的新消息：两个下岗的职工办了一个建材公司，这个公司购买承包了厂里的矿渣，据说建材公司把矿渣粉碎后，制作彩砖。这个公司正在招聘人员。

将近年关了，崔璨放寒假回来了，她也帮着准嫂子沈春芝卖早点。崔辉忙着粉刷新房，布置新房，正月里他就要做新郎官了。晓媚忙着除尘，购买年货。

一天早上，早点摊子上走来一个光头的中年男人，他对沈春芝说："姑娘，能给我两个馒头吃吗？"沈春芝对他翻了白眼。"我不白吃你的馒头，我给你打下手，行吗？我已经一天没吃东西了。"沈春芝拿了两个馒头给他："我不要你打下手。你走吧。"那男人蹲着吃完了馒头，没挪窝，他用衣袖擦着眼睛与嘴巴，说："姑娘，留下我吧，我不要你工钱，你只要供我三餐吃就行。"

"你个大男人打什么工不好？我小摊子不要人。你走吧！不要影响我做生意，求你了。"

男人走到马路对面蹲着，许久没离开。崔璨来帮忙。沈春芝指着马路对面的男人跟崔璨说了发生的情况。沈春芝有点害怕那男人，怕他来捣乱。崔璨给沈春芝壮胆说："不用怕，他再不走，我就打110。"那男人半晌也没走，勾着头蹲在那，不时抬头朝早点摊子瞅瞅。

"那男人，你认识吗？"崔璨问沈春芝。沈春芝摇头。崔璨拨打了110。一会儿警察到了，询问情况。警察问光头男人的身份。男人指着崔璨说："她是我女儿。"警察把崔璨叫过来。男人流着泪说："崔璨，我是你爸爸崔得地呀。你真的不认识我了。"崔璨愣住了。崔得地从包里拿出一沓信说："你每年给爸爸写两封信，爸爸都保存着呢。你看，这是你给爸爸寄的照片。我每天晚上都要看一眼才睡觉。"信和照片是晓媚写的寄的。

晓媚来了，她远远地看到摊子上站着两个穿制服的警察。"出什么事啦？不让摆摊吗？"她急忙忙跑过来。

晓媚认出了崔得地。"回家吧，有事回家说。"

崔得地在劳改期间表现不错，获减刑，提前释放了。崔得地痛哭流涕深深忏悔，要晓媚原谅他。晓媚让崔得地跟儿子住一起。崔得地感谢晓媚。他把霞子也接了过去，说以后由他来照顾霞子。年后，崔辉与沈春芝举办了婚礼。崔得地做家务，照顾他妹子霞子，帮着沈春芝出摊。平时，晓媚一人住在老屋，她去建材公司应聘了，做了一名操作粉碎机的工人。源源不断的矿渣运进来，粉碎机如一条巨蟒，隆隆隆吞进坚硬的矿渣，噗噗噗屙出细碎粉末。车间里噪声隆隆，粉尘纷扬，对面讲话听不见，也没人愿讲话，人人都戴着口罩，全身上下一层灰。

# 九

车贵金死了。死在春天里。

一个被男人抛弃的女人疯了，她赤裸着身子，叫着男人的名字疯跑，在开满油菜花的田塍上像只巨大的蝴蝶在飞舞。她的老娘在后面蹒跚追赶，心焦地喊着："小妹回来！小妹别跑！"女人没有停下脚步，她游过金黄色的油菜花海，掠过碧绿的麦浪，跑上一座通往苜蓿花圃的独木小桥。桥的另一头车贵金牵着"虾子"在游行，女人看到车贵金猛扑过去，脚下一滑，跌入水里。"小妹，小妹……"车贵金听到有个苍老的声音在叫。"晓媚！"车贵金跳进水里。

人们赶来，打捞起两个落水的疯子。女疯子的胳膊紧紧搂着车贵金的脖子，车贵金的胳膊紧紧搂着女疯子的腰。

两家人经过协商，给落水而亡的他们举办了冥婚，把两个疯子葬在了一起。

我把这消息告诉了晓媚。离开华亭镇二十多年的晓媚第一次回到老家。

月明星稀，树影幢幢。我陪晓媚去了疯子的坟头，坟头很大，新生的草芽从土里探出头来。晓媚买了一包纸钱，她静静地跪在坟前烧着纸钱，火光跃动着，空气中弥漫着油菜花的清香气。纸钱烧完了，晓媚站起。"来世再会！"她说。

两年后，晓媚感觉嗓子疼，老是咳嗽。她去买了止咳糖浆喝。喝了几瓶不见好，嗓子灼烧，黄痰不断产生，她咳个不停，吐个不停。她去医院瞧，医生开了咳特灵。吃了一个星期也不见好，又吊红霉素消炎水，吊了三天，症状稍微有所缓解。息了几天又犯了，整天整夜地咳，不能入睡。她又去瞧了中医，开了几服中药吃了，吃的时候，嗓子感觉润润的。可过不了半小时，嗓子又痒起来了，像是有小虫子在喉咙里爬。不咳不行，咳了一阵嗓子又疼起来，像火烧。她只好不断地抿着中药汤。饭也不想吃，只喜欢吃软软的滑溜溜的银耳。

崔璨放假回来了。整夜的咳嗽搅得崔璨不得安寝。崔璨拉她妈去南京鼓楼医院瞧了。诊断的结果是晓媚患了尘肺病。

当下还没有根治尘肺病的良方。目前最好的方法是洗肺。洗肺有危险性，且医疗费用高。晓媚要独自供崔璨读书，虽然崔得地释放回来了，可他没有工作，他一家只有崔辉工作，沈春芝摆摊收入微薄，要供五人吃喝，崔辉已添了小孩儿。一家人生活也是紧衣缩食，捉襟见肘。晓媚只得苟延残喘，回家养息。

晓媚不得不辞了建材公司的工作，拿着可怜的退休工资，勒紧裤腰带供崔璨读书。她一日三餐粥，没有给自己买过一件新衣，她的衣都是她嫂子小庞送她的。

崔璨读书异常勤奋，年年拿奖学金。这减轻了晓媚的负担，荣光了晓媚的心。崔璨虽然是学医的，她心疼她妈，可拿纤维化了的尘肺病也没辙。

入秋后，晓媚的病情比春夏时重，她早早地围上了那条红色三角围巾。这条早就过时，早该淘汰的围巾。太平、我、崔璨都给她买了新围巾，可她不围。她是以这种方式表达她的感激、愧疚抑或是怀念吗？我们目视着这条褪色的三角围巾，我们不敢触碰晓媚心里的那条红色三角围巾。我们任由着晓媚围着她的红色三角形围巾。她像个六七十岁的老妇，像一个生活在过去时代的人。

她靠在椅子上不时地咳着。手里端着那个印着马钢字样的绿色大茶缸，茶缸上已掉了两块瓷，像是瞎子无神的眼。茶缸里是煎的黑黄黑黄的中药汤，她不时抿着药汤。脚下的一只痰盂里黄痰与时俱增。

我带了些家里的土特产——鸡蛋、芋头、藕粉、母鸡、老鸭去看她。她对我摇摇头说："舅舅，鸡蛋、芋头、藕粉我留下，咳咳，母鸡、老鸭你带回去吧。你看我咳的。咳咳，我弄不了这个。咳咳……"

"我帮你弄好了，放冰箱里。"我说。"唉，舅舅，咳咳，我这身体不如老年人。咳咳，我成了废人了。"我安慰她说："现在生活好了，崔璨也工作了，你任务完成了。什么废人不废人的，在家放开心养病，把自己的身子养好。"

"舅舅，我这身体竹纸糊的灯笼啊。咳咳，不知哪阵风就会吹灭了。咳咳，我现在吃药的钱比吃饭的钱花得多呀。咳咳咳……"

"多就多呗。"

"唉，舅舅，现在农村人生活都好了。咳咳，你说我这个马钢工人当得值吗？咳咳……"我无语。"咳咳咳，马钢工人啊，咳咳，马钢工人啊……"晓媚边咳边嘟囔。

我偷偷背过身去，抹去眼角渗出的泪水。汽笛声响，火车轰隆隆驶过，窗外残阳如血，厂房高楼鳞次栉比。昏暗的屋里有一盆吊兰无精打采地挂着叶蔓。

"咳咳，我想给崔辉的孩子织件毛衣，咳咳，手一拿毛线，咳得更凶，咳咳，舅舅，你看，我活着还有什么劲哪？咳咳咳……"

"现在小孩儿都买衣穿了，织什么毛衣呀，没事的话，你就种点花，养点草。我下回来，给你带花籽和土来。"

"不行啊，舅舅，咳咳，医生说我不能闻花粉，家里不能栽花。咳咳，弄点不开花的草还行。"

"那就栽草。"我说。

"可哪个草不开花呀。咳咳……"是呀，是草都会开花呀。有不开花的好看的植物吗？

我跑到花鸟市场，市场里万花争艳，姹紫嫣红，灿烂明媚。各色各样的花姿花容吸引着人的眼球，缭乱了人的眼，繁花似锦，美不胜收啊。我却要在这灿烂的花海中寻觅不开花的植物。我问讯了卖花人。卖花人告诉我文竹不会开花，铁树也难得开花。在他的指引下，我在一个僻远的花圃里买了小盆的纤细文竹，大盆的刚劲铁树，我把铁树放在门口，把文竹摆在晓媚的床头。就让文竹、铁树，还有吊兰伴着咳嗽声陪伴晓媚吧。

背负十字架的命运多舛的善良女人，生活中有点绿色吧，不要尽是灰暗色与阴霾。那曾经的明媚，曾经的妩媚啊……

父亲讲得老泪纵横，我也是泪流满面。"属羊的女人啊，聪慧善良执着漂亮的女人啊！命运之神总爱捉弄她们，让她们尝遍人间冷暖，经历苦痛煎熬。四代女人啊，一根藤上的苦花。"父亲唏嘘。

百年沧桑啊，寂寞女人花。花开花落，是什么左右着女人的命运？我感叹，我深思。

## 后记

　　小说完稿了。第一时间想告诉的是我的父亲。可父亲已经在另一个世界了，不能看到我的这些文字了。

　　小的时候，酷爱看书。压岁钱都用来买图画书了。放学路上，常头碰头跟同伴伙看一本小人书。有次在颠簸的汽车上看小说入迷，车到站了，竟浑然不知。父亲看我如此痴迷书本，给我在邮局订阅了《少年文艺》。中小学，《少年文艺》和我东借西讨的书籍陪伴丰富着我的课余生活，萌发了我的作家梦。

　　常听长辈们说起先人和族人的事，听得津津有味，热血沸腾，暗自欲把这些事写出来。可他们说的都是些零星与片段。怎么能连缀成篇呢？从古至今漫漫历史长河，纷繁的人与事，我怎么驾驭？

　　父亲中风了，日日去探望。父亲又在絮叨了。忽然灵光一闪，借父亲的口，把往事串联。

　　我动用了我的想象，有想象才有细节呀。我要把水乡风情呈现；我要把即将湮没的民俗抢救；我要把历史的真实还原；我要揭示爱情的真谛，我要给人教益；我要引人深思……我想法多多，我雄心勃勃……

　　我细查年鉴，我访古问今。

　　在小说的创作中，笔者得到了作协前辈大家梁剑华、严歌平、漆小冬、郭翠华、陶立群、刘家金等的肯定、扶持与鼓励。在此表示万分的谢忱。带着感动出发，我将在创作之路上奋力前行，上下求索。以烛火星光来报答生我养我的这片土地。

汪蓬蓬

2016年元月6日